D1153489

La Biche

Blandine Soulmana
Claire Caron

La Biche

Libre Expression
QUEBECOR MEDIA

Données de catalogage avant publication (Canada)

Caron, Claire, 1954-

La Biche

ISBN 2-7648-0063-0

1. Soulmana, Blandine – Romans, nouvelles, etc. 2. Soulmana, Mehdi – Romans, nouvelles, etc. I. Soulmana, Blandine. II. Titre.

PS8555.A761B52 2003   C843'.6   C2003-941485-X
PS9555.A761B52 2003

Conception de la couverture
FRANCE LAFOND

Infographie et mise en pages
COMPOSITION MONIKA, QUÉBEC

Libre Expression remercie le gouvernement canadien
(Programme d'aide au développement de l'industrie de l'édition),
le Conseil des Arts du Canada et la Société de développement
des entreprises culturelles du soutien accordé à
ses activités d'édition dans le cadre de leurs programmes
de subventions globales aux éditeurs.

© 2003, Éditions Libre Expression

Éditions Libre Expression
division de Éditions Quebecor Media inc.
7, chemin Bates,
Outremont (Québec) H2V 4V7

Dépôt légal:
3e trimestre 2003

ISBN 2-7648-0063-0

Et si...

Heureusement pour elle, Blandine est assise. L'estomac noué, les jambes en coton, elle est si nerveuse que, debout dans l'allée, elle s'effondrerait probablement sur un passager. Dans une heure environ, l'avion, qui a quitté Francfort très tôt le matin, atteindra le petit aéroport de Tlemcen, en Algérie. À l'arrière de l'appareil, un vieil homme agonisant étendu sur une civière s'accroche à la vie. Il voulait mourir sur sa terre natale et retiendra son dernier souffle jusque-là. Blandine regrette de n'avoir pu offrir cela à son père, le ramener vers son Sahara bien-aimé pour qu'il puisse y contempler une dernière fois l'immensité du ciel. Mais c'est trop tard; Rahman Soulmana dort pour toujours sous le petit ciel gris de Beauvais, en France, là où une mauvaise blague du destin l'a jeté.

Blandine pousse de profonds soupirs, pour essayer d'apaiser son cœur qui bat la chamade. Va-t-il la reconnaître? Si jamais il la confondait avec une autre? Au téléphone, pourtant, il y avait déjà tellement d'intimité dans leurs conversations... Elle, du moins, est persuadée qu'elle saura le reconnaître. Il ne peut en être autrement. Son cœur le sait, qui s'emballe déjà. Et s'il la trouvait laide? Vite, un miroir, retoucher, vérifier la poudre, le rouge à lèvres. Ne rien laisser au hasard. Il faut qu'elle soit parfaite pour lui. Pour Mehdi. Peut-être est-il déjà là, derrière la barrière, à scruter le ciel… Tout en sachant qu'à cette altitude il est impossible de voir quoi que ce soit, elle fouille la mince couche de nuages, dans l'espoir d'apercevoir un paysage connu, un signe qui lui dirait qu'il l'attend vraiment. Est-il aussi impatient qu'elle?

Et s'il ne venait pas, si tout ça était une tromperie, un autre coup cruel porté par Hassan, comme un mauvais sort qu'il refuserait de lever? En serait-il encore capable? Non, c'est impossible, il faut y croire, sinon sa vie n'aurait plus aucun sens…

«Mesdames, messieurs, nous atterrirons à Tlemcen dans une dizaine de minutes…» Vite, Blandine saisit son *beauty-case* et se précipite vers les toilettes pour se rafraîchir et se recoiffer. Devant son air paniqué, l'une des hôtesses cherche à la rassurer en souriant: «Vous êtes déjà très jolie!» Blandine rétorque: «Non, ça n'est pas assez!» Tout le personnel de bord est au courant de son histoire. On la suit des yeux avec indulgence, on l'encourage du regard. On veut lui faire savoir qu'il y a en Algérie des gens qui lui veulent du bien, qui sont prêts à l'aider.

Quand l'avion se pose, Blandine se fige, presque paralysée. Elle regarde ces femmes autour d'elle qui remettent leur tchador blanc pour rentrer au pays; plusieurs d'entre elles portent au front les tatouages traditionnels. Avec sa veste saharienne de daim marron, il sera en tout cas difficile de la confondre, il semble qu'elle soit la seule Européenne à bord. L'une de ces femmes lui a demandé d'où venait son père: à la mention de la ville-oasis de Bou-Saada, la femme parle de la fierté des Touaregs, de leur sens de l'honneur et Blandine est fière de cet héritage. Elle sent que, de là où il est, son père l'accompagne dans ce voyage.

Elle est la dernière à quitter l'appareil, sous les regards attendris des hôtesses, qui lui offrent leurs vœux. Au bas de l'escalier, elle se retourne pour les remercier, rate la marche et... s'affale de tout son long sur le tarmac, tandis que s'éparpille autour d'elle le contenu de son *beauty-case!* «Et si Mehdi me voyait... C'est la première image qu'il aurait de moi...» Son inquiétude vient de grimper d'un autre cran. Confuse, honteuse, elle tente de reprendre contenance en ramassant ses affaires, puis, les épaules droites et le menton relevé, elle marche résolument vers l'aérogare. Pas question de se laisser abattre, elle attend ce moment depuis trop longtemps. Quinze ans qu'elle s'accroche à cet espoir de le retrouver enfin. Mehdi, son fils...

PREMIÈRE PARTIE

1

Une naissance difficile

– On a peu d'espoir de la sauver, elle respire très mal...

Le médecin de la maternité mit le poupon dans la même couveuse que sa sœur jumelle, en espérant une amélioration de son état. Il ne pouvait pas faire grand-chose de plus. Mais la petite, aussi chétive fut-elle, n'avait pas dit son dernier mot. Dans les heures qui suivirent, elle sembla se nourrir à même les forces de sa sœur et, au bout de deux jours, Barkamme Soulmana entra pour de bon dans la vie.

Au moment de l'arrivée des jumelles, le 3 février 1957, à Beauvais, ville industrielle du nord de la France, Josette et Rahman Soulmana avaient déjà trois garçons: Rodolphe, Stéphane, qu'on appelait aussi Ali, et Philippe. Dans le quartier, on chuchotait qu'ils n'étaient peut-être pas tous du même père. Josette Soulmana, née Magnier, n'était pas une mère ni une épouse modèle; sa propre mère, qui vivait juste à côté et avec qui elle se disputait constamment, prenait le plus souvent le parti de son gendre devant les incartades de sa fille. Josette ne manifestait jamais la moindre affection envers ses enfants. Et l'arrivée simultanée des deux petites filles ne changea rien à la situation. Quant à Rahman, malgré la misère qui risquait d'empirer avec toutes ces bouches à nourrir, il était sous le charme de ses deux fillettes. C'était un tendre, un sentimental qui adorait ses enfants, mais aussi un homme malheureux, un déraciné qui se demandait encore, des années après, comment il avait pu aboutir dans un monde sans soleil. Homme du désert, Rahman était passé presque sans transition de l'immensité du Sahara à la petitesse étouffante des baraquements ouvriers dans un quartier pauvre de Beauvais.

Rahman était un Touareg, né dans le Sahara, en Algérie. Jusqu'à l'adolescence, il vivait en nomade avec sa famille, entouré de onze frères et sœurs, ne sachant ni lire ni écrire, mais connaissant les messages du ciel et la beauté de l'infiniment grand. La réalité finit par le rejoindre quand, à l'occasion d'un arrêt dans la ville-oasis de Bou-Saada, il fut appelé au service militaire par l'État français, dont l'Algérie était encore une colonie. Comme Rahman ne connaissait pas la date exacte de sa naissance, on lui «donna» le premier janvier comme date d'anniversaire! Rahman fut envoyé en France pour remplir ses obligations militaires. C'est là qu'il fit la connaissance de Josette, une blonde qui lui tourna la tête et lui fit oublier le désert.

Josette et Rahman se marièrent et eurent tout de suite des enfants; Rahman devint ouvrier sur les chantiers de construction. Josette passait le plus clair de ses journées à s'occuper d'elle-même. Elle se maquillait beaucoup, aimait plaire, parlait et riait fort, et faisait tout ce qu'il fallait pour séduire les hommes sur les chantiers. Au fil des années, les disputes entre elle et Rahman devinrent violentes, alimentées par le vin qu'ils consommaient tous les deux en quantité.

Rahman adorait ses enfants mais avait un faible pour Barkamme. Elle était si fragile! Tout le monde la surnommait «Poupée», mais, lui, il l'appelait «ma poule». Quand il apportait des bonbons aux enfants, le plus joli, celui qui était caché dans un papier argenté, était toujours pour elle. «C'est pour que tu ailles mieux!» lui disait-il.

Car Rahman était toujours inquiet pour elle: Barkamme, en grandissant, restait une enfant fragile et émotive. Elle semblait tout ressentir avec acuité et, sans qu'on sache pourquoi, elle s'évanouissait fréquemment à l'école. Dans ces moments-là, pendant la classe, tout devenait bleu devant ses yeux puis elle s'effondrait.

La maîtresse la renvoyait chez elle. Mais ces retours inopinés contrariaient Josette, qui avait autre chose à faire de ses journées que de s'occuper de sa fille. Si Barkamme appréhendait de s'évanouir à l'école, elle redoutait encore plus de rentrer à la maison. À vrai dire, elle avait tout le temps peur. Sa mère lui avait fait comprendre qu'elle ne croyait pas à ses malaises et lui reprochait de chercher à se rendre intéressante. Si Josette avait un rendez-vous quand sa fille revenait à la maison... D'abord, Barkamme serait sévèrement grondée, souvent de façon cinglante. Ensuite, sa mère l'entraînerait là où elle allait retrouver son amant du moment. La petite, tapie dans un coin, attendrait que sa mère en ait fini. Un jour, Barkamme avait passé tout un après-midi assise sur une banquette d'autobus, pendant que sa mère couchait avec le chauffeur.

En une autre occasion, elle resta blottie sur un tas de gravats derrière un pilier de ciment, sur un chantier de construction, avec la consigne de ne pas émettre le moindre son... Pendant ce qui lui sembla une éternité, Barkamme osa à peine deviner ce que sa mère faisait avec un autre homme que son père. Elle aurait tellement préféré être encore à l'école! Pour ne pas entendre ces bruits de bouche, ces gémissements qui la révulsaient, pour faire passer le temps plus vite, la gamine ferma les yeux et tenta de s'envoler mentalement. Dans sa tête, elle retournait à l'école, ouvrait un livre, ou bien partait en voyage. Des années plus tard, l'odeur du ciment frais lui donnait encore envie de pleurer... Parfois, si Josette voulait sortir et que les enfants n'avaient pas école ce jour-là, elle les obligeait à se mettre au lit, même en plein jour. Elle partait alors la conscience tranquille, certaine qu'il ne pourrait rien leur arriver.

Barkamme était malheureuse, mais sa sœur Zorra ne semblait pas se laisser toucher par la misère dans laquelle vivaient les Soulmana. Barkamme était persuadée que sa jumelle faisait semblant, qu'elle cherchait à se convaincre que leur famille était une famille comme les autres... Mais elle voyait bien que Zorra ne regardait jamais personne dans les yeux! Les deux sœurs avaient peu d'affinités; pendant que Zorra jouait avec d'autres petites filles de leur âge, Barkamme restait souvent seule, assise à la fenêtre, à imaginer une vie différente et à rêver de la mère idéale. Grosse, avec de longs cheveux noirs et de gros seins, cette mère sentait bon, avait des mains douces et des bras assez longs pour prendre tous ses enfants en même temps... Rien à voir avec Josette, qui était petite, mince, avec de grands yeux bleus, les cheveux très courts et prématurément blancs...

Barkamme ne pouvait s'empêcher de remarquer qu'il y avait autour d'elle des enfants propres qui sentaient le savon, des enfants de riches, probablement. Des enfants soignés, qui avaient quelqu'un pour s'occuper d'eux. Chez elle, les enfants étaient sales, négligés, mal habillés et avaient des poux. Dans leur baraque de bois, il n'y avait que deux chambres, pas d'eau chaude ni de salle de bains, et les enfants dormaient tous dans le même lit, tête-bêche. L'arrivée d'Ada, après les jumelles, les força à se tasser encore plus les uns contre les autres.

Camille, la mère de Josette, vivait dans un baraquement accolé au leur. Seule une porte définitivement bloquée les séparait et Rahman avait enfoncé un bouchon de bouteille de vin dans le trou de la serrure pour leur assurer plus d'intimité face à une belle-mère qui ne craignait pas d'intervenir dans leurs affaires domestiques. Il lui suffisait toutefois de retirer le bouchon pour appeler Camille, quand il voulait l'inviter pour l'apéritif. Pendant quelque temps, la tante Danielle, sœur de Josette, son mari et leurs deux fils vécurent chez Camille. Barkamme se demandait pourquoi sa tante empêchait ses enfants de fréquenter ceux de Josette... La petite fille aurait bien aimé jouer avec ses cousins, car ils possédaient des jouets, tandis que chez les Soulmana il n'y en avait aucun! Mais la tante Danielle, quand elle voyait les enfants de sa sœur, négligés et malpropres, plissait le nez avec dégoût.

À l'école, Barkamme et Zorra, tout comme leurs frères aînés avant elles, étaient constamment humiliées. Les autres élèves les traitaient de «crouilles», de «ratons». En plus, on leur rappelait souvent qu'elles n'étaient pas propres. Par exemple, un jour, la maîtresse reprocha à Barkamme, devant toute la classe, d'avoir de la crasse dans le cou! Cette remarque fit à la jeune fille l'effet d'une gifle. Elle aurait voulu rentrer sous terre. Elle baissa la tête pour cacher ses yeux pleins de larmes et sa honte; elle en voulut à sa mère.

Les jumelles n'avaient que quelques vêtements à se partager, et, grâce à leur grand-mère, des rubans de couleur à leurs couettes pour les différencier. L'hiver, elles portaient deux pulls à col roulé, usés et complètement distendus. Comme elles voulaient que les cols tiennent bien en place, serrés sur le cou, leur grand-mère leur avait donné un truc: elles prenaient les élastiques sur de vieilles petites culottes et les attachaient sous le col. Jusqu'au jour où une élève aperçut l'élastique sous le col de Barkamme et que les moqueries s'abattirent sur les deux jumelles de nouveau.

Blessée par les railleries incessantes que suscitait sa situation familiale, Barkamme n'osait pas inviter de compagnes chez elle après la classe. Pourtant, à au moins une occasion, elle avait rassemblé son courage pour convaincre une copine de venir chez elle. Elle lui offrit du pain perdu pour le goûter, parce que c'était tout ce qu'il y avait à manger dans la maison. Il y avait toujours du pain perdu chez les Soulmana. Comme il n'était pas question de jeter du pain, même sec, on le trempait dans le lait et l'huile et on le faisait frire. Ça n'était pas très bon, puisqu'on n'avait pas assez d'argent pour le tremper aussi dans l'œuf, mais les enfants s'en contentaient. Ce jour-là, le pain perdu devait se trouver dans le buffet depuis longtemps, car il se révéla immangeable. La petite fille en prit une bouchée et la recracha aussitôt, devant Barkamme atterrée.

– Pouah, c'est dégueulasse! Vous n'avez rien d'autre à manger, chez vous?

Le lendemain à l'école, les commentaires allèrent bon train, car la petite fille ne s'était pas gênée pour rapporter l'incident. Barkamme encaissa en silence cette humiliation supplémentaire.

Les jumelles ne pouvaient pas compter sur leur mère pour leur brosser les cheveux, attacher leurs couettes. Seul leur frère aîné, Rodolphe, le faisait de temps en temps. En échange, Barkamme cirait ses chaussures. Rodolphe, qui avait près de huit ans de plus que les jumelles, était très protecteur avec elles. Il les défendait quand elles se faisaient insulter à l'école, les conseillait sur leurs tenues, leur apprenait comment se comporter en fille respectable, leur rappelait de moins manger si elles prenaient un peu de poids. Mais Rodolphe ne se plaisait pas à la maison lui non plus. Il fut le premier à quitter la famille pour aller vivre avec des copains.

Heureusement, il y avait les dimanches, quand Rahman était à la maison. Dans la cuisine avec ses deux filles, il préparait le couscous en chantant et ils oubliaient pour un temps la grisaille du baraquement. Pendant qu'il leur racontait des histoires sur sa famille et sur le désert, il leur apprenait à rouler délicatement les grains de semoule entre leurs doigts, pour qu'ils ne collent pas. C'était la fête, on mettait la radio, les filles dansaient avec leur père, apprenaient la valse en montant sur ses pieds. Lui qui bégayait quand il parlait entonnait sans la moindre hésitation *Salade de fruits* d'Henri Salvador. Rahman mettait un tablier et dansait parfois à la façon des hommes arabes. Barkamme le trouvait alors si beau! Elle aurait voulu passer toutes ses journées ainsi.

Rahman n'avait jamais appris à lire ni à écrire. Malgré cela, ayant à cœur de paraître aux yeux de ses enfants un père comme les autres, il lui arrivait de les rassembler autour de lui pour leur lire le journal à voix haute, en commençant toujours par «Il était une fois...». Souvent, il tenait son journal à l'envers sans s'en rendre compte, ce qui forçait Barkamme et Zorra à dissimuler des rires gênés. Jamais elles n'auraient voulu embarrasser ni peiner ce père si gentil qui était prêt à faire semblant de lire pour leur apprendre les choses de la vie. Parfois aussi, il regardait l'émission *Des chiffres et des lettres* à la télé, papier et crayon à la main, prétendant chercher le mot. Une fois la réponse donnée par les participants, Rahman rouspétait:

– Ah zut! J'aurais dû y penser!

Les enfants n'étaient pas dupes et devinaient que leur père devait être malheureux de son ignorance. Pour Barkamme, c'était une raison de plus de l'aimer, car toutes les astuces de Rahman étaient des preuves d'amour et elle s'y accrochait désespérément. Avec son père, elle se sentait bien, en sécurité. Certains soirs, il emmenait ses filles dehors et leur montrait le ciel en leur parlant avec nostalgie du désert:

– Dans le Sahara, le ciel est encore plus beau! Il part de là... et va jusque-là!

Alors Rahman ouvrait grands les bras pour leur expliquer l'immensité du ciel au-dessus du désert. Malgré lui, il soupirait, plein d'amertume. Deux fois seulement, Rahman avait pu retourner chez lui, visiter sa famille. À son retour, il avait rapporté aux enfants des fez et des dattes fraîches... Homme de tribu, Rahman avait le sens du partage. Généreux, toujours prêt à aider, il aimait offrir du couscous aux voisins, offrir une tournée au café où il allait tous les soirs pour fuir les insultes et les récriminations de sa femme, pour noyer dans le vin sa détresse d'homme bousillé. Il lui était même arrivé dans la rue de donner sa veste à quelqu'un qui avait froid. Après quoi Josette l'avait engueulé copieusement!

Barkamme recherchait avidement les moments d'intimité avec son père. Tous les matins, il était le premier debout. Quand elle l'entendait faire couler de l'eau pour le café, elle se glissait doucement hors du lit pour ne pas réveiller les autres et, à pas de loup, se faufilait dans la cuisine. Alors, sans dire un mot, elle regardait son père se raser. Rahman était en maillot de corps, été comme hiver, et se penchait au-dessus du vieux lavabo de pierre pour se regarder dans le petit miroir ébréché accroché au mur. Quand, dans le miroir, il apercevait sa fille, il lui adressait un sourire:

– Ça va, ma poule?

Barkamme savourait le moment et admirait ce sourire magnifique, aux dents éblouissantes de blancheur. Elle connaissait le secret du sourire éclatant de son père: elle y avait même un rôle à jouer! Dès qu'il aurait fini de se raser, Rahman soulèverait sa fille du sol et l'emmènerait dehors, sur le côté du baraquement. Il y avait là une large plate-bande que Rahman avait fait remplir de sable. Il poserait sa fille à côté, elle mettrait ses mains en coupe et il y verserait une poignée de sable. Dans la maison, il tendrait la main vers celles de Barkamme, qui ferait alors couler comme d'un sablier des grains sur les doigts de son père.

– C'est bon, j'en ai assez!

Il ouvrirait la bouche et, soigneusement, frotterait chaque dent avec du sable. Le rituel se répétait tous les matins, et chaque fois Barkamme lui demandait:

– Pourquoi tu brosses tes dents avec du sable?

Comme il s'agissait d'un instant précieux de complicité entre eux, elle ne se lassait pas d'entendre les explications de son père:

– C'est ma mère qui m'a appris à faire comme ça. Tu sais, dans le désert...

Et ils s'évadaient vers le Sahara. Pour Barkamme, Rahman faisait apparaître des dunes gigantesques, des mirages mystérieux et un ailleurs tellement plus beau que cette cabane sordide dans laquelle ils se sentaient tous les deux prisonniers... Par ses rêveries nostalgiques, Rahman transmettait sans le savoir à sa fille le goût du voyage, l'envie de découvrir ce qui se cachait derrière ces noms aux consonances énigmatiques qu'elle étudiait à l'école. C'est ainsi que son père la découvrit un jour en train de creuser un trou à côté de la maison. Elle venait d'apprendre que la Chine se trouvait de l'autre côté de la Terre. Peut-être qu'en creusant assez longtemps elle pourrait parvenir à y emmener son père.

Si Rahman représentait pour Barkamme la tendresse et l'évasion, il n'en allait pas de même de sa mère. La petite fille percevait sa mère presque comme une étrangère, un peu inquiétante, qui ne lui manifestait pas le moindre intérêt. Malgré les reproches de sa propre mère et les commentaires acerbes des voisines, Josette ne se préoccupait pas de ses enfants, qu'elle laissait pousser comme de la mauvaise herbe. Lorsqu'elle leur parlait, ses propos étaient souvent cruels. Barkamme fut un jour particulièrement terrifiée par les paroles de sa mère. Vers l'âge de six ans, elle tâta une petite bosse sur sa gorge. Ignorant qu'il s'agissait de la pomme d'Adam, la fillette crut que la bosse allait grossir et qu'elle mourrait étouffée! Quand elle fit part de son inquiétude à sa mère, celle-ci lui rétorqua:

– Si tu as ça, c'est parce que tu n'as pas été gentille!

– Est-ce que je vais mourir?

– Tu verras bien...

À partir de ce moment, une idée horrible se fit jour dans la tête de Barkamme: sa mère ne l'aimait pas. Comment pouvait-elle l'aimer et se montrer aussi malveillante? La jeune fille ne se souvenait pas avoir jamais reçu le moindre câlin de Josette. Elle se rendit compte, avec un peu de honte, qu'elle non plus n'avait jamais éprouvé d'amour pour sa mère. Ça n'était sûrement pas normal. Mais cette dernière se conduisait-elle comme une vraie mère? Les sentiments de Barkamme envers Josette, en se précisant, effrayèrent la fillette par leur violence. Quand Barkamme prit conscience qu'elle avait passé neuf mois dans le ventre de cette femme, qu'elle voyait maintenant se vautrer dans les bras de n'importe qui et traiter ses propres enfants comme des fardeaux puants, elle en fut écœurée.

Autour d'eux, tout le monde semblait consterné par la conduite de Josette, y compris sa propre mère. Un jour, excédée, Camille déclara à Barkamme:

– Ta mère est une salope, une menteuse et une pute!

Barkamme crut deviner qu'il s'était passé quelque chose de grave entre les deux femmes, un incident qui avait amené sa grand-mère à cette conclusion brutale. Mais elle ne parvint pas à connaître le fin mot de l'histoire. Camille s'était contentée de marmonner que c'était «une histoire d'homme»...

Après la naissance d'Ada, la situation ne cessa de se dégrader entre Rahman et Josette: ils se disputaient sans arrêt et se battaient même, parfois. Quand Josette menaçait de partir, comme elle le faisait désormais régulièrement, Rahman se mettait à pleurer: «Ne me sépare jamais de mes enfants!» Il reprochait à sa femme de le tromper, celle-ci l'insultait. Il arrivait que les voisins appellent la police. La voisine, madame Mignon, qui venait souvent prendre le café avec la mère de Barkamme, reprochait elle aussi à Josette, entre deux papotages, de ne pas s'occuper de ses enfants. Barkamme et Zorra se cachaient sous la fenêtre ouverte pour les écouter, comme elles se cachaient parfois pour s'apprendre mutuellement à embrasser, pour plus tard, quand elles seraient grandes.

Puis, un jour, Josette réunit les enfants dans la pièce principale devant Rahman et d'un air nonchalant leur dit:

– Si on se sépare, votre père et moi, avec qui voulez-vous vivre? Je veux que vous choisissiez tout de suite. Et attention, parce que ce sera pour la vie!

Les enfants, terrorisés, se tournèrent vers leur mère, sachant que c'était ce qu'elle attendait d'eux. Mais Barkamme, regrettant son geste, alla tout de suite après s'accrocher aux jambes de Rahman...

Celui-ci, de plus en plus malheureux, buvait énormément. Souvent, Barkamme allait le chercher au bistrot pour le ramener à la maison. Elle le trouvait pleurant et marmonnant dans son verre: ·

– C'est pas beau de boire, mais ça fait oublier. Il ne faut jamais laisser quelqu'un te faire du mal. Sinon, tu auras toujours un verre à la main...

Rahman était un homme détruit. Sa fille le sentait confusément. Pourquoi un être aussi gentil, aussi tendre, s'enivrait-il tous les soirs, sinon parce qu'il était malheureux? Barkamme rageait d'être trop petite pour le consoler. Elle assistait, impuissante, à la débâcle totale de la personne qu'elle aimait le plus.

Josette ne tarda pas à mettre ses menaces à exécution. Secrètement, elle avait obtenu de la municipalité, grâce à ses six enfants, un appartement dans une HLM. Pendant que les enfants étaient à l'école et Rahman au travail, elle vida le baraquement, emportant tout ce qu'elle pouvait. Quand elle vint chercher les enfants à l'école, ils apprirent qu'ils avaient une nouvelle maison et que leur père ne vivrait plus avec eux. Le choc fut terrible. Barkamme essaya d'imaginer la réaction de son père, sa tristesse quand il rentrerait du travail et trouverait la maison vide... Mais devant l'attitude presque guerrière de leur mère, personne n'osa protester. La mort dans l'âme, les enfants s'installèrent dans leurs nouveaux quartiers.

Peut-être Josette aurait-elle préféré ne pas emmener les enfants, mais elle n'avait pas le choix. Pas d'enfants, pas de HLM et, surtout, pas d'allocations familiales! Ce chèque mensuel, c'était pour elle la liberté... Après tout, les grands pouvaient bien s'occuper des petits...

Mais Josette n'avait pas l'intention de s'arrêter là. Non satisfaite d'éloigner les enfants de leur père, elle décida qu'il fallait aussi qu'ils changent d'identité.

– J'en ai assez de vos prénoms de bougnoules! Toi Barkamme, dorénavant, tu prends ton prénom français: Blandine! Et toi, Zorra, tu t'appelles Dominique! Ali, tu t'appelles Stéphane...

Blandine... La petite fille savait qu'il y avait cet autre prénom sur le registre des naissances, mais on ne l'avait jamais utilisé! Comment pouvait-elle changer de nom, à sept ans! C'était comme devenir quelqu'un d'autre! À l'école, elle était algérienne, une «bougnoule» pour plusieurs enfants, tandis qu'à la maison elle devenait française! Est-ce qu'on avait le droit de faire une chose pareille? Est-ce qu'elle arriverait à se rappeler son nouveau prénom? Entre ce nouveau prénom à accepter et son inquiétude pour son père dont elle n'avait pas de nouvelles, la petite Barkamme/Blandine ne dormait plus et vivait dans un cauchemar permanent.

Pour ses frères, le changement de nom fut très difficile à accepter. Bien qu'aucun des enfants ne parlât arabe, bien qu'ils n'eurent pas été élevés dans la tradition musulmane, ils étaient fiers de leur héritage touareg et avaient l'impression de trahir leur père. Eux qui étaient déjà adolescents, ils fuyaient l'appartement le plus souvent possible, et Blandine leur enviait cette liberté.

Peu de temps après leur installation dans la HLM, un autre homme vint remplacer Rahman dans le lit de Josette... C'était un ouvrier, lui aussi, un Portugais appelé Manate qui leur imposa de nouvelles règles et de nouvelles brimades. Josette et lui les entraînaient chez des copains où les enfants assistèrent à de mémorables beuveries. Ils découvrirent, dégoûtés, que les Portugais pouvaient manger de la morue séchée tous les jours! Le couscous de Rahman leur manquait cruellement. Les enfants n'aimaient pas Manate et durent apprendre à l'éviter car il se révéla violent. Un soir où Blandine et Dominique parlaient encore dans leur lit, passé l'heure du «couvre-feu», Manate leur ordonna de se taire, en vain; il entra dans leur chambre, retira sa ceinture, souleva la couverture et les frappa froidement. Dans leurs larmes, les jumelles découvrirent avec horreur que leur mère était appuyée contre la porte, un verre de vin à la main, et observait la scène sans broncher.

Josette avait interdit à ses enfants de voir leur père: Rahman en fut donc réduit à se faufiler à la sortie de l'école, de temps en temps, dans l'espoir que ses enfants viendraient le retrouver. Il s'accroupissait pour être à leur hauteur, tendait les bras et leur faisait signe de fouiller les poches de sa veste, où il avait glissé des bonbons... Un jour, pendant que Blandine échangeait quelques mots avec son père, une petite fille dans la cour de l'école l'appela de loin:

– Blandine!

En entendant ce nouveau prénom, Rahman pâlit. C'était comme si Josette avait nié son existence... Blandine aurait fait n'importe quoi pour effacer le chagrin qu'elle lut sur le visage de son père. Mais comment faire, elle qui n'était qu'une petite fille? Elle tenta d'ignorer l'appel. Rahman protesta pour la forme. Il savait qu'il avait perdu.

– Blandine? Comment ça, Blandine? Tu t'appelles Barkamme!

À partir de ce jour, Rahman, anéanti, seul dans son baraquement où les enfants n'osaient pas aller le voir, se laissa complètement couler dans son éthylisme dispensateur d'oubli. Seule sa belle-mère Camille, qui vivait toujours dans le baraquement d'à côté, lui apportait un peu de consolation en l'assurant qu'elle n'était pas d'accord avec la conduite de sa fille. Elle et Rahman maintenaient des relations de bon voisinage, se disputaient puis se réconciliaient. Mais le Touareg déjà privé de son désert était désormais privé aussi de sa source de vie.

Quelques mois plus tard, une nouvelle petite sœur vint au monde, et Josette et Manate l'appelèrent Emmanuelle. Mais les choses finirent par tourner au vinaigre entre eux et Manate quitta la HLM. Josette eut d'autres préoccupations, et les enfants étaient plus que jamais laissés à eux-mêmes. Ils se nourrissaient de peine et de misère de ce qu'ils trouvaient dans le garde-manger presque vide. Josette ne cuisinait pas et ne s'intéressait ni à l'hygiène de ses enfants ni à leurs devoirs.

Il n'y avait qu'à l'école que Blandine se sentait assez bien, car elle était curieuse et aimait apprendre. Elle obtenait presque toujours la première ou la deuxième place parmi les vingt-cinq élèves de la classe, ce qui lui valait le privilège de s'asseoir tout près du pupitre de la maîtresse. C'était pour elle une douce revanche. Loin des tracasseries de la maison, elle travaillait bien et se lançait à fond dans certains projets, devinant confusément qu'il y avait ailleurs un autre monde à découvrir, plus beau, plus propre. Quand l'institutrice leur confia un travail de recherche sur Léonard de Vinci, Blandine, éblouie par tout ce qu'elle découvrait, passa ses journées à la bibliothèque. Elle accumula tant d'informations que, le moment venu de remettre son travail, elle dut avouer qu'elle n'avait pas encore terminé. La maîtresse sourcilla, demanda à voir ce qu'elle avait déjà été fait et... lui décerna la meilleure note de la classe!

Blandine, en grandissant, se mit à assumer la plupart des corvées à la maison. Dans l'appartement négligé où il n'y avait pas de frigo et où on posait la margarine sur le rebord de la fenêtre pour la garder froide, c'était toujours à Blandine qu'on demandait s'il restait du pain, du lait ou quelque chose à manger. À treize ans, Blandine se sentait responsable de ses frères et sœurs.

Les enfants n'en pouvaient plus de cette ambiance survoltée ni de l'inquiétude constante qui les habitait. De violentes disputes éclataient souvent. Ainsi, pendant une querelle avec Stéphane, Blandine lança une chaise dans sa direction. Celui-ci riposta en lui balançant un fer à repasser à la figure! L'appartement était un perpétuel champ de bataille, où bouillonnaient affrontements et doutes. À voir leur mère passer d'un amant à l'autre, les enfants en vinrent à se demander s'ils étaient vraiment frères et sœurs.

Les responsabilités démesurées que Blandine assumait l'amenèrent bientôt à un point de rupture. Ce soir-là, elle changeait la couche de sa petite sœur Emmanuelle et regardait la porte de la chambre de sa mère. Celle-ci était fermée à clé. Blandine se demanda si Josette était avec cet homme. Sa mère avait un nouvel amant. Il leur paraissait inquiétant, on chuchotait qu'il avait fait de la prison, qu'il y avait même connu Papillon!

La porte s'ouvrit et Josette sortit de la chambre. Elle se dirigea vers la salle de bains, passant à côté de Blandine. Celle-ci se sentit alors giflée par l'odeur de sa mère. C'était une odeur familière pourtant, l'odeur habituelle de renfermé, une senteur sèche, froide. Blandine la ressentait ainsi. Depuis toujours, c'était comme si sa mère était enveloppée dans une fine pellicule métallique... Elle craignait, en la touchant, de sentir la même chose qu'elle. Ce jour-là, il y avait quelque chose en plus. Son parfum glacial, mélangé à l'odeur du nouvel homme, aux relents du sperme que Josette portait encore dans son ventre, vint à bout de la résistance de Blandine. Les effluves la pénétrèrent jusqu'aux os, comme un avertissement de danger. Blandine, le bébé sous le bras, marcha vers la chambre et vit l'homme dans le lit. Quelque chose se brisa en elle; il fallait à tout prix qu'elle sorte de cette maison, avant d'étouffer, avant d'en mourir.

Elle posa sa petite sœur, ouvrit la porte et dévala les escaliers vers la sortie sans rien emporter avec elle. Elle savait déjà, pourtant, qu'elle ne reviendrait plus jamais.

Pendant plusieurs jours, Blandine erra dans les rues, dormit dans les jardins publics, près des petites cabanes où on rangeait le matériel de jardinage. Elle n'avait pas peur, il ne pouvait plus rien lui arriver de mauvais. C'était comme un répit, un transit. Elle évita de réfléchir et s'accorda un peu de repos. Elle n'allait plus à l'école, mais à quoi bon y aller? L'école, c'était pour les autres, ceux qui avaient une vraie famille. Elle savait que sa mère ne prendrait même pas la peine de la chercher, puisque Dominique était là pour prendre la relève des corvées.

De temps en temps, elle s'arrêtait chez les Kidri, des cousins éloignés de son père, qui tenaient dans le quartier un café-épicerie. Blandine confia à la dame qu'elle avait quitté l'appartement de sa mère et qu'il ne fallait le dire à personne. Madame Kidri était discrète et généreuse: elle donnait à Blandine de quoi manger et quelques pièces de monnaie. L'adolescente put ainsi, par deux fois, aller se laver aux douches publiques. Elle rendit aussi visite à sa grand-mère mais hésita à se confier: elle aurait aimer se réfugier chez elle mais la craignait un peu. Camille avait une forte personnalité et des opinions arrêtées sur tout. Allait-elle la renvoyer chez Josette?

Blandine trouva un petit boulot chez un maraîcher: il l'emmenait aux halles de Rungis chercher des cageots de légumes qu'elle l'aidait ensuite à disposer au marché.

Après deux semaines d'errance, elle finit par demander à sa grand-mère de l'héberger. Elle avait tant besoin qu'on s'occupe d'elle! Camille avait à peine de quoi se nourrir. Pour apporter sa contribution, Blandine fit quelques ménages en plus et continua ses allers-retours à Rungis avec le maraîcher. Ces jours-là, elle se levait à trois heures du matin et évitait de prendre un petit-déjeuner pour ne pas réveiller sa grand-mère. Quand elle se retrouvait dehors en pleine nuit, elle ne pouvait s'empêcher d'écouter le claquement de ses propres pas et s'inventait des histoires. Elle s'imaginait que quelqu'un la suivait et voulait l'enlever, que personne ne la retrouverait jamais. Ou bien elle s'imaginait témoin d'un crime crapuleux... Blandine arrivait au marché en courant, comme si elle avait eu le diable à ses trousses!

Dès l'aube, elle travaillait fort comme un homme, transportait de lourds cageots de légumes. Le soir, elle rapporterait quelques légumes à sa grand-mère. Malgré le travail fatigant et fastidieux qu'elle s'imposait, elle se sentait libre, sortie du cercle infernal. Elle n'avait pas tort: bien qu'elle ait coupé les ponts avec sa mère et ses sœurs, elle avait des nouvelles de la famille de temps en temps par sa grand-mère ou par ses frères lorsqu'elle les rencontrait en ville. C'est ainsi qu'elle apprit qu'une assistante sociale, alertée par des rumeurs, avait retiré à Josette la garde de Dominique et l'avait placée dans un foyer pour jeunes filles.

Blandine n'arrivait pas à comprendre ce qu'elle ressentait vraiment; c'était un mélange de crainte et d'ivresse, entre le soulagement d'avoir échappé à un enfer et la peur de se jeter dans l'inconnu. Elle avait plongé sans se poser de questions dans une lutte quotidienne pour sa survie. Elle avait presque quatorze ans, ne savait rien de la vie, de l'amour, ne savait ni s'habiller, ni se tenir, ni parler correctement. On ne lui avait rien appris d'autre que les insultes, la laideur, la vulgarité, l'indifférence. Il y avait son père, bien sûr, mais il n'était plus que l'ombre de lui-même. Seuls Blandine et Rodolphe allaient encore le voir de temps en temps au fond de sa cabane, où ils le trouvaient la plupart du temps aviné et hagard. Blandine ne pouvait se résoudre à prendre sur elle le fardeau de son père, le sien était déjà lourd. Mais elle avait pour elle la force de la naïveté, qui la faisait aller de l'avant sans hésitation. Les choses iraient forcément mieux, ailleurs, plus tard.

La grand-mère Camille était joviale, aimait chanter et rire. Tous les soirs, elle fredonnait *La vie en rose* en cousant ou en repassant, ce qu'elle faisait pour gagner sa vie. Camille avait le sens du spectacle: quand elle chantait, c'était à tue-tête, avec de grands gestes et en paradant comme une star dans son petit baraquement. Vêtue d'une jupe trop longue appartenant à Camille, qu'elle remontait jusque sous les bras pour en faire un bustier, Blandine se plaçait derrière sa grand-mère et la suivait à travers la pièce en imitant chacun de ses gestes. De temps en temps, Camille se retournait pour voir si sa petite-fille l'imitait convenablement. Elles s'offraient alors de folles soirées!

Blandine était aussi réconfortée par les odeurs qui imprégnaient le baraquement de sa grand-mère, particulièrement celle de la confiture de rhubarbe que Camille cuisinait en grande quantité avec l'aide de sa petite-fille, avant de la verser dans des bocaux de verre qu'elle stockait dehors, dans la buanderie, près de sa vieille bicyclette. Malheureusement, Blandine reconnaissait avec moins d'enthousiasme l'odeur de la soupe de navet, qu'elle exécrait mais qu'elle était forcée de manger puisqu'il n'y avait rien d'autre et qu'aux dires de sa grand-mère «... pendant la guerre, on était bien obligés de manger ce qu'on nous donnait!».

Du plus loin que Blandine se souvenait, il y avait toujours eu du chocolat caché dans l'armoire de sa grand-mère. Il était dans le placard du bas, fermé à clé, mais Blandine savait que la clé se trouvait sur le dessus de l'armoire. Aussi, pendant que Camille s'affairait dans la cuisine, Blandine se faufilait parfois dans l'autre pièce. Elle grimpait sur une chaise pour attraper la clé et cassait un gros morceau de chocolat, tout en prenant soin de bien remballer le reste dans son papier argenté, comme si, de cette manière, son larcin pouvait passer inaperçu. Le malheur, c'est que Blandine était allergique au chocolat, qui la faisait éternuer! Aussi, quand la friandise commençait à produire son effet indésirable, l'adolescente entendait sa grand-mère l'appeler:

– Viens donc un peu par ici, toi...

Dans la chambre de Camille, posée sur une chaise, il y avait une poupée de porcelaine qui fascinait Blandine. Elle aurait tant voulu jouer avec... Mais sa grand-mère lui avait interdit d'y toucher. Cette poupée, qu'elle avait reçue dans son enfance, elle y tenait comme à la prunelle de ses yeux et craignait qu'on l'abîme. La fillette se contentait de l'admirer de loin. Chez Camille, il y avait aussi la télé. Blandine et elle regardaient des pièces de théâtre. Pour Blandine, ce fut une révélation. Son imagination s'emportait et son cœur battait plus vite quand elle entendait frapper les trois coups. Elle se mit à rêver de devenir actrice et confia son rêve à sa grand-mère, qui ne s'en moqua pas. La jeune fille prit alors conscience du réconfort que lui apportait leur complicité.

Camille apprit à sa petite-fille comment coudre et repasser. Blandine aimait observer sa grand-mère se poudrer le visage d'un geste gracieux, avec sa grosse houppette qui dégageait une odeur douce. Elle s'enhardit à essayer les chaussures de Camille dans le placard et, un jour, alla se balader en ville avec aux pieds les jolis escarpins de sa grand-mère. Mais celle-ci, en sortant d'un commerce, aperçut Blandine qui jouait à la dame.

– Si tu voulais mes chaussures, il fallait me les demander! lui lança-t-elle le soir, d'un air faussement fâché.

Camille ne dramatisait jamais rien; de temps à autre, elle faisait simplement la leçon à Blandine en utilisant ses propres expériences.

– Ne te laisse jamais maltraiter par un homme!

Elle en avait vu de toutes les couleurs dans sa vie, mais ne s'était jamais laissé marcher sur les pieds.

Blandine, élevée sans religion, ne savait pas prier. Mais chez sa grand-mère, le soir dans son lit, elle se sentait protégée par une petite statuette phosphorescente de la Vierge Marie, posée sur une commode. Elle fixait la Vierge aux reflets vert pâle et, dans sa solitude, rêvait d'un bébé à aimer alors qu'elle ne pouvait même s'imaginer embrassant un garçon. Elle récitait une petite litanie, toujours la même: «Oh! Bon Dieu, Bon Dieu, Bon Dieu, envoie-moi un petit garçon pour que je l'aime beaucoup et qu'il m'aime beaucoup. Merci!»

Elle fit un rêve étrange dans lequel elle n'était pas une jeune fille mais un dictionnaire, très épais, très lourd. Ses pages s'ouvraient d'elles-mêmes et les mots s'envolaient, les lettres s'éparpillaient dans l'espace tout en se transformant en semoule de couscous! Blandine se réveilla bouleversée et pleura longtemps. C'étaient des larmes de soulagement, comme si son rêve lui avait apporté une sorte d'apaisement, de clarté intérieure. Au fil des années, ce rêve lui reviendrait de temps en temps et chaque fois lui ferait le même effet.

2

Roméo et Juliette des baraquements

De la fenêtre d'une maison où elle faisait parfois le ménage contre un peu d'argent, quelques jours avant de se réfugier chez sa grand-mère, Blandine entendit de la musique. C'étaient les échos des airs populaires qui faisaient danser les jeunes de Beauvais. On était samedi, le bal devait commencer... La jeune fille fut attirée par cette atmosphère joyeuse. Jamais auparavant elle n'avait pensé aller au bal mais ce soir-là, en entendant les haut-parleurs qui vibraient sous les assauts du rock, Blandine laissa traîner son torchon sur le rebord de la fenêtre et poussa le rideau dans l'espoir d'apercevoir les lumières multicolores qui annonçaient le début de la fête. Elle eut une envie forte d'aller s'étourdir, d'oublier pour un soir sa solitude. Elle avait treize ans et ignorait ce que faisaient les autres filles de son âge. Savaient-elles se maquiller, danser?

Timidement, Blandine s'approcha de la piste de danse pour admirer ceux qui avaient l'audace et l'aisance de se déchaîner sur des airs qu'elle n'avait jamais entendus mais que les danseurs semblaient tous connaître par cœur. Un garçon l'invita à danser mais Blandine, gênée, refusa. Il insista lourdement. Blandine, mal à l'aise, ne savait comment se débarrasser de lui. Juste au moment où elle se demandait comment fuir, un jeune homme s'interposa et d'un ton sans réplique chassa l'importun.

Soulagée et rassurée, Blandine remercia le garçon. Il se présenta. C'était un copain de ses frères, surtout de Rodolphe. Il s'appelait Hassan Habbedine. Elle se souvint alors d'un incident que Rodolphe lui avait raconté. Dans un bistrot, récemment, Hassan s'était porté à la défense de leur père lors d'une querelle. Ce Hassan Habbedine était décidément un héros!

Il la prit par la main et l'emmena avec assurance dans un coin pour parler. Puis il l'invita à danser. Blandine n'avait plus jamais dansé depuis... la valse, toute petite, sur les pieds de son père. Elle se sentit en sécurité avec ce garçon qui avait presque dix-huit ans et semblait tout faire avec aplomb. Elle se laissa guider, malgré sa crainte d'avoir l'air ridicule.

À la fin de la soirée, il proposa de la ramener chez elle. Jamais Blandine n'avait été l'objet d'autant de courtoisie ou d'attention! Mais il était hors de question qu'elle lui avoue qu'elle dormait dans les jardins municipaux! Elle s'arrangea pour rentrer seule, même si elle devinait déjà qu'elle allait le revoir.

Hassan comprit vite la misère dans laquelle vivait Blandine. Il finit par découvrir qu'elle dormait dehors et insista pour qu'elle cherche refuge chez sa grand-mère. Il arriva dans sa vie comme un sauveur, se préoccupant de son bien-être, s'inquiétant de savoir si elle mangeait. Ils tombèrent amoureux presque tout de suite. Quand ils marchaient ensemble dans la rue, il la tenait par la main; quand ils rencontraient des gens qu'il connaissait, il la présentait comme sa petite amie. Il lui montrait une tendresse dont elle était privée depuis qu'elle ne vivait plus avec son père. Et surtout, Hassan la traitait comme une femme. Comme Rahman, il l'appelait «Poupée». «J'ai un amoureux!» se dit Blandine avec ravissement. Par ses frères, elle apprit que Hassan faisait de la boxe dans un club et qu'il avait déjà gagné plusieurs combats, pas seulement dans le ring. Il se bagarrait facilement, prenait la défense des plus faibles, et tout le monde le connaissait en ville comme Hassan le bagarreur.

C'est dans la cave de l'immeuble où vivaient ses parents que Hassan embrassa Blandine pour la première fois. Quelque temps après, il la fit monter chez eux pour la présenter à sa famille...

L'appartement, situé dans une tour de HLM, était meublé du strict minimum : quelques gros meubles lourds et sombres, un buffet, une longue table et des chaises, l'essentiel pour une grande famille. Pas de décoration sur les murs, à part, comme c'était l'usage dans de nombreuses familles musulmanes, une représentation de La Mecque dans le salon, puisqu'une grand-mère avait eu la chance d'y aller en pèlerinage. L'atmosphère était austère et vaguement hostile. Blandine se sentit comme un animal de zoo ; du moins, interpréta-t-elle ainsi les regards inquisiteurs et méfiants pointés sur elle. Les frères aînés, les sœurs, ils étaient tous là, à la juger, à la toiser. A priori, ils ne pouvaient pas être d'accord avec cette relation : Blandine n'était pas complètement arabe puisque sa mère était française...

Le père de Hassan ne lui parut pas malveillant. Son attitude était plutôt indifférente, comme s'il avait renoncé à avoir un avis sur les fréquentations de son fils. Mais quand elle croisa le regard de sa femme, Blandine devina que les choses ne seraient pas faciles. Il y avait dans ces yeux maquillés de khôl plus que de la méfiance. C'était un regard perçant, chargé de haine, presque une gifle. Blandine apprit plus tard que la femme avait déjà en vue une épouse pour son fils qui était en âge de se marier. Cette intruse, cette gamine de treize ans, elle n'en voulait pas. En plus, Blandine portait ce jour-là un pantalon, ce que n'aurait jamais fait une femme arabe... La jeune fille sentit comme une brûlure le regard acéré qui détaillait sa tenue inconvenante.

La mère de Hassan ne parlait que l'arabe et semblait tenir fermement les rênes dans la maison; Blandine devina que c'était elle qui détenait la véritable autorité. Elle assista sans mot dire à un échange entre mère et fils, où le ton monta. Cela l'effraya mais elle crut comprendre que Hassan prenait sa défense. Quand ils ressortirent de l'appartement, Hassan poussait des soupirs exaspérés mais la tenait toujours par la main. Tout allait donc pour le mieux. Si Hassan était prêt à tenir tête à sa mère, c'est qu'il l'aimait vraiment!

Cependant, ce rejet catégorique de la part de la famille de Hassan persista, si bien qu'il eut raison de la résistance du jeune homme. Hassan refusa de vivre plus longtemps dans une maison où son choix ne trouvait ni tolérance ni respect. Au même moment, Blandine se résigna à quitter le baraquement de sa grand-mère. Camille n'avait décidément pas les moyens de la faire vivre. Blandine souhaitait la soulager d'un fardeau trop lourd en volant de ses propres ailes.

Dans la cave de l'immeuble où habitaient les Habbedine, chaque locataire disposait d'un petit espace de rangement. Les Habbedine y descendaient rarement. Le jeune couple eut l'idée de s'y installer en secret. Ils trouvèrent pour tout équipement un matelas, deux couvertures et deux lampes de poche. Cet espace à peine plus grand qu'un placard devint leur logis clandestin.

La cave sentait la poussière, le renfermé, l'air y était raréfié. Comme Blandine avait terriblement peur du noir, elle s'endormait en laissant une lampe de poche allumée que Hassan éteignait ensuite. Ils étaient sur le qui-vive car parfois des gens descendaient dans la cave et il fallait éviter d'être vus. Hassan se débrouillait toujours pour trouver quelques francs ou de la nourriture et Blandine se sentait prise en charge. Tapis dans leur grotte, ils ne pensaient pas à faire autre chose que se blottir dans les bras l'un de l'autre, et s'embrasser de temps en temps. Blandine était loin encore de s'intéresser à leurs relations physiques et n'avait jamais vu de sexe d'homme!

De temps en temps, Hassan montait chez ses parents. Il mangeait, changeait de vêtements, prenait un bon repas et, discrètement, remplissait ses poches de nourriture fourrée dans du pain, pour Blandine. Il lui arrivait aussi de se cacher dans la salle de bains pour y laver les sous-vêtements de Blandine, qui n'en avait pas de rechange! Elle les enfilait ensuite, encore mouillés. Pendant ces quelques mois de vie clandestine, Blandine se sentait parfois comme un chien. Elle ne se nourrissait que de restes de table, ne profitait jamais d'un repas chaud. Dans ses sous-vêtements mal séchés, elle était perpétuellement enveloppée d'humidité, souvent transie jusqu'aux os, tremblante de peur que les Habbedine découvrent sa présence dans la cave et la chassent...

Les nerfs de Blandine finirent par craquer. Elle n'en pouvait plus de vivre comme une taupe. Tandis que Hassan pouvait bénéficier d'un moment de répit et d'un bon repas de temps en temps, en grimpant chez ses parents, Blandine continuait de lutter et de s'affaiblir, psychologiquement et physiquement. Contrairement à Hassan, elle n'avait nulle part où aller! Un tenancier de bistrot, qui leur faisait habituellement crédit, leur refusa son aide. Blandine ne pouvait même plus compter sur un bout de pain et une merguez. Elle était affamée, la faim la fit paniquer. Si l'avenir s'annonçait aussi sombre, elle voulait mourir! Devant Hassan affolé, elle s'évanouit.

Celui-ci courut vers une pharmacie. Quelques instants plus tard, il revenait avec un comprimé dans la main. Blandine ne comprit pas où il voulait en venir, ni comment il avait réussi à l'obtenir. Elle n'arrivait plus à réfléchir, elle voulait juste manger ou mourir. La vie était trop dure. Comment être heureuse quand on crève de faim? Jour après jour, ils s'enfonçaient un peu plus dans l'indigence. Assis côte à côte sur un banc de parc, ils pleurèrent, accablés par leur vie sans issue.

Hassan regarda Blandine, l'air désespéré, et lui montra la pilule dans sa main. Blandine, sans trop savoir ce qu'il avait en tête, acquiesça et se laissa entraîner. Ils grimpèrent sur le toit du plus haut immeuble de Beauvais. Hassan sépara le comprimé en deux, puis ils avalèrent chacun leur moitié. C'était un simple somnifère. Hassan savait bien que le cachet n'allait pas les tuer, mais il espérait sans doute amortir le choc du passage dans l'au-delà. Ils se tinrent par la main et marchèrent vers le bord du toit. Blandine fixa la rue en bas puis survola la ville du regard. Une pensée fortuite vint à bout de la sortir de son engourdissement. Tétanisée, elle se tourna vers Hassan.

– Mais si on meurt, on se verra plus?

– Ben... non!

Blandine recula, soudain effrayée. La décision était trop énorme. Elle ne verrait plus Hassan! Cette constatation suffit à la ramener à la réalité, comme un verre d'eau glacée jetée à la figure. Non, elle ne voulait plus sauter. Elle ne voulait pas vraiment mourir, juste se sentir mieux...

Ils redescendirent dans la rue, encore sonnés par la décision irréversible qu'ils avaient bien failli prendre. Ils retournèrent s'asseoir sur un banc de parc, ils pleurèrent encore, assommés par la constatation impitoyable de leur échec. Car si mourir n'était pas la solution, il faudrait bien faire quelque chose pour sortir de ce cul-de-sac.

Hassan emprunta de l'argent et ils prirent le soir même un train pour Lille. Il y avait là-bas un cousin de

Hassan qui pourrait peut-être les aider. Dépourvue de volonté, sentant ses forces vitales l'abandonner, Blandine se laissa guider comme une aveugle, elle qui n'était jamais sortie de Beauvais. Arrivés à Lille, Blandine était si fatiguée et affamée qu'elle eut un malaise dans la rue. Hassan n'hésita pas à frapper à la porte d'une inconnue pour quémander un peu de nourriture.

Quand ils arrivèrent au domicile du cousin, sa maison leur parut l'antichambre du paradis! De la nourriture, un vrai lit, des draps propres, une chambre avec une fenêtre! Mais le cousin ne pouvait rien faire de plus que de leur offrir ce répit; après quelques jours, Blandine et Hassan rentrèrent à Beauvais et retrouvèrent la cave qu'ils s'étaient promis d'abandonner pour de bon. Hassan se mit en quête d'un travail. Il avait entendu parler d'une chambre à louer et avait besoin d'un salaire pour payer le loyer s'il y emménageait avec Blandine. Il trouva un boulot dans une usine, ce qui lui rendit son assurance. La veille de leur installation dans le petit meublé, il annonça à Blandine:

– Ce soir, on fait la fête! On va dormir à l'hôtel et tu vas devenir ma femme!

Dormir à l'hôtel! Blandine se sentit riche. Soudain elle se crut comme les autres, comme les grandes personnes qui travaillaient, voyageaient et prenaient une chambre à l'hôtel comme si c'était tout naturel. En entrant dans un hôtel miteux de Beauvais, elle était folle d'excitation, ébahie comme si elle venait de pénétrer dans un palace. Elle sauta sur le lit, découvrit avec ravissement le papier à fleurs sur les murs, le petit lavabo dans un coin, au bord duquel était posée une savonnette qui sentait bon. C'était la grande vie!

Hassan joua à l'habitué, crâna comme s'il n'entrait pas lui aussi pour la première fois de sa vie dans un hôtel. Il dit à Blandine sur un ton sans réplique:

– Cette nuit, tu vas être à moi. Je vais te baiser, comme ça tu seras vraiment ma femme!

Ce ton soudain tranchant, cette attitude autoritaire et surtout cette phrase très directe, sans détour ni tendresse, effrayèrent Blandine. Hassan n'était pas comme d'habitude, elle ne le reconnaissait pas. Elle perçut un danger, une menace. Les toilettes étaient dans le couloir. Blandine y alla avec empressement, en quête d'un sursis. Au bout de quelques minutes, Hassan vint frapper à la porte mais Blandine refusa de sortir. Hassan se fit insistant.

– De toute façon, tu vas y passer, que tu le veuilles ou non!

Blandine ne savait pas comment lui résister. Mis à part ce coup de tête qui lui avait fait quitter la HLM de sa mère, elle n'avait jamais pris d'autre décision pour elle-même et Hassan était aux commandes. Elle devina que la suite était inéluctable. Inquiète mais docile, elle sortit de sa cachette et suivit Hassan dans la chambre qui n'avait plus autant l'allure d'une chambre de palace. La seule exigence de Blandine fut que Hassan éteigne la lumière.

Blandine s'assit sur le lit et commença à se déshabiller. Elle était aux abois. Dans la pénombre, elle vit que Hassan retirait ses vêtements à toute vitesse. Sans ménagement, sans caresses ni mots tendres, il se jeta sur elle. Affalée en travers du lit, à moitié habillée, les jambes ouvertes et sans défense, Blandine était atterrée, impuissante, pendant que le jeune homme qu'elle avait cru connaître la violait. Elle ne comprenait plus rien. Hassan avait été si gentil, comment pouvait-il se transformer d'un seul coup en une bête féroce et brutale? Elle se sentie transpercée, anéantie. Insensible à ce regard éperdu, à ses pleurs, Hassan était en train de tuer en elle le plaisir, la femme qu'elle pouvait devenir. À un moment, alors qu'elle essayait en vain de se débattre, Hassan la maîtrisa par deux claques. Tout ce en quoi elle avait cru s'effondra.

L'avait-il désirée trop longtemps? Cette abstinence prolongée, pendant tous ces mois où ils avaient dormi côte à côte dans la cave sombre était-elle venue à bout de l'humanité en lui? En même temps que Hassan la pénétrait, il fit entrer la peur en elle. Blandine sut qu'elle quittait un monde d'amour pour entrer dans un monde de crainte.

Quand il ralluma, Blandine le vit debout, en pleine lumière, encore en érection, fier de l'avoir possédée complètement. Pour elle, qui se découvrait au même moment les cuisses couvertes de sang après cette sauvage défloration, ce fut la débâcle. Elle qui n'avait encore jamais vu de sexe d'homme découvrit tremblante et blessée une arme destructrice. Des années après, il lui arriverait encore, au moment de faire l'amour, de revoir en pensée le sexe dressé d'un Hassan victorieux. Cette image la glaçait et, surtout, la priva à tout jamais du plaisir, de la jouissance.

Pourtant, Blandine continua de s'accrocher à Hassan. Elle n'avait que lui, il était tout son monde: la détresse auprès de quelqu'un qu'elle connaissait valait mieux que le gouffre de solitude dans lequel elle plongerait si elle le quittait.

Désormais, leur relation changea du tout au tout. Blandine et Hassan s'installèrent dans leur petite chambre meublée avec cuisinette, au rez-de-chaussée d'une maison plus que modeste. La pièce était minuscule, on pouvait à peine y bouger, entre le lit et la table. Et surtout, elle était si délabrée que Blandine n'ouvrait jamais les volets, pour ne pas avoir à faire face, dans la lumière du jour, à l'indigence dans laquelle ils vivaient. Une autre raison l'empêchait d'ouvrir les volets. Par l'étroite fenêtre de leur chambre, elle pouvait apercevoir l'hôtel où elle avait perdu toutes ses illusions...

Hassan partait chaque matin pour l'usine et avait interdit à Blandine de sortir sans lui. Elle passait ses journées à l'attendre en lisant. Elle ne savait pas faire la cuisine, mais Hassan exigeait que le repas soit prêt quand il rentrait du travail. Aussi, les tentatives maladroites de l'adolescente lui valaient la plupart du temps d'être insultée et même battue par Hassan qui, du jour au lendemain, s'était transformé en un despote d'un autre siècle. Il ne subsistait plus en lui aucune trace du garçon que Blandine avait connu. Quand ils marchaient dans la rue, il l'obligeait à baisser les yeux pour ne pas croiser le regard d'un homme. Du coup, elle ne voyait plus personne et fixait le trottoir, seulement préoccupée de ne pas encourir les foudres d'un Hassan perpétuellement en colère. Chaque fois qu'il se fâchait, sous divers prétextes, Blandine le voyait suer et pâlir. Elle devinait alors qu'il allait la battre, avec un bâton, une chaise, n'importe quoi qui lui tomberait sous la main.

Hassan avait l'attitude d'un homme piégé, en rébellion contre cette passion encombrante qu'il portait à Blandine. Il l'avait connue vierge et, maintenant qu'elle était devenue sa femme, il était responsable d'elle. Dans son milieu, on ne badinait pas avec les responsabilités. Et puis, il avait délaissé sa famille pour elle. La quitter à présent, ce serait donner raison à sa famille, qui avait rejeté la jeune fille dès le début... Il en voulait à Blandine, comme si elle lui avait demandé de quitter la maison familiale. Même s'il n'était pas question qu'il y retourne, il regrettait désormais son amour pour cette fille... Devant tant de regrets, Blandine se sentait coupable et se crut la cause de son agressivité.

Elle était d'autant plus désemparée qu'elle le voyait changer presque quotidiennement. Bientôt, il lui annonça sans prendre de gants blancs qu'il avait une autre femme dans sa vie. Il sortait beaucoup, retrouvait ses copains dans les bistrots, laissant Blandine seule à la maison.

Durant les rares moments qu'ils passaient ensemble, il l'insultait, la traitait de moche, l'obligeait à porter ses cheveux en chignon pour plus de modestie. Aussi, qu'elle ne fut pas la surprise de Blandine quand Hassan prit une décision à laquelle elle ne songea pourtant pas à s'opposer:

– Puisque je suis avec toi et que je n'ai pas l'intention de retourner chez mes parents, on va se marier!

Hassan l'entraîna vers une bijouterie. Sans lui demander son avis, il discuta les prix et choisit des alliances. Malgré l'annonce brutale de ce mariage qu'elle n'avait jamais désiré, Blandine ressentit une pointe de joie à l'idée de posséder une alliance. Elle n'avait jamais eu de bijoux. Un jour, dans la rue, elle avait aperçu une fille qui portait un collier, banal sans doute, mais Blandine était restée longtemps obsédée par ce bijou de pacotille. Rêvant d'une vie normale, de gaîté et de légèreté, quand elle croisait des filles de son âge dans la rue, elle leur enviait leurs vêtements, leur insouciance, leurs rires. Elle aurait voulu leur emprunter un peu de leur bonheur. C'est en observant ces jeunes filles qu'elle découvrit la coquetterie. Elle, elle ne possédait rien, pas de jolis vêtements, ni bijoux, ni bibelots. Elle n'avait rien d'autre que Hassan, à qui elle était soumise et qui, malgré tout, l'appelait encore «Poupée».

Qui avait donné l'autorisation pour ce mariage, autorisation nécessaire puisqu'elle n'avait que quinze ans? Blandine l'ignorait. Son père peut-être qui, ivre comme d'habitude, avait sans doute apposé sans résistance sa signature sur un document officiel. Après tout, il fallait bien que les filles finissent par se marier... Le jour de son mariage, Blandine ouvrit pour une fois les volets, le temps de repasser une robe dont elle ne garderait d'autre souvenir que sa couleur, blanche. Face à la fenêtre, elle évita de lever les yeux, de peur de voir l'hôtel maudit; elle détourna aussi le regard du mur de la cuisine, pour ne pas voir les traces de soupe de tomates que Hassan lui avait jetée à la figure, parce qu'elle était trop chaude ou trop froide. Elle n'avait jamais réussi à les nettoyer complètement. Les marques rougeâtres restèrent là, comme un avertissement... La lumière du jour sur ce minable meublé, la lumière qui mettait en évidence leur misère, fut le seul souvenir qu'elle conserva du jour de son union avec Hassan!

On lui dirait des années plus tard qu'il n'y avait eu personne de sa propre famille à la cérémonie, hormis sa grand-mère Camille qui avait été son témoin. Que la mère de Hassan avait interdit à ses autres enfants d'assister au mariage. Qu'il y avait eu beaucoup de monde, surtout des amis de Hassan. Que les invités avaient dansé, mais que Blandine était resté seule dans son coin. Dans sa tête, il n'y aurait toujours qu'un trou noir à la place d'un album de mariage. Était-il survenu ce jour-là un incident suffisamment dramatique pour provoquer chez elle un blocage, ou avait-elle inconsciemment choisi l'amnésie partielle comme seule rébellion contre cette alliance dont elle devinait qu'elle lui serait néfaste?

Blandine savait seulement qu'elle n'avait pas totalement consenti à cette union, qu'elle avait laissé faire, incapable de prendre une décision. Comme elle n'avait jamais rien reçu, tout lui était bon à prendre, même les coups. Et elle se disait que Hassan l'aimait, à sa façon. En tout cas, à cette date, elle devint officiellement la «chose» de Hassan.

– Maintenant qu'on est mariés, disait-il, tu es arabe!

Et il entreprit de la former, selon la tradition arabe. Dès le lendemain du mariage, il sortit et rentra très tard, obligeant Blandine à se lever en pleine nuit pour lui préparer à manger. Elle devait le servir en tout temps, il décidait de tout, même des vêtements qu'elle devait porter. Ceux qu'il choisissait dissimulaient les formes de son corps, y compris les bras. Il ne manifestait aucun égard quand il s'agissait d'exercer ses «droits» conjugaux et se servait d'elle sans manières. Blandine vivait désormais dans une peur constante. Quand il lui donna un porte-monnaie, le premier qu'elle ait jamais eu, Blandine fut contente et le trouva joli, ce petit sac en tissu écossais. Dedans, il y avait que dix francs mais elle n'avait pas le droit de les dépenser. Hassan lui avait fait bien comprendre que cet argent ne devait servir qu'en cas d'urgence. De toute manière, il se chargeait des courses, comme son père avant lui, selon la coutume arabe. Blandine dressait la liste des achats à faire pour la maison mais, si elle oubliait d'inscrire quelque chose, elle recevait des coups...

Hassan voulait un enfant. Il souhaitait avoir un fils pour prolonger son nom et prouver sa fertilité. Blandine, quant à elle, rêvait d'avoir un petit à aimer. Elle était si affamée de tendresse qu'elle aspirait à cet amour inconditionnel que seule pouvait lui procurer la maternité.

Quand elle cessa d'avoir ses règles et ressentit des douleurs inhabituelles au ventre, Blandine alla au laboratoire d'analyses pour un test sanguin. Hassan travaillait, elle y alla donc seule. Marcher dans la rue toute seule, enfin! Elle était heureuse, c'était un signe, elle marchait, résolument, vers sa nouvelle vie. Quand on lui donna l'enveloppe contenant le résultat du test, elle décida de ne l'ouvrir qu'à la maison et repartit, légère, son papier à la main.

Quand, dans sa petite cuisine, Blandine ouvrit l'enveloppe et apprit qu'elle allait être maman, elle sauta de joie, cria, rit, remercia ce bon Dieu qu'elle ne savait pas prier. De sa vie, elle n'avait jamais rien éprouvé de semblable. Rien ne serait plus pareil! Elle se sentit plus forte, prête à faire face à tous les obstacles. Touchant ses cheveux, elle se rappela que sa belle-mère lui avait fait un henné quelques jours auparavant et elle fut contente de s'être faite belle pour accueillir son petit. Déjà comblée, elle lui chanta des chansons douces. Blandine ne serait plus jamais seule.

Il lui fallut à peine quelques jours pour se mettre à marcher le ventre en avant, une main sur les reins et l'autre tendue devant elle, pour protéger cette vie qui bourgeonnait. Blandine trouvait que ça faisait très chic, cette démarche de femme enceinte. Et elle était si euphorique qu'elle aurait voulu annoncer la nouvelle au monde entier!

Quand elle en fit part à Hassan, il se montra très heureux. Il la prit dans ses bras, l'embrassa et versa même quelques larmes. Sa fierté était à son comble, la preuve de sa capacité à se reproduire était là.

Mais l'euphorie de Blandine fut de courte durée et Hassan lui fit vite payer cette nouvelle responsabilité qu'elle venait de lui mettre sur les épaules. Il sortit plus que jamais, sans se préoccuper de la grossesse de sa femme. Blandine crut qu'il la rendait responsable de leur vie miséreuse. Il devint hargneux. Mais Blandine avait une armure, rien ne l'atteignait, personne ne pouvait lui retirer son bonheur.

Au bout de quelques semaines, la mère de Hassan décréta que leurs conditions de vie étaient inacceptables. Avec l'arrivée prochaine d'un petit-fils, la belle-mère semblait s'être plus ou moins accommodée de la présence inévitable de sa bru. Pour le bien du bébé, elle décida que Blandine et Hassan viendraient venir vivre chez eux. Toutefois, si la santé de l'enfant lui tenait à cœur, il n'en allait pas de même pour celle de Blandine. Elle considérait sa bru comme une domestique à qui elle imposa tous les gros travaux, allant même jusqu'à lui faire laver à quatre pattes les sols et les plinthes de l'appartement. Impitoyable et maniaque, elle ne se gênait pas pour lui faire recommencer une corvée qu'elle jugeait mal faite. Et comme si ce n'était pas assez, elle se plaignit à Hassan de sa femme, à qui elle trouvait toutes sortes de défauts. Alors Hassan battait Blandine, pour montrer sa soumission à l'autorité de sa mère. Pour que les voisins n'entendent pas les cris, la belle-mère les envoyait régler leurs «problèmes conjugaux» dans leur chambre. La petite pièce qu'on leur avait réservée, avec juste un lit, une commode et, dans un coin, une énorme pile de ces couvertures bigarrées que les femmes arabes recevaient en cadeau de mariage, devint une sorte de piège auquel Blandine ne pouvait plus échapper.

Au septième mois de la grossesse, Hassan trouva un logement acceptable. C'était une petite maison délabrée, près de l'usine qui l'employait. L'endroit était pitoyable mais Blandine y serait chez elle. Elle fut soulagée de quitter la tutelle hargneuse de sa belle-mère. Mais à nouveau dans ses meubles, Hassan se mit à ramener sa maîtresse à la maison.

Une nuit, Blandine protesta contre la présence de l'intruse à qui elle refusa de donner à manger.

– Tu la fermes et tu fais ce que je te dis. Sinon, tu sais ce qui peut t'arriver...

C'était la première fois qu'elle tentait de se rebiffer mais, sous les menaces ouvertes de Hassan, elle se vit forcée d'obtempérer. Depuis qu'elle était enceinte, il lui venait des idées nouvelles: elle avait envie de se défendre, en voulait à Hassan de la battre alors qu'elle portait leur enfant. Il n'avait pas le droit de faire ça, il mettait en danger la santé du bébé. En la frappant, c'était à l'enfant que Hassan manquait de respect. Sans oser se l'avouer, elle se mit à le haïr de ne pas respecter son état.

Elle tenta du mieux qu'elle put de protéger son ventre contre les coups. Elle se retirait dans un coin, s'accroupissait, caressait son ventre et chantait à son bébé des airs doux, certaine qu'il percevait le son de sa voix. Mentalement, elle se préparait à l'accueillir, mais dans la maison rien n'était prêt pour lui. Les futurs parents n'avaient qu'un lit et un vieux canapé. Quand Blandine parlait à Hassan de layette, de couches, de couffin, il lui répondait avec insouciance:

– T'inquiète pas, ma mère va s'en occuper.

Blandine, quant à elle, ne possédait que deux robes à se mettre pendant toute sa grossesse, dont l'une, à fleurs, qui lui donnait l'air d'une petite fille. Elle commença à se convaincre qu'elle méritait ce qui lui arrivait, que, puisque ses problèmes continuaient alors qu'elle allait être maman, elle devait être maudite. Elle ne supportait plus de se voir dans la glace, persuadée d'attirer le malheur. Il lui arriva d'ouvrir l'armoire à pharmacie et de regarder les médicaments en se demandant si elle ne devrait pas en finir une fois pour toutes avec cette vie qui tournait en cul-de-sac. Mais elle s'accrochait à l'idée, plus forte que tout, que son bébé serait bientôt là.

Dans la nuit du 17 novembre 1973, Blandine se plaignit de maux de ventre. Hassan l'engueula parce qu'elle l'empêchait de dormir.

– Je crois que c'est le moment! avertit-elle.

Il refusa de la croire, mais elle avait de quoi le convaincre. C'est dans leur lit qu'elle perdit ses eaux! La nuit était glaciale, il neigeait un peu et la vieille bagnole de Hassan refusa de démarrer. Blandine craignit d'accoucher dans la voiture mais Hassan réussit à faire réagir le moteur. Devant la maternité, il fit descendre Blandine mais refusa de la suivre dans la clinique. Il allait l'attendre dans la voiture. Elle entra seule, se tenant le ventre, les jambes croisées pour empêcher le bébé de sortir tellement elle le sentait bas!

On l'emmena en salle d'accouchement, on la fit s'étendre, les pieds dans les étriers et les jambes attachées, puis on la laissa sans surveillance. Le personnel médical semblait persuadé qu'elle n'accoucherait pas avant quelques heures, puisqu'il s'agissait d'une première grossesse. Blandine n'avait aucune idée de ce qui l'attendait et fut terriblement inquiète quand elle vit dans un coin de la pièce une table couverte d'instruments chirurgicaux, convaincue qu'ils lui étaient destinés!

Elle sentit une poussée dans le bas de son ventre mais n'arrivait pas à atteindre la sonnette pour appeler à l'aide. Alors elle hurla, mais il lui vint à l'esprit que ses cris pourraient effrayer le bébé. La poussée recommença, si forte que Blandine eut le réflexe de mettre sa main entre ses jambes pour retenir le bébé, de peur qu'il se projette à l'extérieur d'elle et tombe sur le sol! Du bout de ses doigts, elle toucha alors la tête du bébé qui se frayait un chemin. Elle était laissée à elle-même, sans infirmière ni médecin, mais désormais elle n'était plus vraiment seule. Il arrivait, son petit, au bout de sa main, elle était la première à le toucher, son premier contact avec les humains! L'enfant naquit à neuf heures cinq du matin et sa maman de seize ans se sentit aussitôt devenir riche, belle et grande.

On posa le bébé sur sa poitrine, elle le nicha dans son cou, au comble du bonheur. Cette petite tête lovée au creux de son épaule, c'était la chose la plus extraordinaire, la sensation la plus merveilleuse qu'elle ait jamais ressentie. Quand on lui prit le bébé pour le laver, le peser et lui faire les tests de routine, Blandine s'insurgea. Pour la première fois de sa vie, elle avait entre ses mains l'amour sous sa forme la plus pure, la plus inconditionnelle, elle ne supportait pas qu'on le lui enlève déjà.

Elle voulait sans cesse toucher son petit, goûter sa chaleur, elle glissait sa main sous ses vêtements pour sentir sa peau. Elle était la plus jeune maman de la maternité et on la dorlotait. Elle se voyait comme une héroïne. Elle avait réussi à protéger son enfant des coups, elle avait été sa maison, l'avait mené à terme. Personne ne pourrait plus jamais lui dire qu'elle était misérable.

Il fallut quelques heures avant que Hassan se décide à venir vérifier si son fils était né. Sans demander à Blandine comment elle se portait, il n'eut d'yeux que pour ce petit qui dormait avec son poing fermé sur la joue. Hassan ne se tenait plus de fierté:

– Il dort comme moi!

L'entendant pavoiser, Blandine se dit mentalement: «Il ne sera jamais comme toi.»

On l'appela Mehdi, prénom hautement considéré chez les musulmans parce que c'est le nom d'un prophète annoncé. La famille serait fière! Bientôt, la belle-mère à son tour et apporta de la bière à Blandine! Celle-ci fut très étonnée. Chez les Habbedine, on ne buvait pas d'alcool. Elle apprit alors que la bière était supposée favoriser la montée du lait et comprit que sa belle-mère était déterminée à la voir bien faire son travail de nourrice. Elle exigea que Blandine donne le sein à son bébé devant elle, pour vérifier qu'elle le faisait correctement et ordonna qu'on désinfecte ses mamelons! Blandine trouvait la situation embarrassante mais n'osa pas protester puisqu'elle ne connaissait rien à l'allaitement maternel. Elle aurait pourtant préféré s'occuper de son bébé toute seule.

Elle rentra très vite à la maison avec le bébé. Hassan ne supportait pas les hôpitaux et décida de l'emmener même si elle aurait eu encore besoin d'un peu de repos.

Deux jours plus tard, la belle-mère insista pour qu'ils reviennent chez elle. Elle voulait s'occuper de Mehdi. Pour Blandine, ce fut le début d'un nouveau cauchemar.

Il lui devint très difficile d'être seule avec son enfant. Sa belle-mère avait décrété qu'elle ne savait pas en prendre soin, voulant dire par là qu'elle ne l'élevait pas à la manière arabe. Celle-ci prit totalement en charge les soins du bébé, d'autant plus facilement que Blandine manqua vite de lait, prouvant ainsi, d'après la mère de Hassan, qu'elle n'était pas une bonne mère. Mehdi fut emmailloté très serré. Sa grand-mère le posait sur une table, les mains contre le corps, les jambes tirées, et rabattait autour de lui un grand lange. Seule sa tête sortait de cet «emballage». Blandine ne comprenait pas qu'on interdise à son bébé de bouger, d'agiter ses bras et ses jambes. Quand elle osa émettre une protestation, sa belle-mère se retourna vers Hassan:

– Ta femme trouve que je lange mal ton fils!

Les réactions brutales ne se firent pas attendre! Chaque fois que Blandine s'approchait de son bébé, elle sentait sa belle-mère surveillant le moindre de ses gestes. Comme celle-ci tenait à ce que les langes soient blancs comme neige, elle les changeait toutes les heures. C'est Blandine, bien sûr, qui se chargeait de la corvée de lavage. Elle passait son temps à la lessive, alors qu'elle rêvait de voir son bébé nu, en liberté, de le câliner et de jouer avec lui.

Enfin, au grand soulagement de Blandine, Hassan décréta que le temps était venu pour lui et sa famille de réintégrer leur maison. Dès leur retour, la jeune maman s'empressa de mettre à son fils des couches-culottes. Elle le câlina, débordante de tendresse, pendant que Hassan, plus hargneux et colérique que jamais, la battait avec acharnement, même devant le bébé.

La mère de Hassan ne tarda pas à effectuer une visite de contrôle. Inspectant d'un œil sévère le contenu de l'armoire à linge, elle en critiqua le rangement. Mais Blandine ne supportait plus cette emprise et se rebella. Après tout, elle était chez elle!

– C'est mon armoire, pas la vôtre!

Devant cette impertinence, Hassan étouffa de rage et lui administra une raclée pour avoir manqué de respect à sa mère. La belle-mère partit en emmenant Mehdi, sans que Blandine puisse l'en empêcher. Un gouffre s'ouvrit devant elle. Le bonheur qu'elle avait cru trouver avec l'arrivée de son enfant n'était qu'une illusion, puisque cette femme haïe avait le pouvoir de le lui retirer.

Au cours des mois qui suivirent, Blandine n'eut le droit de voir son fils que deux heures à la fois, en présence de son mari, les week-ends. Elle travaillait à l'usine avec Hassan à présent, et exécutait ses tâches comme une morte vivante. Son désespoir était si profond qu'elle se sentait au fond d'un puits, à se demander si elle n'avait pas rêvé ce petit être précieux qu'elle avait nourri de ses propres seins. Devant la volonté des autres de la priver de bonheur, elle était aussi impuissante que si son enfant avait été kidnappé, et même davantage puisque Hassan consentait à ce rapt et ne semblait pas pressé de récupérer son fils. Elle était humiliée, blessée au-delà des mots. Son besoin physique de la présence de Mehdi la rendait malade, alors que la violence de Hassan l'anéantissait jusqu'à lui donner envie de devenir un insecte, pour disparaître à ses yeux.

La brutalité de son mari connut des sommets. Un soir, pendant une de ses terribles colères, il gifla Blandine puis lui ordonna de se déshabiller. Comme il trouvait qu'elle n'allait pas assez vite, il lui arracha ses vêtements. Il faisait nuit déjà, Blandine se recroquevilla par terre dans un coin, autant pour se réchauffer que pour se protéger.

Hassan saisit une barre de fer et lui en asséna quelques coups dans le bas du dos. Puis il la souleva brutalement et la jeta dehors, toute nue dans la nuit glaciale. Désorientée, Blandine se retrouva au milieu de la rue, paniquée et hurlant de douleur. Une voiture s'avançait vers elle et ses phares l'aveuglèrent. Elle était là au milieu de la chaussée, échevelée, nue et ensanglantée dans la lumière crue des phares. On aurait dit une bête prise au piège. Ça ne pouvait être qu'un cauchemar, elle allait sûrement se réveiller. Désemparée, Blandine courut sans but pendant quelques instants, se demandant où aller, que faire. Surtout ne pas retourner là-bas... Elle jeta un dernier coup d'œil horrifié sur leur maison et se précipita chez les voisins d'en face, qu'elle connaissait à peine. Elle entra sans frapper et se réfugia dans les toilettes où elle s'accroupit dans un coin, demandant à la voisine de ne pas dire à qui que ce soit qu'elle était là.

– Il va me frapper encore, il faut appeler la police!

Mais la voisine n'eut pas le temps de réagir. Hassan avait déjà rejoint sa femme. Il l'agrippa sauvagement par un bras, sans une parole, et la traîna jusqu'à la maison. Là, il resta figé, silencieux, encore bouillant de rage. Blandine alla se coucher mais resta en alerte, tremblante, priant le ciel qu'il ne vienne pas la chercher dans son lit pour recommencer. Mais Hassan semblait être allé au bout de sa colère. La peur, mais aussi la douleur dans les reins de Blandine étaient telles qu'elle ne put trouver le sommeil. Elle avait terriblement envie d'aller aux toilettes mais n'osa pas bouger et resta aux aguets, attendant le matin, que Hassan parte à son travail. Quand elle entendit enfin la porte se refermer, elle se leva, regarda par la fenêtre pour le voir marcher dans la rue et put enfin se soulager.

Blandine n'avait que dix-sept ans, sa vie ressemblait à une impasse sordide. À bout de chagrin, désespérant de pouvoir un jour être de plein droit la mère de son petit Mehdi, elle finit par ouvrir l'armoire à pharmacie et avala tout ce qu'elle y trouva.

C'est Hassan qui la découvrit évanouie, des flacons de médicaments autour d'elle. À l'hôpital, on lui fit un lavage d'estomac et, à son réveil, les médecins constatèrent l'étendue de sa détresse morale. On interdit l'accès de sa chambre à Hassan. Ce fut plutôt Rahman, le père de Blandine, qui vint lui apporter un peu de réconfort. Rahman, très secoué par le chagrin de sa fille, lui tenait la main en pleurant. Il savait, tout comme les frères de Blandine, que Hassan la maltraitait. Eux qui avaient été ses amis le détestaient maintenant, mais comme beaucoup d'autres, ils avaient peur de lui et n'osaient intervenir. Après tout, ce qui se passait entre un mari et sa femme ne regardait personne...

Malgré la présence inespérée de son père qu'elle voyait peu, Blandine était accablée, désespérée qu'on l'eût ramenée à la vie. Elle en voulait aux infirmières qui essayaient de la convaincre que les choses allaient s'arranger. On lui avait imposé une vie dégueulasse et elle n'avait même pas le droit de mourir!

Un soir, jouant de ruse, Hassan réussit à pénétrer dans la chambre et insista pour que Blandine le suive. Il la menaça d'arracher sa perfusion, insensible au fait que sa femme se trouvait dans un état de délabrement grave. Heureusement, un membre du personnel médical arriva juste à temps et l'obligea à sortir de la chambre.

Il était hors de question que Blandine retourne tout de suite à la maison: elle avait besoin d'un répit, loin de la violence de son mari, loin de la domination autoritaire de sa belle-famille. Son frère Ali, qui habitait au Tréport, lui proposa de venir passer quelques jours chez lui et Blandine accepta avec reconnaissance. Elle était sans forces, sans ressources, et n'avait pas l'impression d'avoir échappé à un désastre en échappant à la mort. Elle avait plutôt été jetée à nouveau, à son corps défendant, dans une vie dont elle ne voulait plus.

La trêve fut de courte durée. Au bout de quelques jours, la sonnerie du téléphone la plongea encore dans l'horreur. C'était Rodolphe qui appelait, demandant à Blandine de rentrer à Beauvais sur-le-champ. Hassan était là-bas, dans leur maison, il était armé et tenait son fils en otage. Il exigeait que sa femme rentre, sinon il se tuerait et emporterait Mehdi avec lui.

Dans la voiture qui l'emmenait vers Beauvais en pleine nuit, Blandine osait à peine respirer. Elle qui avait cru savoir de quoi Hassan était capable était abasourdie devant cette abomination. Une pareille cruauté lui paraissait impensable. C'était pourtant la vérité: la voiture de police qui leur ouvrait la voie, tous gyrophares allumés, en était la preuve. Une course contre la montre et contre la folie était engagée.

À leur arrivée devant la petite maison, ils trouvèrent une foule de curieux. Blandine se précipita hors de la voiture mais, devant les cars de police cernant la maison, devant ces badauds assoiffés de sensations fortes, la panique la saisit. Dans sa tête, il n'y avait que l'image torturante de son enfant sans défense qu'il fallait arracher aux mains de son père. Quelqu'un la prit par la main et l'entraîna vers la maison avec douceur. Blandine se retourna vers l'homme et reconnut, sidérée, le père de Hassan. Belhadj Habbedine était un homme paisible, discret, qui lui parut à cet instant être envoyé par le ciel. Peut-être parviendrait-il à faire entrer un peu de raison dans la tête de son fils? Mais son beau-père fit comprendre à Blandine que tout reposait sur elle. Son mari ne demandait qu'à la voir. Guidée par son beau-père, Blandine entra dans le petit logis.

Hassan était là, au bout du couloir, son fils dans une main et un fusil dans l'autre. Il pleurait et paraissait extrêmement agité.

– Je veux seulement que tu rentres à la maison! clama-t-il.

Blandine dut faire un effort considérable pour lui parler doucement, comme si elle cherchait à consoler un enfant d'un cauchemar.

– Hassan, ne t'inquiète pas, tout va bien. Oui, je rentre à la maison, ne t'inquiète pas, ça va aller... Donne-moi seulement le bébé.

Elle aurait dit n'importe quoi, aurait promis la lune et tout l'univers pour que cesse enfin cette terreur qui lui tordait le ventre en voyant le petit Mehdi ballotté comme un sac sous le bras de Hassan. Elle tendit les mains, suppliante, réitéra ses intentions, sa bonne volonté. Elle ferait tout ce qu'il voulait, elle serait gentille, obéirait. Elle jura qu'elle ne tenterait plus de se tuer, qu'elle resterait en vie pour lui mais, de grâce, qu'il lui rende le bébé. Abruti de fatigue et de nervosité, Hassan finit par obtempérer. Il tendit le bébé à Blandine et se rendit aux policiers qui l'emmenèrent.

Blandine fut conduite dans sa belle-famille avec le bébé, avant de rentrer seule chez elle. Sa belle-mère garderait Mehdi et s'en occuperait avec ses propres méthodes. Quant à Hassan, il ne passa qu'une semaine en prison puis rentra à la maison. La vie reprit comme avant, jusqu'à ce que Blandine se mette à éprouver de curieux malaises. Chaque fois qu'elle entrait chez elle, elle avait des angoisses soudaines et connut pendant quelques jours des accès de vomissements inexplicables. On s'interrogea sur ces malaises, un médecin l'examina mais ne trouva pas la source de ces perturbations. Le beau-père de Blandine émit une idée surprenante:

– Je pense que quelqu'un t'a jeté un sort...

Blandine ne savait trop que penser mais le laissa explorer la maison. S'il y avait quelque chose, il finirait bien par le trouver. Effectivement, à force de fouiller, Belhadj finit par dénicher, à l'intérieur de la cheminée, un rat pendu à une ficelle. C'était un vieux truc de sorcellerie bien connu chez les Algériennes et les Marocaines. Le beau-père avait sa petite idée sur l'auteur du méfait... Il était persuadé que sa propre femme cherchait à se débarrasser par tous les moyens possibles de sa belle-fille et il savait qu'elle s'intéressait de près à ces pratiques. Il chercha à faire parler sa femme mais ce fut peine perdue, elle n'avoua jamais. L'homme était tiraillé entre sa femme et sa bru, une pauvre petite qui ne méritait pas qu'on s'acharne ainsi sur elle. Il tenta de consoler Blandine mais trouva en même temps des excuses à sa femme. Dans la famille, depuis ce fameux incident où Hassan s'était montré sous un jour très inquiétant pour ses proches, on craignait que celui-ci commette un geste définitif.

– Il faut comprendre, dit Belhadj à Blandine. Ma femme a peur pour son fils...

En tout cas, après qu'il l'eut débarrassée de cette bestiole dans la cheminée, Blandine ne connut plus de crises d'angoisse et de vomissements. Tout s'arrêta net.

Sa belle-mère lui permit de prendre Mehdi avec elle deux ou trois jours de temps en temps. C'étaient des petites miettes de bonheur que Blandine savourait pour ne pas se laisser aller à penser à la mort. Il ne lui venait jamais à l'esprit de partir, de quitter son mari querelleur et brutal. La peur était ancrée trop profondément en elle.

3

Cauchemar en Algérie

Peu de temps après son séjour en prison, Hassan perdit son travail. Sa petite gloire de boxeur commençait à pâlir et son attitude bagarreuse lui faisait du tort autant à l'usine que dans le quartier où il vivait. Au club de boxe, on l'obligea à subir un examen médical, car il était jugé trop colérique. Une à une, les portes se fermaient devant lui. Quand il apprit son congédiement de l'usine, il décréta que Blandine devait démissionner. Elle n'allait pas continuer, seule, de travailler dans ce milieu «d'hommes»!

Alors qu'elle se demandait ce qui allait leur arriver, Blandine entendit avec étonnement son mari lui proposer de partir en voyage. «Deux ou trois semaines en Algérie, dit-il, le temps de faire le point, de se retrouver tous les deux.» Peut-être y aurait-il là-bas des possibilités de travail, il voulait jeter un coup d'œil...

– Laissons-nous encore cette chance de recommencer une vie meilleure!

Blandine n'était pas enthousiaste à l'idée de s'éloigner de Mehdi, mais Hassan, qui pour une fois semblait se préoccuper de leur couple, toucha une corde sensible. Il lui montrait de l'intérêt! Et ce voyage représentait le moyen de quitter l'emprise de sa belle-mère pendant quelque temps.

Hassan était emballé; il organisa le voyage et fit préparer un passeport pour Blandine. Mais à l'approche du départ, l'inquiétude de l'adolescente se fit grandissante, comme si un étau se refermait sur elle. Elle n'avait plus envie de partir et commença à protester contre cette décision qu'elle jugeait hâtive. Mais Hassan ne céda pas.

Dans l'avion, son malaise fut encore plus tangible. Hassan contrôlait la situation en conservant sur lui le passeport de Blandine. Elle eut l'impression qu'il tenait sa vie entre ses mains. La sensation d'étouffement qu'elle avait connue dans les jours précédents se précisa, elle se vit emmurée vive dans cet avion dont les parois lui semblaient se resserrer autour de son corps. En embarquant, un gros cadenas invisible était venu attacher les chaînes qui l'enserraient depuis des années. Sa gorge se contracta et elle s'enferma longuement dans les toilettes, de peur de pleurer devant Hassan. Seule dans cet espace confiné, la poitrine gonflée de chagrin, elle hurla en silence: c'était le seul moyen qu'elle connaissait pour extirper un peu de sa peine. Elle hurla sans bruit parce qu'elle s'éloignait de Mehdi comme elle ne s'en était jamais éloignée auparavant.

À l'aéroport, ils furent accueillis par des membres de la famille de Hassan qui les emmenèrent chez eux. Blandine fut reçue chaleureusement et, pour une fois, ne fut pas perçue comme une intruse. Elle eut à peine le temps de se détendre un peu. Au milieu du repas, un cousin de son mari lui révéla sans le savoir le but de ce voyage:

– Alors comme ça c'est vrai, vous venez vous installer en Algérie?

Blandine crut qu'elle s'enfonçait dans le sol, traversée de la tête aux pieds par un froid glacial. Ses jambes, ses bras devinrent mous, sa tête voulut éclater. Elle se tourna vers Hassan, croisa son regard autoritaire et comprit qu'il lui avait tendu un piège. Son plan était établi depuis le début. Elle eut envie de lui arracher les yeux, de le frapper de ses poings. Elle avait besoin d'explications, tenta plus tard de lui parler mais Hassan la repoussa d'une seule phrase:

– Tu fermes ta gueule!

Blandine comprenait que l'emprise de Hassan sur elle était absolue. Il lui avait imposé ce déracinement dans un milieu inconnu où elle n'avait aucun allié, il l'avait éloignée de son fils, sa seule raison de vivre.

Ils restèrent deux ou trois semaines chez les cousins et, malgré leur hospitalité affable, Blandine resta prostrée, comme terrée au fond d'un trou. Privée de l'espoir de revoir son fils dans un proche avenir, elle ne se nourrit que de sa haine pour Hassan, qu'elle rêvait secrètement d'empoisonner. Elle restait enfermée autant que possible mais il lui arriva, durant les absences de Hassan qui allait en quête de travail et d'un logement, de se faufiler dans une droguerie pour chercher désespérément de la mort-aux-rats...

Incapable de trouver du travail à Tlemcen, Hassan entraîna Blandine dans un petit village appelé Tounane, presque entièrement peuplé par des Habbedine. Entouré des membres de sa famille, peut-être trouverait-il une solution.

Pour Blandine ce fut un étrange voyage dans le temps et un immense choc culturel. Dans ce hameau d'un autre âge, il n'y avait ni eau courante ni électricité; les maisons de terre battue, passées à la chaux, brillaient au soleil entre les oliviers et les poiriers. L'endroit était joli, pittoresque, mais Blandine restait désorientée, chancelante comme une plante fragile qui n'aurait pas supporté sa transplantation.

On leur offrit l'hospitalité sans condition, comme on l'aurait fait pour n'importe quel membre de la famille. Dans une immense maison aux nombreuses petites pièces sombres que se partageait une bonne partie du clan, on céda à Blandine et Hassan une sorte de réduit avec un trou pour toute fenêtre. De nuit, l'éclairage venait d'une lampe à huile posée sur le rebord de cette alcôve. La coutume voulait que, durant la journée, les femmes vivent entre elles, presque complètement séparées des hommes, sauf quand elles leur servaient à manger.

Blandine se retrouva entourée de femmes très maternelles. Cette gamine de dix-sept ans, une Française pardessus le marché, fut pour elles, souvent plus âgées, un objet de curiosité. Elles la parèrent d'une longue robe bariolée que la nouvelle venue enfila devant elles; elles lui firent la fête, poussèrent les youyous traditionnels, caressèrent ses cheveux. À leurs yeux, la jeune fille était exotique et elles en faisaient sans cesse le tour. À part deux ou trois qui baragouinaient quelques mots de français, ces femmes ne parlaient qu'arabe, portaient des tatouages au visage et ne mangeaient qu'avec leurs mains. Blandine les trouva d'abord mystérieuses puis les découvrit bienveillantes. Elles devinrent vite pour elle une sorte de rempart contre la brutalité de Hassan. Blandine ne comprenait que quelques mots d'arabe mais se sentit rassurée en entendant leurs chants et leurs commérages. Pendant plusieurs heures chaque jour, elle n'avait pas à se soucier de Hassan et, pour la première fois de sa vie, se fondit avec soulagement dans un groupe.

Ces femmes vivaient figées dans le temps. Leurs habitudes, leurs tenues vestimentaires, leur façon de cuisiner étaient héritées de lointains ancêtres. Elles se montrèrent enthousiastes à l'idée de transmettre à Blandine leur savoir. Cette dernière fut d'abord transformée physiquement. À la maison, elle n'arborait plus que ces longues robes traditionnelles colorées et clinquantes, brodées de paillettes et qui couvraient tout le corps. En public, elle dut se soumettre à la règle et porter le tchador blanc. On lui fit sur les mains des dessins au henné. Blandine accepta ces changements de mauvaise grâce au début: elle trouvait ces vêtements lourds à porter, chauds et inconfortables. Elle aurait préféré comme toutes les filles de son âge enfiler un short et un débardeur, une paire d'espadrilles et un chapeau de paille, et aller se jeter dans la mer ou manger des glaces. Au lieu de cela, elle se trouva la plupart du temps confinée dans une pièce sombre.

Puis elle apprit à vivre accroupie. C'est dans cette position que les femmes cuisinaient, mangeaient et échangeaient entre elles mille potins. Elles se moquaient aussi, discrètement mais avec un humour féroce, de leurs hommes qu'elles retrouvaient le soir, quand chacune reprenait son rôle d'épouse et réintégrait ses quartiers. Blandine découvrit avec stupeur que deux ou trois de ces femmes étaient mariées avec le même homme! Elle n'en revenait pas de leur sans-gêne, surtout quand elles parlaient de leur vie de couple.

Blandine passait tout son temps au milieu des femmes. Dans ce gynécée rassurant, elle apprit à cuisiner, à faire le pain, à aller chercher l'eau au puits, se soûla des parfums de la coriandre et du cumin. Elle prit plaisir à manger avec ses mains, auprès du feu, à observer ces femmes au regard perçant qu'elle trouvait si belles et réconfortantes, et leurs gestes simples mille fois répétés. Blandine trouva un peu de paix pendant ce séjour à Tounane, dans cette maison qui était presque une grotte, car pas une seule fois Hassan ne la frappa.

Mais il fallut bien, un jour ou l'autre, replonger dans le XXᵉ siècle. Hassan avait déniché un emploi à Tlemcen et ils revinrent à la ville pour s'installer dans un deux-pièces. Après ces quelques mois passés dans le giron réconfortant des femmes de Tounane, le sentiment d'isolement qui vint frapper Blandine de plein fouet fut encore plus violent. Elle n'avait personne à qui se confier. Le seul plaisir qu'elle redécouvrit fut celui de porter à nouveau les vêtements occidentaux auxquels elle était habituée. Mais Hassan établit des règles. Il lui interdit les pantalons, les chemisiers à manches courtes et bien sûr les décolletés. Malgré tout, Blandine retrouva une certaine légèreté de mouvement.

En l'absence de son mari, elle passait ses journées à ne rien faire ou à écouter la radio; seule la femme d'un cousin de Hassan venait lui rendre visite de temps en temps. Cette dernière avait pris sur elle la responsabilité d'apprendre à Blandine comment tenir sa maison et se comporter en bonne épouse. C'était le rôle des aînées envers les plus jeunes.

Blandine pensait à son petit, resté en France avec sa grand-mère. Celle-ci devait être très heureuse, débarrassée de sa bru si ignorante. Pour éviter de perdre la notion du temps, elle calculait l'âge de son fils. Mehdi avait un an maintenant. Blandine se demanda s'il marchait, s'il savait dire quelques mots. Elle espérait toujours que Hassan, maintenant qu'il avait trouvé du travail, accepterait que leur fils vienne vivre avec eux, mais elle n'osait pas encore le lui demander. À vrai dire, elle osait à peine lui parler et se contentait d'obéir en baissant la tête.

Une voisine invita Blandine à entrer chez elle quelques minutes pour prendre un café, histoire de faire connaissance. Elle avait remarqué cette jeune mariée, nouvelle dans le quartier. Elle avait constaté que cette dernière sortait très peu et avait entendu dire qu'elle était souvent battue par son mari. Blandine s'étonnait sans cesse du comportement presque impertinent des femmes arabes. Unies par une même destinée, qui était d'élever leurs enfants et de servir leur mari, elles avaient un sens de l'intimité qui les poussait à aborder sans détour les sujets les plus délicats. Au hammam, elles se livraient à leurs ablutions tout en partageant leurs préoccupations avec familiarité, qu'il s'agisse de la sexualité avec leur mari ou de leurs problèmes avec les enfants. La voisine accueillit Blandine chez elle, la mit à l'aise, lui fit parler de sa vie, de la France, puis murmura avec l'air de ne pas y toucher:

– Dis donc, il a pas l'air très gentil avec toi, ton mari...

Blandine n'osa pas répondre, gênée et craintive. Elle ne s'était pas encore habituée, malgré son séjour chez les femmes de Tounane, à ces manières désinvoltes. Mais cette invitation, c'était sa première distraction depuis une éternité. Elle se fit la réflexion qu'elle aimerait bien, elle aussi, recevoir une amie à la maison, préparer le café, peut-être une assiette de gâteaux... Elle savoura sa visite comme une gorgée d'eau fraîche au bout du désert. À tel point qu'elle en oublia l'heure.

Quand Hassan, rentrant du travail, trouva l'appartement vide, il devint fou de rage et la chercha dans toute la rue. Quelqu'un lui dit qu'on avait vu sa femme entrer chez une voisine. Il frappa à la porte et, dès qu'il aperçut Blandine, il lui ordonna sèchement de sortir. Pendant qu'ils marchaient vers leur appartement, Hassan maugréa et interdit à Blandine de retourner chez cette femme. Il craignait, disait-il, qu'elle lui présente un homme. Puis il l'engueula parce que son repas n'était pas prêt. Blandine pressentit que cette scène n'était qu'un prélude à la véritable fureur qui allait bientôt exploser, dès qu'ils seraient seuls dans leur logis. Elle tremblait, s'en voulait pour cette incartade, devinant à l'avance les coups qui allaient pleuvoir. N'empêche qu'elle avait aimé cette visite chez la voisine. Elle n'avait rien fait de mal. Elle tenta de protester.

– J'ai envie de voir des choses, de parler avec des gens!

Il ne fallait pas... Cette toute petite phrase, c'était déjà trop de provocation face à la colère grandissante de Hassan. Une fois dans la maison, il se mit à la frapper, de plus en plus fort, avec hargne. Blandine était terrorisée: elle reconnut ce visage blême, ce front qui suait. Elle savait que ce faciès figé, ces yeux hagards annonçaient le début de la rage, que rien ne pourrait arrêter Hassan. Elle entendit la radio qu'elle avait oublié d'éteindre avant de sortir. L'émission venait de France, c'était: *Les routiers sont sympa*, animée par Max Meynier. Pendant que son mari la rouait de coups, l'esprit de Blandine se détacha de son corps quelques instants pour retourner dans son pays. Elle envia les routiers qui recevaient grâce à cette émission des messages de leurs proches. Elle se dit qu'en France les gens étaient heureux, que les femmes n'étaient pas traitées comme ça. Elle se sentit si loin de sa patrie, de son petit Mehdi surtout. Au moins, son enfant ne serait pas témoin de cette scène odieuse. Puis le sol glissa sous ses pieds. Hassan, qui hurlait toujours, l'avait brutalement attrapée par les cheveux et la traînait vers la salle de bains. Là, elle ouvrit les yeux. Il était penché sur elle et la regardait fixement en vociférant:

– Tu vas payer pour tout ce que tu m'as fait...

Blandine le regarda sans comprendre: elle ne savait pas ce qu'elle lui avait fait! Pourtant, Hassan semblait la rendre responsable de tous les dérapages qu'il avait vécus. On lui avait appris dans sa tendre enfance que le paradis était aux pieds des mères. Le jour où il avait présenté Blandine à sa mère, celle-ci avait proclamé: «Tu n'es plus mon fils si tu acceptes cette femme!» Puisque sa mère l'avait rejeté, il se croyait exclu du paradis... Et il faisait payer à Blandine cette malédiction.

Il la tenait serrée, Blandine n'avait aucun moyen de s'échapper et, malgré ses hurlements, elle savait que personne ne viendrait à son aide. Hassan la projeta au sol, lui plongea la tête dans la baignoire remplie d'eau, la sortit et la replongea inlassablement, pris d'une folie meurtrière. Blandine n'arrivait plus à respirer. Elle avait beau se débattre, elle ne pouvait rien contre cette furie. Elle sentit ses forces l'abandonner et perdit conscience.

Elle refit surface dans l'ambulance. Elle ne savait pas qui avait alerté les ambulanciers, mais Hassan ne se trouvait pas près d'elle. Le personnel de l'hôpital la recueillit dans un piètre état: tout son corps était une plaie vive. Blandine était couverte d'ecchymoses de la tête aux pieds, son nez était cassé, elle portait des marques de coups de couteau à plusieurs endroits. Sur le matelas qui lui parut se refermer sur elle tant son corps lui semblait lourd, elle se prostra, prisonnière de sa chair meurtrie, incapable d'ouvrir ses yeux tuméfiés.

Quand elle se réveilla dans la salle commune le lendemain, elle entendit des voix. Un groupe de patientes kabyles bavardaient, assises à plusieurs sur les lits. Blandine reconnut leur dialecte guttural. Elle parvint à entrouvrir les paupières, juste assez pour les apercevoir, dans leurs longues robes chatoyantes. L'une d'elles portait un foulard vert éclatant. Blandine s'accrocha à cette couleur pleine de gaîté, comme à une tache de lumière dans l'obscurité. Elle la fixa avec détermination, comme si elle risquait de replonger dans les ténèbres si jamais elle la quittait des yeux. Elle s'était d'abord crue morte mais, à travers les fentes de ses yeux bouffis et sanguinolents, à travers la chape de douleur qui s'était abattue sur elle, Blandine était forcée d'admettre qu'elle n'était pas au paradis.

Les murs de la salle commune étaient peints en vert criard; il y avait une atmosphère de cantine arabe. Des casseroles couvertes de torchons, des thermos de café étaient posés un peu partout, un chat prenait le soleil sur le rebord de la fenêtre ouverte et les femmes coiffées de turbans aux couleurs vives jacassaient comme dans leur cuisine. Blandine referma les yeux. Son corps était endolori et elle avait envie de pleurer. Hassan comprendrait-il un jour tout le mal qu'il lui avait fait? Au-delà de la douleur, des blessures, des cicatrices, sa vie était complètement détruite. À force d'être battue, l'impression horrible de n'être plus rien la hantait.

Le lendemain de son arrivée à l'hôpital, Hassan vint la voir. Certain de son ascendant, il la menaça de la frapper à nouveau si elle le dénonçait!

Les plaies corporelles furent longues à guérir mais celles qu'elle portait dans son cœur persistèrent encore plus longtemps. Tout lui faisait peur désormais, même l'eau. Depuis que Hassan avait tenté de la noyer, Blandine ne pouvait plus respirer sous la douche et refusait de prendre des bains. Elle resta dans un état demi-végétatif, accablée d'être encore en vie, jusqu'à ce que la colère s'empare d'elle. Mais comme elle ne savait vers qui tourner cette colère, trop énorme pour ne l'adresser qu'à une seule personne, elle se mit en colère contre la vie. Elle voulut punir cette vie impitoyable qui n'en finissait plus de la bafouer. Il lui fallait, pour sortir du chaos, contrôler quelque chose. Blandine décida donc de cesser de parler.

Elle resta longtemps à l'hôpital, jusqu'à en perdre la notion du temps. Elle passait ses journées blottie par terre dans un coin de la salle commune, totalement muette, refusant de répondre aux questions qu'on lui posait. Elle n'en pouvait plus, vivre était trop difficile. Pourquoi ne la laissait-on pas mourir?

Il y avait une infirmière qui lui prodiguait des soins. C'était une femme jeune, jolie, gentille. Blandine ne connaissait pas son nom mais, quand elle la voyait entrer dans la salle avec son beau sourire, elle lui rappelait Mary Poppins. L'infirmière parlait toujours français quand elle s'adressait à Blandine.

– Ne t'inquiète pas, on va t'aider, tu parleras quand tu seras prête.

L'infirmière entra dans la salle commune et, comme d'habitude, chercha Blandine des yeux. La jeune femme était toujours tapie dans son coin, mais ce jour-là elle pleurait. Il y avait au fond d'elle-même une boule qui semblait vouloir exploser. L'infirmière s'accroupit à côté de Blandine et la prit dans ses bras pour la réconforter. Il n'en fallait pas plus. Blandine craqua et mit fin à son silence:

– J'ai peur, je ne veux pas y retourner, il va me tuer! Je voudrais mourir, mais pas en souffrant! Il faut que tu me donnes des médicaments pour mourir!

La jeune fille raconta son histoire, insistant sur le fait que son mari l'avait forcée à venir en Algérie et qu'il avait caché son passeport. L'infirmière ne dit rien pendant un moment et continua de bercer Blandine doucement, pensant que d'autres aveux viendraient peut-être. Mais l'essentiel avait été dit et Blandine était épuisée. Quelques instants plus tard, l'infirmière chuchota près de son oreille:

– On va s'occuper de toi. Ne répète à personne ce que tu viens de me dire. J'ai une idée, je t'en parlerai plus tard.

Blandine était si effrayée à la pensée de retourner avec Hassan que, discrètement, elle avait collé le thermomètre contre le radiateur, pour faire croire au personnel médical qu'elle avait toujours de la fièvre. Encore une fois, l'infirmière se pencha pour répéter:

– On va te sortir de là...

Le lendemain, celle qu'elle considérait désormais comme son ange gardien vint demander à Blandine de la suivre.

– Le médecin veut te voir.

Elle l'emmena dans le bureau d'un jeune médecin qui était venu quelques fois évaluer l'état de la patiente. Il était jeune, chaleureux. Blandine pouvait lire la compassion dans ses yeux. Le médecin s'était intéressé à elle parce qu'elle était différente des autres et si jeune! Une Française perdue dans un pays étranger et maltraitée par-dessus le marché... Il était prêt à l'aider dans la mesure de ses moyens, avec la complicité de l'infirmière, quitte à prendre des risques. À la stupéfaction de Blandine, ils avaient déjà tout organisé.

Après un examen médical pour vérifier qu'elle était en état de quitter l'hôpital, l'infirmière fit enfiler à Blandine un tchador blanc. Ainsi dissimulée, silhouette anonyme parmi les dizaines d'autres qui circulaient autour de l'hôpital, Blandine serait parfaitement camouflée quand le médecin la ferait sortir de l'édifice. À l'heure de la sieste, il la fit monter dans sa voiture et l'emmena chez lui. L'infirmière les attendait. Elle aurait voulu prendre Blandine chez elle mais n'en avait pas la possibilité.

Leur plan était simple et risqué. Ils avaient décidé de la cacher dans la maison du médecin, qui vivait seul, le temps de lui obtenir des papiers et de lui faire quitter le pays.

L'infirmière installa Blandine et la rassura. Tout se passerait bien, on allait la renvoyer en France, elle n'avait plus à s'inquiéter. Elle n'avait qu'à rester discrète et à ne pas ouvrir les rideaux. Comme le médecin était célibataire, sa réputation serait ruinée si on découvrait une femme cachée chez lui. Chaque jour, la femme revint, apportant à Blandine de la nourriture et, parfois, des vêtements propres. Chaque fois, elle la rassurait. Les démarches étaient en cours pour obtenir ses papiers. Blandine reprit espoir et bénit le ciel que quelqu'un se préoccupe de son sort.

Deux semaines plus tard, Blandine obtint un billet d'avion et un laissez-passer. Les démarches avaient été compliquées: comme elle était mariée à un Algérien – Hassan était né à Tlemcen –, on ne pouvait pas demander au consulat français de la rapatrier. Sans trop savoir comment ses bienfaiteurs s'y étaient pris, Blandine allait rentrer en France et retrouver son fils!

Le jour du départ, elle se glissa discrètement dans la voiture du médecin, qui l'emmena jusqu'à l'aéroport d'Oran, situé à quelque 150 kilomètres de Tlemcen puisqu'il n'y avait alors pas d'aéroport dans cette ville. Il la déposa devant la porte, nerveux mais confiant.

– À partir de maintenant, tu dois te débrouiller toute seule, je ne peux pas entrer dans l'aéroport avec toi. Ne dis à personne mon nom ni celui de l'infirmière. Mais rappelle-toi que, par le cœur et l'esprit, nous t'accompagnons et n'oublie jamais qu'il y a en Algérie des gens qui sont bons!

Blandine était déterminée. La liberté se trouvait tout près, il n'y avait qu'à attendre deux ou trois heures, puis l'avion décollerait et elle serait en sécurité. Elle entra dans l'aéroport avec un petit sac contenant les quelques vêtements que l'infirmière lui avait donnés. Elle tremblait intérieurement, regarda furtivement à gauche et à droite, cherchant le guichet. Elle n'avait jamais voyagé seule et se sentait comme une petite fille perdue. Quand elle arriva au guichet, elle montra son laissez-passer. La préposée l'avertit que l'avion ne partirait que dans trois heures. Blandine repartit marcher dans l'aérogare, trompant l'attente en lisant les affiches et en regardant les étalages des boutiques. Elle n'avait qu'une hâte: monter dans l'appareil et laisser derrière elle ce cauchemar.

Soudain, elle entendit par les haut-parleurs qu'on appelait son nom. L'angoisse lui tordit le ventre alors qu'elle se dirigeait vers le guichet où elle avait montré son laissez-passer. La préposée lui redemanda de s'identifier puis se tourna vers quelqu'un que Blandine ne pouvait voir en disant:

– C'est bien elle.

Une main s'abattit sur l'épaule de Blandine. Elle se retourna en sursautant. Hassan! Comment avait-il retrouvé sa trace, comment avait-il su qu'elle prenait l'avion ce jour-là? Blandine l'ignorerait toujours. Mais il était là, en chair et en os. Elle pouvait lire, plus intense que jamais, la haine dans les yeux de son mari. La terre cessa de tourner.

Hassan l'agrippa brutalement par un bras et l'entraîna hors de l'aéroport. Il la jeta dans un taxi et cria au chauffeur en s'asseyant à côté d'elle:

– À Tlemcen!

Puis il se tourna vers Blandine:

– Maintenant, tu vas voir...

Pendant tout le trajet jusqu'à Tlemcen, sous les yeux du chauffeur qui n'émit pas une seule protestation, Hassan frappa Blandine avec une colère froide et méthodique. Celle-ci ne chercha pas à se défendre, ne se débattit même pas. Elle était un animal pris au piège, trop secouée pour réagir. Ses blessures à peine guéries, elle se retrouva de nouveau couverte de sang. Mais laisser Hassan lui infliger une autre raclée, c'était le moyen d'en finir. Plus il la frappait, plus elle sentait se rapprocher la mort, plus elle la souhaitait. Elle n'acceptait plus de vivre, puisque vivre était souffrir.

À Tlemcen, Hassan fit arrêter le taxi devant le commissariat de police et y entraîna sa femme. Il la jeta comme un sac devant les gendarmes, criant que c'était une salope de Française, qu'il l'avait emmenée en Algérie pour la rendre heureuse. Il ajouta qu'elle avait tenté de s'enfuir avec un autre homme pour repartir en France et déposa plainte pour adultère.

Les gendarmes enregistrèrent sa plainte et Blandine fut enfermée pendant une semaine dans une cellule provisoire où il n'y avait qu'une paillasse et un broc d'eau. Elle y était seule, avait le droit de sortir dans la cour deux fois par jour, mais n'avait de contact avec personne en dehors du personnel de la prison qui lui apportait à manger trois fois par jour.

Blandine replongea dans un cauchemar. L'impression d'étouffer ne la quittait plus, pas plus que le sentiment d'avoir été balancée dans un engrenage infernal. Accusée d'adultère! Jamais elle n'aurait imaginé une chose pareille; elle n'avait jamais eu la moindre pensée de ce genre et le médecin s'était toujours montré tout à fait correct. Pourtant, elle était parfois harcelée par le doute: l'avait-on piégée? Elle n'avait personne à qui demander conseil et savait que, dans plusieurs pays arabes, les femmes adultères étaient passibles de prison. Ses chances d'être entendue étaient bien minces.

Au tribunal, Blandine fut forcée de constater que la décision de la cour était prise à l'avance. Dans ce pays, l'adultère était l'un des pires crimes qu'une femme puisse commettre et une injure à tous les hommes en même temps. Une Française qui avait trompé un Arabe ajoutait l'insulte à l'injure! Pendant sa comparution, pour préserver l'honneur de son mari, on lui fit porter le tchador. On convoqua l'infirmière et le médecin à témoigner, mais il fut évident que leurs témoignages ne pouvaient que jouer contre elle. Ils avaient pris de grands risques pour la protéger. Blandine voyait des larmes dans les yeux de l'infirmière pendant que celle-ci écoutait les témoignages. Quand le médecin fut appelé à la barre, il expliqua qu'il avait voulu aider une jeune Française qui avait été brutalisée et risquait d'être tuée. Hassan se dressa et protesta avec véhémence, au mépris des règles de la cour:

– C'est impossible que ma femme ait été enfermée chez lui pendant deux semaines sans qu'il l'ait baisée!

Le procès ne dura qu'un après-midi. Le juge, croyait-on, était une relation de la famille Habbedine. Blandine fut condamnée à neuf mois de prison ferme.

Des gardiens l'emmenèrent et on prit ses empreintes. L'esprit embourbé dans un brouillard qui s'épaississait, Blandine eut un instant la sensation d'être un chien auquel on passait un collier. Il y avait des barreaux partout. Elle discernait à peine les mouvements des geôliers qui s'affairaient, tout se confondait devant ses yeux. Elle entendit claquer les lourdes portes de fer, cliqueter les grosses clefs sur leur anneau, elle perçut les pas traînants des hommes sur le sol de terre battue qui menait à la cellule. Puis des murs se refermèrent sur elle. Hébétée, Blandine découvrit la prison principale de Tlemcen. Elle n'avait pas encore dix-huit ans.

Neuf mois de prison, pour avoir voulu fuir la brutalité de son mari! Blandine ne comprenait plus rien, ne savait plus à qui ni à quoi faire confiance. Dans cette prison où elle allait passer les prochains mois, elle était entourée de femmes qui avaient tué, volé, des femmes dures qui l'effrayaient.

Les détenues considérèrent d'abord cette jeune Française à la peau claire comme une intruse. Elles lui imposèrent une place au fond de la salle, près des toilettes, où régnait une odeur nauséabonde. Il n'y avait qu'un matelas par terre, mais les femmes passaient leurs journées dans la cour. La première nuit, Blandine n'arriva pas à dormir, encore sous le choc. Elle pensait à ces neuf mois, une éternité pendant laquelle Mehdi ne cesserait de grandir et d'oublier sa mère... Comment ferait-elle pour supporter cet enfer?

Les détenues étaient surtout des paysannes, qui, pour la plupart, ne parlaient que l'arabe. Quelques-unes, heureusement, parlaient un peu de français et l'une d'elles demanda à Blandine pourquoi elle était là. Blandine répondit qu'elle avait été condamnée pour adultère. Toutes éclatèrent de rire. Ce crime était anodin par rapport à ceux qu'elles avaient commis. L'une d'elles refusa de la croire. D'un ton agressif, elle accusa Blandine de mentir par fierté, parce qu'elle était Française. Plusieurs avaient été condamnées pour meurtre, certaines avaient tué leur mari parce qu'il les avait trompées. Dans la plupart des cas, leurs délits étaient reliés à un homme.

Peu à peu, Blandine trouva sa place au milieu des détenues. En lui faisant raconter sa vie, les femmes finirent par la prendre en pitié et l'adopter, même si plusieurs l'imaginaient riche et noble, puisque Française.

Tous les matins, on apportait dans la cellule un grand faitout rempli de café et, pour chaque détenue, un pain qui devait suffire pour la journée. Plus tard, on leur servirait deux grosses marmites de soupe. C'était là leur quotidien, les femmes partageaient ces repas dans la cour, comme elles partageaient leurs inquiétudes, leur chagrin et leurs frustrations, comme elles examinaient ensemble le contenu d'un colis que l'une ou l'autre recevait. Quand une prisonnière pleurait dans son coin, les autres venaient tour à tour la consoler.

Par un après-midi torride, Blandine aperçut dans la cour deux femmes qui se faisaient du henné. Comme elle leur proposait son aide, l'une d'elles offrit plutôt de lui mettre du henné dans les cheveux. En quelques minutes, Blandine eut la tête couverte d'une pâte épaisse. Elle adorait le henné. De toutes les coutumes arabes, c'était celle qui lui plaisait le plus. C'était un rituel de beauté, présent dans toutes les festivités et toutes les cérémonies, un symbole de pureté et de séduction, autant qu'une visite au hammam. Les femmes s'en appliquaient sur les pieds et les mains, traçant avec une allumette des dessins sur le dessus de la main. Elles en appliquaient aussi dans les cheveux pour les rendre doux et soyeux, et leur donner une jolie couleur cuivrée. Blandine était ravie qu'on s'occupe d'elle, qu'on la dorlote. Elle fut reconnaissante à ces femmes qui partageaient le contenu des colis qu'elles recevaient. Elle, bien sûr, n'en recevait jamais.

Elle apprit aussi, par observation, les techniques d'épilation des jambes et des aisselles à la mode orientale. Une détenue avait reçu du miel et elle demanda à une gardienne de le faire chauffer. Quand il fut prêt, la femme s'empressa de l'étaler sur ses jambes et attendit quelques secondes qu'il refroidisse et se fige. Alors, elle tira d'un coup sec. Un peu douloureux mais efficace!

Ces occupations permettaient aux femmes d'oublier la lenteur du temps. Elles servaient aussi de soupape à l'agressivité latente, qu'un rien suffisait à faire monter à la surface. De plus, les prisonnières parlaient sans cesse, se racontant avant de dormir les moments les plus pénibles de leurs vies, les raisons pour lesquelles elles avaient été emprisonnées. La plupart étaient mères, Blandine put partager son chagrin de n'avoir pas tenu son petit dans ses bras depuis si longtemps. Parfois, elles pleuraient toutes ensemble.

Une fois par semaine, les femmes avaient droit à la douche, tout comme les hommes qui étaient détenus dans un autre quartier de la prison. Comme elles savaient à quel moment les hommes traverseraient le couloir qui longeait leur cellule, certaines détenues avaient percé des trous dans le mur pour y glisser des messages. Ainsi, elles communiquaient avec leur mari, leur amant ou un copain, emprisonné en même temps qu'elles. Elles pouvaient alors faire concorder leurs déclarations s'ils devaient passer devant le juge! Blandine s'amusa de découvrir toutes ces combines, de constater à quel point, privés de moyens, les gens arrivaient à se débrouiller.

Parfois, sans raison précise, la tension montait, alimentée par les privations et par les petites guerres internes. On ne savait jamais ce qui allait déclencher l'orage. Parce que Blandine avait oublié de rendre un paquet de henné à sa propriétaire après l'avoir utilisé, cette dernière entra dans une rage folle et la traita de sale voleuse.

– Je n'avais pas l'intention de le garder, j'allais te le rendre!

La femme ne la crut pas et se jeta sur elle. Blandine parvint difficilement à se défendre mais une gardienne arriva pour les séparer. L'assaillante raconta sa version des faits et ce fut elle que la gardienne choisit de croire. Blandine n'avait aucune chance d'être traitée équitablement. On chuchotait que ces deux femmes avaient des relations intimes... La gardienne emmena Blandine dans la cour où se trouvait un cagibi si minuscule qu'on ne pouvait y tenir que debout, sans lever les bras. Blandine y resta enfermée pendant quatre ou cinq heures, ankylosée et suffocante. Une ouverture à la hauteur de la tête, permettait au personnel de surveiller la prisonnière et laissait entrer le soleil ardent de l'après-midi. La chaleur était insoutenable et Blandine crut défaillir plusieurs fois. Quel crime avait-elle commis pour être sans cesse punie? Pourquoi continuer à vivre, puisque sa vie n'était qu'un cauchemar qui allait en empirant? Elle s'accrochait pourtant, puisqu'il y avait quelque part un petit garçon qui l'attendait. Mehdi, sa petite planche de salut...

Alors qu'approchait la fin de sa sentence, Blandine reçut une visite. Pendant qu'on l'escortait vers le parloir, son cœur cessa de battre. Elle était persuadée que Hassan venait lui rappeler qu'il l'attendait. Elle imaginait les turpitudes dans lesquelles elle serait à nouveau précipitée. Elle entra à pas mesurés dans le parloir. Là, elle découvrit qu'il s'agissait non pas de Hassan, mais d'un homme qu'elle ne connaissait pas. Qui pouvait-il bien être? L'homme la toisa d'un air à la fois arrogant et méfiant puis se présenta. C'était un oncle de Hassan. Il était venu lui annoncer que la famille avait décidé de la faire rentrer en France dès sa sortie de prison. Blandine resta interdite. C'était trop beau pour être vrai, pourquoi lui ferait-on cette faveur?

– Hassan a juré que s'il te trouvait sur son chemin à ta sortie, il te tuerait!

Il expliqua qu'il n'était pas question qu'un membre de cette famille finisse ses jours en prison pour meurtre. C'était pour sauvegarder l'honneur de Hassan et le protéger de lui-même que la décision avait été prise.

Blandine n'en crut pas ses oreilles. Pour eux, qu'elle vive ou qu'elle meure importait peu. L'essentiel était de préserver l'honneur de la famille! Il y avait déjà eu trop de honte sur les Habbedine: elle avait trompé Hassan, il fallait se débarrasser d'elle au plus vite!

Quelques jours plus tard, Blandine sortit de prison dans un débordement d'émotions. Les détenues, à leur manière un peu larmoyante, célébrèrent son départ et lui firent leurs recommandations. Elles lui avaient appliqué du henné sur les cheveux, les mains et les pieds pour lui porter bonheur et s'étaient cotisées pour lui offrir quelques vêtements de rechange qu'elle emporta dans un sac de plastique.

L'oncle de Hassan l'attendait. Il emmena Blandine chez lui, alors qu'on entreprenait des démarches pour obtenir les papiers de la jeune fille. Les tracasseries bureaucratiques furent nombreuses, d'autant plus que Hassan avait détruit son passeport. Blandine passa ces quelques jours dans un état d'extrême nervosité: dans la famille de Hassan, elle craignait d'être tombée dans un piège. Mais ils voulaient vraiment la voir rentrer en France. Elle se résolut à le croire lorsque l'oncle la déposa à l'aéroport, lui remit 250 francs et l'abandonna à elle-même.

Blandine, seule dans l'aérogare, demeurait hantée par le souvenir de sa précédente tentative de fuite et terrifiée à l'idée d'une nouvelle irruption de Hassan. Avec pour tout bagage son petit sac de plastique, elle monta dans l'avion comme si elle était poursuivie par une meute de loups! Quand l'hôtesse verrouilla les portes de l'appareil, Blandine vit se fermer les portes de l'enfer.

4

Nouveau départ en solitaire

Blandine atterrit à Orly avec la sensation de plonger dans le vide. Elle ne connaissait personne à Paris et, bien qu'elle soit en sol français, elle n'avait pas le sentiment de rentrer à la maison. Il lui était impossible de retourner à Beauvais, c'était le premier endroit où Hassan la chercherait. Malgré sa bonne volonté et sa détermination, elle restait une adolescente effarouchée. Le moment décisif où elle avait quitté le logis de sa mère pour plonger seule dans l'inconnu lui revint à l'esprit. Encore une fois, elle allait se retrouver face au néant. Allait-elle se heurter, seule, à de pires obstacles que ceux qu'elle avait déjà affrontés? Au moment de sortir de l'aérogare, son ventre se tordit d'angoisse et elle vomit dans une poubelle. Puis elle se secoua, il fallait foncer sans regarder derrière. Elle demanda à un chauffeur d'autobus jusqu'où il allait.

– Denfert-Rochereau!

– C'est à Paris, ça?

– Ouais...

– OK, je viens!

Denfert-Rochereau, ça sonnait comme «d'enfer». Comme sa sortie toute récente de l'enfer! C'était peut-être un bon signe. Elle grimpa dans le bus, sachant qu'elle partait à l'aventure avec pour tout bagage une tenue de rechange.

Elle erra dans Paris jusqu'à la tombée de la nuit, ignorant où aller. La pénombre commençait à la tracasser, d'autant plus que, près des Champs-Élysées, elle fut accostée par deux garçons qui tentèrent de l'attirer. Ébranlée, elle fit arrêter une voiture de police et demanda de l'aide. Les policiers l'emmenèrent à l'Armée du Salut. Après avoir mangé, Blandine se vit attribuer une couchette dans un dortoir à l'éclairage violent, rempli de clochards bruyants. Il y régnait une odeur nauséabonde et la jeune fille eut l'impression d'avoir quitté une prison pour une autre. À la différence que, cette fois, elle avait le choix, c'était à elle de jouer. Elle n'avait pas l'intention de s'incruster dans ce gîte de dernier recours. Elle avait 250 francs en poche et, surtout, une volonté féroce de s'en sortir.

Dès le lendemain de son arrivée, elle demanda à voir une assistante sociale et lui fit part de son désir de trouver du travail et un endroit où loger. Blandine s'étonna d'y avoir pensé, mais elle devinait qu'il fallait chercher l'aide aux bons endroits. Elle avait décidé de prendre la vie à bras-le-corps.

Quand elle osa s'aventurer dans les rues, les bavardages des gens dans les commerces, les discussions des étudiants dans les bistrots la grisèrent. Elle éprouva une véritable sensation de liberté le jour où, attablée à la terrasse d'un café, boulevard Saint-Michel, elle commanda un jus de fruit, la tête haute, sans craindre d'être rabrouée. Un garçon assis à une autre table lui sourit. Elle répondit distraitement à son sourire puis se détourna pour montrer qu'elle ne cherchait pas à établir de contact.

Elle quitta sa table, le jeune homme la suivit. Blandine s'arrêta un peu plus loin pour regarder des cartes postales de Paris sur un tourniquet. Le garçon l'imita puis, sans détour, se présenta. Blandine n'eut pas peur, elle s'exhortait intérieurement à être forte et indépendante.

L'inconnu s'appelait Bob, étudiait en génie à l'université et... était algérien. Elle eut un réflexe de recul. Mais Bob avait le regard doux, si apaisant qu'elle se laissa amadouer. Ils parlèrent un moment, il proposa de la raccompagner mais elle refusa. Il n'était pas question de lui dire qu'elle logeait à l'Armée du Salut.

Après deux semaines d'attente, l'assistante sociale dénicha pour Blandine une place de bonne à tout faire, logée et nourrie. La jeune fille s'installa dans un immeuble bourgeois du 14e arrondissement. Quand sa patronne lui remit la clé de sa chambre de bonne, située au septième étage, Blandine songea que c'était la clé du septième ciel. Son premier endroit à elle! Un refuge pour souffler, pour réfléchir à son avenir et au moyen de retrouver Mehdi. Dans la minuscule chambre, elle s'assit sur le couvre-lit rouge, le caressa du bout des doigts. Elle était une vraie dame. Elle avait une clé, gagnait de l'argent. Elle était libre.

– Maintenant, tu vas te construire, tu vas devenir quelqu'un, se disait-elle.

Elle avait affronté tant de laideur, de haine et de cruauté qu'il lui arrivait de se croire déjà vieille, comme si elle avait survécu à plusieurs guerres. Elle estimait qu'elle devait se dépêcher d'entamer une vraie vie, avant qu'il soit trop tard. Elle n'était pourtant qu'une gamine de dix-huit ans qui avait tellement de choses à apprendre!

Sa patronne était une femme charmante et généreuse. Et surtout, elle arborait une féminité, une coquetterie qui éblouirent Blandine. Celle-ci découvrit grâce à elle les produits que les femmes utilisent pour être belle et sentir bon. Alors que sa patronne prenait un bain, elle demanda à Blandine de lui passer la bouteille d'après-shampoing. Celle-ci découvrit avec ravissement qu'il existait des crèmes et des lotions rien que pour rendre les cheveux brillants et faciles à démêler! Les mots «lait corporel», «désodorisant», «crème de beauté» sonnèrent comme une musique à ses oreilles. Blandine avait appris dans sa petite enfance à se rincer les cheveux avec du vinaigre.

Emmagasinant tous ces secrets qu'il fallait connaître pour devenir «quelqu'un», Blandine décida de prendre des notes. Elle se procura un petit carnet, dans lequel elle inscrivit tous les mots nouveaux qu'elle voulait se rappeler, comme «désodorisant», «lait pour le corps», mais elle nota aussi des idées pour s'améliorer, se «construire». Elle avait compris que la beauté et la propreté constituaient une sorte de laissez-passer. Si elle était soignée, les gens lui feraient confiance.

De temps à autre, elle revoyait Bob. Ils se donnaient rendez-vous pour boire un verre dans un bistrot. Puis, un jour, il l'invita à manger à la cantine de la Cité universitaire, où il vivait. Blandine fut impressionnée de se retrouver dans un lieu aussi sélect et, au milieu des étudiants, elle se fit l'effet d'être une adulte mais se désola de son ignorance, elle qui avait tant aimé, quand elle allait à l'école, passer des heures à la bibliothèque! Elle n'avait pas assez de ses deux yeux pour tout observer. Elle remarqua un groupe d'hommes qui discutaient sur un ton enflammé d'un sujet vraisemblablement sérieux, pendant que leurs spaghettis refroidissaient. Un peu plus loin, deux étudiantes à demi cachées derrière des piles de livres paraissaient mémoriser un texte. Gagnée par l'énergie qui se dégageait de cette atmosphère studieuse, Blandine s'agitait sur sa chaise comme une girouette, au point où Bob finit par lui lancer:

– Tu ne pourrais pas me regarder quand je te parle?

Blandine comprit qu'il y avait des tas de choses auxquelles elle n'avait jamais pensé, des choses importantes pour vivre en société. Elle se comportait en véritable éponge, absorbant toute parcelle d'information comme si le reste de sa vie en dépendait.

Après le repas, se rendant à la salle de télévision, ils traversèrent le salon de musique. Un homme était au piano et Blandine fut charmée par l'élégante posture du musicien devant son clavier. Ce soir-là, dans son calepin, elle nota: «Regarder les gens dans les yeux quand ils me parlent», «apprendre à jouer du piano»!

Devenir quelqu'un de bien voulait dire devenir le contraire de sa mère, repousser l'image de Josette, dont le style criard avait heurté sa sensibilité d'enfant. Blandine voulait avoir de la classe, parce que sa mère n'en avait pas. L'un des premiers vêtements qu'elle acheta avec ses gages fut un polo Lacoste. À ses yeux, ce vêtement avait de la classe. Utilisant son intuition plus que ses connaissances, elle soigna ses manières, rejetant tout ce qui lui paraissait vulgaire. Issu d'une famille aisée, Bob avait de bonnes manières et apprit à Blandine comment se tenir à table. Elle retranscrivit soigneusement ces nouvelles notions dans son calepin et tenta de garder en mémoire les conseils du jeune homme bien après qu'ils se soient perdus de vue.

Blandine disposait désormais d'un emploi stable, d'une adresse, sa vraie vie était commencée. Elle entreprit donc des démarches avec l'aide d'une assistante sociale pour retrouver son fils. Cette femme aida Blandine à prendre conscience qu'elle avait des droits, comme mère et comme être humain. Ce fut comme si elle avait mis une arme dans la main de la jeune fille. Celle-ci entendait se battre aussi longtemps qu'il le faudrait pour vivre enfin avec Mehdi.

L'assistante sociale avait obtenu pour Blandine la permission de rendre visite à son enfant. Elles partirent pour Beauvais un samedi. Pendant le trajet qui lui parut durer une éternité, Blandine perçut les battements de son cœur qui cognait violemment contre ses côtes tandis que mille questions se bousculaient dans sa tête. Comment était-il? Avait-il beaucoup grandi? Allait-il la reconnaître? Il devait sûrement courir partout, il avait plus de deux ans, maintenant... La fonctionnaire la mit en garde. Pour ne pas compromettre ses chances, elle devait faire exactement ce qu'elle lui dirait, ne rien bousculer, user de prudence et de diplomatie. Il fallait d'abord voir sa belle-mère, lui expliquer qu'elle avait une situation, qu'elle était apte à s'occuper de son enfant. Mais Blandine, dont l'impatience et la nervosité s'accentuaient à mesure que Beauvais se rapprochait, écoutait à peine. Elle contemplait la ville à travers un brouillard d'émotions confuses, ses bras s'ouvraient malgré elle, pressés de serrer Mehdi.

Elles se garèrent devant la HLM où vivaient les Habbedine et montèrent directement à l'appartement. L'une des sœurs de Hassan, une petite fille de dix ans, répondit à la porte et, prétextant que sa mère n'était pas là pour l'instant, refusa de les laisser entrer. Les deux femmes redescendirent pour attendre dans la voiture le retour de la belle-mère. À côté de l'immeuble, il y avait une aire de jeu et des enfants s'y amusaient. Blandine reconnut une autre sœur de Hassan qui tenait par la main un petit garçon. Son cœur fit un bond dans sa poitrine, son sang afflua vers ses joues. C'était Mehdi, elle le reconnut. Oubliant toutes recommandations, elle ouvrit la portière. L'assistante sociale la retint par le bras:

– Ne faites pas de bêtise.

Mais Blandine ne pouvait plus se contenir. Elle repoussa la main qui la freinait, sortit de la voiture et se précipita en courant vers le tourniquet où l'enfant venait de monter. Avec une ferveur presque religieuse, Blandine s'agenouilla et prit le petit dans ses bras. L'enfant ne sembla pas comprendre ce qui lui arrivait mais ne montra aucun signe d'inquiétude. Il se laissa cajoler en la regardant attentivement. Blandine ressentit alors un moment de bonheur inexprimable. Cet instant était l'expression concrète de l'espoir. Toute seule, à force de ténacité, elle avait réussi à toucher son enfant.

Elle entendit un cri venu des étages. Levant la tête, elle aperçut sa belle-mère qui, de là-haut, interpellait sa fille. Blandine comprenait juste assez d'arabe pour traduire ses exhortations.

– Prends-le, prends-le!

Immédiatement, un frère de Hassan arriva en courant. Il avait une quinzaine d'années et ressemblait tant à Hassan que, de loin, Blandine crut que son mari arrivait. Elle se pétrifia de peur puis, soulagée de constater sa méprise, posa doucement Mehdi par terre. Alors l'adolescent prit l'enfant et posa sur Blandine un regard meurtrier.

– N'essaie plus jamais de le revoir.

Il l'insulta, lui cracha au visage et retourna vers l'immeuble, portant Mehdi dans ses bras. L'enfant tourna la tête un instant vers Blandine puis sembla oublier ce qui venait de se passer.

Accablée, Blandine s'assit sur le tourniquet et pleura à chaudes larmes. Avoir été si près du but puis voir ses espoirs s'envoler par sa propre faute! Elle s'en voulut terriblement, mais en voulut encore plus aux Habbedine. Malgré les encouragements de l'assistante sociale qui lui rappela qu'elle avait des droits sur son fils et qu'elles se battraient jusqu'au bout, Blandine détermina qu'elle n'avait aucune chance, persuadée que sa belle-famille irait jusqu'à enfreindre la loi s'il le fallait pour garder Mehdi. Pourtant, elle déposa une plainte au tribunal contre Hassan, parce qu'il l'empêchait de voir son fils.

Depuis son retour en France, elle correspondait avec son père par poste restante, craignant que Hassan obtienne son adresse par un quelconque subterfuge. Rahman faisait écrire ses missives par sa voisine. Blandine apprit ainsi, peu de temps après sa tentative avortée pour voir Mehdi, que Hassan était rentré en France et avait demandé le divorce.

Quand elle fut convoquée pour une inutile séance de conciliation, Blandine retrouva son mari sur une banquette de la salle d'attente du tribunal de Beauvais. Elle ne l'avait pas vu depuis plus d'un an, et cette rencontre s'avéra une épreuve extrêmement pénible. Hassan la fusillait des yeux; auraient-ils été seuls qu'il l'aurait probablement frappée. Des souvenirs douloureux assaillirent Blandine, qui n'eut qu'une hâte: abréger cette torture.

Dans sa requête en divorce, Hassan avait demandé la garde entière de Mehdi. Il fit valoir que Blandine était sans ressources et ne pouvait éduquer seule un enfant. Mehdi avait toujours vécu chez les Habbedine et, avec l'aide de sa famille, Hassan pouvait subvenir à tous les besoins de son fils. Blandine fournit des preuves qu'elle avait un emploi, mais elle était effectivement seule et encore mineure. Le jugement fut rendu en faveur de Hassan. Il obtint la garde de Mehdi et un droit de visite fut accordé à Blandine.

Déjà démolie par cette décision, la jeune femme dût subir la victoire arrogante de Hassan. Devant les inconnus qui circulaient dans les couloirs du tribunal, il n'hésita pas à l'humilier.

– Ton fils, tu ne l'auras jamais, tu n'es pas digne de lui! Et même si tu arrivais un jour à me le prendre, je te retrouverais au bout du monde!

Pendant que Blandine descendait à toute vitresse l'escalier vers la sortie pour quitter cet endroit sinistre et donner libre cours à son chagrin, Hassan continua de s'acharner. Elle l'entendit crier au-dessus d'elle et leva la tête. Elle le vit, penché au-dessus de la rambarde, la poursuivant de ses imprécations.

– Pas la peine d'essayer, c'est comme si tu n'avais plus de fils!

C'était fini. Blandine eut la certitude qu'elle ne pourrait jamais lutter contre cette haine. Pour l'instant, il lui faudrait renoncer à Mehdi. Tenter d'exercer son droit de visite serait courir au-devant d'un grand danger. Elle connaissait suffisamment Hassan pour savoir que, peu importe les décisions légales, il l'empêcherait de s'approcher de son enfant. À mesure qu'elle descendait les marches, elle se vit chuter dans un gouffre sans fond. Chaque pas, en l'éloignant de son enfant, lui arrachait le cœur et amplifiait son désespoir.

Pourtant, une petite voix au creux d'elle-même persistait à lutter contre les injures proférées par Hassan. «Non, je ne suis pas une pute, je ne suis pas une salope...» Toutes ces épithètes horribles dont il l'avait affublée étaient fausses, elle ne les méritait pas. Elle allait le lui prouver, devenir une femme digne pour que Mehdi soit fier d'elle. Elle voulait croire qu'un jour, une sorte d'instinct pousserait son fils à la retrouver. Hassan l'avait salie injustement, cette conviction allait lui permettre de lutter.

Blandine prit la décision de quitter son emploi après quelques mois, car le mari de son employeuse avait eu envers elle des gestes déplacés. Déterminée à trouver un nouveau travail avant de démissionner, elle se présenta au service du personnel à l'hôpital Saint-Vincent-de-Paul et, avec candeur, raconta qu'elle travaillait comme bonne après un séjour en prison et qu'elle était prête à faire n'importe quoi. La chef du personnel de l'hôpital fut émue de sa franchise et de sa naïveté. Elle lui proposa un poste de femme de ménage et lui céda une des chambres d'étudiante que comportait l'établissement. Dans ce lieu impersonnel mais synonyme de sécurité, Blandine finit par se créer un cocon.

Elle n'avait pas oublié son intérêt pour les études. Elle voulait faire autre chose dans la vie que laver des sols. Aussi Blandine sauta-t-elle sur l'occasion quand on lui proposa une formation d'aide-soignante, surtout que ces études étaient payées par l'hôpital. Une fois sa formation achevée, la jeune femme travailla dans plusieurs services avant d'être assignée à l'horaire de nuit au service d'obstétrique. Le personnel médical lui faisait confiance. On la chargeait fréquemment de tâches qu'on n'aurait normalement pas confié à une aide-soignante. Elle préparait les tables d'instruments stériles, s'occupait des bébés pendant les heures suivant la naissance, désinfectait leur nombril auquel était encore accroché un bout du cordon ombilical, posait même des perfusions. Blandine s'acquittait de ses tâches avec passion, aidant du mieux qu'elle pouvait les parturientes qui vivaient le moment le plus enivrant de leur vie.

Toutefois, elle ne révéla jamais qu'elle avait déjà donné la vie et qu'on lui avait arraché son enfant, sa raison de vivre. À l'une de ses compagnes de travail, enceinte, qui lui confiait: «Tu ne peux pas imaginer, Blandine, ce que ça fait de sentir son enfant dans son ventre!», cette dernière offrit un visage imperturbable et, tout en pensant «oh oui, je sais», ne livra aucun de ses secrets. Elle gardait cette souffrance constante enfouie au fond d'elle-même. Elle était une mère en latence, mais une mère tout de même; sa vie sans Mehdi était une longue parenthèse qu'elle subissait bravement, accrochée à un espoir lointain.

Par une nuit de pleine lune, alors que les six salles d'accouchement étaient occupées et le personnel, débordé, une femme se présenta, prête à accoucher. Blandine l'installa dans une salle de travail et appela le médecin de la patiente, mais ce dernier était accaparé. Blandine laissa la porte ouverte pour qu'à travers le brouhaha quelqu'un puisse l'entendre si elle appelait. Il fallait qu'un médecin ou une sage-femme vienne au plus vite.

Heureusement, la femme était calme. Comme ce n'était pas son premier bébé, elle savait à quoi s'attendre. Blandine continua de demander de l'aide mais personne ne vint. Puis la femme sentit qu'elle ne pouvait plus s'empêcher de pousser. Encourageant ses efforts, Blandine allait accueillir le poupon, comme elle l'avait vu faire à maintes reprises au fil de ses années à l'hôpital. Nerveuse mais émerveillée, elle vit la petite tête se pointer entre les cuisses de la mère, puis le corps tout entier fut expulsé. Blandine reçut l'enfant dans ses mains ouvertes, ébahie, et le considéra avec ravissement. Elle avait aidé ce chef-d'œuvre à venir au monde. Un court moment, elle fut habitée par le souvenir exaltant de ses doigts sur la petite tête de Mehdi, pendant qu'il effectuait sa grande sortie. Mais il valait mieux chasser cette image...

Comme elle ne devait pas couper le cordon ombilical ni exécuter la moindre manœuvre médicale, elle se contenta de poser le nouveau-né sur un champ stérile puis sur le ventre de sa mère. Enfin, une personne qualifiée entra dans la pièce pour constater que l'aide-soignante s'était retrouvée toute seule avec un accouchement sur les bras! Blandine fut félicitée pour ses réflexes et son sang-froid.

Bien qu'elle ait caché à tout le monde l'existence de Mehdi, sa soif d'être mère n'en restait pas moins aiguë. Malgré tout le plaisir qu'elle y prenait, les soins apportés aux nourrissons de l'hôpital ne suffisaient pas à combler ses désirs. Elle dressa l'oreille le jour où elle entendit parler d'une fille de l'hôpital qui venait d'adopter un enfant, seule. Blandine avait toujours cru qu'il fallait deux parents pour adopter. Le petit orphelinat de l'hôpital cherchait toujours des mamans et, comme elle travaillait dans l'établissement, elle avait peut-être une longueur d'avance.

Elle soumit une requête et, malgré le peu d'espoir qu'elle s'autorisait, se prêta à toutes les investigations qu'on lui imposa: tests psychologiques, rencontres avec une travailleuse sociale, entrevues, visites supervisées de son appartement. Avant d'en arriver à l'adoption finale, il lui faudrait une bonne dose de patience, car l'enfant lui serait confié une fois par semaine, puis deux fois, avant que la décision finale soit prise. Ces étapes convenaient parfaitement à Blandine qui, même si elle était prête à adopter un bébé, ne souhaitait pas le voir remplacer Mehdi. Tout ce qui lui importait, c'était de donner de l'amour à un enfant. Quand on lui apprit que sa candidature était acceptée, Blandine osa à peine le croire.

Elle se présenta à l'orphelinat le cœur battant, comme pour un rendez-vous amoureux. Elle s'était faite belle, prête à entrer, à vingt-deux ans, dans une nouvelle phase de sa vie. Un trac délicieux l'envahit. Naïvement, elle croyait qu'on lui mettrait un bébé dans les bras et qu'elle repartirait en le couvrant de baisers. L'assistante sociale la fit entrer dans une grande salle où étaient alignées des rangées de petits lits à barreaux. Les enfants étaient âgés de un an à trois ans. Certains jouaient par terre, les plus jeunes étaient debout dans leur lit. Une énorme bouffée de chaleur gonflait sa poitrine, elle aurait voulu les prendre tous dans ses bras.

Quand elle demanda quel enfant lui était destiné, on lui répondit que c'était à elle de choisir. La jeune femme fut épouvantée. Où qu'elle se tourne, tous avaient un regard attentif, affamé d'amour. Elle s'avança vers un des petits lits où un bébé gazouillait mais, plus loin, il y en avait un autre qui pleurait. Et un autre encore, si mignon, avec ses grands yeux qui la regardaient fixement... Ces enfants avaient été abandonnés, ils avaient tous besoin d'une maman. Comment décider lequel avait le plus besoin d'amour, comment pouvait-on lui demander de privilégier un enfant plutôt qu'un autre? L'un tendit les bras vers elle, un autre la regarda avec un sourire irrésistible. Elle ne pouvait tout de même pas choisir un enfant simplement parce qu'il était beau!

Le dilemme lui parut odieux. Il aurait fallu les emmener tous! Elle était incapable de prendre une décision, car l'amour ne choisit pas. Si elle avait quitté cette salle avec un seul enfant, elle aurait passé sa vie hantée par les remords. Entrée dans ce dortoir débordante d'amour, elle en ressortit le cœur meurtri et se jura qu'un jour, quand elle serait riche, elle achèterait une grande maison pour y accueillir beaucoup d'enfants abandonnés.

Elle déchira la lettre d'acceptation de sa requête et quand, quelques jours plus tard, les représentants du bureau d'adoption lui demandèrent une explication, elle s'insurgea contre l'injustice du système.

Blandine surmonta sa solitude en entreprenant de nouvelles études. Elle s'inscrivit en tant qu'auditrice libre à un cours de psychologie à l'université de Vincennes. Pour se rapprocher de la culture de son père, elle opta aussi pour des cours d'arabe... Blandine se rappelait avec tendresse de son père discutant avec ses copains de bistrot. Même s'il bégayait énormément quand il parlait français, Rahman semblait parfaitement à l'aise dans sa langue maternelle. Blandine aimait quand il parlait arabe et elle regrettait qu'il ait renoncé à apprendre sa langue à ses enfants.

Un matin, dans l'autobus qui l'emmenait à Vincennes, elle rencontra Farid. Le jeune homme était assis en face d'elle et mangeait des bonbons avec une telle gourmandise que le spectacle la fit sourire. Quand il leva la tête et croisa le regard de Blandine, elle ne put s'empêcher de lancer:

– Ça a l'air bon!

Il lui proposa une friandise. Le hasard voulait qu'ils aillent dans la même direction et suivent des cours dans la même université. Ils se présentèrent. Quand Blandine entendit le prénom du jeune homme, elle se raidit:

– Alors tu es arabe?

– Ah non, je ne suis pas arabe, je suis persan puisque je suis iranien. Ça n'est pas la même chose. D'ailleurs, chez nous on ne parle pas l'arabe, mais le persan.

Arabe ou persan, Blandine ne connaissait pas la différence et elle restait méfiante. Mais il était vrai que ce jeune homme ne ressemblait en rien à Hassan. Farid lui parut très ouvert, chaleureux, charmeur. Il était beau et il était étudiant en beaux-arts, ce qui ne faisait qu'ajouter à son attrait. Ils parlèrent un moment et ce qu'elle pressentit chez lui, son côté artiste et son air de tendre rêveur, parvint à vaincre sa résistance. Elle accepta de le revoir.

Les semaines qui suivirent confortèrent Blandine dans sa décision. À chacun de leurs rendez-vous, Farid se révéla aussi charmant et tendre qu'elle l'avait espéré. Elle qui connaissait depuis son arrivée à Paris une vie sage et studieuse, exempte de fantaisie, se laissa séduire par le regard émerveillé que Farid portait sur le monde. Ils tombèrent amoureux. Avec lui, elle se sentait belle, désirée et respectée. Le jeune homme, passionné par l'art, lui fit découvrir un monde de beauté et d'esthétisme. Il était raffiné, bien éduqué, élevé dans une famille riche. Mais Blandine connut Farid à une époque où le jeune homme connaissait de graves tourments. À la fin des années 1970, l'Iran connaissait de grands bouleversements.

L'ayatollah Khomeiny venait de quitter la France pour instaurer une république islamique en Iran à la suite du renversement du chah. Farid était préoccupé par la situation de sa famille, de son père surtout, un homme très proche du pouvoir puisqu'il était le dentiste du chah. Après plusieurs mois pendant lesquels son angoisse montait en même temps que la ferveur islamiste, Farid décida de retourner en Iran, pour être plus près de sa famille menacée.

La séparation fut dramatique. Effrayée par tout ce qu'on entendait à la radio et à la télévision à propos de l'atmosphère survoltée qui régnait à Téhéran, Blandine s'inquiétait de le voir partir. Farid aussi était nerveux. Dans les couloirs de l'aéroport, où Blandine avait tenu à l'accompagner, ils s'étreignirent comme s'ils se voyaient pour la dernière fois. Farid déposa dans la main de Blandine un petit paquet et lui demanda de ne l'ouvrir que quand il serait parti. Une fois seule, elle trouva dans une pochette de daim gris un flacon de *Chloé*, son premier parfum. Elle le conserva comme un trésor, l'utilisant à petites doses et lui serait fidèle pendant des années. L'odeur grisante de la fragrance lui rappellerait toujours Farid...

Sans nouvelles depuis deux ou trois mois, Blandine s'alarmait. Farid lui avait laissé un numéro de téléphone mais les communications étaient presque impossibles. Que devenait-il? Blandine se mourait d'inquiétude à l'idée qu'il puisse être arrêté, torturé... Son imagination s'emballait et elle décida que le seul moyen d'être rassurée serait de le rejoindre. À l'idée de se retrouver en pays musulman, elle frémit, mais son inquiétude fut plus forte que la peur. Était-ce par bravade ou pure insouciance, elle n'hésita pas à trimballer dans sa valise deux bouteilles de whisky pour les offrir à la famille de Farid, dans un pays aux nouvelles règles très strictes qui interdisaient la consommation d'alcool!

À l'aéroport de Téhéran, elle eut fort à faire avec les douaniers qui lui demandèrent d'ouvrir ses valises. Mais Blandine se doutait qu'il y avait de grandes chances pour que, après avoir confisqué ses bouteilles, les douaniers les conservent pour leur consommation personnelle ou pour les revendre sur le marché. Aussi joua-t-elle les indignées:

– Je ne vous donnerai pas ces bouteilles. Je préférerais encore les boire toutes les deux devant vous plutôt que de vous les remettre. Je suis sûre que vous les garderez pour vous!

Elle se dépêcha de déboucher les flacons qu'elle vida jusqu'à la dernière goutte dans un lavabo. Les douaniers ahuris la laissèrent partir. Désormais, Blandine ne se laisserait plus intimider.

Le pays était en proie à l'exaltation et au fanatisme. Dans l'autocar qui l'emmenait à Téhéran, Blandine nota qu'on empilait des sacs de sable le long des routes et autour des grandes places dans l'attente de combats. Ces préparatifs lui donnèrent froid dans le dos.

Il lui fallut trois semaines pour retrouver Farid. Elle était arrivée avec en poche une adresse à Téhéran, mais la famille était absente. Un domestique fit savoir à Blandine qu'elle pourrait peut-être les trouver à Ispahan, dans une autre résidence. Elle prit l'autobus jusqu'à cette ville magique, féerique, si belle qu'elle ne cessa de la photographier. Mais la famille de Farid n'était plus à Ispahan. Peut-être, lui dit-on, les trouverait-elle à Qom, la ville sainte. Ils y avaient une autre maison.

À Qom, Blandine constata que toutes les femmes étaient voilées. La ville était un haut lieu de l'islam et elle fut contrainte de porter le tchador, car ses tenues occidentales pourtant pudiques choquaient le regard des gens. Dans la rue, elle fut carrément agressée par deux femmes qui la bousculèrent en tirant sur la manche de son chemisier. Elle apprit qu'à Qom le port du tchador était obligatoire. Le peuple accueillait l'ayatollah comme un libérateur et s'efforçait d'appliquer avec zèle ses règles de vie basées sur un respect strict des enseignements du Coran. La majorité de la population espérait surtout qu'un retour au fondement de l'islam la débarrasserait une fois pour toutes du chah, de son entourage corrompu et de ses liens trop serrés avec le monde occidental. Si, dans les autres villes, le port du tchador n'était pas encore obligatoire en ce début de révolution, il était fortement suggéré.

Blandine retrouva Farid à Qom, sain et sauf. Quand un domestique vint annoncer au jeune homme qu'une Française le demandait, Farid fut abasourdi. Mais il apprécia le courage de Blandine et fut heureux de la revoir. Toute sa famille était présente et fit à la jeune femme un accueil chaleureux. C'étaient des gens agréables, cultivés, libéraux, qui vivaient dans le luxe. Rentrant à Téhéran avec eux, Blandine découvrit, émerveillée, une maison magnifique flanquée d'une énorme Cadillac!

Elle fit connaissance avec une façon de vivre différente et d'une étonnante prodigalité. Quand elle goûta au caviar pour la première fois, ce ne fut pas à la petite cuiller comme chez les Européens, mais abondamment mélangé à un plat de riz.

Elle apprit aussi à savourer la douceur de vivre et la paix dans cette maison conçue pour le plaisir. Une grande cour intérieure pavée de céramique bleue et blanche était garnie en son centre d'une fontaine dont le gazouillis invitait à la méditation. Blandine, Farid et sa famille y passaient des heures à flâner dans l'ombre fraîche l'après-midi, et le soir après le dîner. Un autre rituel quotidien étonna la jeune femme. Après le repas du soir, on se rassemblait pour grignoter des sucreries, boire du thé... et fumer de l'opium. Il semblait que ce cérémonial faisait partie des distractions du soir chez les Persans sophistiqués. Une fois seulement, par curiosité, Blandine se laissa tenter et goûta à l'opium dans l'énorme pipe traditionnelle.

Téhéran était une ville fascinante, malgré l'atmosphère lourde et la menace qui pesait sur les classes sociales aisées, dont faisait partie la famille de Farid. Guidée par eux, Blandine visita les mosquées, couverte d'un tchador noir, de même que les marchés colorés et parfumés. En explorant le grand bazar couvert de Téhéran en compagnie de Farid, de sa tante et de sa sœur, Blandine se perdit. Pendant qu'elle tentait de retrouver ses compagnons, elle perçut comme une brûlure sur sa peau les œillades des hommes, leurs regards à la fois méprisants et pleins de convoitise. Un homme accroupi sur le sol tira sur sa jupe pour l'embêter, elle entendit autour d'elle, dans une langue qu'elle ne comprenait pas, de courtes phrases qui n'étaient certainement pas des compliments. Un début de panique la saisit, en même temps que le sentiment d'être une fois de plus à la merci du pouvoir des hommes. Heureusement, elle finit par retrouver Farid et s'accrocha à son bras.

Après un peu plus de deux mois, ils retournèrent ensemble à Paris. Blandine ne pouvait plus prolonger son congé sans solde et Farid devait reprendre ses études. Avant de monter dans l'avion, celui-ci demanda à sa compagne de cacher quelques morceaux d'opium dans son soutien-gorge. Malgré l'importance du risque et en dépit de sa peur, celle-ci accepta. Elle l'aimait tant qu'elle avait entrepris ce voyage insensé pour le retrouver. Alors elle n'hésita pas à prendre un risque de plus.

Pourtant, l'opium finit par prendre toute la place dans la vie de Farid, au point où Blandine y vit une rivale. Le jeune homme, rongé par le stress et l'inquiétude, utilisait la drogue pour calmer ses angoisses et oublier les drames qui s'accumulaient. Son père, affligé par des problèmes cardiaques, n'avait pas supporté de voir le nouveau régime confisquer presque tous ses biens et succomba à un infarctus. Sa femme le suivit de près, sans doute emportée par le chagrin. Farid, terriblement déprimé, augmenta encore sa consommation.

Désormais, Blandine le voyait rarement dans son état normal. Il était constamment à la recherche d'opium; quand il n'arrivait pas à en trouver, il consommait en abondance des médicaments, allant jusqu'à prier Blandine de lui obtenir des ordonnances auprès des médecins qu'elle côtoyait à l'hôpital. Farid avait perdu pied et Blandine ne reconnaissait plus dans cet homme hâve et fébrile l'amant et l'artiste qu'elle avait connu. La relation devenait de plus en plus lourde pour Blandine. Elle ne pouvait plus aimer un homme qui se détruisait, alors qu'elle cherchait à se construire. Aussi, quand Farid lui demanda de l'épouser, elle refusa. Elle s'était jurée de ne jamais se remarier. Le jour où elle retrouverait Mehdi, elle se voulait totalement libre pour lui. Se remarier signifiait fonder une famille et elle n'aurait pas d'autres enfants, pour que Mehdi puisse retrouver sa mère telle qu'il l'avait quittée, pour qu'il sache qu'elle ne l'avait jamais oublié.

Devant son refus, Farid entra dans une grande colère. Ce comportement erratique et violent, cette réaction étonnante de la part d'un homme qu'elle avait toujours connu débonnaire suffirent à éteindre la dernière étincelle de sentiment que Blandine avait pour lui. Lasse de cette déchéance dans laquelle elle le voyait s'enfoncer, elle le quitta après deux ans d'une relation qui lui laissa malgré tout de beaux souvenirs.

Avec les années, Blandine tissa autour d'elle un mince réseau de copains et copines. Mais elle demeurait réservée, distante, comme si elle craignait, en livrant le moindre secret, que les vannes s'ouvrent et que la peine accumulée depuis si longtemps ne vienne rompre l'équilibre fragile qu'elle réussissait à maintenir. Elle n'avait confié à personne, pas même à Farid, l'existence de Mehdi, dont l'image, bien que lointaine, la hantait. Elle poursuivait avec discrétion ses efforts pour devenir à ses yeux une femme digne de ce nom, et laisser derrière elle la petite fille apeurée et mal aimée que la vie avait malmenée.

Ses collègues, qui l'appréciaient, souhaitaient la voir moins seule. Quelque mois après la rupture avec Farid, une copine de travail invita Blandine à dîner chez elle et lui présenta un confrère de son mari. Moustaguir, un intellectuel qui avait une vingtaine d'années de plus qu'elle, était Égyptien. Il avait quitté son pays pour des raisons politiques, après un séjour en prison pour avoir publié un livre contre le régime. Moustaguir était marié, mais sa femme avait décidé de rester au Caire quand il avait fui l'Égypte. Blandine fut tout de suite attirée par cet homme qui lui fit penser à son père et qui avait le pouvoir de la réconforter, de l'apaiser. L'attirance fut réciproque et ils devinrent rapidement des amis. Ils se voyaient souvent et Moustaguir se révéla très sensible, apportant à Blandine une tendresse qui lui manquait et comblant son besoin d'être rassurée. Une relation tendre et très intime se noua entre eux.

Moustaguir, qui travaillait pour l'ONU, fut muté à Genève et affirma à Blandine que la distance n'affecterait en rien leur relation. En effet, il l'invita souvent à venir le visiter, lui envoyant un billet d'avion, lui donnant un peu d'argent de poche pour son week-end, lui offrant de beaux vêtements. Blandine se voyait presque élevée au rang de princesse.

Peut-être à cause de ce confort nouveau, elle ressentit le besoin d'aider les autres. Quand elle chercha la forme que pourrait prendre son bénévolat, quelqu'un lui suggéra les visites en prison. Elle qui avait tant souffert de l'absence de contacts avec l'extérieur pendant son séjour à la prison de Tlemcen savait à quel point l'incarcération pouvait paraître longue quand la terre entière semblait vous avoir oublié! Un organisme lui proposa de s'occuper de deux détenus à la prison de Strasbourg.

Toutes les trois semaines, Blandine prit le train vers l'est de la France, à ses frais, et apporta aux deux prisonniers le réconfort d'une présence féminine ainsi que des petits colis, renfermant du papier à lettres et des produits de première nécessité. Elle faisait quelques courses pour eux et leur écrivait régulièrement. Ce geste d'entraide était aussi pour elle un moyen de s'évader de son propre malaise, du manque qui l'habitait cruellement. Près de sept ans sans nouvelles, l'absence de son enfant l'obsédait tout autant, et toutes ses occupations ne suffisaient pas à lui faire oublier qu'il y avait quelque part un petit garçon qui grandissait sans elle.

Chaque année, le 17 novembre, pour l'anniversaire de Mehdi, Blandine se fermait au monde. Elle se repliait sur elle-même et regardant le ciel, songeait que son fils vivait quelque part sous ce même ciel. Elle tentait de le suivre par la pensée, d'imaginer comme il avait grandi, le comparant aux enfants qu'elle croisait, rêveuse, dans la rue. Pendant les sept premières années de la vie de Mehdi, elle lui envoya des cadeaux d'anniversaire à Beauvais. Mais comme elle n'avait jamais de nouvelles, elle ne savait pas s'il les recevait. Et un jour, par une lettre de Rahman, elle apprit que Hassan était parti vivre ailleurs, il ne savait où, avec le petit Mehdi. Depuis ce temps, elle n'avait plus le moindre indice de l'endroit où vivait son enfant.

Ce nouvel obstacle venait s'ajouter à ceux qui empêchaient Blandine de rechercher Mehdi. Malgré la fragile assurance qu'elle avait développée avec le temps, elle demeurait vulnérable aux menaces de Hassan. Sa peur était un puissant facteur paralysant. Il lui suffisait de revoir en esprit l'expression haineuse de son ex-mari, son bras vengeur au-dessus d'elle, dans la cage d'escalier du tribunal de Beauvais, pour comprendre qu'elle n'avait pas intérêt à tenter le moindre rapprochement. Hassan était dangereux, elle avait payé pour le savoir. Mais quand Mehdi serait plus grand, les choses seraient différentes...

À la gare de l'Est, alors qu'elle se dirigeait vers le train pour Strasbourg, Blandine reconnut un jour une voix qui l'interpellait du prénom de sa sœur.

– Dominique!

Étonnée, elle se retourna et reconnut son cousin Éric. Elle se rappela que quand lui et son frère vivaient chez leur grand-mère Camille avec leurs parents, il leur était interdit de jouer avec les Soulmana... Éric avait confondu Blandine avec sa sœur jumelle, qui vivait toujours à Beauvais et qu'il voyait souvent. Mais non, elle n'était pas Dominique mais Blandine, la disparue! Ils échangèrent quelques banalités, puis Blandine lui demanda s'il voyait Rahman de temps en temps. Elle ne recevait que de rares lettres de son père. Dans ces missives, Rahman ne disait pas grand-chose, à part qu'elle ne devait pas s'inquiéter pour lui, qu'il allait bien, qu'elle devait prendre soin d'elle et ne jamais oublier qu'il l'aimait.

– Tu n'es pas au courant?

Blandine sentit son visage se vider de sang alors qu'un frisson glacé la saisissait. Rahman ne lui avait rien dit mais, depuis des mois, il souffrait d'un cancer de la gorge. Il était maintenant à l'hôpital, en phase terminale.

Plutôt que de monter dans le train vers Strasbourg, Blandine fila à la gare du Nord pour Beauvais.

Rahman était déjà sous morphine. Maigre, le teint cireux, c'est un mourant que Blandine retrouva à l'hôpital. Pendant qu'il dormait, elle s'approcha doucement, les larmes aux yeux. Elle frôla sa main, cette main qui l'avait portée quand elle était toute petite et qu'ils allaient «cueillir» du sable pour se brosser les dents. Cette main qui lui avait appris à rouler les grains de couscous, qui savait si bien faire apparaître les bonbons. Blandine suffoquait de chagrin. Comment avait-elle pu passer tout ce temps sans le voir? Elle se promit que son père ne mourrait pas seul, qu'elle l'accompagnerait jusqu'à la fin.

Rahman se réveilla doucement. Quand il aperçut sa fille préférée, une larme roula sur sa joue. Il pouvait à peine parler, sa voix était si faible que Blandine dut coller son oreille contre sa bouche pour l'entendre:

– Ça va, ma poule?

Il ne recevait aucune visite, une infirmière l'avait confirmé à Blandine. Personne de la famille ne venait le voir, même pas sa fille Ada, la jeune sœur de Blandine, qui travaillait quelques étages plus bas dans l'hôpital! Blandine prit contact avec ses frères et sœurs mais comprit vite que chacun avait autre chose à faire, qu'ils n'avaient plus de relations avec leur père depuis longtemps et n'avaient pas l'intention de renouer avec lui. Blessée par cet abandon, Blandine décida que sa seule famille, dorénavant, se composerait de son père et de Mehdi. Malgré ses horaires de travail chargés (elle travaillait toujours de nuit à l'hôpital Saint-Vincent-de-Paul), Blandine prit tous les jours le train pour Beauvais après avoir dormi quelques heures et préparé de la soupe pour son père. Elle tenait à le nourrir elle-même et

105

refusait de le voir avaler à l'aide d'une paille des repas liquides en conserve.

Chaque fois qu'elle débarquait dans la ville de son enfance, elle avait un pincement au cœur. Mehdi était-il là, quelque part? Elle s'efforçait de ne pas y penser mais c'était plus fort qu'elle. Elle était tenaillée par l'idée que son enfant n'était peut-être qu'à quelques pâtés de maisons, qu'en faisant quelques pas de plus elle pourrait peut-être le voir un instant. Plusieurs fois, elle faillit se diriger vers le quartier des HLM en descendant du train. Mais la peur l'emportait. Elle évitait le centre de la ville, par crainte de croiser un membre de la famille de Hassan.

Chaque jour, elle entrait dans la chambre de son père avec des fleurs fraîches et une boîte de plastique remplie de soupe. Désormais, son père avait la chambre la plus fleurie de l'hôpital. Elle le faisait manger, lui racontait des histoires, restait parfois des heures à le regarder dormir. Rahman parlait peu, il était trop faible et sa gorge rongée par le cancer avait du mal à émettre des sons. Mais il était visiblement heureux de la présence de sa fille, sa petite poule, sa préférée et reprenait un peu vie grâce à elle. Pendant trois semaines, ils eurent juste le temps de retrouver leur vieille complicité.

La veille de sa mort, Rahman regarda sa fille avec intensité et ses yeux s'embuèrent. Il semblait avoir quelque chose à lui dire et Blandine surveilla attentivement le moindre geste. Du plat de la main, Rahman lui fit comprendre qu'il voulait qu'elle repousse le drap et rapproche la perfusion. Elle devina qu'il voulait s'asseoir, malgré son état de faiblesse extrême. Elle le soutint pour l'aider à se redresser. Se tenant péniblement assis, Rahman tendit la main et serra le poing. Toujours en fixant sa fille, il replia son bras pour gonfler son biceps qu'il pointa avec l'index de l'autre main. Ensuite, il pointa sa tête. Ses yeux étaient grands ouverts et n'avaient jamais été aussi expressifs depuis le début des visites de Blandine. Celle-ci saisit le message et le traduisit.

– Il faut être fort dans la tête!

Rahman hocha légèrement la tête. Il avait voulu lui transmettre de la force, comme un cadeau. C'était tout ce qu'il pouvait encore faire pour sa fille. Blandine, émue au-delà des mots, lui signifia qu'elle avait compris. Rahman s'affaissa sur son lit, à bout de forces. Pendant qu'il semblait se vider de sa substance vitale, Blandine au contraire redressa les épaules. Elle venait de recevoir en héritage la force de vivre. Le legs de son père la toucha à tel point qu'il lui inspira quelques mots qu'elle nota sur un bout de papier. Elle le garderait sur elle pendant de nombreuses années.

Le bonheur, la joie, est-ce que cela existe vraiment? L'amour existe et la peine aussi, oui le malheur est là, je le sais puisque je le sens, j'ai mal de te savoir triste et je suis impuissante devant tout cela, je voudrais te guérir de ton mal, te prendre et t'emmener là où tu serais bien, mais que puis-je faire? Mais je suis là et te regarde sans rien pouvoir faire, le cœur plein de chagrin. Je fais ce que je peux pour te soulager, mais c'est tellement peu, tu as besoin de plus, de santé, de bien-être. Je n'y peux rien, papa, la vie est ainsi faite, il faut la vivre, mais j'ai envie de crier que tout cela est trop injuste pour toi, pour moi, pour tous. Je t'aime papa, et je t'aiderai tant que je pourrai, quand on est aimé, on n'est jamais totalement seul. Et moi, je suis là pour toi pour toujours.

Le lendemain, ironie cruelle, sa mère fut la messagère des mauvaises nouvelles. Elle lui téléphona.

– Blandine, il faut que tu sois forte, ton père est mort.

Rahman était décédé tout de suite après son départ, la veille. Blandine reprit la route de Beauvais, désemparée. Malgré les quelques relations amoureuses qu'elle avait connues, elle avait la certitude d'avoir perdu la seule personne qui l'ait vraiment aimée...

Elle se précipita à l'hôpital comme si elle ne savait rien et courut vers la chambre de son père avec la folle pensée que, si elle y parvenait assez vite, le temps suspendrait son cours pour lui permettre de voir une dernière fois Rahman animé d'un ultime souffle de vie. Haletante, elle entra dans la petite pièce et trouva un lit vide, un matelas nu.

– On ne vous a pas prévenue? lui demanda une infirmière.

– Où est mon père? Il faut que je lui parle.

La femme l'informa avec ménagement que Rahman était mort. Comme si elle n'avait rien entendu, Blandine répéta:

– Où est-il?

– À la morgue...

Blandine n'eut pas le courage d'aller jusque là... Aller à la morgue, c'était accepter la mort de Rahman. Pour faire taire son chagrin et fuir l'idée intolérable de cette mort, elle se réfugia dans l'action et prit en main l'organisation des funérailles. Comme personne d'autre ne prenait d'initiative, elle réserva une concession au cimetière et s'occupa des services funéraires. Ignorante des procédures, marchant à l'aveuglette dans sa peine et son refus, elle se rendit seule dans un magasin pour choisir un cercueil. Mais comment choisissait-on un cercueil? Fallait-il dire: «Je viens chercher un cercueil pour mon père»? Le cœur et les mots lui manquaient, sa gorge se serrait en prononçant ces paroles qu'elle n'avait jamais imaginé articuler un jour. On lui présenta des modèles, des couleurs, des prix. Elle avait peu de moyens, mais ne voulait pas ce qu'il y avait de moins cher pour son père.

Elle se rendit d'urgence à Genève, où Moustaguir accepta de lui prêter l'argent nécessaire pour enterrer simplement mais dignement Rahman. Avant de le quitter, Blandine lui demanda de lui apprendre un verset du

Coran, qu'elle pourrait réciter aux funérailles pour accompagner la dépouille.

Ses frères et sœurs ne participèrent pas aux frais, prétextant qu'ils n'avaient pas d'argent. Le jour de l'enterrement, ils se présentèrent tout de même, sauf Rodolphe, qui était en déplacement à l'étranger. Il y avait d'un côté les frères et sœurs et la grand-mère Camille, de l'autre côté, quelques copains de Rahman et aussi les Kidri, ses cousins épiciers. Blandine fut émue en revoyant cette dame qui avait été si gentille avec elle, lui donnant à manger quand elle avait quitté le logis de sa mère. Ses copains de bistrot, des Algériens pour la plupart, portèrent le cercueil de Rahman. En les voyant, Blandine pensa qu'il fallait offrir à l'homme du désert, pour ses funérailles, un peu de sa propre culture. Elle leur demanda s'ils pourraient réciter quelque chose en arabe. Après que Blandine eut murmuré un verset du Coran, les hommes se réunirent pour chanter une prière musulmane.

Ce fut une journée triste de fin décembre, grise et pluvieuse, glaciale, lugubre. De ce jour, elle fut incapable d'entrer dans le cimetière de Beauvais. Plus tard, Blandine apprit que, chez les musulmans, on n'enterrait pas les gens dans un cercueil mais dans un simple linceul. Elle s'en voulut. Malgré tous ses efforts, Rahman n'avait pas eu des funérailles adéquates.

En rangeant les papiers de son père, Blandine découvrit avec étonnement que Rahman avait laissé un peu d'argent dans un compte d'épargne. Pour éviter les querelles avec ses frères et sœurs, elle consulta un notaire. Elle tenait à ce que l'argent soit utilisé pour honorer la mémoire de son père, plutôt que de devenir une nouvelle pomme de discorde entre les membres de la famille, qui s'étaient déjà disputé les quelques meubles que possédait Rahman. Dégoûtée par leur attitude chicanière,

Blandine s'était retirée du partage. Mais cet argent providentiel lui fournissait une douce revanche. Avec l'aide du notaire, elle récupéra les 10 000 francs du compte d'épargne et, au lieu de les partager, acheta une pierre tombale.

Elle rentra à Paris en se promettant de ne plus jamais revenir à Beauvais.

Les mois suivants furent extrêmement pénibles. Blandine ne parvenait pas à accepter la mort de son père. Elle se sentait ébranlée, déracinée. Rahman était la béquille qui l'avait fait se tenir droite; tant qu'elle l'avait su là, elle avait pu continuer d'avancer. Elle n'ignorait pas que Rahman était mort mais refusait qu'on en fasse état devant elle. Tant qu'elle nierait son décès, il serait vivant. Elle préférait se nourrir de cette illusion par peur de souffrir.

Sa relation avec Moustaguir se transforma. L'épouse de ce dernier avait quitté Le Caire pour retrouver son mari à Genève et «faire le point sur leur couple». Blandine vit encore son ami à quelques occasions à Genève et, pour les week-ends où elle lui rendait visite, il lui loua une chambre au prestigieux hôtel Beaurivage. Un incident à la fois dramatique et saugrenu vint secouer le moral déjà fragile de Blandine. Un jour, à sa descente d'avion à Genève, elle se rendit compte que plusieurs hommes d'affaires voyageant dans le même appareil qu'elle possédaient aussi la même valise noire que Moustaguir lui avait offerte. Devant le carrousel, chaque fois que Blandine voulait s'emparer d'une valise, un voyageur la saisissait avant elle.

– Non, celle-là, c'est la mienne!

Elle resta seule devant la dernière valise sur le carrousel. C'était forcément la sienne, même si elle tenta sans succès de l'ouvrir pour en vérifier le contenu.

À son arrivée à l'hôtel, Blandine s'arrêta à la réception et le préposé qui l'accueillit se pencha vers sa valise.

– Quel est ce bruit?

Quelques mois auparavant, il y avait eu un attentat à la bombe dans l'établissement, aussi le personnel de l'hôtel était-il très vigilant. L'homme prêta l'oreille.

– C'est dans votre valise qu'il y a un bruit!

Il la fit reculer, appela la sécurité de l'aéroport, la police. L'hôtel fut immédiatement évacué, Blandine se retrouva dehors, encadrée par deux policiers qui l'interrogèrent.

– Êtes-vous certaine que c'est votre valise?

– Oui, enfin, je crois, c'était la dernière sur le carrousel!

Mais elle n'avait pas vérifié... Le service de sécurité de l'aéroport arriva avec le robot utilisé pour détecter les bombes. On établit un périmètre de sécurité autour de la valise et on la fit exploser. Les policiers entraînèrent Blandine vers le bagage pour en identifier le contenu. Elle reconnut alors son peignoir, sur lequel il y avait des tournesols. C'était donc bien sa valise! Vérification faite, son appareil radiocassette s'était déclenché. Le bouton «Play» était resté enfoncé jusqu'à ce que la cassette ait défilé au complet. À la fin, on n'entendait plus qu'un «tic-tic-tic»... Celui-là même qui avait confondu l'employé de l'hôtel.

Les policiers spécialisés qui avaient réalisé l'intervention se montrèrent furieux qu'une telle bêtise ait déclenché tout ce branle-bas. La police réclama à Blandine les frais de l'opération et ce ne fut qu'après l'intervention de Moustaguir qu'elle réussit à s'en tirer. Son ami négocia un remboursement de mille francs suisses qu'il paya sur-le-champ, avant d'emmener Blandine dans un autre hôtel puisqu'elle n'était plus la bienvenue au Beaurivage. Le lendemain, un journaliste la rejoignit par téléphone pour avoir ses impressions sur l'incident. Blandine apparut en première page de la *Tribune de Genève*.

Moustaguir décida de donner une nouvelle chance à son couple. Blandine perdit ainsi un allié précieux. Elle se retrouva plus seule que jamais, abandonnée d'abord par son père puis par l'homme qu'elle commençait à aimer. Elle eut beau essayer de reprendre le dessus, l'accumulation d'épreuves et la profondeur de sa solitude étaient trop importantes.

La jeune femme ne savait plus à quoi se raccrocher, elle avait la sensation de ne plus faire partie du monde, de n'être qu'une spectatrice inerte. Par moments, elle croyait tomber dans un trou profond d'où elle ne pourrait sortir. «Pourquoi moi? Qu'est-ce que j'ai fait pour être punie de la sorte?» Il lui arrivait d'avoir envie de se débattre mais elle n'en avait plus la force. Rien ne la touchait, rien ne lui faisait plaisir, tout lui était égal. Elle obtint un congé de maladie et resta enfermée dans son appartement à broyer du noir. Sa vie n'avait plus de sens, elle s'éteignait progressivement. N'arrivant plus à dormir, elle se bourrait de Valium, même le matin, pour s'engourdir. Un jour, elle prit toute la boîte.

– De toute façon, je n'ai plus mon fils. Au moins, comme ça, je pourrai retrouver mon père!

Quelques instants plus tard, malgré son envie de se laisser aller, Blandine fut envahie par la panique. Elle pensa à son père, à la force que celui-ci avait voulu lui transmettre avant sa mort. Avant d'atteindre le point de non-retour, elle téléphona à une amie infirmière. Celle-ci envoya quelqu'un appeler une ambulance et l'exhorta par téléphone à tenir le coup jusqu'à son arrivée.

– Surtout, ne raccroche pas. Parle-moi!

On l'emmena à Sainte-Anne, un hôpital psychiatrique de Paris. À son réveil, Blandine fut atterrée. On l'avait enfermée chez les fous. Elle n'avait besoin que de réconfort, de consolation. Au lieu de lui procurer cela, on l'avait humiliée. À la suite de l'intervention des services sociaux de l'hôpital Saint-Vincent-de-Paul, elle obtint d'être transférée dans une maison de repos, le Château Bel-Air, où elle espérait oublier et dormir.

Le Château Bel-Air était un vrai château, beau et vaste. Mais c'était un endroit imprégné de souffrance. Blandine partageait sa chambre avec une psychanalyste en dépression et une autre femme, couverte de pansements et de plâtres, qui gémissait toute la journée. Blandine apprit par la suite que cette femme s'était jetée du haut d'un immeuble.

Dès son arrivée, on prescrivit à Blandine des antidépresseurs à fortes doses. On l'assomma de médicaments. Elle resta sur son lit, presque inconsciente et sous perfusion, pendant des semaines. Elle végétait dans un monde ouaté, dans un engourdissement qui l'empêchait de bouger et qui lui faisait souvent mouiller ses draps alors qu'elle voulait se lever pour aller aux toilettes. Elle aurait voulu aussi, parfois, s'approcher de la femme qui se lamentait, lui prendre la main et lui parler, mais il y avait un gouffre à franchir entre la pensée et l'acte. Elle n'arrivait qu'à bafouiller des paroles incompréhensibles, probablement, croyait-elle, à cause des médicaments trop forts.

Néanmoins, Blandine arriva à prendre une décision. Elle cessa de s'alimenter. Si elle ne pouvait avoir de contrôle sur son destin, il lui fallait contrôler son corps. Elle ressentit durement la faim mais se fit vomir chaque fois qu'on la forçait à ingurgiter quelque chose. On la remit donc sous perfusion, car elle perdait beaucoup de poids. Elle atteignait à peine 38 kilos. Par deux fois, elle tenta d'arracher sa perfusion.

Inconsciemment, Blandine entretenait pourtant une étincelle qui résistait à tous les assauts. Quand il devint clair qu'elle ne pouvait empêcher son alimentation par perfusion, la vie reprit peu à peu ses droits et la jeune femme se préoccupa à nouveau de son apparence. Elle fit semblant d'avaler ses médicaments mais les cacha avant de les jeter dans les toilettes. Puis elle s'accrocha comme à une bouée au souvenir des bienfaits du henné et s'en fit apporter. Elle était très faible et maigre à faire peur mais, le jour où elle reçut son paquet, Blandine se rendit d'un pas chancelant à la salle de bains et y resta longtemps enfermée. Elle mit du henné dans ses cheveux, dans l'eau de son bain, s'en frotta la peau pour la nettoyer en profondeur. On eut beau tambouriner à la porte, Blandine ne sortit que quand elle se sentit assez belle.

La voyant rose et astiquée comme un sou neuf, le médecin la convoqua dans son bureau pour lui annoncer qu'elle pourrait sortir dès qu'elle aurait repris un peu de forces et quelques kilos. À son avis, l'attitude de la jeune femme démontrait qu'elle était sur la voie de la guérison. Blandine lui avoua que, de toute façon, elle avait cessé de prendre les médicaments qu'il lui avait prescrits, elle en avait assez d'avoir l'esprit engourdi. Peu de temps après, le médecin téléphona à Stéphane, le frère de Blandine, pour qu'il vienne la chercher.

– Votre sœur est prête à tout pour vivre!

Blandine fut d'abord incapable de comprendre la portée des paroles du médecin, car elle était encore hantée par le désir de mourir. Mais, à son insu, la volonté de vivre et d'être un jour heureuse générait au fond d'elle de nouvelles forces.

Stéphane habitait à Créteil, en banlieue de Paris, au quatorzième étage d'une tour. Il emmena sa sœur chez lui pour quelques jours. Pendant que sa femme et lui étaient à la cuisine, Blandine regarda dehors, dans la nuit. Elle voyait devant elle toutes ces tours illuminées, ces innombrables fenêtres éclairées. Il y avait là des gens heureux, avec une vraie vie, des enfants, une famille, un avenir. Elle se dit qu'elle n'arriverait jamais à atteindre cette vie. Elle ouvrit la fenêtre, se pencha pour regarder le vide. Il lui vint une envie très forte de sauter. Puis, au moment où elle allait le faire, un vieux réflexe lui fit prendre une profonde respiration et une pensée fulgurante la cravacha.

– Si je saute, je ne retrouverai jamais mon fils!

Elle frissonna d'horreur en imaginant que Mehdi apprenne un jour que sa mère était morte en se jetant du haut d'une tour. Elle rentra dans l'appartement avec la ferme intention de vivre. À dater de ce jour, quand elle avait de la peine, il lui arrivait de rêver qu'elle sortait d'un immeuble par une fenêtre parce qu'elle était poursuivie. Dans son rêve, elle descendait jusqu'au sol, s'agrippant aux briques, puis remontait avec peine, rentrait dans l'immeuble et refermait la fenêtre.

Blandine retourna à Paris, dans son petit studio près de l'hôpital. Mais en mettant le pied dans son deux-pièces, elle retrouva d'une manière presque palpable la dépression qui l'attendait comme un spectre. Cet appartement, c'était le vide glacial, une sorte de tombeau qu'elle devait fuir au plus vite. Le cœur battant et les nerfs à nouveau à vif, elle se précipita à la pharmacie pour obtenir des calmants. Mais il y avait quatre ou cinq personnes devant elle. Pendant qu'elle attendait, elle eut une véritable crise de panique et se mit à trembler.

– Ça ne va pas, je me sens mal, je me sens mal!

Elle était sur le point de s'évanouir. Encore une fois, une ambulance l'emmena à l'hôpital, mais Blandine reprit vite ses sens car elle craignait d'être encore internée. Elle repartit à pied et marcha sans but toute la soirée, incapable de rentrer dans cet appartement où elle étouffait. Elle finit par pénétrer dans un autre hôpital et demanda à y passer la nuit. Une infirmière, devant son air épuisé, la laissa dormir sur une civière.

Les choses ne s'améliorèrent pas au cours des journées suivantes. Blandine savait maintenant avec certitude qu'elle n'était pas encore sortie de cette dépression et qu'elle ne pouvait pas se laisser étouffer par un décor. Ses collègues s'inquiétaient. Normalement, il aurait fallu qu'elle reprenne le travail puisqu'elle était sortie de la clinique, mais il devint évident qu'elle en était incapable. Guy, un copain de l'hôpital, vint la voir et, constatant son état, tenta de la convaincre qu'elle devait absolument demander un congé de longue durée. Elle était si maigre et mal en point qu'il était facile d'imaginer ce qu'elle avait pu traverser dans les derniers mois. Il l'invita à manger chez lui; à table, la voyant hésiter devant sa cuisse de poulet, Guy eut une phrase déterminante pour l'avenir de Blandine.

– Au lieu de chercher à avoir le contrôle sur ta vie, aie le contrôle sur ta mort. Mange!

Il avait raison. Si elle continuait à ce rythme, la mort allait vite la rattraper. Elle était tellement maigre que, quand elle s'assoyait, elle avait mal aux fesses! Elle se résolut donc à demander ce congé de longue durée. L'expert médical chargé d'étudier son cas la poussa à bout à force de questions, mais son interrogatoire eut un effet bénéfique. Blandine déversa des flots de bile sur lui, sur le système, crachant sa douleur, la souffrance aiguë que lui causait la séparation d'avec son enfant. Pour la première fois, elle exprima avec des mots son mal de vivre. L'expert médical ne put que constater la gravité de l'état de la jeune femme et accéda à sa requête. Elle avait vingt-cinq ans. Ce repos de plusieurs mois allait lui permettre de recommencer encore une fois sa vie et de prendre conscience que, depuis le jour où elle avait quitté Hassan, il y avait toujours eu sur son chemin quelque bon Samaritain pour lui tendre la main.

5

Une enfance mouvementée...

Jusqu'à l'âge de six ans, Mehdi avait toujours vécu au sein d'une grande famille. Il y avait ses parents, Fatna et Belhadjed Habbedine, son grand frère Djamel, ses grandes sœurs Karima et Zianna et enfin son petit frère Youssef, de deux ans son cadet. Les aînés, ses frères Hassan et Abdullah, ne vivaient plus à la maison, ils menaient leur vie d'adulte. Mehdi et sa famille habitaient dans une cité typique, remplie majoritairement d'immigrés. Autour des immeubles un peu délabrés couraient des petites places sans verdure, avec des aires de jeu pour les enfants. Mehdi et Youssef y jouaient souvent, surveillés par leurs grandes sœurs. Zianna était responsable de Youssef, tandis que Mehdi s'accrochait à Karima, qu'il adorait.

Karima était très gentille avec Mehdi, mais elle paraissait toujours angoissée. Elle était de tempérament nerveux et rebelle, comme son grand frère Hassan à qui on la comparait souvent. Et tous deux tenaient de leur mère. Les affrontements entre Karima et Fatna étaient fréquents, un rien suffisait à les provoquer. Mehdi parvenait toujours quant à lui à entortiller sa mère autour de son petit doigt. Fatna n'en avait que pour lui. Mais curieusement, il ne l'appelait jamais «maman»mais «*hanna*», sans savoir qu'en arabe cela voulait dire «grand-mère». Les autres l'appelaient *Yema*, mais pour lui elle serait toujours sa *hanna*! Cette dernière ne lui parlait qu'en arabe, bien qu'il n'en comprenne pas un mot et qu'elle-même connaisse bien le français. Ses autres enfants communiquaient avec elle dans les deux langues. À l'école, où il était entré à trois ans, le petit apprenait à lire et écrire en français.

Garçon turbulent et plein de vie, Mehdi était couvert d'affection. Quand il faisait une bêtise et que son père le menaçait d'une fessée, le bambin n'avait qu'à courir se cacher dans les jupes de sa mère pour échapper à la punition. Et si parfois son papa mettait sa menace à exécution, il lui achetait ensuite un sac de guimauves pour le consoler. Toutefois, Mehdi recevait rarement la fessée tout seul. Que la bêtise ait été commise par lui ou Youssef, ils prenaient tous les deux quelques claques sur les fesses. Belhadj ne faisait pas de détail et considérait que, les deux gamins étant toujours ensemble, il y avait fort à parier qu'ils fussent tous les deux dans le coup.

Mehdi avait cinq ans quand on lui annonça que son grand frère Hassan allait se marier. Il apprit par la même occasion qu'il y aurait une fête avec beaucoup d'invités. Au mariage, sa *hanna* lui donna un petit sac de riz. Mehdi prit plaisir à lancer des grains sur les nouveaux mariés. La noce se déroula dans une grande salle. Mehdi et les autres enfants s'amusèrent à courir entre les jambes des convives. Mais Mehdi s'interrogeait. On lui avait dit que Hassan se mariait pour la deuxième fois. Pourquoi se marier deux fois avec Salima? Quelqu'un lui répondit que c'était tellement bien la première fois que Hassan avait voulu recommencer... Mehdi ne connaissait pas encore Salima, mais elle lui parut gentille. Hassan et elle vivaient à Paris et, de temps en temps, ils invitaient Mehdi pour le week-end. Le petit garçon prit plaisir à susciter l'envie chez ses amis de l'école en se vantant qu'il irait passer quelques jours chez son grand frère.

Laissant sa nouvelle épouse à Paris, Hassan vint à Beauvais pour parler à ses parents. Mehdi les entendit discuter dans la cuisine et crut percevoir que sa *hanna* pleurait. Il écouta avec attention le reste de la conversation. On parlait de lui! Hassan allait vivre en Algérie et voulait emmener Mehdi.

– Laisse le petit ici, Hassan! Il n'a pas d'avenir en Algérie! Je vais m'occuper de lui!

Comme sa *hanna* pleurait bruyamment, Mehdi sentit ses propres yeux se remplir de larmes. Effrayé par une menace qu'il ne pouvait encore identifier, il courut se jeter dans ses bras.

– Je ne veux pas, je ne veux pas, je veux rester avec toi!

Hassan refusait d'entendre raison. Dans le salon où s'assembla la famille au complet, il attrapa Mehdi et l'attira vers lui. Lui montrant du doigt chaque membre de la famille, il fit basculer en quelques mots l'univers du petit garçon:

– Regarde-moi, je suis ton père. Elle, c'est ta grand-mère, lui, ton grand-père, et Karima n'est pas ta sœur mais ta tante! Toi et moi, nous partons en Algérie.

Tout le monde resta sans voix. D'abord, que Hassan annonce de manière aussi brutale son départ prochain pour l'Algérie avait été un choc, mais qu'il dévoile du même coup un secret qu'on était prêt à garder encore quelques années... De lourdes secondes passèrent, pendant lesquelles on tenta de croire que rien d'irréversible n'avait encore été dit, qu'on avait peut-être mal entendu. Mehdi regarda autour de lui, cherchant un appui dans les yeux de sa grande sœur Karima, puis de sa *hanna*, mais il n'y trouva que tristesse et résignation. Puis, le premier, Belhadj se ressaisit et s'adressa à son fils d'un ton soucieux:

– Es-tu sûr de savoir ce que tu fais?

La décision de Hassan était mûrement réfléchie et sans appel. Il allait partir en Algérie et emmener son fils. Mehdi se retourna vers sa *hanna*, sans réaliser que depuis quelques secondes elle était devenue sa grand-mère. Il voulait seulement qu'elle cesse de pleurer et se serra contre elle.

– Je ne veux pas, je ne veux pas...

Peu à peu, les protestations du petit garçon, tout comme celles de sa grand-mère, devraient s'éteindre. Il y avait déjà longtemps que Hassan projetait de s'installer en Algérie, mais personne n'avait voulu le prendre au sérieux. Qu'aurait-il été faire là-bas, alors qu'il avait un bon travail dans une usine et un appartement à Paris, et que sa femme avait aussi du boulot? Mais Hassan avait décroché en Algérie un poste de cadre supérieur.

Mehdi comprit qu'il allait en voyage avec Hassan et Salima, qui serait sa nouvelle mère. Mais il ignorait que ce départ était définitif et que toute sa vie allait changer... À Beauvais, il était entouré d'une grande famille. Entre ses grands-parents qui lui passaient presque tous ses caprices et Karima qui le choyait comme son propre fils, il n'était jamais seul et trouvait toujours quelqu'un avec qui jouer. En Algérie, Mehdi allait découvrir la solitude et l'insécurité.

Hassan devint directeur de la production dans une usine de confitures à quelques kilomètres d'un village appelé Safsaf. L'usine était toute neuve, il en avait même achevé la construction, secondé par un contremaître, un homme âgé dont la grande barbe grise impressionnait beaucoup Mehdi. La famille s'installa dans une grande maison, un château aux yeux de Mehdi, qui n'avait jamais connu mieux que la HLM. La propriété était située en plein centre du site sur lequel était bâtie l'usine. En forme de L, la résidence logeait dans la plus petite aile les bureaux de l'usine. Au rez-de-chaussée de la grande aile étaient entreposés les stocks, tandis que la famille vivait au-dessus, sur deux étages. C'était une construction ancienne, toute en pierre, avec de grands escaliers et des plafonds de dix mètres. Elle comprenait plusieurs chambres, un salon gigantesque et une immense terrasse. Mehdi passa les premiers jours à explorer ce nouveau territoire fascinant. De toute manière, quand les ouvriers étaient au travail, il n'avait pas le droit de sortir de la maison. Il y restait seul puisque Hassan et Salima travaillaient tous les deux.

Il devait attendre après six heures pour sortir et son unique compagnon, alors, était le gardien de l'usine, Kader, un vieil homme affable et philosophe. Kader prenait toujours le temps de s'asseoir entre ses tournées d'inspection et allumait dehors un petit brasero sur lequel il faisait infuser son thé. Il concoctait le meilleur thé à la menthe du monde et apprit à Mehdi comment le préparer. Pendant qu'ils buvaient, le vieux et l'enfant passaient le temps à discuter. Mehdi écoutait ce vieil homme qui avait des opinions sur tout lui raconter des pans de sa vie. Le gardien utilisait ses propres expériences pour parler à l'enfant des gens et des choses dont il fallait se méfier. Mehdi était captivé et flatté, aussi, qu'un adulte lui prête autant d'attention. Hassan ne lui adressait jamais la parole, sauf pour l'engueuler.

Malgré l'interdiction de sortir, Mehdi parvenait à se faufiler dehors de temps en temps, quand son père n'était pas dans les parages. Il traînait autour du contremaître, qui, lui aussi, lui manifestait de l'intérêt en lui enseignant quelques rudiments de construction. Cet homme avait réponse à tout dans le domaine technique et il apprit à Mehdi toutes sortes de trucs de bricolage.

Dès qu'il voyait arriver son père, Mehdi filait vers la maison.

La grande bâtisse de pierre avait aussi ses aspects mystérieux. Hassan et un groupe d'ouvriers qui travaillaient dans les salles de stockage découvrirent au sous-sol une pièce dont l'entrée avait été murée. Une fois le mur défoncé, ils trouvèrent un escalier qui descendait vers une autre pièce, une sorte de réduit au contenu inquiétant. Il y avait des chaînes aux murs et, au centre, une table et des instruments de torture. Il y avait aussi un puits, et les hommes se persuadèrent qu'on y avait jeté des cadavres. On parla pendant des semaines de cette découverte sur le site de l'usine. À partir de ce jour, Mehdi sentit les démons hanter la maison. Parfois, il pouvait même les voir...

Mehdi s'ennuya terriblement pendant ce premier été; cette sensation nouvelle le préoccupa et le mit mal à l'aise. Si seulement Youssef avait été là, ils auraient pu jouer à cache-cache dans la maison! Lui qui était toujours entouré à Beauvais n'avait ici aucun copain. Le gamin jadis rieur et entreprenant se referma de plus en plus sur lui-même. Il ne manifestait aucun intérêt pour les vergers d'arbres fruitiers qui s'étendaient à perte de vue autour de l'usine, les parfums de pêche et d'abricot que le vent poussait jusque dans sa chambre ne le charmaient pas. Pour lui, Safsaf représentait le désert, le néant. Pas de jouets, pas de bonbons, ni de ces guimauves que lui rapportait Belhadj quand il rentrait du travail. Ni, d'ailleurs, de grand-père. Celui-ci lui manquait terriblement, de même que sa grand-mère, Youssef et tous les autres membres de la famille. Aurait-il été magicien qu'il se serait transporté d'un coup de baguette magique dans l'appartement de Beauvais, où sa *hanna* l'aurait pris dans ses bras. Du même coup, il aurait pu fuir Hassan.

Il lui fallut peu de temps pour se rendre compte qu'avec son père il avait intérêt à marcher droit. Celui-ci se mettait en colère facilement et avait la main leste. Medhi reçut très vite des coups, le plus souvent des coups de poing. On lui avait raconté que Hassan avait été boxeur dans sa jeunesse, et le petit garçon se demandait parfois si cela pouvait expliquer la propension de son père à le battre.

La solitude incita Mehdi à se créer un ami imaginaire. Il l'appela Bif. Il lui était impossible de le voir parce que Bif lui avait dit qu'il était invisible. Mehdi se contentait de lui parler, mais il sentait continuellement sa présence, comme si Bif l'accompagnait partout et le regardait agir. Mehdi ne mentionna jamais l'existence de Bif à Hassan. Son père n'apprécierait pas ce genre de fantaisie et il accompagnerait sans doute sa réprobation de quelques coups, pour bien lui faire comprendre qu'il ne rigolait pas avec ces inventions idiotes et ridicules.

Salima n'était pas aussi dure avec Mehdi mais s'occupait peu de lui. Il lui arrivait de le frapper avec la semelle de sa sandale de plastique. Mais elle-même subissait la violence de son mari. Hassan était le maître et, même avec sa femme, il avait des manières brutales pour le rappeler. Mehdi était souvent témoin des gifles et des coups que Hassan assénait à Salima, si d'aventure elle osait le contredire ou simplement si elle ratait le repas. L'épouse et le fils vivaient tous deux dans une peur constante. Le petit garçon essayait la plupart du temps de rester hors de portée et de ne pas se faire remarquer.

À l'automne, Mehdi entra enfin à l'école, soulagé de s'éloigner de la maison. Le long trajet à travers champs, quatre fois par jour, pour aller à Safsaf ne le préoccupait pas, il retrouverait des copains. Mais les choses ne se passèrent pas aussi bien qu'il l'avait espéré.

Quand le petit garçon s'assit timidement derrière le pupitre que le maître lui avait assigné, les autres élèves l'examinèrent avec méfiance en chuchotant. À la récréation, il resta planté seul au milieu de la cour pendant que plusieurs enfants se moquaient ouvertement de lui. Physiquement, le nouveau venu n'était pas comme les autres. Il avait la peau trop claire, les yeux verts et, surtout, il était né en France. Les enfants de Safsaf avaient une vision idyllique de l'Europe et s'imaginaient que le nouvel élève était forcément riche. Pour toutes ces raisons, certains le jalousaient, d'autres le détestaient. Au milieu de ces petits garçons à la peau mate, Mehdi était comme une tache blanche qui se voyait de loin et n'arrivait pas à se fondre dans le décor. Alors que Hassan et Salima avaient les yeux et la peau sombres, leur fils tenait ses yeux verts de son grand-père, tout comme sa tante Karima.

Comme il ne parlait pas arabe, n'ayant entendu pendant toute sa petite enfance que le dialecte de sa grand-mère qui n'avait rien à voir avec celui de Safsaf, Mehdi se trouva avec un an de retard sur les autres enfants. Être rétrogradé à un niveau moins élevé et étudier avec les «petits» fut pour lui une grande humiliation. Mais comme son père exigeait, avec brutalité, qu'il soit le meilleur, Mehdi se dépêcha d'apprendre l'arabe et manifesta un zèle extrême en classe, attirant d'autant plus les moqueries. Ses notes grimpèrent à un point tel qu'il parvint à rattraper son retard et à sauter une année. Les élèves l'en détestèrent davantage, car sa maîtrise du français lui donnait un avantage supplémentaire. De plus, à cause de sa peau pâle et de son visage trop beau, on le traitait de «tapette», on l'insultait et on l'agressait fréquemment avec la cruauté caractéristique des enfants.

Néanmoins, Mehdi persistait à aimer l'école, en grande partie parce qu'il s'y sentait plus en sécurité qu'à la maison. Alors il travaillait consciencieusement, d'autant plus que son père exigeait de lui rien de moins que le premier rang. Une deuxième ou une troisième place dans son carnet de notes était insuffisante et Mehdi, malgré tous ses efforts, écopait chaque fois que Hassan jetait un œil désapprobateur sur ses résultats scolaires. Même le deuxième rang de toute l'école pour un test ne trouvait pas grâce aux yeux de Hassan.

– Tu dois être le premier! Mon fils sera le premier!

Même s'il arrivait à obtenir toutes ces premières places, Mehdi devinait que cela ne suffirait pas. Son père semblait le haïr, il le lisait dans ses yeux et, quoi qu'il fasse, il n'arrivait qu'à provoquer sa colère. Peut-être n'était-il pas seul en cause, car Hassan était en colère du matin au soir, du soir au matin, comme s'il en voulait à la terre entière. Dans ces moments-là, son père lui rappelait sa tante Karima, toujours si tourmentée. Peut-être son père avait-il lui aussi des problèmes nerveux? Avait-il fait trop de boxe quand il était plus jeune? Peut-être n'était-il pas heureux en Algérie, alors pourquoi ne pas être resté en France? Son père souffrait-il, lui aussi, de tout ce qu'ils avaient laissé derrière eux? Le petit Mehdi se perdait en conjectures. Il fallait bien, pourtant, qu'il y ait une cause à toute cette violence. Il fallait bien que sa souffrance à lui, Mehdi, prenne un sens, s'explique d'une façon ou d'une autre. Mais l'enfant ne pouvait formuler ces questions devant Hassan. Ils ne parlaient jamais vraiment, n'échangeaient jamais rien d'autre que des banalités. Mehdi n'avait jamais avec son père la moindre conversation digne de ce nom. Il devait se contenter d'obéir sans discuter. Il y avait entre eux un mur que rien ne pouvait briser.

Mehdi devait avoir huit ans quand il connut sur le chemin de l'école une mésaventure qui allait lui causer

125

d'importants problèmes de conscience et de nombreuses angoisses. Des garçons plus âgés qui fréquentaient un autre établissement lui tendirent une embuscade dans l'oliveraie. Ils étaient trois ou quatre, et leur chef qui devait avoir douze ou treize ans, lui parut terriblement menaçant. Ce dernier attrapa Mehdi par le cou et l'obligea à se mettre à genoux. Puis, sous la menace, il l'enjoignit de leur rapporter des dinars dès le lendemain. Mehdi ne voyait pas comment se défendre et jugea bon de les satisfaire. Peut-être finiraient-ils par le laisser tranquille. Sachant que ses parents cachaient de l'argent sous leur matelas, il subtilisa quelques pièces qu'il remit à ses rançonneurs.

Mais les garçons avaient trouvé un trop bon pigeon pour s'arrêter après une seule fois. L'incident se produisit si souvent que Mehdi commença à s'inquiéter car il n'y avait presque plus d'argent sous le matelas et il était terrifié à l'idée que son père s'aperçoive de son larcin. Il demanda conseil à Kader, le gardien de l'usine. Il voulait surtout se débarrasser du chef de la bande qui le terrorisait. Le vieil homme lui suggéra une méthode très expéditive:

– Tu lui donnes un grand coup de poing dans la figure et tu t'enfuis en courant!

Mehdi rejeta d'abord la proposition. L'autre garçon était bien plus grand que lui et l'idée de se battre ne lui aurait jamais traversé l'esprit. Mais en y repensant, il dut admettre qu'il y avait des risques de tous les côtés. La question était d'évaluer leur gravité. Finalement, la peur d'affronter les foudres de son père le rendit téméraire. Confronté encore une fois à son persécuteur, il appliqua la méthode avec l'énergie du désespoir. Face au garçon qui le toisait d'un air assuré, Mehdi bomba le torse et d'un geste étonnamment rapide, lui appliqua un coup de poing sur le nez. Puis il prit ses jambes à son cou sans regarder derrière de peur de voir ses poursuivants se rapprocher! En arrivant à la maison, son cœur battait encore à grands coups. Qu'avait-il fait là? Ces petits voyous lui feraient sûrement regretter son audace...

À sa grande surprise, Mehdi n'eut plus à faire face à ses agresseurs. Après une période de méfiance, il s'avoua ravi des conseils de Kader. Celui-ci finit par admettre qu'il avait fait part du problème à Hassan, qui avait menacé les garnements. Mehdi fut étonné que son père ne fasse aucune allusion à l'argent disparu de sous le matelas. Mais celui-ci le regarda différemment, comme s'il le méprisait. Probablement considérait-il son fils comme un froussard. En une autre occasion, Mehdi put déceler le mépris dans le regard de son père. Ce jour-là, rentrant de l'école, le garçon avait entendu des aboiements derrière lui. De nombreux aboiements... Se retournant, il avait vu une meute de chiens courir dans sa direction, tous crocs dehors! Il avait couru vers la maison plus vite qu'il n'avait couru de toute sa vie. Malgré les explications haletantes de Mehdi à son arrivée dans la cour de l'usine, son père avait réagi avec un rictus de dédain. Son fils avait peur des chiens, son fils était un pleutre.

Mais comme si les embûches semées sur le trajet de l'école et l'attitude violente de son père ne suffisaient pas, Mehdi avait d'autres raisons d'avoir peur. Les démons de la maison se manifestaient de plus en plus. Parfois, il arrivait à Mehdi d'entendre des bruits étranges la nuit. Il voyait par la fenêtre de sa chambre la silhouette floue d'une femme en blanc, marchant sur les toits de l'usine. Ou bien il entrait dans sa chambre, une pièce immense au deuxième étage et, juste avant d'allumer la lumière, apercevait une silhouette blanche aux contours imprécis à sa fenêtre. Parfois, il entendait des pas qui montaient l'escalier et piétinaient devant sa porte.

Quand il l'ouvrait, il n'y avait personne derrière. Une nuit, il fut réveillé par quelque chose qui tirait sa couverture vers ses pieds. Sans rien voir, Mehdi se couvrit à nouveau et se rendormit mais le phénomène se reproduisit quatre ou cinq fois, jusqu'à ce que Mehdi s'énerve.

– Ça suffit maintenant!

Mehdi n'osait pas raconter ces expériences, persuadé qu'il passerait pour fou. Toutefois, l'été de ses neuf ans, un phénomène semblable se manifesta alors qu'il n'était pas seul. Son oncle Djamel et sa jeune tante Hassina étaient venus en vacances et, ce soir-là, quelques cousins du village de Malmalah leur rendaient aussi visite. Rassemblés dans la chambre de Mehdi, les jeunes entendirent des pas montant et redescendant l'escalier derrière la porte, puis le bruissement d'un journal qu'on feuillette. Or, il n'y avait pas de journal dans la maison. Quand ils ouvrirent la porte, ils ne trouvèrent personne derrière, ni personne dans l'escalier... Mehdi se risqua à avouer qu'il avait vécu d'autres expériences du même genre et, à sa grande surprise, personne ne sembla étonné. Les cousins surenchérirent en racontant leurs propres souvenirs de phénomènes bizarres. C'était à qui ferait frissonner les autres! Mehdi ne voulait pas savoir si ces bruits et apparitions étaient réels ou le fruit de son imagination. Il lui suffisait qu'on le croit et il se sentit rassuré par le fait que ses cousins ne s'étonnaient pas des phénomènes paranormaux et que le surnaturel leur semblait naturel. C'est ainsi que sa frayeur se teinta désormais d'un soupçon d'excitation.

Mehdi avait dix ans quand naquit sa sœur Farah. L'année suivante vint au monde la petite Hassina. Grâce à elles, il eut l'impression de vivre à nouveau dans une vraie famille. Pendant les deux grossesses de sa mère, le petit garçon, fasciné, posait des tas de questions.

– Est-ce que j'étais là, dans ton ventre, moi aussi?

Salima balayait ses interrogations du revers de la main, en lançant d'un ton sans réplique que, dans son cas, les choses s'étaient passées différemment.

Comme elle travaillait toute la journée, Mehdi fut le plus souvent chargé de s'occuper des petites. Il les nourrissait, les lavait, changeait les couches. Le bureau de la comptabilité de l'usine, où travaillait Salima, se trouvait au rez-de-chaussée. Ainsi, s'il avait le moindre problème avec les petites, il lui suffisait d'appeler sa mère par la fenêtre.

– Hassina n'arrête pas de pleurer. Qu'est-ce que je fais?

L'organisation fonctionnait bien et Mehdi n'y voyait pas d'inconvénient. Il adorait ses petites sœurs et s'occuper d'elles lui évitait d'être seul toute la journée, quand il n'avait pas d'école. De toute manière, depuis qu'il était né, on lui avait toujours inculqué le respect envers les parents et l'importance du rôle des aînés. Il était responsable de ses petites sœurs, presque autant que leur père.

Malgré l'arrivée des filles, la maison était encore grande et il y avait de la place pour accueillir un membre de la famille dans le besoin, comme c'était l'usage. La tante préférée de Hassan, Rahma, vint s'installer chez eux. C'était une sœur de Belhadj, une femme un peu étrange, mais Hassan l'appréciait et l'avait prise en pitié. Veuve depuis plusieurs années, elle s'était retrouvée complètement seule quand son fils s'était engagé dans l'armée. Elle resta chez eux pendant une longue période, trop longue du moins pour Mehdi. Cette femme ne l'aimait pas et, pendant les trois ans que dura son séjour, elle le lui fit bien sentir. Mehdi devait déjà se faire discret pour éviter les coups de son père mais il se retrouva en plus à la merci des humeurs de la tante Rahma. Elle avait sans cesse quelque chose à redire sur sa conduite, l'accusait de bêtises qu'elle inventait de toutes pièces et se plaignait de lui à Hassan, qui battait alors son fils avec acharnement.

Mehdi se méfiait de la tante Rahma pour d'autres raisons. Il avait mesuré l'étendue de son sens du drame en découvrant que, pour attiser la pitié de son neveu, elle avait la fâcheuse manie de simuler des évanouissements, dont seul Mehdi semblait ne pas être dupe. Il n'osa pas formuler ses doutes à son père. Il n'avait pas voix au chapitre et une seule protestation lui vaudrait une raclée. Toutefois, il en fit part à Salima, espérant qu'elle aurait plus d'influence. Celle-ci fit bien quelques remarques à Hassan mais la tante, plus âgée, possédait l'autorité des aînés. Hassan ne questionna pas son comportement et on accusa Mehdi d'inventer des histoires. Le garçon était souvent perplexe devant l'attitude des adultes qui l'entouraient. Pourquoi, quand il disait la vérité, était-il ignoré ou puni, alors que la tante qui mentait si effrontément n'en retirait que des bénéfices? Pourquoi le mensonge était-il si vilain, perpétré par un enfant, et si facilement accepté de la part d'un adulte?

À cause de la terreur qu'il lui inspirait, Mehdi passa toute son enfance à éviter son père. Heureusement, quand il fut plus grand et connut les environs, il eut l'autorisation de sortir du périmètre de l'usine. Quand Hassan travaillait la nuit, Mehdi sortait tôt le matin, dès le retour de son père, et ne rentrait à la maison que quand ce dernier était reparti. S'il se blessait en jouant, il se cachait pour se soigner seul par crainte que son père ne le raille. Il était inutile de prêter flanc aux critiques, aux sarcasmes, aux coups. Inutile aussi de demander de l'aide, il savait déjà qu'il devrait toujours se débrouiller seul.

Il apprit de rude manière à ne pas exprimer sa souffrance. Un samedi, Hassan réparait sa voiture dans la cour de l'usine pendant que Mehdi jouait. Le garçon entendit son père faire démarrer le moteur plusieurs fois, alors qu'il venait de changer la courroie du ventilateur. Puis le bruit cessa et Mehdi crut que Hassan avait terminé son travail. Comme le capot de la voiture était toujours ouvert, il s'approcha, curieux, pour examiner le moteur et posa les doigts sur la courroie. Au même moment, Hassan qui était toujours derrière le volant et qui n'avait pas vu son fils arriver, mit à nouveau le moteur en marche. En une seconde, Mehdi eut deux doigts de la main gauche complètement écorchés, la chair laissée à vif. Il se précipita vers son père qui, le voyant, enroula la main du petit dans un mouchoir avant de le faire monter dans la voiture pour l'emmener à l'hôpital. Chemin faisant, il l'admonesta d'un air sévère:

– Écoute-moi bien. Tu es un homme et tu es mon fils. Alors, en aucun, cas tu ne dois pleurer!

Mehdi resta stoïque et silencieux pendant que le médecin recousait le bout de ses doigts, à froid. Son absence de réaction impressionna le docteur, qui s'en étonna auprès de Hassan.

Le garçon n'était pas au bout de ses peines, car ce soir-là Hassan et Salima recevaient des invités et Mehdi dut se comporter à table comme si rien ne s'était produit. Mais à mesure que la soirée avançait, une boule douloureuse et de plus en plus grosse se formait dans sa gorge. Finalement, vers vingt-trois heures, Mehdi n'y tint plus et se risqua à demander à son père, devant les invités, s'il avait le droit de pleurer. Il n'en pouvait plus. Hassan, de mauvaise grâce, concéda.

– Oui, mon fils, maintenant tu as le droit.

Le garçon sortit de table et s'enferma dans sa chambre où il pleura pendant des heures.

Malgré la beauté du paysage qui l'entourait et le soleil omniprésent, la vie de Mehdi était grise, sombre, marquée par la peur. Il n'avait vraiment que Bif à qui il pouvait se confier et, encore, il se cachait pour parler à son ami imaginaire. Certes, Kader et le contremaître avaient beau le traiter avec amabilité, ils étaient d'abord des employés de son père. Leurs échanges restaient donc superficiels. Il y avait le chien Bob, un grand berger allemand qui gardait le site, mais il était un peu trop grand pour constituer une présence rassurante. Les seuls moments de répit dans la vie de Mehdi survenaient quand un membre de la famille venait leur rendre visite. Quand sa grand-mère ou son oncle Djamel venaient passer quelques semaines, c'était un petit bout de la France qui venait vers lui et Mehdi savourait ces instants. Il les appréciait d'autant plus que, pendant ces visites, son père était toujours de bonne humeur et ses raclées, plus rares...

Un soir, Mehdi jouait tranquillement au ballon dans la cour de l'usine. Sa grand-mère venait de lui envoyer de France un ballon de football en cuir, pour sa plus grande joie. En Algérie, les enfant ne possédaient que des ballons en plastique, les ballons de cuir coûtant trop cher. Il s'exerçait à taper du pied dans son nouveau trésor quand Salima l'appela de la terrasse:

– Mehdi, il faut que tu montes, ton père veut te voir!

Mehdi avança d'un pas hésitant. Son père ne l'appelait certainement pas pour lui annoncer une bonne nouvelle. Il garda son ballon sous le bras jusqu'à la cuisine où il vit son père, blanc de rage, tenant à la main une cigarette. Mehdi pâlit en comprenant ce qui l'attendait. Un garçon de l'école lui avait proposé une cigarette qu'il avait acceptée avec l'air nonchalant d'un garçon de douze ans. Puis il l'avait gardée dans la poche de sa veste en attendant d'avoir le courage de l'allumer.

Mehdi devina que Salima l'avait trouvée et montrée à Hassan. Ce dernier l'attrapa par le col et le projeta violemment contre le frigo, à deux ou trois reprises. Il le rattrapa pour le jeter sur la table. Se couchant à demi sur lui, il empoigna un long couteau de cuisine et le lui colla sur la gorge.

– T'es plus mon fils, je te tue, je te tue, je te tue!

Salima tenta de s'interposer mais reçut un coup qui l'envoya valser à deux ou trois mètres. Hassan tenait toujours son fils, pesant sur lui de tout son poids. Mehdi sentit le tranchant du couteau sur sa gorge. La lame devait bien faire vingt ou trente centimètres! Le garçon était pétrifié de terreur, il sentit sa vessie qui le trahissait.

Livide, les yeux fous et le visage couvert de sueur, Hassan paraissait incontrôlable. La tante Rahma s'approcha, tout en restant hors de portée de son neveu. Elle devait à tout prix lui faire reprendre ses sens avant qu'il commette l'irréparable. Elle se mit à parler à Hassan d'une voix douce et tenta de l'apaiser:

– Non Hassan, ne fais pas ça, laisse-le, laisse-le...

Lui rappelant que Mehdi n'était qu'un gamin qui avait fait une bêtise, qu'il avait eu suffisamment peur pour ne plus recommencer, elle finit par lui faire entendre raison. Hassan se redressa et s'ébroua comme au sortir d'un mauvais rêve. Puis il jeta au loin le couteau et chassa Mehdi.

– Va-t'en, t'es plus mon fils!

Cette nuit-là, Mehdi dormit dehors. Son sommeil léger fut entrecoupé de rêves atroces dans lesquels son père le poursuivait, un couteau à la main. Au matin, il se rappela que la réalité était pire que ses cauchemars.

Mehdi resta six ans à la petite école de Safsaf. Il y termina son cours élémentaire puis entama dans une autre école la seconde étape du système scolaire algérien avant le lycée, l'école fondamentale. Entre-temps, la tante Rahma avait trouvé refuge ailleurs. Peut-être Salima avait-elle exercé des pressions sur son mari et exigé le départ de sa parente. Elle confia à Mehdi que la tante avait essayé de jeter un sort à Hassan pour qu'il divorce et se consacre entièrement à elle. Mehdi ne comprit pas grand-chose à cette histoire mais fut soulagé de ne plus avoir cette harpie sur le dos, même si elle lui avait peut-être sauvé la vie.

Hassan perdit son emploi à l'usine de confitures. Avec une équipe d'ouvriers, il avait passé les six derniers mois à construire deux nouveaux hangars et à ajouter des chaînes de production de boîtes de conserve. Quand un ministre venu visiter l'usine émit quelques critiques sur l'organisation de l'entreprise, Hassan n'apprécia pas ses commentaires et eut une prise de bec avec le dignitaire, ce qui lui coûta son poste. La famille fut forcée de quitter l'usine et la maison de fonction, si grande et confortable, au milieu des vergers.

Sans emploi, Hassan installa sa famille à Tlemcen, dans une HLM, au cœur d'une cité encore en construction. Mehdi accueillit comme une bonne nouvelle l'annonce du déménagement. Il allait enfin vivre en ville, avoir de nouveaux copains. À Safsaf, il restait le petit blanc aux yeux clairs, trop beau, probablement de famille riche, homosexuel sans l'ombre d'un doute. En quittant Safsaf, Mehdi se dit qu'il aurait la possibilité de se débarrasser d'une vieille peau, d'abandonner derrière lui une réputation encombrante, de prendre un nouveau départ.

Mais il devrait s'armer de patience. Hassan ne le changerait pas d'école avant un an. Sans protester, Mehdi marcha douze kilomètres par jour pendant toute l'année scolaire. Le trajet était interminable entre la cité aux abords de Tlemcen, et l'école de Safsaf. Trois kilomètres, quatre fois par jour. Contrairement aux autres élèves, Mehdi ne recevait pas d'argent pour manger à la cantine et devait rentrer à la maison tous les midis. Mais il apprit la patience, en même temps que l'effacement et la circonspection. C'était une question de survie.

6

La reconstruction

Mûs par le désir de sortir de la misère dans laquelle ils avaient vécu leur enfance, deux des frères aînés de Blandine, Rodolphe et Stéphane, poursuivaient sans relâche la réussite financière et connurent le succès. Stéphane avait créé à Paris une société d'intérim très prospère et vivait dans l'aisance avec sa femme et son fils David. Rodolphe avait lui aussi monté une affaire florissante de vente de tableaux. Combattant sa dépression, Blandine cherchait à se raccrocher à la vie par tous les moyens. Son frère préféré lui manquait et elle décida de reprendre contact avec lui.

Rodolphe vivait au Vésinet, une petite ville cossue en banlieue de Paris, avec sa femme Béatrice et leur fille Clémence. Quand Blandine téléphona, elle tomba sur cette belle-sœur inconnue qui l'informa que Rodolphe était en déplacement à l'étranger. Le contact entre les deux femmes fut instantanément sympathique et quand elle leur rendit visite, Blandine eut un coup de foudre inattendu pour la petite Clémence et pour sa belle-sœur qui l'accueillait avec tant de chaleur. Béatrice, allemande par sa mère, était une blonde à la poitrine généreuse, une femme douce et avenante qui possédait un grand sens de la famille.

Rodolphe voyait que sa sœur n'arrivait pas à s'extirper de sa dépression. Elle était emprisonnée dans une gangue de douleur, après tout ce qui lui était arrivé, les sévices que lui avait imposés Hassan, la disparition de Mehdi. Rodolphe jugea que sa sœur avait eu assez de chagrin pour toute une vie et reprit le rôle de grand frère protecteur qu'il avait tenu dans leur enfance. Béatrice eut une idée lumineuse quand Rodolphe mentionna qu'il partait pour l'Allemagne pendant quelques semaines, pour son travail. Elle souffla son idée à Blandine, qui en parla ensuite à son frère.

– Tu crois que je pourrais venir en Allemagne avec toi? Tu crois que je pourrais t'aider et en même temps faire un peu d'argent?

Rodolphe se rendait régulièrement au Danemark pour acheter des stocks de tableaux peints en série dans des ateliers asiatiques. Ensuite il partait, le plus souvent en Allemagne, avec un groupe de vendeurs chargés d'écouler le stock de porte en porte, dans les résidences privées ou les commerces. Blandine n'avait jamais été vendeuse mais elle était prête à tout. Elle voulait changer d'air, voir d'autres paysages, partir loin. Rodolphe accepta sa proposition.

Quelques jours plus tard, Blandine prenait place dans la voiture de son frère avec trois autres vendeurs, en route vers Düsseldorf. C'était la ville que Rodolphe avait ciblée cette fois-ci pour vendre ses toiles et ils y resteraient trois ou quatre semaines. La jeune femme, qui était encore fragile et continuait à prendre des antidépresseurs, était rassurée, après tant d'années de solitude, par la compagnie de son frère aîné. Si leurs relations avaient été tendues au moment du décès de leur père, c'était chose du passé et Blandine était heureuse de retrouver son frère. À la perspective de prouver à Rodolphe qu'elle pouvait s'en sortir, de se prouver à elle-même qu'elle n'était pas une misérable, elle était envahie par une énergie incroyable. Elle était encore très maigre mais, grâce à Moustaguir, elle possédait de beaux vêtements et se parfumait. C'étaient des atouts de taille.

Dans la voiture, Blandine était fébrile. Elle allait franchir une étape importante. Peut-être qu'ailleurs, dans un pays étranger, elle ressentirait moins ce vide causé par l'absence de son enfant? La tête appuyée contre la fenêtre, elle s'efforça pour la millionième fois d'imaginer Mehdi, qui aurait bientôt dix ans... «Il est assez grand pour réfléchir maintenant. Est-ce qu'il se pose des questions sur moi?» songeait-elle.

Si son fils commençait à poser des questions, cela ferait peut-être bouger les choses... Il fallait qu'elle soit prête pour le jour où le vent tournerait. Il fallait qu'elle se construise pour de bon.

À l'hôtel où Rodolphe avait réservé, il n'y avait pas assez de chambres disponibles. Blandine dut partager celle de son frère pendant la première semaine. Ils trouvèrent la chose amusante, ça leur rappelait leur enfance, la petite chambre dans le baraquement à Beauvais où ils dormaient tous dans le même lit. Pendant ces quelques jours, ils rigolèrent beaucoup, se taquinant comme seuls une sœur et un frère pouvaient le faire, recréant une intimité inespérée. La confiance de Rodolphe agissait sur Blandine comme un remarquable stimulant. Il n'était pas question de le décevoir, même si les obstacles étaient importants. En plus de sa totale inexpérience dans le domaine de la vente, Blandine ne connaissait pas un mot d'allemand.

Comme les autres vendeurs, elle tenta d'abord le porte-à-porte. Chaque jour, Rodolphe leur confiait une certaine quantité de toiles et, le soir venu, leur réclamait un montant fixe équivalant à leur prix de gros. Plus ils vendaient leurs toiles à prix fort, plus leur profit était important. Un soir pluvieux et très froid, trimballant un grand étui qui contenait une dizaine de toiles, Blandine sonna à la porte d'une maison et une vieille dame vint lui ouvrir. Blandine ne baragouina que quelques mots avant que la femme l'interrompe:

– Entrez, ma petite fille! Vous allez avoir froid...

Blandine avait beaucoup de chance, la dame parlait français. Après avoir écouté poliment son baratin, elle demanda à la jeune vendeuse si elle faisait ça souvent.

– Oh non, je fais ça juste pour un moment, pour mon frère.

– À votre âge? Vous n'avez plus quinze ans! Vous avez l'air un peu perdue...

Blandine ressentit un certain malaise face à ce commentaire mais resta polie. La dame était âgée... et il faisait si froid dehors. Elle n'était pas pressée de ressortir. Son hôtesse lui proposa un café qu'elle accepta, puis un croissant. La visiteuse réagit maladroitement à cet accueil qui lui sembla trop généreux.

– Combien vous dois-je?

– Mais voyons, je ne vais pas vous demander de payer pour un croissant. On voit bien que vous n'avez pas beaucoup d'argent...

Blandine fut terriblement humiliée. Cette femme la prenait pour une miséreuse! Sans toucher à la pâtisserie, elle se leva.

– J'ai accepté votre café mais sachez que je ne demande pas l'aumône!

La vieille dame fut très gênée par ce malentendu et tenta, dans son français approximatif, de présenter des excuses. Blandine la remercia pour son accueil mais ajouta qu'elle ne voulait pas recevoir la charité. Elle lui offrit une toile en retour et partit avec la ferme intention de ne plus jamais vendre ses tableaux de porte en porte. Elle se dit ensuite qu'il lui faudrait en vendre plusieurs pour rembourser à Rodolphe la toile qu'elle venait de donner, mais sa fierté avait un prix!

Plus jamais elle ne voulait ressentir cette humiliation, cette impression de mendier. Pour réussir un grand coup, il fallait frapper plus haut. Elle décida, malgré son ignorance de l'allemand, de viser les grandes institutions. Elle allait attaquer rien de moins que les banques! Heureusement, Düsseldorf était une ville d'affaires où il était assez facile de communiquer même si on ne parlait pas l'allemand, car beaucoup de gens y parlaient français. Avec son carton rempli de toiles, un grand carton vert qui l'avait tant impressionnée quand elle le voyait sous le bras des étudiants à l'université, Blandine alla jour après jour frapper à la porte de tous les directeurs de banque de la ville. Elle portait ses tenues les plus élégantes, était parfumée, coiffée, maquillée. Surtout, elle était armée d'une volonté indomptable. Depuis qu'elle avait mis le pied sur le sol allemand, elle subodorait contre toute raison qu'elle allait retrouver son fils. Cette certitude lui donnait un dynamisme nouveau.

– Bonjour madame, je voudrais voir le directeur.

– À quel sujet?

– Je préférerais le lui dire moi-même.

Qu'une porte soit dure à pousser ne signifiait pas que Blandine n'allait pas la franchir. Elle parvenait presque toujours à rencontrer le directeur des banques qu'elle visitait. Dans la première institution, l'homme mit à sa disposition une salle de conférence dans laquelle elle étala ses toiles pour les mettre en valeur. L'idée se révéla si avantageuse que, par la suite, elle demanda partout l'autorisation de s'installer dans une salle de conférence et jamais on ne lui refusa cette faveur. En un temps record, Blandine vendit toutes ses toiles. Rodolphe était ravi d'avoir trouvé une nouvelle recrue aussi productive.

Après leur journée, le frère et la sœur se rendaient presque tous les soirs dans un pub irlandais pour l'apéritif.

Blandine ne buvait pas d'alcool à cause des antidépresseurs mais l'endroit était sympathique, chaleureux et cosmopolite. Ils s'y retrouvaient avec les autres vendeurs, dans une atmosphère détendue, un peu comme des étudiants. C'est là que deux semaines après leur arrivée, Blandine fit la connaissance de Guido.

Elle avait commandé un thé au lait mais le barman lui apporta de la crème. Blandine essaya de lui expliquer ce qu'elle voulait mais la communication s'avérait difficile. À côté, il y avait un homme qu'elle avait vu discuter avec son frère un instant plus tôt. Ils se connaissaient, s'étant rencontrés dans ce pub lors d'un précédent voyage de Rodolphe. L'homme se proposa comme interprète. Il s'appelait Guido et parlait plusieurs langues, dont l'italien, l'anglais, le français et l'allemand. D'origine italienne, il était ingénieur. Il se montra charmant et chaleureux. Entre Blandine et lui, la complicité fut immédiate. Ils se retrouvèrent tous les soirs, parfois chez lui, parfois au pub. Leur relation était amicale plutôt qu'amoureuse et, quand la jeune femme se plaignit à Guido de la promiscuité que lui imposait son séjour à l'hôtel avec Rodolphe et ses vendeurs, il lui proposa en tout bien tout honneur de s'installer chez lui jusqu'à la fin de son séjour.

Au retour d'un dîner chez des amis de Guido, Blandine étonna son compagnon en se mettant à pleurer. Le spectacle du bonheur de ces gens l'avait émue. Elle leur avait envié cette quiétude, ce confort dans lequel ils vivaient et qui lui paraissait inaccessible. Elle raconta à Guido les moments pénibles vécus au cours des derniers mois, les affres de sa dépression, sa dépendance haïssable aux médicaments. Celui-ci réagit en véritable ami et proposa de l'aider à sortir de cette dépendance. Ensemble, ils pourraient sûrement y arriver.

– Si tu le veux vraiment, je peux t'aider. Tu as un congé de longue durée, tu reçois de l'argent tous les mois, tu peux prendre tout ton temps. Tu peux même rester un an! Il faut simplement que tu décides de ce que tu veux faire de ton appartement.

Après une courte réflexion, Blandine décida de rendre le bail de son appartement parisien. Une voix intérieure lui disait qu'elle ne le regretterait pas. De toute manière, elle ne pouvait envisager de retourner dans son studio, la simple idée d'y pénétrer l'angoissait. Guido l'accompagna à Paris, le temps de régler ses affaires, puis ils rentrèrent à Düsseldorf. La jeune femme entama alors un long processus de purification intérieure.

Par un bel après-midi d'automne, Guido et Blandine marchaient en forêt. L'air était vif, les joues de Blandine picotaient sous la morsure du froid, mais elle se sentait bien, en sécurité. Une sorte de magie s'installa à mesure que Guido lui faisait prendre conscience des merveilles qui les entouraient. Il lui parla de la nature, de la beauté, du plaisir de savourer les parfums de la terre. Blandine n'avait pas souvenir d'avoir jamais été en contact avec ces bienfaits simples et nécessaires. Dans la grisaille des baraquements et des HLM de Beauvais, dans la prison de Tlemcen ou dans son studio parisien, elle n'avait jamais senti vivre la nature autour d'elle. Les feuilles mortes craquaient sous ses pas, elle respirait le parfum intense de la terre humide, regardait le ciel à travers les branches hautes et y entendait le bruit du vent. Elle sentit que, dans un décor pareil, on pouvait trouver la paix, mais devina aussi que celle-ci n'était pas encore à sa portée, avec son cerveau toujours engourdi par les médicaments. Elle tenait la main de Guido, se laissait guider par son pas sûr et par sa voix qui prononça des paroles comme elle n'en avait jamais entendues.

– Tu me plais vraiment Blandine, prends tout le temps qu'il te faudra, je t'attendrai. Je sais que sous cette détresse il y a une autre femme, pleine de vie et d'amour, et j'ai envie de la découvrir...

De retour à l'appartement, Blandine eut l'impression d'avoir avalé le premier vrai bol d'air frais de toute sa vie. Dans le miroir, elle vit son nez et ses joues rouges, s'imagina retrouver la santé. Pour l'instant, la glace lui renvoyait surtout l'image d'un visage bouffi par les médicaments.

– J'ai l'air d'une alcoolique boursouflée...

Du moins, elle ne se sentait plus seule. Cette nuit-là, pour la première fois, elle dormit dans le lit de Guido. Ils ne firent pas encore l'amour mais eurent l'un envers l'autre des gestes d'intimité qui présageaient un fort attachement. Faisant montre d'une remarquable délicatesse, Guido l'approcha avec douceur et, juste avant de s'étendre sur elle, releva son t-shirt et celui de Blandine afin que leurs nombrils se touchent. Il voulait ainsi créer l'illusion d'un cordon qui les unirait... Ils restèrent longtemps sans bouger, simplement heureux de partager la chaleur de leur peau et de sentir se créer une nouvelle intimité. Puis, la tête sur l'épaule de Guido, elle s'endormit, plus paisible qu'elle ne l'avait jamais été.

Blandine était éberluée de ce qui lui arrivait. Guido, si doux et si tendre, n'essaya jamais réellement de la séduire. C'est peut-être pourquoi la jeune femme se laissa emporter par sa bienveillance et surtout par sa force vitale. Il constituait une véritable source à laquelle elle s'abreuvait d'énergie. Il représentait l'Homme tel qu'elle l'avait toujours rêvé, respectueux, intelligent, cultivé et solide.

Né au Kenya de parents italiens, Guido avait étudié en Angleterre et son travail l'amenait parfois à voyager. Peu de temps après l'installation de Blandine, il dut la laisser seule pendant trois semaines pour se rendre en Inde, alors que la jeune femme était en plein sevrage. Laissée seule à elle-même dans cet appartement qui lui parut tout à coup hostile, elle traversa des moments de tension extrême, se débattant dans une mer de démons intérieurs, assaillie par le doute quant à sa capacité de résister. Guido lui téléphonait presque tous les jours. Il avait caché pour elle des petits cadeaux dans l'appartement et, quand il l'appelait, il lançait sur un ton badin:

– Va voir dans le troisième tiroir de la commode...

Blandine y trouvait un disque, un bijou, ou simplement un petit mot pour l'aider à tenir le coup. Mais celle-ci ne fut pas en reste. Malgré l'ampleur du défi, elle voulait offrir à Guido une nouvelle image d'elle-même, une preuve de sa capacité à vaincre les écueils. Elle se photographia juste avant le départ de Guido, puis prit un autre cliché d'elle-même le jour de son retour, pour lui montrer la différence. Elle n'aurait bientôt plus besoin de «béquille».

Comme elle parlait encore très peu l'allemand, un ami de Guido mentionna à Blandine une institution à Düsseldorf où on aidait les immigrants français dans leur adaptation à l'Allemagne. L'endroit appelé «La Porte ouverte» était situé dans la vieille ville. Après une première visite, Blandine s'y rendit tous les mercredis. C'est là qu'elle fit la connaissance de Marie-Christine. Française elle aussi, Marie-Christine vivait à Düsseldorf depuis longtemps et accueillait les nouveaux arrivants comme Blandine à «La Porte ouverte». Elle la mit à l'aise, lui expliqua le fonctionnement du centre et lui présenta ses fondateurs.

Avant même qu'elles deviennent des amies, Marie-Christine donna son numéro de téléphone à Blandine.

– Si jamais tu te sens seule, si tu as besoin de quelque chose, appelle-moi!

C'était une femme généreuse, ouverte, toujours prête à écouter. Blandine se sentait en confiance avec Marie-

Christine et ressentait en sa présence une sorte d'apaisement. Elles se retrouvaient souvent pour prendre un café. Marie-Christine présenta Blandine à d'autres Français, ce qui permit à la jeune femme de s'intégrer dans sa nouvelle ville. Puis elles se présentèrent mutuellement leur compagnon et les deux couples se fréquentèrent à l'occasion. Malgré cette relative intimité, Blandine ne confia jamais à sa nouvelle amie l'existence de Mehdi. Elle n'arrivait pas à se laisser aller à la confidence, le secret d'un enfant perdu étant pour elle trop douloureux à révéler.

Le travail accompli avec Rodolphe donna à Blandine une certaine assurance quant à ses capacités professionnelles. Elle sut qu'elle pouvait apprendre vite et que les défis ne lui faisaient pas peur. Après le départ de son frère, elle entreprit de chercher du travail et s'en remit au hasard. On demandait une gérante dans une boutique de spécialités françaises où l'on proposait surtout des vins et des fromages. Sa qualification? Blandine était Française! Elle obtint le poste et s'inscrivit à des cours d'allemand au Gœthe Institute. Son aplomb augmenta à mesure qu'elle progressait dans son apprentissage. Elle parvint même à créer des contacts privilégiés avec certains clients. Il y avait Théo, par exemple, un homme charmant et très élégant qui venait souvent au magasin et avait une véritable fascination pour les vins français. Théo était journaliste. Il possédait un tel sens de l'humour, une telle bonne humeur que, dès qu'il entrait dans le magasin, il créait une atmosphère de fête. Peu à peu, Blandine et lui tissèrent des liens d'amitié.

Blandine et Guido vivaient ensemble depuis plus d'un an quand ce dernier dut à nouveau partir à l'étranger. Son travail l'appelait dans le New Jersey pour six mois. Déterminée à lui prouver qu'elle avait récupéré sa force, la jeune femme s'arma de patience et tenta de vivre cette séparation avec philosophie. Mais, ils avaient beau se téléphoner souvent, la séparation était de plus en plus insupportable et Blandine souffrait énormément de la solitude. Guido mit un terme à leurs tourments au bout de deux mois.

– Viens, rejoins-moi!

Ah, New York! Blandine réalisait un rêve de petite fille. Quand elle atterrit à l'aéroport J. F. Kennedy, elle trouva son amoureux les bras ouverts et prêt à lui faire découvrir le Nouveau Monde. Déjà impressionnée par l'immensité de l'aéroport, Blandine resta sans voix en découvrant New York dans sa splendeur nocturne, quand ils traversèrent le pont de Brooklyn. Devant le spectacle de la mégalopole flamboyant de tous ses feux, Blandine chavira.

Pendant que Guido travaillait dans un bureau du New Jersey, Blandine prenait le bus tous les jours pour Manhattan. Elle marchait pendant des heures, découvrant avec émerveillement les gratte-ciel, la démesure, le gigantisme américain. Elle se créa vite des repères: un petit café, un restaurant végétarien où elle s'arrêtait de temps en temps, des cafetiers sympathiques avec qui elle parvenait à baragouiner un peu d'anglais. Les week-ends, elle et Guido allaient visiter Washington, Atlantic City... Ils rendirent aussi visite à un ami de Guido qui, malgré une belle carrière de metteur en scène en Allemagne, avait décidé de s'expatrier pour tenter sa chance dans la métropole américaine. Il n'avait toutefois pas encore réussi à percer, et le couple le trouva à Brooklyn, dans un appartement délabré, auquel on accédait par un escalier extérieur donnant sur une ruelle. De toute évidence, le succès ne s'était pas matérialisé dans la ville de tous les rêves, mais Blandine se rendit compte que le metteur en scène conservait son espoir intact et elle en fut d'autant plus admirative.

Blandine se soûla de sensations nouvelles, de l'ambiance survoltée et stimulante de la métropole. Elle n'en revenait pas, après être passé si près de la mort, de ressentir avec tant de force la vie autour et au-dedans d'elle. Ce séjour extraordinaire, c'était comme une grande claque dans le dos qui la poussait en avant.

Elle revint en Allemagne gonflée à bloc, prête pour un autre défi. Celui-ci prit la forme d'un emploi dans le domaine du vêtement. Une grande société française de prêt-à-porter cherchait une représentante à Düsseldorf. La candidate choisie tiendrait un *showroom* et établirait les contacts avec les boutiques et les grands magasins. Blandine ne connaissait rien à la mode, pourtant elle réussit à convaincre ses futurs patrons qu'ils ne pourraient se passer d'elle. Son audace, son air de savoir parfaitement de quoi elle parlait lui valurent d'obtenir le poste.

Dès son embauche, Blandine consacra toutes ses énergies à se montrer à la hauteur de la confiance placée en elle. Elle apprit le métier avec persévérance en écoutant les clients, en les faisant parler de leurs besoins. Dans son *showroom*, les acheteurs des grandes chaînes venaient découvrir les prototypes et les collections de la saison suivante, et passer leurs commandes, tout comme les propriétaires de boutiques. Blandine mit peu de temps pour connaître ses collections. Elle vola de ses propres ailes après deux mois et voyagea même à travers le pays pour proposer des modèles à certains magasins éloignés.

Elle connut un vif succès. Elle possédait une capacité à pressentir les tendances du prêt-à-porter, à deviner les modèles qui marcheraient ou pas. Elle se bâtit une réputation de fonceuse qui ne se laissait pas marcher sur les pieds, s'employant à lutter contre l'image traditionnelle véhiculée par les autres femmes du milieu, celles qu'elle appelait «les poupées Barbie». Ces femmes qu'elle croyait uniquement préoccupées de leur *look*, elle les savait jugées avec mépris par les hommes d'affaires qui régnaient sur l'industrie. Elle-même était prête à perdre un contrat si elle estimait qu'on lui manquait de respect. Elle développa en même temps un certain penchant pour l'originalité qui l'incita à ajouter sa touche personnelle quand elle portait un modèle de ses collections. Ne plus jamais rentrer dans le moule, ne plus jamais se laisser écraser devinrent ses devises...

Blandine découvrit le pouvoir des apparences. L'entreprise lui fournit une voiture de fonction et, à maintes reprises, elle mesura à quel point elle était prise au sérieux quand les clients la voyaient arriver en Mercedes. Dans ce monde d'hommes, ses clients, des marchands blasés et machos, cherchaient à avoir le dessus dans leurs discussions d'affaires. Mais Blandine se défendait pied à pied. Secrètement, elle prenait même un malin plaisir à remettre à leur place certains clients maghrébins ou libanais qui voulaient jouer au plus fort avec elle. Blandine Soulmana n'était plus une adolescente impressionnable, elle était devenue une femme d'affaires avertie. Et quand parfois l'assurance lui manquait, elle savait faire semblant.

Elle menait une vie très agréable avec Guido, une vie confortable, sans souci, rythmée par les vacances en Suisse, où elle apprit à faire du ski, et les séjours au Kenya dans la famille de son amoureux. Guido était beau, raffiné, sensible, à l'aise. Et il connaissait et respectait les femmes, ayant été élevé par sa mère, sa nounou et sa grande sœur, pendant que son père, un architecte renommé, travaillait dans tout le pays. Lors de leurs séjours à Nairobi, pendant les vacances, Blandine apprit à apprécier cette famille pas comme les autres.

C'était des Italiens, mais ils vivaient au Kenya depuis si longtemps que Guido n'avait jamais connu son pays d'origine. Ses parents vivaient dans une maison luxueuse aux abords de la ville, entourée d'un grand parc. Ils se comportaient en colonialistes avec leurs serviteurs africains, qui portaient des gants blancs pour effectuer le service, de l'apéritif sur la terrasse au dîner dans la grande salle à manger, servi dans la porcelaine fine et l'argenterie. Le père de Guido, un bon vivant qui adorait cuisiner, allait souvent au club privé très sélect dont il était membre. Sa femme, une artiste peintre renommée, était une grande dame à l'allure spectaculaire, toujours drapée dans de grands boubous très colorés. Elle vouait un amour immense à Guido, son plus jeune fils. Elle était aimable avec Blandine mais ne voyait pas d'un très bon œil que celle-ci se faufile dans la cuisine pour parler avec les *boys*.

Au cours de ces conciliabules avec les serviteurs, Blandine répondait à leurs questions, satisfaisant leur curiosité avide sur ce qui se passait ailleurs dans le monde. Elle leur décrivit la blancheur de la neige dans les pays du nord, en faisant la comparaison avec le givre du congélateur. Issue d'un milieu aussi modeste qu'eux, Blandine ne percevait pas de différence de classe entre les serviteurs et elle. Bien qu'elle trouve les parents de Guido charmants, elle ne pouvait s'empêcher de regretter qu'ils soient guindés et snobs. Le soir à table, elle échangeait des clins d'œil complices avec les serviteurs, qui lui réservaient les meilleurs morceaux de viande.

Tous les après-midi, une femme était chargée d'installer à l'ombre des chaises longues garnies d'un drap de bain pour Blandine et la mère de Guido; chaque jour, elle cueillait aussi de la camomille et la faisait sécher au soleil pour l'infusion du soir. Blandine parvenait toujours à échanger quelques mots avec elle.

Blandine appréciait chez la mère de Guido le fait qu'elle ait tissé des liens solides entre les membres de la famille. Il y avait une complicité très forte entre Guido et sa mère. Par exemple, cette dernière avait besoin d'être rassurée sur la sécurité de son fils. Quand Blandine et Guido sortaient le soir, celui-ci allait dès leur retour dans la chambre de sa mère et posait sur elle, pendant son sommeil, un foulard de soie. Ainsi, si sa mère se réveillait pendant la nuit, elle saurait qu'ils étaient rentrés. Blandine trouvait cette coutume tout à fait touchante.

Chaque séjour lui fit aimer l'Afrique un peu plus et Blandine se trouva sans cesse bouleversée par la magnificence des paysages. Dans le petit train au luxe désuet qui faisait la navette entre Nairobi et Mombassa, qu'elle et Guido prenaient parfois pour aller à la mer, elle ne savait plus où regarder tant le spectacle de la nature était impressionnant, particulièrement au coucher du soleil, quand on pouvait contempler à contre-jour la forme allongée des baobabs. C'était un convoi à l'ancienne, avec de vieux wagons au décor opulent, ornés de boiseries sombres et de banquettes de cuir rouge capitonné. Au wagon-restaurant, qui proposait deux services, les clients étaient accueillis par des domestiques en blouse blanche qui servaient le repas dans la porcelaine, le cristal et l'argenterie, sur des nappes blanches comme neige. Le court trajet se faisait au ralenti, pour permettre au voyageur d'apprécier le paysage exceptionnel. On traversait des réserves d'animaux sauvages. Girafes et éléphants, troupeaux de gazelles ou de zèbres abondaient pour le plus grand bonheur des touristes.

Chaque fois que le train abordait un village, il ralentissait encore son allure. Alors apparaissaient des enfants maigres et en haillons qui couraient le long des wagons en interpellant les passagers avec leur grand sourire. Blandine, qui voyait peu d'enfants dans sa vie quotidienne, ressentait un émoi profond. Malgré elle, chaque fois qu'elle croisait un de ces petits garçons, elle le comparait à Mehdi. «Mon fils a treize ans maintenant: est-il grand? Est-ce qu'il aime l'école? A-t-il des cahiers, des crayons?» En souvenir de son fils, elle gardait toujours en réserve pour ces petits mendiants des crayons et des cahiers. Mais elle ne pouvait se résoudre à lancer par la fenêtre ses petits cadeaux. Elle trouvait méprisant de jeter ainsi de loin, comme à des bêtes, quelques aumônes. Aussi, quand le train perdait de la vitesse, elle se plaçait sur la dernière marche du wagon et s'accrochant d'une main au montant, elle tendait de l'autre main ses présents aux enfants. Certains d'entre eux vendaient des petits pâtés fourrés à la viande. Blandine en achetait mais les priait de les conserver, assurant les enfants qu'elle récupérerait son bien sur le chemin du retour. Elle espérait que, d'ici là, ils les auraient mangés.

Blandine menait en apparence une vie enviable. Sans soucis financiers, entourée d'amour et comblée par sa vie professionnelle, elle avait atteint une forme d'équilibre qui lui avait jusque-là fait défaut. Pourtant, elle ne parvenait pas à se laisser aller au bonheur, à apprécier pleinement ce que la vie lui apportait. Elle se sentait comme une coureuse qui aurait perdu une jambe et à qui on aurait fourni un membre artificiel. Tout comme cette dernière pouvait courir avec sa prothèse, Blandine pouvait s'accommoder de cette imitation de bonheur, ce semblant d'équilibre que lui offrait sa vie avec Guido. Mais c'était une vie en porte-à-faux, à la structure fragile. Mehdi était la vraie jambe qui lui manquait. Elle continuait d'éprouver cruellement son absence, comme l'amputé continuait de ressentir, des années après, des fourmillements et des douleurs à l'endroit du membre perdu. Il lui demeurait impossible de saisir le bonheur comme il venait, et aussi de rire à gorge déployée.

Il lui fallut beaucoup de temps avant de trouver le courage de parler de Mehdi à Guido. Bien sûr, elle savait qu'elle pouvait lui faire confiance mais, surtout, après tout ce que Guido avait fait pour elle, après qu'il l'eut aidée à sortir de la dépression, elle lui devait bien cette ultime preuve d'amour, l'aveu de son plus grand secret, la révélation de ce qui depuis des années l'empêchait d'être heureuse, même avec lui.

Étendus sur le grand lit confortable de l'appartement de Düsseldorf, ils avaient bavardé en chuchotant. Blandine lui semblant cafardeuse, Guido s'en était inquiété. Il n'arrivait pas à comprendre ce qui se passait en elle et désespérait de voir un jour se lever le voile de mélancolie dans lequel elle s'était enveloppée.

– Pourquoi es-tu toujours triste? Nous avons tout pour être heureux.

Blandine n'avait pu le nier, malgré ses remords. Elle s'en voulait de ne pas manifester plus d'enthousiasme et aurait voulu montrer sa reconnaissance envers Guido qui avait tant fait pour la ramener à la vie. Mais malgré sa bonne volonté à apprécier ce que sa nouvelle existence lui offrait, il arrivait que sa résistance faiblisse et qu'elle laisse l'absence de Mehdi prendre toute la place. Alors, elle étouffait sous le manque.

Ce soir-là, pour la première fois, elle avait raconté à Guido son histoire, en remplissant tous les blancs. Elle avait parlé de Mehdi à voix haute, ce qui en soi avait constitué une expérience extrêmement difficile. Voilà des années qu'elle enfouissait au fond d'elle sa douleur, qu'elle cachait à tout le monde l'existence de son enfant. Même à Paris, elle n'avait jamais pu révéler à son entourage les déchirements vécus quand un tribunal lui avait refusé la garde de son fils, quand Hassan l'avait menacée de représailles si elle tentait de se prévaloir de son droit de visite. Après toutes ces années, la plaie était encore à vif, la peur aussi aiguë. Nul besoin de penser à Hassan très longtemps pour se rappeler de quoi il était capable... Guido fut atterré par ces aveux, qui lui permettaient enfin de comprendre la tristesse de sa compagne. Néanmoins, il encouragea Blandine à tenter de retrouver Mehdi. Il pourrait l'aider, il était prêt à l'assister, il aurait fait n'importe quoi pour la voir heureuse.

Mais Blandine crut qu'il était trop tard. Mehdi était devenu un adolescent, elle aurait craint de le perturber en surgissant tout à coup dans sa vie et elle l'aimait trop pour chambouler son existence. Après tout, il ne la connaissait même pas!

– Maintenant, je préfère attendre qu'il ait dix-huit ans. Alors je le chercherai...

Elle imaginait souvent ce moment et croyait qu'elle devrait être seule pour aller à la rencontre de Mehdi. Malgré tout l'amour qu'elle lui portait, elle n'arrivait pas à intégrer Guido dans cette vision de l'avenir. Comme si son corps devait se plier à son désir, elle s'était persuadée qu'elle ne tomberait pas enceinte, que son corps refuserait de concevoir un autre enfant. Ç'aurait été un acte de trahison, de rejet envers Mehdi. Le jour où elle le retrouverait, son fils la découvrirait entièrement disponible pour lui, prête à réintégrer son rôle de mère. Pendant toutes ses années de bonheur avec Guido, Blandine ne ressentit pas une seule fois le désir d'avoir un autre enfant.

Il lui arrivait de couver Guido du regard, de se préoccuper de son bien-être et de l'entourer de petits soins comme elle l'aurait fait pour un enfant. Celui-ci se rebiffait de temps en temps, quand la mère en Blandine se faisait trop présente. Après avoir été longtemps materné par sa propre mère, sa nounou et sa sœur, Guido voulait être traité comme un homme, pas comme un fils.

Après quatre ans, Blandine discerna des changements dans sa relation avec Guido. Leur vie amoureuse s'étiolait et Blandine perçut une sorte de détachement. Il affirmait qu'il l'aimait encore, mais devint distant et manifesta une envie d'aller «voir ailleurs», même s'il n'était pas prêt à renoncer à elle. La jeune femme, insatisfaite de cette explication vague, le poussa à dévoiler les motifs de sa tiédeur. Il finit par lui avouer qu'il ressentait depuis toujours de fortes pulsions homosexuelles et que, après avoir cherché à les étouffer, après avoir subi longuement des déchirements secrets, il désirait ne plus réprimer son inclination.

Blandine sentit son front et sa nuque se glacer. Tout son corps parut s'engourdir pendant que son cerveau tentait d'assimiler la nouvelle. Assis devant elle, Guido pleurait. Il était désespéré à l'idée de la blesser, de lui infliger cette trahison. Mais plus que tout, il avait honte. Avouer à haute voix ce qu'il considérait malgré lui comme une tare lui avait été extrêmement pénible. Il était d'une famille, d'une culture où l'homosexualité était mal acceptée et presque impossible à concevoir. Il était Italien, on lui avait inculqué le culte de la femme et la conviction qu'un Italien ne pouvait pas aimer les hommes.

Blandine, pendant ce temps, absorbait le choc de l'abandon. Mais quelque part au fond de sa mémoire, quelques indices flous remontèrent à la surface et lui firent prendre conscience qu'elle avait déjà flairé inconsciemment cette ambiguïté chez Guido. Amoureuse malgré tout et craignant de se retrouver seule, elle tenta néanmoins de se persuader qu'ils traversaient une phase épineuse et qu'ils en sortiraient plus forts, si elle le laissait aller au bout de ses fantasmes.

Voyant qu'il parvenait à peine à admettre ce nouvel éclairage sur sa vie, elle tenta de le rassurer. Plutôt que de s'accrocher, de tenter de le convaincre qu'ils pouvaient s'aimer encore, elle affirma qu'elle était prête à le laisser vivre ses expériences, pour qu'il lui revienne ensuite. Elle l'encouragea même à reconnaître ses attirances, à les assumer.

Quand Guido se mit à sortir seul, Blandine souffrit mais demeura stoïque et digne, décidée à lui accorder toute la liberté dont il avait besoin. Un soir pourtant, laissant de côté sa fierté, elle se faufila dehors quelques instants après lui pour le suivre discrètement. Elle avait besoin de savoir, de mettre des images sur cette nouvelle réalité. Elle stoppa net à la porte d'un bar gay où elle le vit entrer. Sa détresse de femme abandonnée était trop grande, elle ne pouvait pas le regarder exercer son charme de bel et tendre Italien sur quelqu'un d'autre...

Elle resta longtemps dehors, à fixer l'enseigne lumineuse de la boîte de nuit, à imaginer la scène en tremblant de chagrin et d'impuissance. Puis elle entra, mue par une curiosité morbide et l'aperçut en conversation avec un homme. Une vingtaine de minutes plus tard, elle les vit de loin qui s'acheminaient vers la sortie. Elle les suivit encore pendant quelque temps, jusqu'à ce qu'ils entrent dans un immeuble d'appartements. Ce soir-là, Blandine sut qu'elle avait perdu Guido et ce fut comme si une partie d'elle mourait.

Ils continuèrent pourtant de vivre ensemble pendant quelques années. Leur histoire d'amour s'était transformée en une profonde amitié et la tendresse qu'ils avaient l'un pour l'autre semblait indestructible. Malgré les changements majeurs dans la vie de Guido, leur complicité était si grande que celui-ci ne pouvait se résoudre à rompre avec Blandine. Il continuait d'affirmer qu'elle pourrait toujours compter sur lui, même si un jour ils ne vivaient plus ensemble. Après tout, grâce à elle il avait pu enfin s'accepter lui-même, après avoir pendant des années lutté contre son homosexualité. Au lieu de le rejeter, Blandine l'avait soutenu.

Blandine souffrait toujours d'un besoin criant d'être rassurée. Ces dernières expériences avaient été éprouvantes. Aussi, quand Guido lui jura son indéfectible amitié, dans un élan de naïveté presque enfantine, elle lui demanda de mettre toutes ses promesses sur papier. Puisqu'elle était vraiment son amie pour la vie, qu'il promettait d'être toujours là pour l'aider et la soutenir, il pouvait volontiers le lui écrire. Pour elle, c'était une sorte de contrat d'assurance-amitié. Guido accepta de bonne grâce et lui écrivit une lettre dans laquelle il insista sur le fait qu'il ne la laisserait jamais tomber.

Blandine avait besoin de cette assurance car Guido voulait quitter l'Allemagne. Il rêvait de vivre en Italie pour découvrir enfin son pays d'origine, tout comme sa sœur, qui venait de s'installer à Rome. La firme d'ingénieurs pour laquelle il travaillait à Düsseldorf l'avait envoyé à plusieurs reprises en Italie et avait ainsi ravivé son envie de devenir un véritable Italien. Blandine comprit ce besoin. Pendant quelque temps, ils feuilletèrent ensemble les petites annonces du *Corriere della Sera* à la recherche d'un emploi pour Guido. Il obtint deux propositions et opta pour Milan.

Une fois qu'il eut emménagé dans un petit appartement à Saronno, Blandine le rejoignit souvent, tout en gardant l'appartement de Düsseldorf. Ils avaient prévu qu'après trois mois, si Guido se plaisait dans son nouvel emploi, elle viendrait s'installer avec lui. Mais ils vécurent ainsi pendant un an, à cheval sur deux pays et sur une relation agonisante à laquelle ni l'un ni l'autre ne savait comment mettre fin. Guido insista moins pour que Blandine le rejoigne, le cœur n'y était plus vraiment. La jeune femme vécut pendant quelques mois une relation passionnée mais chimérique avec un homme marié. Cette liaison eut le mérite de lui faire comprendre qu'elle n'avait peut-être pas autant besoin de Guido qu'elle l'avait imaginé.

Leur éloignement progressif en provoqua d'autres. Blandine avait pratiquement coupé les ponts avec le milieu français de Düsseldorf et ne voyait presque plus Marie-Christine, qui vivait elle aussi des difficultés dans son couple. Encore une fois, Blandine se retrouva seule avec elle-même, mais peut-être un peu mieux armée pour affronter sa solitude. Au moment où elle s'y attendait le moins, sa vie allait être complètement chamboulée.

DEUXIÈME PARTIE

7

La lueur au bout du tunnel

Ce jeudi-là, Blandine rentra du travail vers dix-huit heures, après une journée chargée. Elle grimpa l'escalier lourdement, fatiguée et encombrée par son grand sac à main et par les quelques achats qu'elle venait de faire au supermarché. Elle jonglait avec ses clés quand elle entendit sonner le téléphone. À cette heure, il était rare qu'on l'appelle. Elle posa ses sacs sur le sol, ouvrit la porte et décrocha le combiné. Elle entendit avec étonnement la voix de son frère Stéphane. Elle n'avait eu que peu de contacts avec lui depuis quelques années. Qu'est-ce qu'il pouvait bien lui vouloir?

– Assieds-toi, j'ai une nouvelle à t'annoncer...

Blandine crut qu'il allait lui faire part d'une mortalité dans la famille. Mais elle resta debout dans la petite entrée, près de la console sur laquelle était posé le téléphone.

– Mehdi a téléphoné!

Blandine eut un halètement. Son cœur oublia un battement et sa poitrine se pétrifia dans une crispation douloureuse. Pendant que la pièce se mettait à tourner, elle sentit ses genoux fléchir, son sang se retirer de son visage. Le sol se déroba sous ses pieds et elle dut s'agripper à la console pour ne pas s'effondrer. C'était impossible, elle devait rêver. Elle avait le souffle coupé, mais son cerveau générait à un rythme effréné des

pensées confuses qui oscillaient entre l'espoir, l'exultation et le scepticisme. Ce dernier l'emporta. C'était assu-
rément une mauvaise blague et Blandine vilipenda son
frère pour sa cruauté.

– Je t'assure que c'est vrai! Il a téléphoné à maman,
hier vers minuit! Il a demandé si tu étais toujours
vivante. Il a dit qu'il rappellerait car il était dans une
cabine téléphonique et n'avait pas beaucoup d'argent...

– OK...

C'est tout ce que Blandine parvint à formuler avant de
raccrocher. C'était comme si elle venait de recevoir un
violent coup de poing dans l'estomac. Elle respirait mal,
tout était embrouillé. Le choc fut aussi grand que si on
avait laissé tomber sur elle un poids énorme, comme si
un camion avait déversé son chargement sur son dos. Ça
n'était pas encore du bonheur, mais une immense question qui pesa sur elle.

Était-ce réel? Avait-elle rêvé? Où était-il? Pourquoi ne
l'avait-il pas appelée? Bien sûr, il ne savait même pas si
elle était en vie... Mehdi, son petit, son fils, qui, d'un seul
coup, revenait bouleverser son univers. Oui, c'était vrai,
bel et bien vrai! Elle avait toujours cru qu'ils finiraient
par se retrouver. Il l'avait probablement senti lui aussi,
puisqu'il l'avait cherchée alors qu'elle n'osait pas encore,
qu'elle attendait sa majorité... Maintenant il avait seize
ans et, selon Stéphane vivait en Algérie.

Le jeudi s'était toujours avéré la journée des grands
événements pour Blandine. Elle s'était mariée un jeudi,
Mehdi était né un jeudi, elle avait connu Guido un jeudi,
et maintenant ce coup de téléphone! Plantée les bras ballants au milieu de son appartement, Blandine était au
bord de l'explosion et n'avait personne avec qui partager
cet instant. À part Guido, qui était en Italie, nul n'était au
courant de l'existence de Mehdi. Pendant une seconde,
elle chercha un interlocuteur possible puis se ravisa. Au

fond, elle ne souhaitait pas réellement partager cet instant magique, cette bulle d'euphorie hors du temps. Elle préférait la garder et la déguster toute seule. Elle rit, pleura, ne sachant si elle devait vraiment y croire, ni quelle serait la prochaine étape, mais ce moment fut incomparable. Incapable de réfléchir, elle ressentit le besoin d'avaler quelque chose de fort, qui la secouerait. Elle qui n'en buvait jamais s'offrit un verre de whisky qu'elle remplit à ras bord!

Assise par terre dans la cuisine, son verre d'alcool à côté d'elle, elle continua de rire et de pleurer et laissa les images du passé l'inonder. Elle se revit enceinte, se rappela comment elle protégeait son ventre contre les mauvais traitements infligés par Hassan, évoqua la naissance de Mehdi, l'instant précieux où elle avait touché la tête de son petit qui sortait d'elle... Elle caressa son ventre qui plus de seize ans auparavant avait porté son premier véritable bonheur. Elle retrouva ce lien si exquis qui les unissait et qui l'avait maintenue en vie... Ce jeudi béni, Blandine se soûla de whisky et d'émotion.

Le lendemain matin, Blandine n'entra pas au travail. Elle avait bien autre chose en tête. Son premier réflexe aurait été de partir immédiatement en Algérie mais elle devait d'abord trouver dans quelle ville Mehdi vivait. Elle demanda les renseignements internationaux et, sans relâche, fit le tour de toutes les grandes villes d'Algérie, donnant à chaque fois le nom de Hassan pour obtenir un numéro de téléphone. Mais celui-ci ne semblait pas inscrit dans les répertoires. Figurait-il sur une liste de numéros confidentiels? Elle fit une autre tentative en téléphonant au consulat français d'Oran, mais la fonctionnaire fut dans l'impossibilité de répondre à ses questions.

Après une journée infructueuse, Blandine étouffait de frustration. Comme si elle avait été à la porte d'une pièce à l'intérieur de laquelle il y aurait eu un cadeau, sans avoir la clé pour y entrer. Blandine fut forcée de redescendre sur terre et, surtout, de s'exercer à la patience. Elle révéla son secret extraordinaire à son ami Théo le journaliste, qu'elle avait connu peu de temps après son arrivée à Düsseldorf quand elle gérait une boutique d'épicerie fine. Celui-ci était demeuré un confident, à qui il avait tout de même manqué certaines informations jusqu'à ce jour. Mis au fait de la situation, Théo lui conseilla de ne pas partir en Algérie. D'après le portrait que Blandine lui avait dressé de Hassan, il le considérait comme un homme dangereux et on ne savait pas de quoi il était capable. Après tout, elle n'était certaine de rien. Si jamais c'était un coup de Hassan, pour savoir où elle était? Si jamais Hassan avait conservé une rancune tenace envers elle et trouvé le moyen de la torturer encore?

– Peut-être que c'est un piège, qu'il cherche à te faire du mal...

À nouveau, les doutes assaillirent Blandine mais elle voulait tellement y croire! Si c'était effectivement vrai, alors pourquoi ne rappelait-il pas?... Peut-être parce que ça n'était pas Mehdi?

Les nerfs de Blandine furent mis à rude épreuve, car plusieurs semaines passèrent, pendant lesquelles elle resta sans nouvelles. Son impuissance à vérifier l'authenticité de la démarche de Mehdi l'amenèrent à penser qu'elle avait peut-être rêvé, que son esprit lui jouait des tours. Elle décida de fuir, d'aller rejoindre Guido en Italie. Elle avait besoin d'être ailleurs pour un temps, ne serait-ce que pour voir d'autres images que celles de son salon où le téléphone restait muet, pour ne pas grimper l'escalier vers son appartement tous les soirs en courant, dans l'espoir qu'elle entendrait la sonnerie. Elle laissa tout de même à sa sœur Dominique un numéro de téléphone où la joindre en Italie.

Guido se fit aussi apaisant que possible étant donné les circonstances et proposa, pour lui changer les idées, d'aller passer quelques jours à la montagne. Ils partirent pour le mont Blanc et Blandine conduisit la voiture. Elle avait besoin de se concentrer sur quelque chose de précis pour éviter que son esprit invente des scénarios invraisemblables qui avaient tous son fils pour personnage principal, un fils auquel pourtant elle était incapable de donner un visage autre que celui du bébé qu'elle avait perdu.

L'angoisse s'était accumulée trop longtemps, la jeune femme «péta les plombs». L'incertitude, la conscience que rien de concret ne la reliait à ce coup de téléphone reçu il y avait une éternité, même pas par elle mais par sa mère, finirent par avoir raison de son équilibre mental.

Au moment où la voiture allait pénétrer dans un long tunnel sous la montagne, Blandine éprouva un malaise, pâlit et ses mains se crispèrent sur le volant. Elle avait depuis le départ l'impression d'étouffer et la vision du trou noir qui s'ouvrait devant elle vint exacerber son angoisse. Heureusement, Guido restait vigilant. Il perçut immédiatement que Blandine n'était plus en état de conduire et l'exhorta doucement à arrêter la voiture au bord de la route, avant l'entrée du tunnel. Puis il coupa le contact et la fit sortir pour prendre l'air. Il comprenait à quel point cette attente pouvait être insoutenable.

Dès l'instant où elle fut dehors, Blandine explosa. Elle se mit à hurler sa révolte, frappant à deux poings la poitrine de Guido qui tentait en vain de la calmer.

– C'est pas possible, je n'en peux plus! Dis-moi que j'ai rêvé... Pourquoi ne rappelle-t-il pas?

Ainsi, au bord de la route, elle tenta de se libérer de son désarroi, de sa frustration, de cette sensation épuisante d'être suspendue au-dessus du vide à attendre qu'un coup de téléphone la ramène sur la terre ferme. Elle pleura jusqu'à l'épuisement, puis Guido la fit s'étendre sur la banquette arrière de la voiture, où elle dormit pendant de longues heures.

Blandine en vint à souscrire à l'hypothèse qu'elle avait effectivement rêvé. Elle se détacha peu à peu de cette vie où la souffrance était trop aiguë, où l'on pouvait passer sans transition d'un immense bonheur à une profonde désolation. De retour en Allemagne, un médecin lui prescrivit des tranquillisants et elle tenta pendant tout l'été, au moyen de ces petites doses de torpeur, de tenir le coup en se demandant si cela en valait la peine.

Trois mois après l'appel de Stéphane, Blandine reçut à nouveau des nouvelles de sa famille. Cette fois, c'était sa sœur Dominique, d'habitude si posée, qui se montra survoltée au téléphone. Mehdi l'avait appelée, aiguillé par Josette qui ne savait pas où joindre Blandine. Elle avait préféré ne pas donner à ce dernier le numéro de sa sœur, mais s'empressa de la rassurer.

– Tout va bien, j'ai son numéro en Algérie! Tu peux l'appeler dès aujourd'hui. Mais son père aimerait que tu attendes après vingt-deux heures pour téléphoner car il tient à être présent pour cette première conversation.

Envolés les doutes, les angoisses, la peur. Après un été passé dans une brume sombre, Blandine se sentit nimbée de lumière. Si on regardait bien, il devait y avoir autour d'elle un halo scintillant. À cette minute, elle devint le centre du monde. Si Dominique avait été près d'elle, elle l'aurait étreinte comme jamais auparavant pour la remercier d'être porteuse d'un si merveilleux message.

Ce soir-là, Blandine se resservit un grand verre de whisky. Pour empêcher son cœur qui battait à tout rompre de sortir de sa poitrine, elle le comprima à deux mains. Puis elle alla se regarder dans le miroir de l'entrée pour remettre de l'ordre dans sa tenue, vérifier son maquillage comme si Mehdi pouvait la voir.

Les objets autour d'elle, le téléphone, la table, l'appartement lui parurent irréels, comme si tout était entouré d'une aura lumineuse. Tout semblait plus léger, l'air ambiant avait pris une densité différente. Était-ce le whisky, son estomac vide qui gargouillait, ou bien cet état de bien-être trop intense, trop inhabituel pour être vrai? La tête lui tourna et Blandine se laissa lourdement tomber sur une chaise. Son sentiment de bonheur était si fort qu'il lui était impossible de le comparer à quoi que ce soit qu'elle ait déjà vécu, sauf peut-être la naissance de Mehdi. Elle connut l'attente la plus fébrile et la plus délicieuse qu'on puisse imaginer. S'enlaçant de ses propres bras, elle se tint serrée pour ne pas laisser filer cette sensation exquise qui ne reviendrait jamais. Puis son naturel tenace, déterminé, reprit le dessus.

Quelle heure était-il? Dix-huit heures, dix-huit heures trente? Et elle devrait attendre jusqu'à vingt-deux heures? Absolument pas, Hassan était complètement fou, elle ne pourrait jamais tenir jusque-là. Et pourquoi devrait-elle se plier à sa volonté? Son fils l'attendait à l'autre bout du fil. Son fils... C'était la lueur au bout du tunnel. Blandine jeta un coup d'œil au petit papier sur lequel elle avait inscrit le numéro de téléphone. Elle fut envahie par le trac. Fallait-il lui dire: «C'est moi, ta maman»? Ou bien «Bonjour, ici Blandine Soulmana, je suis votre mère»?

8

Mehdi-Hassan:
la peur au quotidien

Mehdi roula des épaules, releva ses poings gantés à la hauteur du visage et sautilla sur place. Il fixa le *punching-bag* accroché devant lui et tapa dessus en cadence, avec toute la force dont il était capable. Il sentit l'énergie circulant dans ses muscles. Sa vitesse avait beaucoup augmenté depuis quelque temps et le rythme auquel il parvenait à frapper la cible l'impressionnait. À intervalles réguliers, il levait la jambe bien haut et, en équilibre sur l'autre jambe, le haut du corps penché vers l'arrière et la tête tournée vers l'avant, il frappait du pied sur le sac de cuir. En cet instant, il se sentit invincible.

Voilà quelques mois, Mehdi s'était inscrit secrètement à des cours de kick-boxing. Comme il ne recevait pas d'allocation et ne pouvait demander de l'argent à Hassan, qui était au chômage, Mehdi exécutait des petits travaux ici et là dans le voisinage, réussissant tant bien que mal à amasser la somme nécessaire pour payer ses leçons. Le kick-boxing était plus qu'un moyen de se tenir en forme; le sport de combat faisait partie de sa nouvelle personnalité. Il voulait dorénavant se montrer fort, sûr de lui, il voulait que tout le monde sache qu'il n'était pas du genre à se laisser marcher sur les pieds. Mais «tout le monde» n'incluait pas Hassan, qui n'était pas au courant de ses activités. Mehdi ne songeait pas à se défendre contre son père. Celui-ci représentait l'Autorité, une autorité brutale contre laquelle il aurait été imprudent de se rebeller. Mehdi le savait d'expérience. Mais au moins, en ville, si jamais quelqu'un tentait encore de l'agresser... Il ne pouvait se rappeler sans frissonner l'incident qui l'avait incité à adopter une discipline de combat.

Peu de temps après son arrivée à Tlemcen, Mehdi se promenait dans la ville pour la première fois, seul. Il avait treize ans et profitait d'un peu de liberté. Il disposait de 150 dinars qu'il tâtait dans sa poche, une petite somme qu'il avait réussi à accumuler dans le but d'acheter une paire de chaussures. Cet achat ne serait pas un luxe; chaque pas qu'il faisait sur le trottoir lui rappelait péniblement que ses chaussures étaient usées et trop petites. Devant la vitrine d'un magasin, il bava d'envie mais les chaussures de sport qu'il convoitait coûtaient 300 dinars! Il ne pourrait pas les acheter, mais elles étaient tellement belles. Mehdi serra les dents de frustration. Il avait beau travailler, économiser sou par sou, ses rêves n'étaient jamais à portée de main. Si seulement il avait plus d'argent... Il allait tourner le dos à la vitrine quand il se rendit compte que quelqu'un l'observait. C'était un homme dans la trentaine, à l'air avenant.

– Elles sont belles, ces chaussures, hein?

– Ouais, mais elles sont trop chères.

– Écoute, je te propose un marché. J'ai besoin de quelqu'un qui me donnerait un coup de main pour un déménagement. Si tu viens m'aider, je te donne l'argent qu'il te faut et tu pourras acheter tes chaussures. D'accord?

Mehdi accepta le marché et suivit l'homme, qui l'entraîna à la sortie de la ville. Il lui avait expliqué qu'il s'agissait d'un déménagement dans un quartier bourgeois et Mehdi constata que plus ils avançaient, plus il y avait de jolies maisons. Ils arrivèrent dans un secteur de grandes villas en bordure d'une forêt. Mais ils continuèrent d'avancer et Mehdi nota que les villas étaient maintenant derrière eux..

– Viens, c'est un peu plus loin, par là...

Ils pénétrèrent dans la forêt qui bordait le quartier résidentiel. Mehdi commença à s'inquiéter mais un peu tard. L'homme qui le précédait se retourna tout à coup vers lui, affichant un rictus que le garçon interpréta comme un mauvais signe. Mehdi n'eut pas le temps de détaler. En un éclair, l'homme fit apparaître un couteau qu'il lui mit sous la gorge et d'un geste rapide, lui plaqua une main sur la bouche. Abasourdi par ce revirement soudain, Mehdi tenta d'empêcher la panique de l'envahir.

– Si tu cries, je te tue...

L'homme le frappa des pieds et des mains pour le maîtriser, puis lui arracha son pantalon et le viola. Terrorisé, le corps perclus de douleur, Mehdi ne put se défendre pendant que son agresseur le chevauchait en le maintenant d'une poigne solide. Il était terrassé, sentait sur son visage et son corps le fouet des branches basses qui l'égratignaient, le contact poussiéreux de la terre et des cailloux qui l'écorchaient. Mehdi fut meurtri plus qu'il eût jamais pensé l'être. Personne ne l'avait prévenu contre pareille éventualité.

Écroulé dans les buissons, il vit l'homme s'enfuir et resta quelques instants sans bouger, tremblant de peur et de douleur. Au-dessus de sa tête, des oiseaux échangeaient des messages, au loin, on entendait la rumeur de la ville. Mehdi, lui, n'entendait que les battements de son cœur qui résonnaient dans ses oreilles. Toujours immobile, il écouta avec attention pour être certain qu'il n'entendait plus les pas de son assaillant, pour s'assurer que ce dernier ne reviendrait pas l'achever. Puis il se redressa et regarda autour de lui, totalement désorienté. Il rajusta ses vêtements, essuya sa figure souillée de poussière et de larmes, puis serra les poings pour s'obliger à reprendre courage. Il fallait qu'il quitte au plus vite cet endroit maudit. Dans quelle direction devait-il fuir? Fallait-il suivre le chemin qu'avait emprunté son agresseur? Mehdi frissonna à l'idée de le croiser. Mais l'homme avait couru très vite, il devait être déjà loin. Déterminé à mettre la plus grande distance possible entre lui et cette abominable forêt, le garçon déguerpit en pleurant. Il chercha son chemin pendant des heures dans la ville. L'homme l'avait entraîné très loin de son quartier. À la maison, il fila directement vers sa chambre. Mortifié, jamais il ne soufflerait mot de ce qui venait de se passer. Il pleura seul sa rage, son humiliation, sa honte, sa douleur. Et une nouvelle peur s'installa en lui.

Mehdi n'eut plus envie de sortir et évita autant que possible tout contact avec les hommes. Désormais, il se méfiait des voisins, des professeurs, des commerçants et se terrait le plus souvent dans sa chambre. Avec Hassan, il était tendu, inquiet et ne pouvait empêcher son imagination de s'égarer, imaginant son père comme un violeur potentiel. Avant il ne craignait de lui que les coups et les insultes, désormais, tout lui paraissait possible.

Il n'était pas envisageable de lui confier son lourd secret, mais Mehdi ne pouvait refuser de donner un coup de main à son père quand celui-ci sollicitait son aide, au risque de se retrouver seul avec lui. Le jour où Hassan enjoignit son fils de transporter avec lui des cageots de bouteilles vides au marché, Mehdi dut se plier à ses ordres. Pendant le trajet en voiture, le garçon était nerveux et ne cessa d'observer discrètement son père à l'affût de son comportement, espérant pouvoir contrer une éventuelle agression.

Au retour, quand Hassan gara la voiture devant l'appartement, Mehdi leva la tête pour constater que toutes les lampes étaient éteintes et les vitres éclatées. Affolé, il en fit la remarque à son père qui crut tout de suite à un cambriolage.

Mais la réalité était encore plus dramatique. Une fuite dans le réservoir de gasoil avait provoqué un incendie dans le couloir et Salima, prise de panique, avait jeté un seau d'eau sur les flammes, ce qui avait eu pour effet d'alimenter l'incendie. Emmenant ses fillettes, elle s'était réfugiée chez les voisins en les priant d'appeler les pompiers.

Tout était fini au retour de Mehdi et Hassan. En entrant dans l'appartement, ils ne purent que constater les dégâts. Tous les placards aux portes de bois avaient flambé avec leur contenu, plusieurs meubles étaient détruits, même les lampes avaient fondu. Leur logis était entièrement saccagé.

Les voisins proposèrent de loger Salima et les filles et Hassan résolut d'aller à l'hôtel avec son fils en attendant que l'appartement soit remis en état. Mais Mehdi ne l'entendit pas de cette oreille. Terrorisé à l'idée de dormir seul avec son père, qu'il continuait de percevoir comme un violeur potentiel, il convainquit ce dernier de le laisser dormir seul dans l'appartement, au cas où quelqu'un chercherait à profiter de leur absence pour venir voler les quelques biens qu'il leur restait.

Hassan obtempéra et son fils se prépara à dormir dans son lit à moitié brûlé, dans une maison empuantie par la fumée. Avant le début des travaux de nettoyage, le garçon passa trois nuits pénibles, seul dans l'appartement ravagé. Mais il préféra cela à la perspective de trois nuits sans sommeil auprès de son père.

Quelques mois après cet incident qu'il tentait péniblement d'oublier, Mehdi espéra qu'une nouvelle vie allait commencer. Après un an à l'école fondamentale, pendant laquelle il s'était imposé des allers-retours constants à Safsaf, il allait entrer au lycée à Tlemcen. Comme il faisait partie des meilleurs élèves, on lui avait offert la possibilité de choisir son école, de même qu'une spécialité. Mehdi opta pour l'informatique, dans un établissement qui regroupait les cinquante meilleurs élèves de l'ouest du pays. Il commença à nouer des liens amicaux et cessa de se sentir différent des autres, chaque étudiant montrant des caractéristiques particulières. Comme Tlemcen était une ville assez importante, il y avait d'autres immigrés de France comme lui.

Il fit la connaissance de Rafik, un arabe rouquin aux yeux bleus, qui malgré son physique européen, était un pur algérien. Rafik deviendrait un bon copain, tout comme Diden, un garçon chaleureux et rieur à la carrure athlétique. Mehdi développa avec ce dernier une grande complicité pleine de fous rires. Ils créèrent même un langage secret, basé sur deux dialectes issus des villages de leurs pères.

Mehdi s'éloignait de la maison aussi souvent que possible et passait de plus en plus de temps avec ses amis. Ces rencontres étaient les bienvenues car Mehdi, contrairement au reste de la famille, était confiné à Tlemcen. Tous les étés, sa mère s'envolait pour la France avec les petites pour visiter sa famille. Parfois Hassan s'y rendait aussi, avant ou après sa femme pour ne pas laisser Mehdi sans surveillance. Mais ce dernier se voyait toujours refusé le droit de partir.

Son père affirmait qu'étant né en France, le cas de Mehdi était compliqué, qu'il aurait fallu faire venir des papiers de là-bas, que cela prendrait trop de temps. Mais il promettait chaque année que, l'été suivant, son fils pourrait aller en France lui aussi...

La promesse n'était jamais tenue et ce manège se répéta plusieurs années consécutives. Mehdi s'était déjà risqué à protester mais un regard de son père avait suffi pour qu'il ravale ses revendications. Il était dangereux de contrarier Hassan...

Mehdi réalisa à quel point le congédiement de son père avait transformé leur vie. Désormais, ils avaient de sérieux problèmes d'argent et Hassan, en plus d'être souvent à la maison, était tout le temps de mauvaise humeur! Son chômage se prolongea. Après avoir été cadre supérieur, il se refusait à accepter un poste moins important et semblait s'imaginer qu'on allait venir lui faire des propositions. Il en voulait à tout le monde: à Salima parce qu'elle travaillait, au ministre qui l'avait renvoyé, à lui-même aussi, sans doute, pour n'avoir pas su garder sa situation. Mehdi essayait de contribuer de son mieux aux dépenses de la maison. Pendant l'été, il ramassait les œufs dans un poulailler ou effectuait d'autres petits boulots saisonniers. Il remettait tout ce qu'il gagnait à son père.

De plus, comme il était hors de question pour lui de demander de nouveaux vêtements même s'il grandissait à vue d'œil, Mehdi récupérait de vieux vêtements de son père et tentait de les adapter du mieux qu'il pouvait au goût du jour. Pour imiter ses amis qui portaient des vêtement à la mode, il modifiait et recousait les pantalons à pattes d'éléphant des années 1970 avec une telle minutie que personne, ni parmi ses copains ni dans la famille, ne se rendait compte que le garçon portait les hardes de son père. Pour passer le temps pendant les longues journées du ramadan, il réussit même à fabriquer à partir d'un vieux jeans un sac à dos qui eut un tel succès à l'école que tous ses amis en voulurent un semblable. Mais Mehdi, honteux d'avoir à se vêtir de vieilles nippes, préféra mentir et affirma que sa grand-mère le lui avait envoyé de France.

La famille était à l'étroit dans le petit appartement de la cité d'Imama. Elle le fut encore plus quand Rahma, la tante de Hassan, revint passer quelque temps avec eux. Certains soirs, à six autour de la table, ils n'avaient pratiquement rien à manger et se contentaient de pain trempé dans l'huile d'olive... Parfois, il arrivait à Mehdi de retrouver très tôt le matin ses amis Diden et Rafik, avec qui il volait des dattes et des bouteilles de lait déposées devant les portes de certaines maisons par l'épicier. Les faisant descendre à grandes lampées de lait, Mehdi mangeait autant de dattes que possible pour se remplir l'estomac, puis en rapportait quelques-unes à ses sœurs.

La famille avait dû se débarrasser du chien Bob, qui vivait désormais chez l'oncle de Hassan, dans le village de Malmalah. Mehdi apprit avec tristesse que, peu de temps après son arrivée à Malmalah, Bob était tombé malade. Après lui avoir amputé une patte, on dut l'abattre.

L'atmosphère était sinistre. Quand Hassan rentrait à la maison après avoir traîné sa disgrâce au café ou ailleurs, tout le monde devait se tenir tranquille. S'il regardait la télé, le père imposait le silence et s'arrogeait le droit exclusif de choisir la chaîne. Bien qu'il soit le seul à ne pas travailler, il exigeait de Salima que la maison soit impeccable et le repas toujours prêt à l'heure. Sans travail, son orgueil plus que jamais mis à mal, Hassan se montrait toujours plus tyrannique.

Devant ses amis, Mehdi avait honte d'avouer que son père était chômeur et que sa famille vivait, chichement, du petit salaire de Salima. Il aurait tellement souhaité être comme eux et manger à sa faim, trois fois par jour... Enchanté d'être enfin admis au sein d'un groupe, il craignait le rejet si ses nouveaux amis découvraient l'indigence dans laquelle il vivait. Devant certains d'entre eux, il mentait, racontant que son père dirigeait une usine. Quand ces garçons l'invitaient à manger chez eux, Mehdi refusait toujours, même si la proposition était tentante et qu'il avait vraiment faim. Il se serait senti coupable, face à ses petites sœurs, de manger un bon repas alors qu'elles avaient à peine de quoi subsister.

Il arrivait qu'une cousine de Salima appelée Fatima vienne leur rendre visite pendant quelques jours. Sa mère chérissait sa cousine et n'hésitait pas à l'accueillir même si leurs conditions de vie étaient précaires. Un soir, peu de temps après l'un des séjours de la jeune femme dans l'appartement où Hassan tournait en rond comme un ours en cage, Mehdi surprit une conversation téléphonique qui suscita sa curiosité. Le téléphone à la main, Hassan vint fermer la porte de la chambre de Mehdi, qui s'en étonna. Son père avait-il voulu éviter de le déranger? Une telle prévenance n'était pas son genre. Peut-être croyait-il que Mehdi dormait... Mais celui-ci était bien réveillé et il écouta, derrière la porte, des bribes de conversation entre Hassan et son interlocutrice. Mehdi put déterminer qu'il s'agissait de la cousine Fatima. Hassan parut un peu nerveux mais, en même temps, cherchait à la rassurer.

– Mais non, ne t'inquiète pas, tu n'es pas enceinte... De toute façon, je connais un médecin, tu vas voir, il va arranger ça...

Son père avait une liaison avec la cousine... Mehdi ne fut pas très surpris mais il hésitait sur l'attitude à tenir. Sans doute devrait-il se mêler de ses affaires, laisser les adultes se débrouiller avec leurs histoires sordides. Ça ne le regardait pas. D'un autre côté, s'il n'agissait pas, son père s'en tirerait sans une égratignure, comme d'habitude... C'était injuste. Hassan faisait depuis si longtemps la vie dure à son entourage que ses agissements incitèrent Mehdi à ne pas lui faire de quartier! Il résolut de tout raconter à sa mère.

Un après-midi en revenant de l'école, Mehdi entra dans la cuisine et surprit son père en train de battre violemment Salima. Hassan hurlait, abreuvant sa femme des pires insultes. Elle lui avait fait part de ses doutes au sujet de sa cousine. Hassan, fou de rage, serra ses deux mains autour du cou de Salima et chercha à l'étrangler. Mehdi vit le visage de sa mère se convulser sous la pression des doigts aux jointures blanchies. Soudain, Mehdi sentit une pulsion monter en lui. La scène était si terrifiante qu'il en oublia de craindre son père. Il devait avant tout l'empêcher de tuer Salima. Mettant à profit la rapidité acquise au kick-boxing, il s'empara d'une poêle à frire et amorça un mouvement pour frapper son père à la tête et l'empêcher de continuer son carnage.

Mais Hassan perçut une présence derrière lui. Se retournant, il eut une vision de Mehdi dans le rôle incongru de l'attaquant et se jeta sur lui de tout son poids. La poêle tomba par terre, Mehdi fut emporté dans un tourbillon de violence contre lequel il ne put rien. Face à la véhémence de son père, il n'y avait plus de kick-boxing qui tenait. Hassan était si féroce que son fils avait le sentiment d'affronter plusieurs adversaires en même temps. De toute façon, malgré la violente colère qui bouillonnait en lui, il n'avait pas le droit de défier le courroux paternel.

Mehdi comprit que Salima avait dévoilé à son mari le nom de son informateur. Hassan ne chercha pas à savoir comment son fils avait découvert son secret. Seul lui importait le fait que ce dernier avait enfreint le code. Chez eux, hommes et femmes vivaient dans deux mondes différents. Jamais il n'aurait imaginé que son fils puisse le trahir au profit d'une femme. La colère de Hassan atteignit un paroxysme. Toujours vociférant, il asséna à son fils des coups d'une brutalité extrême puis le mit à la porte. Hébété, tout son corps endolori, Mehdi resta planté dans le couloir. Même s'il redoutait d'être battu à nouveau, il appréhendait de passer la nuit dehors. Cette perspective l'affecta d'autant plus que l'incident de la forêt était encore très présent à sa mémoire et qu'il avait du mal à sortir seul.

On était en plein ramadan, un mois de prières et de jeûne, on ne mangeait qu'après le coucher du soleil. Le crépuscule était un signe de rassemblement et, dans toutes les familles, on se retrouvait pour partager un repas, occasion de réjouissances après les privations de la journée. Mais la colère de Hassan prit le pas sur les traditions. Quand Mehdi se faufila dans la maison, son père lui interdit de se mettre à table avec la famille et l'envoya à la cuisine. Personne ne songea à protester. Salima osait à peine respirer et les petites se tassaient sur leurs chaises. Mehdi ne broncha pas, soulagé de pouvoir manger. Il se faufila jusqu'à la cuisine mais Hassan se ravisa et, se précipitant aux trousses de Mehdi, l'attrapa par le cou. Sans ménagement, il l'obligea à se relever. Tout compte fait, il refusait que son fils reste sous son toit. Mehdi n'avait pas mangé de la journée. Il devrait retourner à l'école le lendemain, le ventre vide. Conscient de cette situation, Hassan chassa néanmoins son fils à coups de pied.

Mustafa, un copain de Mehdi qui habitait à côté avait entendu crier Hassan. Quand il aperçut Mehdi dehors en train de masser son corps endolori, il vint vers lui et se rendit compte que le jeune homme était très secoué. Sans poser de questions, il lui mit la main sur l'épaule.

– Allez, viens manger chez nous. Tu pourras dormir chez nous aussi, si tu veux...

Mehdi commença par refuser son offre. Il était mortifié d'être vu dans cette situation et ne voulait pas déranger. Mais Mustafa prit une autre approche:

– Si tu ne viens pas, je reste ici avec toi.

D'un air décidé, il s'assit près de Mehdi sur les marches.

– OK! On va passer tous les deux la nuit dehors!

Ils avaient tous les deux école le lendemain. Mehdi ne pouvait pas lui faire ça! Il céda et accepta de passer la nuit chez les voisins, touché par ce geste d'amitié.

Le lendemain, il profita d'une absence de son père pour aller chercher ses affaires pour l'école. Pendant les deux ou trois jours suivants, il s'arrangea pour dormir chez Diden ou chez Mustafa et choisit les moments où Hassan n'était pas là pour rentrer se changer. Lui et son père continuèrent de s'éviter pendant tout le ramadan, même après que Mehdi fut revenu à la maison.

La violence des derniers événements, provoqués, dans l'esprit de Mehdi, par la mauvaise foi de son père, fut la goutte qui fit déborder le vase. Mehdi avait été si bouleversé par la scène horrible entre Salima et Hassan, si choqué que son père puisse le priver de nourriture pendant le ramadan, que quelque chose se brisa en lui. Leur relation se transforma. Mehdi et Hassan ne s'adressèrent plus la parole, pas même «bonjour» ni «bonsoir»... Même s'il continuait de travailler d'arrache-pied à l'école, Mehdi cessa de dédier ses efforts à la satisfaction de son père et se délesta d'un principe qu'on lui avait inculqué toute sa vie, celui du respect de l'autorité paternelle.

Désormais, il chercha à éviter autant que possible de se retrouver en présence de Hassan, jusqu'au jour où il pourrait partir. Vers l'âge de quinze ans, il cessa même d'avoir peur de lui. Il continuait de s'entraîner au kick-boxing et prenait de plus en plus d'assurance. Son ami Ramdan, un garçon très brillant avec qui il partageait tous ses secrets, devint son modèle. Ils étaient toujours assis côte à côte à l'école et se lançaient sans cesse des défis, à qui aurait les meilleurs résultats! Passionnés d'informatique, les deux garçons misaient sur les études pour se tailler un avenir meilleur et sortir de ce bled.

Mehdi passait le plus clair de son temps avec Ramdan, Diden ou Rafik, ou encore avec ses copains immigrés dont faisait partie Djamel, un grand garçon mince et bronzé au tempérament chaleureux. Djamel était un sportif et il initia Mehdi au basket-ball. Celui-ci découvrit le plaisir de jouer en équipe, de pratiquer un sport pour s'amuser plutôt que pour se défendre.

Djamel Guermoudi était un immigré français, comme Mehdi. À l'école, ce passé commun les avait rapprochés. Depuis, ils traînaient souvent ensemble, fumaient un peu, rigolaient, faisaient rougir les filles. Il y avait une vie ailleurs que chez lui, heureusement, et Mehdi avalait goulûment ces bouffées d'air frais que représentaient ses après-midi ou ses soirées passées avec des jeunes de son âge. Djamel vivait à Henaya, un village situé à une dizaine de kilomètres de Tlemcen, comme de nombreux autres immigrés venus de France qui s'étaient créé là une petite communauté. Quand Mehdi lui rendit visite pour la première fois, ce fut comme retrouver un petit coin de France, comme des vacances hors de l'Algérie pour quelques heures.

Dans la bande de Mehdi et Djamel, il y avait huit garçons et quatre filles, tous des immigrés. Ils se faisaient remarquer à Tlemcen comme à Henaya, car ils parlaient français et, d'une manière indéfinissable, se comportaient différemment des autres. Quand ils circulaient dans la camionnette du père d'un des garçons, tout le monde les regardait.

Leur différence et leur désinvolture avaient sans doute fini par contrarier certains garçons des environs, car il devint clair qu'on leur cherchait des noises. Un soir qu'ils allaient rejoindre un copain dans un village près de Tlemcen, une bande de jeunes leur tendit une embuscade. Dans un petit chemin, hors de la vue des habitants du village, des jeunes gens agressifs commencèrent à les bousculer et à les provoquer en les insultant. Mehdi et ses amis allaient devoir se défendre. Fort de ses muscles et de ses connaissances en kick-boxing, l'adolescent ne se laissait plus impressionner facilement et fut au premier rang dans la bagarre qui s'ensuivit! C'était bon de se servir de ses poings parfois, même quand on était pacifique. Le parfum du danger n'était pas étranger à son plaisir. Quand Mehdi et ses copains entendirent les sirènes du car de police, ils prirent leurs jambes à leur cou. Mehdi n'osait imaginer ce qu'il serait advenu de lui si son père avait dû aller le chercher au commissariat...

Quand il rentrait à la maison, le plus tard possible, Mehdi allait directement dans sa chambre, coupant court à toute velléité d'échange avec le reste de la famille. Il limitait les contacts autant que possible, rien de bon ne pouvant jaillir de cette atmosphère lourde, confinée et à la violence latente. Comme nombre d'Algériens de son âge, peut-être même plus encore que les autres, Mehdi rêvait d'aller vivre à Paris. L'idée de la France le préoccupait plus que jamais, l'obsédait presque. Il y était né, mais ses souvenirs s'estompaient peu à peu. L'appartement où vivaient ses grands-parents, ses oncles et ses tantes était pourtant le seul endroit où il se rappelait avoir jamais été heureux. La nostalgie du lieu où il s'était senti aimé et en sécurité était parfois si forte qu'il en étouffait.

Il y avait bien huit ou neuf ans que Mehdi passait à Tlemcen les vacances d'été. Les deux ou trois dernières années, il avait travaillé pendant que sa mère et ses sœurs allaient à Paris. Mehdi n'arrivait pas à savoir pourquoi son père ne l'autorisait pas à partir. Ces histoires de papiers difficiles à obtenir lui paraissaient un peu tirées par les cheveux. Il devait y avoir une autre raison, mais il aurait été dangereux d'insister. La menace des coups était trop réelle et Mehdi se contentait d'accepter les explications sommaires que lui livrait son père. À la rentrée des classes, quand le professeur demandait aux élèves de raconter leurs vacances, Mehdi s'inventait des voyages en France ou ailleurs, pour faire comme les autres.

À quinze ans, il tenta de profiter d'un moment de bonne humeur de son père pour revenir à la charge. Il aimerait bien, lui aussi, aller en France l'été suivant.

– Non!

Cette fois, Hassan ne s'embarrassa pas d'explications confuses. Il opposa à la demande de Mehdi un refus net. Tant pis, ce dernier s'adresserait à Salima, qui parviendrait peut-être à convaincre son mari.

Salima accepta d'intercéder et Hassan obtempéra. L'été suivant, Mehdi pourrait aller en France avec sa mère et ses sœurs, une fois que Hassan en serait revenu.

Pourquoi son père devait-il y aller avant le reste de la famille? Qu'est-ce que c'était que cette histoire? Mehdi était exaspéré car il avait l'impression que Hassan cherchait à gagner du temps. Rien ne l'obligeait à aller en France avant son fils, à moins qu'il dût y obtenir des papiers... Malgré son désir de parlementer, l'espoir encouragea Mehdi à tenir sa langue.

Encore une fois, il fut déçu. Quand Hassan revint de Beauvais l'été suivant, il décréta sans donner de raison que Mehdi resterait en Algérie. Le garçon fut dépité, mais dut admettre en son for intérieur qu'il n'y avait pas vraiment cru. Son père avait-il jamais tenu la moindre promesse?

Cet été-là, pendant son séjour forcé à Tlemcen, Mehdi eut pourtant la chance de connaître sa première histoire d'amour. Yasmine, une jeune sœur de Salima, vint passer quelques semaines de vacances à Tlemcen. Elle avait le même âge que Mehdi. Ils se connaissaient déjà puisqu'elle était venue quelques années auparavant, alors que Mehdi et la famille vivaient encore à l'usine. Ils avaient passé beaucoup de temps ensemble, ce qui avait provoqué les commentaires moqueurs de la famille. Aussi, quand Hassan proposa à Mehdi de l'accompagner à l'aéroport où il allait chercher Yasmine, l'adolescent refusa, prétextant la fatigue. Il ne voulait plus qu'on lui rappelle cette vieille histoire et souhaitait qu'on cesse de le taquiner. Pendant la première semaine, il feignit d'ignorer Yasmine. Après tout, elle était Française, et il ne voulait surtout pas avoir l'air du pauvre petit Algérien prêt à tout pour attirer l'attention d'une Parisienne! Mais la jeune fille vint à bout de sa résistance et força presque la porte de sa chambre.

Mehdi tomba amoureux de la sœur de sa mère. En plus, l'attirance semblait réciproque. Il était mal à l'aise et ne savait comment se comporter. Leur lien de parenté le gênait, même s'il arrivait que des mariages soient organisés dans la famille, comme cela se produisait souvent dans le pays. La tante de Mehdi, Zianna, était d'ailleurs mariée à son cousin germain, un Habbedine... En tout cas Yasmine, de son côté, ne montrait aucun signe de gêne. Ils n'ébruitèrent pas trop leur relation, étant donné leur jeune âge, mais, jusqu'à la fin des vacances, la jeune fille passa ses soirées dans la chambre de Mehdi sans que personne y trouve rien à redire.

Quand elle retourna en France, ce fut encore plus difficile pour Mehdi de rester derrière. Non seulement sa fiancée le quittait, mais elle allait là précisément où il rêvait d'aller depuis si longtemps! C'était trop injuste, il devait absolument trouver une solution pour partir par ses propres moyens, puisque son père opposait de la résistance.

Mehdi était devenu une sorte de vedette au lycée. Non seulement était-il l'un des meilleurs élèves, mais il constituait la personne-ressource par excellence quand on cherchait quelque marchandise rare. Qu'un élève rêve d'un jeans Levi's, qu'un professeur ait besoin de pneus pour sa voiture ou de devises françaises à un taux de change plus avantageux que celui des banques, tout le monde s'adressait à Mehdi. À force de se débrouiller tout seul, il était devenu le roi du système D. C'est ainsi qu'il se rendit indispensable et parvint à gagner beaucoup d'argent. Ce nouvel état de fait lui permit une certaine indépendance face à son père.

Les Algériens ne pouvaient circuler librement entre leur pays et le Maroc, alors que les Marocains entraient facilement en Algérie. Les bons jeans, les meilleurs disques, les devises étrangères à prix compétitif, tout se trouvait au Maroc. Diden, le copain de Mehdi, avait un cousin là-bas. Avec ce dernier, les deux garçons parvinrent à organiser un réseau. Mehdi prenait ses commandes à l'école, les passait à Diden, qui à son tour les communiquait à son cousin. Ce dernier rapportait du Maroc la marchandise qu'il vendait à Mehdi. Celui-ci revendait les marchandises, empochant au passage un profit qu'il partageait avec Diden. Le commerce le plus fructueux était celui des francs français, qui se vendaient beaucoup moins cher au Maroc qu'en Algérie, ce qui leur accordait une marge de profit élevée. Des professeurs, des surveillants, le directeur, même des policiers eurent un jour ou l'autre recours aux services de Mehdi qui élargissait ainsi son réseau de contacts. Il économisait soigneusement son argent et personne dans la famille n'était au courant de ses activités lucratives. Mais jamais, depuis qu'il était en âge de compter, Mehdi n'avait demandé un centime à son père.

Son fils avait déjà seize ans quand Hassan décida, dans un élan de générosité que Mehdi trouva suspect, de lui offrir de l'argent. Hassan avait retrouvé du travail et espérait peut-être renouer avec son fils, car ils ne s'adressaient plus la parole depuis longtemps. Il l'appela au salon et sortit de sa poche un billet de 50 dinars qu'il jeta sur la table basse avec un geste de grand seigneur.

– Un garçon de ton âge a besoin d'argent! Tiens, c'est pour toi...

Mehdi n'en revenait pas. Non seulement son père lui parlait mais en plus il lui proposait de l'argent! Le jeune homme n'entendait pas lui laisser l'avantage de la situation. Il lui tourna le dos, entra dans sa chambre et se dirigea vers l'armoire où il cachait son pécule. Il prit une liasse de billets représentant 5000 dinars, retourna au salon et la jeta sur la table en direction de son père.

– Tiens, ça, c'est pour toi...

Après avoir savouré pendant quelques secondes le spectacle de Hassan bouche bée, l'adolescent quitta l'appartement pour aller retrouver ses copains.

Mehdi sentait une sorte de rage l'envahir, un dégoût pour ce bled dans lequel il avait l'impression d'être coincé. Il ressentait de plus en plus l'urgence de partir. En France, il y avait sa petite amie Yasmine, sa grand-mère, toute sa famille. Djamel, détenteur de la double nationalité française et algérienne, s'intéressait de près aux droits des personnes immigrées. Il révéla à Mehdi que, contrairement à ce que Hassan avait prétendu, on pouvait obtenir des papiers en Algérie même si on était né en France. Sachant le désir de partir de son ami,

Djamel lui demandait sans cesse quand il ferait préparer ses papiers, ce à quoi Mehdi répondait qu'il manquait de temps, entre l'école et ses affaires et que, de toute façon, il était mineur.

– Tu peux sûrement obtenir des papiers d'identité et un passeport!

Djamel proposa de lui donner un coup de main. La procédure était assez simple et ils pourraient s'en occuper sans en parler à Hassan car, grâce à son commerce, Mehdi bénéficiait de rapports privilégiés avec beaucoup de gens, autant à la mairie qu'au commissariat de police. C'était le coup de pouce dont avait besoin Mehdi pour vaincre une certaine apathie causée par le spectre omniprésent de son père.

– Il te faudra d'abord un extrait du registre des naissances, mais on doit en donner un tous les ans pour la réinscription au lycée, alors je suppose que vous l'avez déjà à la maison.

Mehdi n'avait jamais entendu parler de cette exigence du ministère de l'Éducation. Son père s'était toujours occupé lui-même des inscriptions à l'école.

– C'est drôle, je n'ai jamais vu mon extrait de naissance...

– Arrête, c'est pas possible!

– Je te jure, je ne l'ai jamais vu! Je ne savais même pas qu'on en avait besoin pour les inscriptions! D'ailleurs, je n'ai jamais vu le livret de famille non plus...

Mehdi commença à s'interroger. Tout cela paraissait curieux. Il profita d'une journée où il était seul avec ses petites sœurs pour se mettre à la recherche de son extrait de naissance. Il tomba sur le livret de famille. Là, il découvrit quelque chose de plus étrange encore. Dans le livret apparaissaient les noms de son père, de Salima et de ses deux petites sœurs. Aucune trace de lui dans ce document officiel! «Qu'est-ce que c'est que cette histoire? On m'a oublié ou quoi?»

Interrogée, Salima improvisa une réponse approximative.

– Euh, c'est parce que tu es né en France alors que tes sœurs sont nées ici, alors tu comprends, la paperasse...

Cette explication, toujours la même, n'était guère satisfaisante mais Mehdi n'insista pas.

Malgré lui, il laissa un peu traîner ses démarches. Entre son travail scolaire et ses transactions, il était si accaparé que les jours passaient sans qu'il ait pu s'occuper de ses papiers. Djamel s'impatientait comme s'il avait été lui-même concerné. Il offrit à Mehdi de prendre les choses en main. Ils allaient envoyer une lettre en France pour demander un extrait du registre des naissances. Mehdi avait renoncé à le chercher dans la maison, même s'il ignorait que, pour l'inscription au lycée, Hassan se faisait envoyer chaque année le document par son père à l'usine où Salima travaillait, de manière que Mehdi ne puisse pas le trouver dans le courrier.

Mehdi et Djamel se rendirent au centre culturel français. Djamel savait qu'il y existait un livre indiquant comment rédiger des lettres officielles. Ils s'installèrent dans un coin et commencèrent à rédiger une missive à la préfecture de Paris, demandant un certificat de naissance pour Mehdi Habbedine, né le 17 novembre 1973 à Beauvais. Mais ils ne parvinrent pas à terminer la lettre avant la fermeture du centre. Mehdi proposa de revenir le lendemain. Djamel préféra emporter la lettre chez lui et en terminer lui-même la rédaction. Il posta le document en indiquant distraitement sa propre adresse comme adresse de retour.

L'attente d'une réponse dura deux mois et demi, un épisode interminable pour Mehdi qui demandait tous les jours à Djamel s'il avait des nouvelles. Les deux garçons se voyaient quotidiennement dans les classes d'informatique du lycée et l'expectative dans laquelle ils se trouvaient souda entre eux une grande connivence. Mehdi trompait son attente en continuant de mener ses affaires et rassembla les autres documents dont il aurait besoin pour obtenir son passeport.

Pour la millième fois, Mehdi interrogea Djamel, entre la classe d'arabe et celle d'anglais. Djamel afficha un grand sourire et tendit à son pote une enveloppe portant des timbres français.

Dans son for intérieur, Mehdi se fit la remarque qu'il n'avait jamais vu le moindre document officiel portant son nom. Il entra au cours d'anglais et s'assit à sa place, l'enveloppe à la main. Il la fixa intensément, avec la sensation étrange qu'un mystère allait être éclairci. L'enveloppe lui brûlait les doigts et, n'en pouvant plus, il la déchira. «Document délivré le 17 novembre 1973 à la mairie de Beauvais, France. Nom de l'enfant: Mehdi Habbedine. Nom du père: Hassan Habbedine. Nom de la mère: Blandine Soulmana».

Quoi? Qui était Blandine Soulmana? Il devait y avoir une erreur! À moins que... Tout se mit à tourbillonner dans sa tête. À sept ans, on lui avait pris sa vie pour lui en imposer une autre. Allait-on maintenant la reprendre de nouveau?... Est-ce qu'on lui avait menti toutes ces années sur l'identité de sa mère? Bouleversé et décontenancé, Mehdi relut plusieurs fois le document, ne sachant plus s'il voulait rire, hurler ou pleurer. Certaines énigmes étaient sur le point d'être élucidées. Était-ce à cause de cela qu'il n'avait pas le droit d'aller en France, à cause de cela qu'il se sentait si différent du reste de la famille? C'était trop énorme, une chose pareille ne pouvait pas se produire!

Pourtant la vérité finit par s'imposer. Il ne pouvait douter de l'authenticité du document. Toute sa vie reposait donc sur un mensonge, une trahison! Encore une fois, neuf ans plus tard, Mehdi se découvrait une nouvelle mère. Son premier réflexe lui fit penser que quelqu'un l'attendait en France, qu'il allait pouvoir quitter l'Algérie. Puis une autre question occupa tout son esprit. Cette femme était-elle encore vivante?

Assis près de la fenêtre, Mehdi s'efforça d'avoir l'air de regarder dehors, mais ses yeux hagards ne voyaient rien. Le professeur d'anglais l'interpella à plusieurs reprises:

– Qu'est-ce que tu as, Mehdi? Tu es malade? On dirait que quelque chose ne va pas...

– Non, tout va bien...

Cinq minutes plus tard, le garçon se leva et quitta la classe sans un mot, malgré les protestations du maître. Il était trop agité pour rester une minute de plus et le statut privilégié dont il bénéficiait au lycée, autant à cause de son commerce que de ses bonnes notes, lui permettait une certaine liberté.

Mehdi resta dehors toute la journée. Complètement déboussolé, il commença par chercher de quoi fumer. Un peu de kif, un peu de réconfort. Pour lui qui n'aimait pas l'alcool, ce mélange de haschich et de tabac constituait un petit «divertissement» qu'il s'offrait à l'occasion. Il erra seul dans la ville, des milliers de questions se bousculant dans sa tête. Fallait-il leur dire qu'il les avait démasqués? Après avoir pesé le pour et le contre, Mehdi jugea que c'était trop dangereux. Si Hassan apprenait que son fils encore mineur avait découvert le mystère entourant sa naissance, il ferait tout pour l'empêcher de partir, alerterait la police et la douane. Le garçon préféra garder son secret.

Quand il rentra à la maison, il observa tout d'un autre œil. Ces deux petites filles, qu'il avait vu naître et grandir, dont il avait changé les couches et dont il s'était occupé, n'étaient plus ses sœurs mais ses demi-sœurs. Salima n'était plus sa mère. Et son père lui avait menti. Non seulement Hassan l'avait maltraité pendant toutes ces années mais, en plus, il lui avait menti. C'était impardonnable. Il se forma en Mehdi une colère immense, violente, qu'il parvint à contrôler au prix de grands efforts. Surtout, ne pas ruiner ses chances de partir, loin, une fois pour toutes. Il resterait muet et calme, aussi longtemps qu'il le faudrait.

Son plan se dessina peu à peu. Il lui fallait d'abord savoir qui était cette femme. Il allait écrire à la préfecture de Paris et demander cette fois l'extrait de naissance de Blandine Soulmana. Bien sûr, il aurait encore besoin de la complicité de Djamel pour que le document arrive chez lui. Bien qu'il ne veuille parler à personne de sa découverte, Mehdi savait qu'il devrait au moins confier son secret à son ami. Après tout, sans lui, il n'aurait pu obtenir ces renseignements.

Djamel connaissait Hassan et savait de quoi était faite la vie de son copain. Il l'avait vu souffrir, avait fréquemment discerné sur son corps des traces de coups. C'est les larmes aux yeux qu'il accueillit la nouvelle.

– On fera tout ce qu'il faudra pour que tu puisses partir d'ici. Tu peux compter sur moi!

Mehdi ne révéla sa découverte qu'à trois amis très sûrs: Djamel, Ramdan et Diden. Il s'enferma dans sa chambre les jours suivants, incapable d'adresser la parole à ses parents de peur de tout révéler en vrac, en même temps qu'il déverserait sa rage et sa rancœur. Quand il reçut de Paris le document demandé, il apprit la date de naissance de Blandine Soulmana, les noms de ses grands-parents maternels, Josette Magnier et Rahman Soulmana, tout comme il découvrit que Blandine et Hassan avaient divorcé. Chaque mot, chaque nom dévoilé vinrent ajouter à son désarroi. Une grande partie de sa vie, de son passé, lui échappait!

Il voulut tout savoir. Qui était Blandine Soulmana? Était-elle morte ou en vie? Habitait-elle toujours en France? Et, surtout, pourquoi l'avait-elle abandonné? Mehdi tenait à éclaircir tous ces mystères et irait à la source. Il avait des économies, il allait s'en servir. En soudoyant les fonctionnaires, il obtint sans l'autorisation paternelle une carte d'identité et même un passeport. Son plan était de s'enfuir par la frontière marocaine et, de là, gagner la France, où il se cacherait jusqu'à ses dix-huit ans, âge de la majorité en France.

Se rappelant les noms des parents de Blandine Soulmana, Mehdi eut une idée pour orienter la recherche de sa famille maternelle. Josette Magnier, c'était un nom bien français. Peut-être qu'en fouillant dans l'annuaire... Mehdi savait qu'à la poste il pourrait trouver les annuaires téléphoniques de toutes les grandes villes de France. Il consulta celui de Beauvais et, pendant que personne ne regardait, arracha les pages où il pourrait trouver le nom qui l'intéressait. Il finit par glisser carrément le livre sous son pull et l'emporta. Dans sa chambre, il étudia chaque nom, dans l'espoir de trouver celui qui lui fournirait un début de piste.

Pendant que Hassan, Salima et les filles étaient partis à un mariage, Mehdi en profita pour appeler celle qu'il espérait être sa grand-mère.

– Pourrais-je parler à madame Magnier?

– Oui c'est moi, que désirez-vous?

– Je suis Mehdi...

Josette Magnier ne réagit pas immédiatement. Elle n'avait plus de contacts avec sa fille Blandine depuis de nombreuses années et le nom de Mehdi ne lui rappela d'abord rien, puisqu'elle ne l'avait pas connu. Celui-ci précisa qu'il était le fils de Blandine et de Hassan. La femme resta sceptique.

– Si c'est une blague, elle est très mauvaise!

Mehdi protesta mais son interlocutrice ne voulait rien entendre. Il insista calmement. Il espérait la convaincre de l'importance et du sérieux de sa démarche.

– Je suis vraiment le fils de Blandine, j'ai des preuves! Elle s'est mariée le 5 octobre 1972 avec mon père, Hassan Habbedine, ils ont divorcé le 15 avril 1976...

Josette laissa transparaître une certaine émotion. Mehdi crut même l'entendre pleurer.

– Est-ce que ma mère est vivante?

– Oui, mais elle n'habite plus en France. Elle vit en Allemagne.

– Avez-vous son numéro de téléphone?

– Non, c'est mon autre fille, sa sœur jumelle, qui l'a. Mais rappelez-moi dans quelques jours, je l'aurai.

– Vous ne pouvez pas me donner le numéro de sa sœur?

– Je préférerais que vous me rappeliez...

À la fin de la conversation, Mehdi était satisfait. Il avait franchi une étape importante et ne devait cette victoire qu'à lui seul. Il commençait à voir la lumière au bout du tunnel et l'impatience de partir lui fit prendre des risques. Il avait décidé de quitter l'Algérie par n'importe quel moyen clandestin, quel que soit le prix à payer. Malgré les conseils de Djamel, qui allait partir vivre à Paris chez son frère et qui l'exhortait à rester dans la légalité, Mehdi était convaincu qu'il n'avait pas d'autre choix. Hassan avait des contacts à la police militaire et pourrait le faire arrêter à la frontière. Si Mehdi se faisait prendre, tout serait à recommencer. Il allait donc travailler dur, amasser le plus d'argent possible et payer tout ce qu'il faudrait pour pouvoir quitter le pays discrètement.

Il lui arrivait encore de douter de la réalité des derniers événements. Avait-il vraiment parlé à sa grand-mère? Sa vraie mère était-elle vraiment quelque part en Europe? Une heureuse coïncidence vint tempérer ses craintes. Deux jours après la conversation entre Mehdi et Josette Magnier, Djamel se rendit au consulat français pour régler certains détails en vue de son départ prochain pour la France. Il voulut en profiter pour demander des renseignements sur Blandine Soulmana, pour le compte de Mehdi. La préposée au guichet était accaparée par le téléphone et posa sa main sur le combiné, le temps de lui mentionner qu'elle s'occuperait de lui dans un instant. Quand Djamel put finalement lui faire part de sa requête, la femme tressaillit.

– Ça alors, c'est incroyable! J'avais au bout du fil à l'instant même une Blandine Soulmana qui demandait des renseignements sur son fils!

Mehdi fut très secoué quand Djamel lui rapporta l'incident. Ainsi, sa mère était au courant qu'il avait appelé, elle cherchait à savoir où il était. Elle ne l'avait pas oublié...

Quand il entendit parler d'un passeur, dans une petite ville près de la frontière marocaine, Mehdi prit un taxi pour aller le rencontrer. Mais cela n'était pas sans risque. À Tlemcen, on devait attendre que le taxi se remplisse de clients avant de partir et Mehdi était inquiet que quelqu'un l'identifie, car son père connaissait plusieurs chauffeurs de taxi.

Mehdi s'entendit avec le passeur et paya d'avance la moitié de son passage. Il convint avec lui qu'il verserait le reste de la somme, soit deux mille cinq cent dinars, dès qu'il aurait franchi la frontière.

– Ne t'inquiète pas, petit, tout se passera très bien.

– Je reviendrai dans quelques semaines, j'ai des affaires à régler avant de partir...

– Attends plutôt que je te fasse signe. Je parcours les montagnes toutes les nuits, je sais quand il y a moins de militaires. Dès que ce sera le bon moment, je t'appellerai!

Ces préparatifs coûtèrent cher à Mehdi. À cause de la somme remise au passeur, il n'eut plus les moyens de rappeler en France, chez Josette Magnier, à partir d'une cabine téléphonique. Et il n'était plus jamais seul à la maison. Il vivait dans un état second; malgré sa discrétion et ses nombreuses absences, Salima finit par déceler un changement dans son comportement. Elle avait aussi trouvé dans l'appartement le guide de rédaction de lettres administratives emprunté au centre culturel français. Elle demanda à Mehdi pourquoi il avait besoin d'un tel livre et il lui opposa une réponse vague. Elle le harcela quotidiennement de questions.

– Tu es sûr que ça va, Mehdi?... Est-ce qu'il y a un problème?

Mehdi finit par se fatiguer de nier. Il en avait assez des mensonges, il voulut lui faire comprendre que le temps était fini où on se moquait de Mehdi. Il devinait aussi que, quoi qu'il dise, Salima ne saurait pas tenir sa langue. Sachant que la nouvelle arriverait vite aux oreilles de Hassan, il avoua qu'il avait découvert la vérité au sujet de sa situation familiale,.

– Alors, ça y est, tu sais?

– Ouais, je suis au courant...

– Et alors?

–... Alors rien!

– Depuis quand tu le sais?

– Depuis plusieurs semaines déjà.

– Et pourquoi tu n'as rien dit?

– Parce que je n'ai pas envie d'en parler. De toute façon, je vais partir en France avec ou sans l'autorisation de mon père.

Mehdi n'en pouvait plus de conserver au fond de lui ce secret qui l'étouffait. Il se sentit déjà mieux de l'avoir énoncé à voix haute, bien qu'il ignore quelles seraient les répercussions. À mesure qu'il parlait, il se sentait de plus en plus détaché de cette famille. Qu'importe ce que lui réservait l'avenir, il refusait de se préoccuper de leurs réactions. Dans sa tête, il était déjà loin et même son père ne pouvait plus l'atteindre.

Salima s'empressa de tout révéler à Hassan. Peut-être craignait-elle les conséquences, si jamais celui-ci apprenait qu'elle lui avait caché quelque chose. Toutefois, ce dernier se comporta longtemps comme si rien n'avait changé. Certain que son père était au courant, Mehdi fut sidéré par son attitude distante et désinvolte. «Ce n'est pas un comportement digne d'un homme, se dit-il. C'est lui qui a commis la faute, il devrait venir m'en parler.» Cette dérobade lui inspira un profond dégoût et contribua à étouffer le dernier souffle de déférence qu'il avait pu conserver envers son père.

Hassan avait-il consacré ces quelques jours à réfléchir sur la conduite à adopter? Il ne manifesta aucune émotion lorsqu'il entra un soir dans la chambre de Mehdi, son café à la main.

– Il faut que je te parle...

Hassan choisit de brosser devant son fils un portrait très noir de Blandine Soulmana et ne mâcha pas ses mots.

–... C'était une salope, une traînée, elle m'a trompé. Elle n'aurait pas été une bonne mère pour toi et, de toute façon, elle s'est sauvée.

Il se montra très agressif en parlant d'elle puis, avec arrogance, tenta de justifier ses propres actes et surtout les mensonges accumulés au fil des années. Il prétendit même avoir eu l'intention de tout avouer à Mehdi quand celui-ci aurait passé son bac. Ce dernier n'en crut rien mais ne dit mot. Pour lui, ces trahisons étaient impardonnables et il n'avait aucune intention d'en discuter. Que son père ne soit pas venu tout de suite lui parler avait suffi pour éteindre en lui tout sentiment. Il ne ressentait qu'un grand froid, l'image du symbole d'autorité avait fait place au vide. Pendant que Hassan parlait, Mehdi pensa qu'il aimerait bien entendre la version de Blandine Soulmana...

Pour clore la conversation, il déclara qu'il voulait partir en France après son bac. Hassan joua alors la compréhension.

– On va s'arranger pour que tu ailles en France passer des vacances cet été.

Ils convinrent que Mehdi pourrait à ce moment essayer d'entrer en contact avec Blandine Soulmana. Hassan ressortit de la pièce avec nonchalance, comme s'il venait de régler une affaire bénigne. Pour ce qui aurait dû être l'heure de vérité, il n'était resté dans la chambre de son fils qu'une quinzaine de minutes...

À l'été 1990, près de dix ans après en être parti, Mehdi retourna en France accompagné de Salima et de ses petites sœurs. Hassan avait tenu sa promesse. Ce n'était peut-être que des vacances, mais cela lui permettrait de respirer l'air d'ailleurs, en attendant de venir s'y installer.

Il avait beau être né en France, Mehdi avait néanmoins besoin d'un visa pour y retourner. Pour cette raison, il avait dû se rendre au consulat français d'Oran, en compagnie de son père. Cette simple formalité se transforma en aventure.

Les deux hommes se rendirent sur la place des taxis à Tlemcen. Comme pas un chauffeur n'acceptait de faire le trajet de 150 kilomètres avec une voiture à moitié pleine, ils durent attendre pendant une heure et demie que le taxi se remplisse. Arrivés à Oran à vingt-trois heures, Mehdi et son père durent marcher pendant une demi-heure pour rejoindre le consulat, à deux rues du port, et eurent la surprise de constater qu'une centaine de personnes faisaient déjà la queue pour entrer au consulat qui n'ouvrait que le lendemain matin à huit heures!

Toute la nuit, la queue s'allongea. Mehdi, à la fois nerveux et excité car c'était la première fois qu'il entreprenait avec son père une démarche pour lui-même, ne parvint pas à dormir, ne serait-ce que quelques minutes, malgré les incitations de Hassan. Comme tout le monde, ils étaient assis par terre: Hassan discutait avec les hommes qui les précédaient, pendant que Mehdi observait tous ces gens, des jeunes surtout, venus demander un visa. Pour en avoir souvent parlé avec ses amis, il savait que, comme lui, tous ces jeunes hommes rêvaient de quitter l'Algérie et espéraient se construire en France un avenir meilleur. Pour la plupart sans travail, ces garçons comptaient sur le parent immigré en France pour les aider à sortir de la misère. Cette nuit-là, Mehdi ressentit fortement le lien qui l'unissait à tous ces jeunes hommes. Pendant qu'il gardait leurs places, Hassan alla chercher du café et, à son retour, Mehdi put à son tour aller se dégourdir les jambes et découvrir le mystère d'une ville inconnue, qu'il abordait en pleine nuit. Il marcha vers le port où il s'assit sur un banc pour observer les bateaux qui chargeaient ou déchargeaient leurs marchandises. L'afflux d'air salin l'étourdit un peu mais, pour Mehdi, ça sentait surtout, déjà, la France.

Au matin, une heure avant l'ouverture des portes, la pagaille s'installa. Il y avait maintenant au moins trois cents personnes, qui voulaient toutes passer les premières. S'ensuivirent bousculades et bagarres et ce ne fut qu'à quatorze heures que Mehdi et Hassan purent enfin pénétrer dans le consulat où la pagaille était pire encore. De guichet en guichet, ils subirent de nombreuses rebuffades administratives et supportèrent le mépris harassé des fonctionnaires; il fallut encore cinq heures avant que Mehdi ait en main son visa.

À la sortie, une nouvelle queue s'était déjà reformée pour le lendemain matin. Mehdi jeta un coup d'œil sur ces gens et les plaignit, mais il était si excité! Puis Hassan lui demanda s'il avait faim. Évidemment, le garçon n'avait pas mangé depuis la veille. Ce fut alors que son père, pour la première et la dernière fois de sa vie, invita Mehdi au restaurant. Dans un restaurant de poissons, dans le port d'Oran, le jeune homme goûta à la bouillabaisse dans un état d'euphorie totale. Non seulement avait-il un visa d'un mois pour la France, mais en plus il mangeait au restaurant, avec son père. Il se dit qu'il n'oublierait jamais cette journée. Une demi-heure après, ils reprirent un taxi pour Tlemcen.

À son arrivée en France, Mehdi passa d'abord deux semaines à Paris, dans la famille de sa belle-mère. Il s'y ennuya et trépigna d'impatience. Bien sûr, il avait retrouvé Yasmine et n'avait plus les mêmes scrupules face à elle depuis qu'il savait qu'ils n'avaient aucun lien de parenté, mais la jeune fille ne lui montra plus autant d'intérêt. Pendant que Mehdi se concentrait, cette année-là, sur sa recherche de papiers, Yasmine était devenue une femme et avait beaucoup changé. Pour sa part, Mehdi devint méfiant avec elle. Il n'osait lui demander si elle avait participé au mensonge...

Trois jours après l'arrivée de Mehdi en France, Hassan téléphona et lui demanda d'attendre son retour en

Algérie pour tenter de joindre Blandine. Il promit qu'il l'appellerait lui-même. Mehdi devina que son père avait dû aussi prévenir son entourage de ne pas le lâcher des yeux, car on ne le laissait jamais seul... Résigné, il promit qu'il patienterait.

Mehdi passa la deuxième moitié de ses vacances à Beauvais, chez ses grands-parents. Le temps fila un peu plus vite quand il se trouva entouré de gens qui l'aimaient. Mais ce voyage tant souhaité n'était pas à la hauteur de ses attentes. Mehdi n'avait qu'une chose en tête et macérait dans son impatience, exacerbée par la crainte que Hassan ne respecte pas son engagement de trouver Blandine, promesse qui comptait plus que tout.

Mehdi trouva un peu d'apaisement dans ses conversations avec son grand-père. Belhadj Habbedine était un homme doux et calme, qui avait l'art de choisir ses mots; tout le contraire de son fils Hassan, qui ressemblait plutôt à sa mère, une femme impulsive et têtue. Sous bien des aspects, Mehdi tenait de son grand-père. À force de questions, l'adolescent apprit beaucoup sur la jeunesse de Hassan, sur son passé de bagarreur, sur le climat de peur que le jeune pugiliste avait instauré autour de lui. Toutefois, il préféra ne pas poser de question sur sa mère, par crainte de gêner son grand-père, pour qui il avait le plus grand respect. Conscient que toute la famille connaissait mieux que lui sa propre histoire, il n'arrivait pas à leur en vouloir. Comme lui-même, comme Salima et beaucoup d'autres personnes, ils devaient probablement avoir peur de Hassan. Plus tard, il discernerait le regret dans leurs yeux et certains avoueraient même leur remords.

De retour en Algérie pour ce qu'il souhaitait être une courte période, Mehdi conserva une attitude lointaine et méfiante. Il entretenait des doutes. Hassan allait-il honorer sa plus importante promesse? Même en pensant à celle qui devait être sa vraie mère, le jeune homme restait sceptique et tergiversait sur la réalité de son existence. Est-ce que tout cela n'était qu'une mauvaise blague, ou pire encore, un complot? Avec ses copains, il tentait de dédramatiser les événements et même d'en rire.

– J'en suis déjà à ma troisième mère, mais qui sait? Peut-être que dans deux ou trois ans, on va m'en découvrir encore une nouvelle... Peut-être qu'ils se sont trompés à l'hôpital!

Mehdi ne se tenait plus d'impatience. En dépit de la promesse faite à son père d'attendre, il rappela à Beauvais de sa propre initiative, trois mois après son premier coup de téléphone. Cette fois, Josette Magnier lui donna le numéro de Dominique, la jumelle de Blandine, affirmant que celle-ci pourrait le mettre en contact avec sa mère.

Mehdi avoua à Hassan qu'il avait pris les devants et disposait du numéro de téléphone de sa tante à Beauvais. Avec l'autorisation de son père, il téléphona en France. Dominique refusa de lui donner le numéro de Blandine en Allemagne mais elle nota celui de Mehdi, affirmant qu'elle allait le transmettre immédiatement à sa sœur. D'un ton hésitant, le garçon ajouta une recommandation:

– Si elle veut téléphoner aujourd'hui, demandez-lui qu'elle appelle après vingt-deux heures...

Le message venait de Hassan qui avait imposé un embargo. Comme il devait s'absenter et tenait à être présent pour ce premier contact, il avait obligé son fils à mentionner cette contrainte.

Mehdi raccrocha le téléphone et entra mentalement dans une sorte de no man's land, un sas entre deux mondes. Avec un peu de chance, dans quelques heures, sa vie allait changer. Il osait à peine respirer, n'était plus qu'un mélange confus d'espoir et de peur. Il allait parler à sa mère.

9

Les retrouvailles

Hassan, Salima et les filles assistaient à un mariage. Habituellement, Mehdi aimait participer à ce genre d'événement, lui aussi. C'était une bonne occasion pour rencontrer des filles. Mais, ce jour-là, retenu par une sorte d'instinct, il n'eut pas envie de se joindre à eux, préférant passer la soirée avec des copains. Si jamais sa mère se manifestait... Un garçon écoutait de la musique dans la chambre, les autres étaient assis dans le salon avec Mehdi, devant la télé. Ils parlaient de tout et de rien ainsi que de cette mystérieuse mère au sujet de laquelle tous s'interrogeaient. Mehdi essayait de l'imaginer, mais il y parvenait difficilement, son existence n'était encore que virtuelle.

Le téléphone sonna. Djamel était près de l'appareil et Mehdi le laissa répondre. À cette heure, c'était sans doute Hassan qui appelait et il n'avait pas envie de lui parler.

– Allo? J'aimerais parler à Mehdi...
– Un moment, je vous prie...

Le cœur de Blandine battait à tout rompre. Était-ce Hassan à l'autre bout du fil? Non, sûrement pas, elle l'aurait reconnu. Alors qui était-ce? Pendant les quelques secondes qui suivirent, Blandine entendit des voix qui chuchotaient et crut percevoir un rire joyeux et d'autres éclats de voix, en arrière-plan.

Mehdi saisit l'appareil. Il était tendu, sa gorge était serrée. D'après Djamel, c'était une femme qui le demandait. Était-ce...

– Allo?

– Allo Mehdi? C'est moi... ta mère!

– Ah ouais! *Cool*!

Mehdi fut tellement soufflé qu'il ne sut quoi dire d'autre. Il y eut un moment de flottement pendant lequel il s'empara du téléphone et alla s'enfermer dans sa chambre. À l'autre bout du fil, quelques secondes de bafouillages gênés répliquèrent à son exclamation.

Puis Blandine reprit contenance, malgré le mélange confus de sentiments qui se bousculaient dans sa tête. Elle était excitée, joyeuse, émue. Elle écouta avec attention chacune des syllabes qu'elle entendait pour faire connaissance avec cette voix, une voix d'homme, alors que pendant toutes ces années, elle n'avait entendu dans sa tête que les cris d'un bébé. «Parle, Mehdi, parle-moi encore...», se dit-elle.

– Euh... comment vas-tu?

Ils eurent tous deux un petit rire embarrassé, pudique. Difficile d'enchaîner une conversation interrompue seize ans plus tôt...

– Euh... ça va bien, merci!

Ils rirent encore. La situation était si étrange. Ils piétinèrent un peu à la recherche d'un lien puis la conversation prit son envol. Blandine entendit de loin quelqu'un applaudir et Mehdi lui expliqua qu'il n'était pas seul. Mentalement, elle remercia le ciel que son fils soit entouré d'amis pour vivre un moment aussi crucial. Comme le soir où Mehdi avait appelé chez Josette, Blandine entra dans une bulle de bonheur et décolla de la terre. Mais cette fois, ils étaient ensemble dans la bulle.

Ils parlèrent pendant près de trois heures. Blandine le sentait parfois déconcerté ou gêné par ses questions, mais c'était plus fort qu'elle, elle voulait tout savoir en même temps. Elle rit et pleura à la fois, débordante d'émotion.

– Dis-moi comment tu es. Es-tu grand? De quelle couleur sont tes yeux? Comment ça va à l'école? Qu'est-ce que tu fais de tes journées?... Touche ton visage et décris-moi comment tu es...

Mehdi était dérouté, un peu timide mais, lui habituellement si réservé, se laissa aller avec confiance. Pour la première fois depuis des années, il avait le sentiment qu'il pouvait se confier, qu'elle le comprendrait. Cette femme qu'il ne connaissait pas avait le don de le mettre à l'aise. La complicité entre eux s'installa sur-le-champ.

Il raconta qu'en ce début de septembre il entamait à l'école une année décisive, celle du bac. Il parla de l'établissement où n'étaient admis que les élèves les plus forts, de sa passion pour le kick-boxing, de la musique qu'il aimait. Il laissa entendre que ses relations avec son père étaient difficiles, sans entrer dans les détails.

Blandine devina la dure réalité derrière ce commentaire pudique. Hassan avait-il aussi infligé à leur fils ce qu'elle avait subi?

Après que Mehdi lui eut expliqué comment il l'avait retrouvée, ils saisirent l'occasion de tester leur nouvelle connivence. Blandine n'aurait dû téléphoner qu'après vingt-deux heures, donc elle devrait rappeler plus tard, pour respecter les exigences de Hassan. Mehdi lui demanda de faire semblant qu'il s'agissait de son premier appel.

Elle promit avec sérieux, sachant à quel point Hassan pouvait être intransigeant:

– Maintenant je suis là, tu peux compter sur moi, puis ajouta intérieurement: «Je ne te lâcherai plus...»

Blandine avait noté sur un carton d'allumettes le numéro de téléphone de Mehdi. C'était tout ce qu'elle avait sous la main. Soudain, elle fut saisie de panique. Si jamais elle perdait ce carton? Elle inscrivit le numéro sur un bout de papier qu'elle posa sur la table, à côté du téléphone. Elle le nota aussi dans son agenda puis l'écrivit encore et colla cette fois le papier sur le miroir de l'entrée, puis un autre, sur le frigo. Et si l'appartement brûlait? Qu'emporterait-elle? Elle nota le numéro sur un bout de papier qu'elle glissa dans l'étui à maquillage de son sac à main! Ce numéro de téléphone était en quelque sorte la clef qui lui ouvrait un monde nouveau.

Quand Mehdi ressortit de la chambre, tous ses potes l'attendaient, émus et curieux. Ils étaient heureux pour lui et lui posèrent mille questions à leur tour.

– Comment est sa voix?

– Comment c'était? Tu te sens bien?

Mehdi n'arriva pas à résumer leur échange, non plus que la gamme d'émotions par lesquelles il était passé. Il leur dit simplement que c'était sympa, qu'elle allait rappeler plus tard. Il n'avait pas de mots et trop de pudeur pour exprimer ce qu'il ressentait. C'était un bonheur d'une saveur inconnue, avec un arrière-goût amer, du ravissement mitigé de rancœur envers Hassan. C'était si triste d'en être arrivé là, de parler au téléphone à une étrangère qui était sa mère. Cette inconnue avec qui il venait d'avoir une longue conversation lui semblait être quelqu'un de bien. C'était avec cette femme chaleureuse, drôle, attentive qu'il aurait peut-être vécu si son père avait été... En pensant à sa famille en France, qui avait laissé perdurer le mensonge, il ressentit de la colère. Eux, là-bas, avaient eu la vie facile alors que lui...

Blandine rappela à l'heure convenue, Hassan répondit au téléphone. Elle le sentit tendu, il sanglota même à l'appareil mais Blandine resta de marbre. À l'écoute de sa voix, des images sombres lui revenaient en tête. Froidement, elle le rabroua:

– Ta voix me fait peur! Passe-moi mon fils...

Elle et Mehdi parlèrent encore quelque minutes, d'un ton plus formel. Ils faisaient semblant, au cas où Hassan aurait écouté leur conversation.

– Je suis heureuse de t'entendre et très impatiente de te voir!

Puis Hassan reprit l'appareil. Blandine n'avait aucune envie de lui parler. Elle se sentait plus forte de minute en minute et l'imagina petit comme un insecte. Elle était devenue une femme et Hassan n'aurait jamais plus prise sur elle. Puisqu'elle avait retrouvé son fils, rien ne pourrait l'arrêter. Elle se contenta d'annoncer à son ex-mari qu'elle viendrait en Algérie aussi vite que possible.

– Je ne veux plus te parler, entendre ta voix me dégoûte. J'appellerai Mehdi pour lui dire quand j'arriverai. Maintenant, passe-moi mon fils!

Elle assura Mehdi qu'il pouvait l'appeler n'importe quand à frais virés et le quitta avec la promesse d'une visite prochaine, ravie d'apprendre qu'il y avait maintenant un aéroport à Tlemcen.

Des heures plus tard, Mehdi était encore éberlué par les événements. Oui, il croyait que cette femme était sa mère, il avait senti un courant très fort entre eux. Et puis... Blandine représentait un moyen de sortir d'Algérie. Après avoir passé toutes ces années avec son père, il était juste et normal qu'il consacre du temps à sa mère. Hassan ne pourrait plus le retenir, ni lui fournir toutes sortes de prétextes pour l'empêcher de partir.

Dès le lendemain, Blandine se précipita au consulat d'Algérie pour demander un visa. Elle voulait partir d'ici un jour ou deux, il n'y avait pas de temps à perdre. Cependant, les choses ne se passèrent pas comme elle l'avait prévu. La préposée qui reçut sa demande lui versa une douche froide sur la tête:

– Remplissez d'abord le formulaire. Il faudra environ une dizaine de jours avant que le visa soit délivré. Après, vous pourrez partir. Mais sachez qu'il n'y a que deux vols par semaine pour l'Algérie, à partir de Francfort.

Ah non! Blandine refusa de croire qu'elle ne pourrait voir Mehdi que dans deux ou trois semaines. Elle était si près du but! Comme ses protestations auprès du personnel restaient sans effet, elle força la porte du consul. Le diplomate n'eut pas d'autre choix que d'écouter cette femme lui raconter son histoire. Blandine ne ménagea pas ses effets:

– Je n'ai pas vu mon enfant depuis presque seize ans, il m'a cherchée et m'a retrouvée et vous croyez que je vais attendre pour le voir à cause d'un bout de papier? Je ne sortirai pas d'ici sans visa!

Le consul parut sensible à la plaidoirie de la jeune femme. Comme elle avait dû souffrir pour être à ce point prête à tout! Peut-être le diplomate désirait-il aussi effacer l'image négative que Blandine avait de l'Algérie, car il lui facilita grandement les choses.

– Je vais faire préparer votre visa tout de suite et vous réserver une place sur le vol de demain. Allez voir votre fils et sachez, madame, qu'il y a aussi en Algérie des gens prêts à vous aider.

Il prit en charge l'organisation du voyage et confirma qu'un chauffeur viendrait prendre Blandine chez elle le lendemain matin pour l'emmener à l'aéroport. Il lui avait retenu un siège parmi les places réservées aux diplomates. Blandine sortit de l'édifice complètement épuisée, étourdie d'avoir misé si gros! Tout à coup, les choses allaient presque trop vite, comme dans un film accéléré. Un fort mouvement de changement la poussait dans le dos et elle n'était pas sûre de survivre à tant de turbulence! Sur le trottoir, elle vit une dame qui promenait son chien.

– Je suis tellement heureuse, je vais voir mon fils que je n'ai pas vu depuis seize ans!

Et elle l'embrassa. La dame lui rendit son étreinte. Voir son bonheur ainsi reflété dans les yeux de quelqu'un d'autre permit à Blandine de lui donner une réalité. Non, elle ne rêvait pas.

Le reste de la journée fila à la vitesse de l'éclair. Blandine appela Mehdi pour lui annoncer son arrivée dès le lendemain et ils convinrent qu'il viendrait la chercher à l'aéroport de Tlemcen, avec son père qui tenait à l'accompagner. Puis Mehdi demanda:

– Comment je ferai pour te reconnaître?

– Laisse faire l'instinct...

Blandine se précipita dans les magasins pour lui acheter des cadeaux: disques, vêtements, Walkman, toutes sortes de babioles. Puis elle se fit un masque de beauté sur les cheveux et le visage. Elle voulait être belle pour lui. Mais elle ne dormit pas de la nuit, par crainte de ne pas se réveiller à temps. Alors avant de partir, elle prit une double dose de vitamines. Le vol, d'une durée de deux heures, lui parut interminable, d'autant plus que l'avion effectuait une courte escale à Alger.

Quand Blandine se présenta à la douane à sa descente de l'avion, elle eut peu de temps pour se refaire une contenance. Elle digérait encore le malencontreux incident qui l'avait fait trébucher devant tout le monde et renverser le contenu de son sac. Un fonctionnaire zélé lui fit perdre des minutes précieuses en lui posant toutes sortes de questions sur les raisons de son séjour et le contenu de ses bagages. Blandine se retint à peine de l'envoyer promener. Encore un qui voulait lui mettre des bâtons dans les roues! Elle lui fit comprendre qu'elle n'était pas impressionnée par ses tentatives d'intimidation. Mais intérieurement, elle ressentait déjà fortement le poids de la suprématie masculine qu'elle avait connu dans ce pays. Pendant quelques secondes, elle ne put s'empêcher de penser à l'éventualité d'un piège tendu par Hassan. Non, il ne fallait pas! Elle se ressaisit, attrapa ses bagages et marcha d'un pas déterminé vers la sortie, malgré la peur qui lui serrait la gorge.

De l'autre côté des portes vitrées, elle n'aperçut qu'un visage connu, celui de Hassan. Son estomac se noua. «Ça y est! Il m'a piégée!...» Mais quand elle le regarda dans les yeux, elle y vit des larmes.

– Où est mon fils?

Hassan était nonchalamment appuyé contre un mur et esquissa un mouvement de tête en direction de la foule assemblée derrière les barrières. Pour voir si Blandine le reconnaîtrait, il avait demandé à Mehdi de se glisser parmi le groupe de personnes qui attendaient les voyageurs, sans se mettre en évidence.

Mehdi était là dans la foule, il attendait, l'estomac noué lui aussi par un mélange de joie, de curiosité et de peur face aux éventuelles réactions de son père. À cause de la présence de Hassan et de Salima, il ne savait comment se comporter. C'était le jour le plus bouleversant de toute sa vie.

Blandine balaya la foule du regard et s'arrêta sur lui. Elle le reconnut tout de suite, ce beau garçon qui l'observait, la tête penchée, avec un immense sourire. Mehdi sauta par-dessus la barrière et marcha vers elle en lui tendant les bras. Qu'elle l'ait reconnu, c'était déjà pour lui une victoire sur Hassan! Blandine laissa tomber ses bagages et lui prit le visage à deux mains.

– Tu es beau!

Sans qu'il manifeste le moindre recul, elle caressa et embrassa ses joues, son nez, son menton puis le tenant par la nuque, attira sa tête vers son cou, comme quand il était bébé. Les yeux fermés, elle respira son odeur. Les images défilaient à toute vitesse dans sa tête, c'était comme si son enfant naissait pour la deuxième fois. Ses yeux avaient trouvé un homme mais son cœur retrouvait le bébé qu'on lui avait enlevé il y avait si longtemps. Blandine eut envie de crier au monde entier le bonheur qu'elle ressentait. On était le 21 septembre 1990, elle n'avait pas vu son fils depuis 1975. La dernière fois, lors de sa visite-éclair avec l'assistante sociale, il avait presque deux ans.

Elle ne se lassait pas de le regarder mais, à mesure que son champ de vision s'élargissait, elle reconnut l'ambiance de ces petits aéroports algériens comme celui d'où elle avait tenté de s'enfuir, il y avait des siècles. Elle avait dix-sept ans alors, l'âge de Mehdi. Blandine marcha vers la sortie au bras de son fils, avec le sentiment puissant de marcher sur tout ce que Hassan lui avait fait. Désormais, elle était en sécurité, son fils était devenu un homme. À la lumière du jour elle le regarda encore avec intensité.

– Tu as les mêmes yeux que quand tu étais bébé...

Dans ce hall d'aéroport bondé, au milieu de la foule et devant Hassan qu'ils ignoraient avec ostentation, Blandine et Mehdi se retrouvèrent, la boucle était bouclée.

Blandine était prête à tout pour profiter de la présence de son fils. Elle avait même cédé à l'insistance de Hassan et vivrait quelques jours sous son toit. Selon son ex-mari, il n'y avait pas de bon hôtel dans les environs et la ville n'était pas sûre le soir pour une femme seule. Cette promiscuité déplaisait à Blandine, car il y aurait la nouvelle épouse et des enfants qu'elle ne connaissait pas... Mais elle verrait Mehdi tous les jours, du matin au soir, ce qui compenserait tous les inconvénients.

Pour la durée de son séjour, Mehdi lui céda sa chambre. Blandine y posa ses bagages et pénétra dans le petit monde de son fils. Il lui montra ses affaires, son ordinateur, ses bouquins, lui fit sentir son eau de toilette. Il meublait l'instant timidement, le temps que leur complicité encore ténue se consolide. Blandine eut envie de se noyer dans son odeur, dans les bruits qu'il entendait, de découvrir le paysage qu'il voyait de sa fenêtre. Mehdi lui expliqua que son copain Diden habitait l'immeuble d'en face et qu'ils avaient un code pour communiquer. Joignant le geste à la parole, il alluma et éteignit la lumière de sa chambre à plusieurs reprises pour faire savoir à son ami qu'il pouvait venir. Mehdi était pressé de présenter sa mère à Diden. Ensemble, ils avaient tellement parlé d'elle...

Ce premier soir, Hassan prépara lui-même un repas en l'honneur de Blandine, se comportant comme si elle était une hôte de marque. Quand il se mit à évoquer le passé comme s'il parlait du bon vieux temps, Blandine le somma d'arrêter. Elle ne supportait pas qu'il laisse sous-entendre qu'ils avaient de beaux souvenirs en commun. Observant Salima qui maintenait une distance méfiante, elle se demanda si Hassan la battait, elle aussi. Elle constata avec amertume l'état de pauvreté dans lequel vivait la famille. L'appartement était délabré, peu soigné. Mehdi avait grandi dans des conditions pitoyables.

Doucement, mère et fils firent connaissance. La première nuit, ils parlèrent jusqu'à quatre heures du matin, devant la fenêtre ouverte. Blandine entendit le muezzin qui appelait à la prière du soir, du haut de la mosquée la plus proche. Elle retrouva les mystérieuses nuits d'Afrique du Nord, leur ciel plein d'étoiles, leurs odeurs distinctes. Elle écouta le chant des grillons et, s'échappant des fenêtres voisines, les accords étranges de la musique arabe. Mais cette nuit-là, elle ne trouva rien de menaçant dans cette ambiance.

Elle n'avait pas encore dormi quand elle assista au lever du soleil, dans la chambre de Mehdi. Ce fut un moment de plénitude comme elle n'avait jamais osé en rêver...

Salima s'enhardit et confia à Blandine que Hassan parlait souvent d'elle. Elle lui avoua même qu'elle avait craint sa venue. Une voisine l'avait mise en garde contre l'intrusion de cette Française dans son ménage:

– Moi, à ta place, je ferais attention, aurait dit celle-ci. Peut-être qu'elle va essayer de te voler ton mari.

Salima se montra d'autant plus inquiète qu'elle prétendait que son mari était différent avec elle depuis l'arrivée de Blandine.

– Il a changé... Il me baise mieux depuis que tu es là!

Blandine fut choquée par le langage de Salima et par son manque de retenue. Mais une autre question la laissa carrément atterrée.

– Es-tu venue reprendre Hassan?

Sans entrer dans les détails, Blandine l'assura qu'elle n'avait aucune visée envers Hassan, qui avait été la cause des plus grands malheurs de sa vie.

– Je ne suis ici que pour Mehdi!

Parmi les cadeaux que Blandine avait apporté pour son fils, il y avait des choses toutes simples qui manquaient à ce dernier depuis qu'il avait quitté la France, comme un pot de Nutella. La friandise devint un sujet de querelle familiale quand Mehdi trouva l'une de ses sœurs en train de vider le bocal et voulut l'en empêcher. Dans la dispute qui s'ensuivit, Hassan et Salima prirent le parti de la petite.

Hassan monta le ton, interdit à Mehdi d'embêter Farah et le tança brutalement, alors que le garçon n'avait que revendiqué ce qui lui appartenait. Blandine fut témoin de la rudesse avec laquelle son fils avait été traité depuis des années. Elle voulut bondir sur Hassan qu'elle retrouvait tel qu'elle l'avait connu, virulent et sans nuance, braqué contre son fils, pendant que Salima protégeait ses filles aux dépens de Mehdi. Blandine observa le visage pâle et contracté de son fils. Clairement, le jeune homme avait honte de l'attitude de son père, mais il renonça à se défendre, trop facilement au goût de Blandine. En quelques jours à peine, elle avait appris tout ce qu'elle avait besoin de savoir sur la manière dont son ex-mari avait élevé leur fils. Quand ce dernier s'enfuit de l'appartement, si vite qu'elle n'arriva pas à le rattraper, elle se retourna vers Hassan et Salima.

– À partir de maintenant, les choses vont changer. Mehdi sera traité correctement sinon vous aurez affaire à moi!

Elle annonça clairement ses couleurs. Elle les avertit d'un ton sans réplique qu'ils devraient tenir compte de sa présence et l'impliquer dans toutes les décisions concernant Mehdi. Dès qu'il aurait passé son bac, il pourrait venir vivre avec elle en Allemagne, que ça leur plaise ou non. En attendant, elle viendrait le voir aussi souvent que possible. Hassan tenta de protester mais elle ne le laissa même pas ouvrir la bouche. Quant à Salima, un seul regard de Blandine suffit à la paralyser.

Plusieurs heures passèrent. On était toujours sans nouvelles de Mehdi. Hassan, Salima et les filles vaquaient à leurs occupations sans manifester la moindre inquiétude mais Blandine était très soucieuse. Quand elle voulut partir à sa recherche, Hassan commença par lui rappeler que Mehdi était un homme, qu'il avait l'habitude de sortir seul. S'il avait su partir, il saurait bien revenir. Puis il tenta d'interdire à Blandine de sortir. Elle explosa.

– Plus jamais tu ne me dicteras ma conduite! Je sais ce que j'ai à faire et ne recevrai aucun ordre de toi!

Puisqu'elle tenait tant à rechercher Mehdi, il décida de l'accompagner car les environs n'étaient pas sûrs. Ils marchèrent ensemble dans les rues sombres. Blandine était tellement furieuse qu'elle pouvait à peine regarder Hassan. Elle ne savait pas encore qu'entre lui et Mehdi il y avait déjà eu tant d'absences prolongées, de conflits non résolus! Elle ne savait pas non plus, elle qui n'avait jamais pu tenir son rôle de mère, qu'un garçon de seize ans ne donnait pas d'explication quand il décampait sous le coup de la colère...

Côte à côte mais chacun pour soi, Blandine et Hassan visitèrent tous les endroits que fréquentait Mehdi, du moins ceux que connaissait son père. Blandine avait les nerfs à vif, ressentant l'inquiétude maternelle avec une acuité qu'elle avait oubliée au fil de ses années de solitude. Hassan cherchait sans ardeur, se contentant de demander aux gens qu'il croisait s'ils n'avaient pas vu son fils. Mehdi semblait s'être volatilisé. Dans une tentative pour amadouer ou apaiser Blandine, Hassan s'excusa maladroitement de s'être mis en colère mais elle refusa de l'écouter. Elle avait érigé entre eux un mur qu'elle ne souhaitait pas voir démolir, et l'avait cimenté de toute l'impénétrabilité et la sécheresse dont elle était capable. Ils rentrèrent bredouilles, ce qui fit grimper encore le degré de ressentiment de Blandine.

Mehdi revint après quelques heures d'errance, sans révéler où il était allé. Le sujet était clos. Blandine perçut plus que jamais l'urgence de l'emmener vivre avec elle.

Petit à petit, elle découvrit la vie quotidienne de son fils. Ils parlaient pendant des heures en se promenant dans la ville et Mehdi, trop occupé à lui faire découvrir son univers, se montrait rarement à l'école depuis l'arrivée de sa mère. Il lui raconta comment il avait découvert son existence, comment on avait dissimulé ses papiers d'identité, il parla de ses premières années à Beauvais, chez ses grands-parents. Blandine fut outrée par la conduite de Hassan et de sa famille mais, bien qu'elle leur en ait voulu de leurs agissements, elle choisit de ne pas se laisser miner par cette rancœur. Ce qui comptait pour elle était de rebâtir sa relation avec son fils, à qui elle promit de ne jamais mentir.

Mehdi se comportait déjà en fils respectueux. Elle fut touchée en constatant qu'il se préoccupait de son bien-être et la traitait avec déférence. Toutefois, il ne l'appelait pas «maman». Il lui arrivait d'ailleurs de dire «ma mère», par mégarde, en parlant de Salima. Quand il se rendait compte de sa bévue, il en demandait pardon à Blandine, car il craignait de la peiner. Blandine espérait que son fils l'appelle un jour «maman», mais se doutait que cela serait difficile. Alors elle s'exhorta à la patience et n'aborda jamais la question. Mehdi y arriverait de lui-même ou pas du tout.

Après la fugue de Mehdi, Blandine lui promit qu'il pourrait venir la rejoindre en Allemagne. Mehdi sentit disparaître le reste de doute qui avait jusque-là subsisté en lui. Il était désormais certain que Blandine était sa mère. Leur lien était authentique. Depuis qu'il était tout petit, il avait appris à ne faire confiance à personne, mais, en peu de temps, cette femme avait réussi à vaincre sa méfiance et à répondre à son besoin de tendresse et d'attention. Quand elle lui posa des questions sur sa vie, il ne cacha rien. De toute façon, elle connaissait Hassan aussi bien que lui et Mehdi refusait de protéger son père.

L'adolescent voulait faire un cadeau à sa mère. Comme il n'avait pas d'argent, ayant interrompu ses activités commerciales et donné tout ce qu'il possédait au passeur dont il n'avait, en fin de compte, jamais utilisé les services, il décida de lui offrir un événement. Puisqu'il adorait le basket-ball, il battit le rappel de toute sa bande pour former deux équipes. Il organisa un match dont Blandine serait l'invitée d'honneur. Celle-ci s'étonna de l'importance qu'elle prenait déjà dans sa vie.

Le lendemain, tous les copains étaient rassemblés devant l'appartement des Habbedine quand elle et son fils sortirent. Fièrement, Mehdi leur présenta sa mère. Quand ils arrivèrent devant le terrain de basket, ceinturé d'un mur d'au moins deux mètres de hauteur, ils trouvèrent les portes fermées. Les garçons avouèrent, un peu gênés, qu'ils escaladaient souvent le mur pour pouvoir jouer durant les heures de fermeture. Mais là, évidemment...

– Vous y arrivez, à grimper ce mur? Eh bien, j'ai deux jambes moi aussi, alors je devrais pouvoir y arriver!

– Je vous l'avais dit qu'elle était *cool*, ma mère!

Mehdi organisa l'ascension. Trois garçons grimperaient en premier pour accueillir Blandine de l'autre côté. Quant à lui, il plia les jambes pour assurer sa stabilité et fit la courte échelle à sa mère. Celle-ci afficha un air brave, se hissa péniblement et se laissa tomber de l'autre côté du mur. Trois paires de bras l'aidèrent à amortir sa chute.

Le match de basket fut enlevant. Blandine, assise dans les gradins, encourageait les joueurs, surtout Mehdi, qui était la vedette du match. Elle voyait que les autres lui passaient souvent le ballon, comme pour le mettre en valeur et lui donner l'avantage. Blandine eut le cœur gonflé d'émotion en observant l'étroite complicité qui liait ces adolescents. Ils jouaient pour le plaisir mais ils jouaient aussi pour Mehdi et elle, et mettaient beaucoup d'ardeur dans l'hommage qu'ils leur rendaient. Elle photographia son fils sous tous les angles, tandis qu'il lui faisait des signes pour attirer son attention et s'assurer qu'elle appréciait son cadeau. Elle pourrait le rassurer sur ce point.

Après la partie, Djamel et Diden se bousculèrent pour vanter les qualités de Mehdi à Blandine. Celui-ci était un peu confus, car, il n'était pas le meilleur joueur du groupe. L'enthousiasme que ses amis avaient mis à lui donner la vedette devant sa mère le toucha infiniment.

Sur le chemin du retour, les amis de Mehdi encadrèrent Blandine et son fils pour une marche triomphale. Le tableau qu'ils formaient était étrange dans un pays où les femmes étaient rarement seules dans la rue. Il y avait cette Française au teint clair, entourée d'une quinzaine d'adolescents arabes qui pavoisaient. Blandine se sentit protégée comme une reine. À cet instant, nul n'aurait pu l'approcher avec des intentions malveillantes.

– Mehdi, tu crois qu'on pourrait aller tous ensemble manger une pizza?

Le regard sidéré de Mehdi devant sa proposition lui en dit long. Ses amis n'étaient pas dans la misère, mais manger au restaurant, surtout des pizzas, ne leur arrivait pas souvent!

– Ben! Ça va coûter cher, tu sais, on est nombreux!

– Pas de problème, je vous invite tous. Il y a une pizzeria dans le coin?

Elle se retourna vers les garçons.

– Ça vous dirait, une pizza et un Coca?

– C'est trop gentil, madame, on ne peut pas accepter!

Ils étaient gênés comme si elle venait de les inviter pour un week-end à Paris. Blandine insista, ils le méritaient bien après un si beau match et ça lui faisait vraiment plaisir. Ils trouvèrent une pizzeria. À chaque commande, les adolescents bredouillaient, hésitant à faire ajouter des garnitures. Ils n'osaient commander des boissons. L'eau, dehors, ferait bien l'affaire et serait moins chère qu'un Orangina! Blandine réussit néanmoins à leur offrir pizzas, boissons et gâteaux. Elle eut presque envie de rire en voyant l'addition qui lui parut ridiculement peu élevée.

Mehdi rayonnait. Blandine le vit échanger avec Djamel un regard entendu et elle put lire dans les yeux de l'ami: «T'as raison, mon pote, elle est super, ta mère!»

Cette petite fête impromptue remplit Blandine d'un bonheur intense. Découvrir le milieu dans lequel évoluait son fils, le voir rire et échanger des blagues avec ses amis devant elle lui prouvait qu'il l'avait vraiment acceptée.

Les cinq derniers jours de son voyage furent marqués par le début du ramadan. Par respect pour Mehdi, Blandine accepta de ne manger qu'après le coucher du soleil, commençant avec des dattes et du lait, suivis, plus tard, d'un repas copieux. Alors qu'elle n'avait conservé aucun souvenir de ces rites après son premier séjour en Algérie, elle nota cette fois à quel point le rythme de vie changeait durant cette période. Les magasins étaient fermés pendant la journée, tout le monde vivait la nuit et les fenêtres étaient toujours ouvertes pour qu'on puisse entendre l'appel du muezzin. Quand celui-ci annonçait le coucher du soleil, elle voyait Hassan se jeter voracement sur la nourriture, avalant goulûment dattes et lait pour pouvoir passer au vrai repas. Elle remarqua que Mehdi, lui, mangeait posément les dattes et buvait son lait à petites gorgées, pour habituer son estomac à la nourriture, comme le prescrivait le Prophète.

Pendant la nuit, Blandine et Mehdi se promenaient dans les rues. Mehdi montra à sa mère les curiosités de la ville et, quand ils croisaient des passants, il la présentait dans un mélange de français et d'arabe. Il semblait connaître tout le monde et Blandine réalisa à quel point il était différent des autres avec ses yeux verts, ses taches de rousseur, sa peau plus pâle que celle de ses copains.

Trois semaines seulement étaient passées depuis son arrivée à Tlemcen et Blandine avait l'impression d'y être depuis des mois tant elle avait vécu de choses. Elle avait prévu ne rester qu'une semaine mais elle n'avait pu se détacher de son fils si tôt. À présent, l'idée d'une nouvelle séparation la déchirait, mais elle ne pouvait plus reporter son retour en Allemagne. Ce n'était pas le moment de perdre son emploi, alors qu'elle aurait bientôt une autre bouche à nourrir!

À l'aéroport, les yeux noyés de larmes, Blandine remit à Mehdi tout l'argent qui lui restait. La somme, quelques milliers de dinars, ne lui paraissait pas énorme mais elle l'était pour lui.

– Tu peux me téléphoner n'importe quand, et je vais t'appeler tous les jours. Si tu as besoin de quelque chose, n'hésite pas à me le dire, d'accord?

Elle le serra dans ses bras pour la millième fois. C'était comme si on lui arrachait le cœur. Un déchirement puissant, à peine tempéré par la perspective de le retrouver dans quelques semaines.

– Je reviendrai dès que je pourrai. Tu me crois, hein? Dis-moi que tu me crois, c'est important. Je ne te laisserai plus, je te le promets!

Bien sûr, Mehdi la croyait. Il sentait que sa mère ferait n'importe quoi pour lui. Il la laissa partir sans trop de chagrin, sachant que, grâce à elle, sa vie ne serait plus jamais la même.

Blandine revint à Tlemcen à plusieurs reprises durant les trois mois qui précédèrent le dix-septième anniversaire de Mehdi, au mois de novembre. Elle voulut s'installer à l'hôtel car vivre sous le même toit que Hassan lui était trop pénible. Avec Mehdi, elle chercha un endroit où loger. Il n'y avait pas grand-chose; un ou deux hôtels, quelques maisons délabrées qui faisaient office d'auberges. Blandine apprit, sidérée, qu'une femme seule n'avait pas le droit de louer une chambre. Partout, on refusa de la loger! Elle se vit contrainte de squatter la chambre de Mehdi tout en tenant tête à son ex-mari, qui cherchait encore à lui imposer sa loi. Il eut un jour l'outrecuidance de chercher à empêcher Blandine de sortir de l'appartement, sous prétexte que sa robe ne la couvrait pas assez. Celle-ci dut une fois de plus le remettre à sa place.

Alors qu'elles lavaient la vaisselle un soir, Blandine raconta à Salima l'incident du rat pendu dans la cheminée, à l'époque où elle vivait avec Hassan à Beauvais.

Salima ne parut pas étonnée mais affirma qu'à son avis, malgré l'intervention du beau-père, le sort persistait sans doute. Elle proposa à Blandine de l'en débarrasser et en quelques secondes, celle-ci vit la cuisine se transformer en antre de sorcière. Salima fit brûler des morceaux de charbon dans une grande jarre de terre cuite et jeta dessus des grains d'épices. Elle posa le pot par terre et invita Blandine à effectuer plusieurs allers-retours au-dessus pendant qu'elle murmurait des incantations. Blandine se prêta à ce manège sans poser de questions, pour prouver sa bonne volonté. Qui sait, peut-être Salima avait-elle raison? Soudain celle-ci interrompit sa litanie et regarda Blandine d'un air dubitatif.

– Tu as quelque chose que je ne peux pas enlever.

Hassan arriva au même moment. Quand sa femme lui expliqua la situation, il proposa qu'on emmène Blandine voir une sorcière réputée, capable de lever le sort. Blandine se méfiait. Il était hors de question qu'elle parte seule avec eux dans un village perdu. S'ils avaient des intentions malveillantes? Elle voulait bien, par curiosité, se prêter à des expériences étranges et se débarrasser de ce mauvais sort s'il existait, mais elle ne prendrait pas de risques inutiles.

– J'aimerais que Mehdi vienne aussi...

Mehdi ne croyait pas à toutes ces histoires, bien qu'il ait grandi entouré de superstitions. Les sorcières, les mauvais sorts, les manifestations étranges faisaient partie de la vie quotidienne, mais il était sceptique. Il accepta néanmoins d'accompagner sa mère, pour lui faire plaisir et aussi par curiosité...

Ils se rendirent tous les quatre dans un minuscule village dont Blandine n'avait pas saisi le nom, chez une vieille femme qui l'invita par signes à entrer seule dans sa cabane au sol de terre battue. La femme s'accroupit sur un bout de tissu, devant un brasero. Son visage était couvert de tatouages, l'un de ses yeux était crevé, l'autre à demi fermé. Pour s'épargner un instant la vue de ce visage déformé, Blandine balaya la pièce du regard et ne vit que des tapis tressés et des murs de ce vert criard qui lui rappelait l'hôpital où elle avait passé des semaines, quand Hassan avait failli la tuer...

– Tu es ensorcelée...

La vieille femme interpella Blandine d'une voix rauque et, tendant le bras, l'invita à s'asseoir devant le feu. Ensuite, elle la toucha du bout des doigts, les yeux fermés, comme en transe. Les bras levés vers le ciel, elle lança des incantations en arabe et sembla appeler les esprits. Blandine était mal à l'aise, un peu effrayée. Soudain, la sorcière se mit à suer puis ses bras retombèrent mollement au sol.

– Ça y est, tu peux être tranquille maintenant. Tu auras toujours quelqu'un près de toi, et aussi quelque chose de rouge.

Blandine sortit de la maison et rejoignit les autres. Salima l'interrogea mais elle ne sut quoi répondre. Elle ne se sentait pas différente et hésitait à croire à cette histoire de mauvais sorts. Néanmoins, quand ils repartirent vers Tlemcen, son pas était un peu plus léger. De toute manière, maintenant que son enfant lui était revenu, aucun mauvais sort ne saurait avoir prise sur elle.

Pendant ces quelques semaines, Blandine se ruina en billets d'avion, en appels téléphoniques et en cadeaux. À chaque séjour, elle rapportait à son fils des présents allant de la boîte de Corn Flakes au parfum, en passant par les vêtements et les chaussures de sport. Toutes ses économies y passèrent et elle dut vendre quelques meubles, mais elle aurait vécu dans la rue plutôt que de se priver de gâter Mehdi. Souvent, elle ne venait à Tlemcen que pour un week-end et, quand son fils la raccompagnait à l'aéroport le dimanche soir, la séparation était pénible. Mais ils savaient tous les deux que tout cela n'aurait qu'un temps.

D'Allemagne, Blandine lui téléphonait deux fois par jour, quand Mehdi revenait de l'école puis avant de dormir. Elle voulait être présente dans son quotidien, effectuer une mise en route de leur future vie à deux. Le premier mois fila dans l'euphorie, Blandine avait à peine le sentiment d'exister entre ses voyages. Mais plus le temps passait, plus elle était affamée de la présence de son fils, et son travail en souffrait. Vivement qu'il puisse la rejoindre.

Un congé scolaire coïncida, à quelques jours près, avec l'anniversaire de Mehdi, en novembre. C'était l'occasion rêvée pour Blandine de lui envoyer un billet d'avion pour l'Allemagne. Il allait célébrer ses dix-sept ans, avec un peu d'avance, à Düsseldorf.

Mehdi fut ébloui par l'appartement que Blandine et Guido avaient choisi ensemble, au premier étage d'un bel immeuble ancien mais, avant d'en faire le tour, il voulut voir l'appareil téléphonique que Blandine avait utilisé pour l'appeler. Ensuite, il s'extasia sur la taille des pièces, sur les grands canapés blancs qui meublaient le salon et sur les œuvres d'art africaines que Blandine avait accumulées au fil des années. Elle était fière de cet appartement, dont la décoration était très soignée. Pour Mehdi qui vivait dans une HLM, le contraste était sidérant. C'était comme être invité dans un hôtel de luxe, un peu intimidant mais plein de promesses.

Pendant ce séjour d'une semaine, le choc culturel fut immense. Même si Mehdi avait passé quelque temps en France pendant l'été, il était resté isolé dans une communauté algérienne assez traditionnelle et n'avait pu vraiment savourer le confort et le modernisme à l'européenne. Aussi, sa découverte de l'Allemagne moderne au rythme de vie effréné, où la haute technologie régnait en maître, lui donna l'impression de faire un immense bond dans le temps. Tout le captivait: l'architecture des immeubles ultramodernes, les autoroutes, les pizzerias à tous les coins de rue... Sa rancœur envers Hassan monta encore d'un cran. Son père l'avait privé de tant de choses en l'emmenant vivre en Algérie...

Blandine cessa tout contact avec Guido, malgré l'amitié qui les avait soudés pendant des années. Lors d'une visite à Düsseldorf, Guido avait osé émettre des réserves au sujet de l'enthousiasme de Blandine à l'idée de vivre avec Mehdi. Il doutait fortement que le jeune homme puisse rester longtemps avec sa mère.

– Ton fils est presque un homme, Blandine, c'est trop tard maintenant. Tu ne peux pas le garder avec toi, ça ne marchera jamais!

Blandine connaissait ses priorités et, depuis longtemps, Guido n'en était plus une. Elle voulait se consacrer tout entière à son fils et il n'était pas question qu'un autre homme vienne s'immiscer entre eux. En pensant à l'installation définitive de Mehdi en Allemagne, dès qu'il aurait passé son bac, elle était aussi fébrile et possessive qu'une amoureuse.

Ce premier séjour s'acheva trop rapidement. Il y avait une délicieuse torture dans le fait de se retrouver et de se quitter si vite, et tous les deux vivaient ces moments avec fièvre. À l'aéroport, Mehdi acheta pour sa mère un petit lapin de coton qu'il vaporisa avec son eau de toilette. Blandine glissa le jouet dans son sac à main et des années plus tard, longtemps après que l'odeur de l'eau de toilette se fut évaporée, elle continua de le trimballer au fond de son sac.

10

Une nouvelle vie à deux

Blandine aimait les arbres de Noël avec toute la passion d'une petite fille trop longtemps privée de festivités. Quand Mehdi revint en Allemagne pour passer deux semaines avec sa mère pendant la période des fêtes, celle-ci y vit l'occasion de s'offrir un Noël comme elle en avait toujours rêvé. On était le 3 janvier 1991. Pour tout le monde, le temps des fêtes était presque terminé, mais pour Blandine il commençait. En l'honneur de son fils retrouvé, et malgré qu'il soit musulman, Blandine prit le parti d'agir comme si c'était Noël et se lança dans des préparatifs fiévreux. Peu de temps avant qu'on cesse de vendre des sapins dans les rues de Düsseldorf, elle acheta un arbre gigantesque. Il devait faire au moins trois mètres mais peu importait, son appartement était très haut de plafond !

Il lui fallut exécuter d'innombrables contorsions pour hisser l'arbre, toute seule, dans son immeuble. Elle le conserverait sur le balcon et, quand Mehdi serait là, ils le dresseraient dans le salon et le décoreraient, baignant dans le parfum de l'encens au bois de santal que Blandine affectionnait. Elle avait acheté une quantité incroyable de décorations, de boules de verre, de pendeloques pour garnir l'arbre, qui serait aussi beau que dans ses rêves d'enfant. Petite, elle n'avait jamais fêté Noël avec sa famille et avait admiré de loin les arbres de Noël des autres, comme celui que sa tante Danielle et son oncle Georges décoraient pour leurs deux fils qu'elle avait tant enviés.

Elle se rappelait encore le premier arbre de Noël qu'elle ait jamais vu. Elle devait avoir six ou sept ans quand elle découvrit dans le salon de sa tante un sapin immense, plein de lumières qui clignotaient. Elle n'avait jamais rien vu d'aussi beau. Elle s'était assise devant, époustouflée. Cet arbre représentait pour elle bien plus qu'une décoration. Il était le symbole parfait d'un vrai foyer, rempli d'amour. C'était comme si, pour la première fois de sa vie, son désir d'enfant était enfin assouvi. Depuis, chaque fois qu'elle voyait un sapin de Noël, Blandine ressentait le même bien-être et sa gorge se serrait d'émotion, en même temps que du regret de n'avoir jamais connu de véritable foyer...

Mehdi ferait escale à Paris avant de monter dans un train pour Düsseldorf. Il prendrait le train pour la première fois de sa vie. En Algérie, il n'avait voyagé qu'en bus, entre Alger et Tlemcen. Aussi était-il excité par cette nouvelle expérience.

Au grand étonnement de Blandine, son frère Stéphane lui proposa d'aller chercher Mehdi à l'aéroport de Roissy en compagnie de Rodolphe. Ils profiteraient de son escale pour faire connaissance avec leur neveu dont ils avaient pratiquement oublié l'existence. Blandine devina que la curiosité plus que la sollicitude les motivait mais, du moins, son fils ne serait pas seul. Quant à elle, il lui était impossible de venir à Paris. Si elle n'allait pas au travail ce jour-là, elle risquait de perdre son emploi. Dans sa société, des transactions importantes étaient en cours et elle ne pouvait se permettre une absence. Elle confia donc Mehdi à ses oncles. À sa descente d'avion, celui-ci eut la surprise d'apercevoir un grand cœur en papier portant la mention «Bienvenue à Mehdi!», portée par une petite fille. Il se demanda qui étaient tous ces gens qui le saluaient.

Une grande partie de la famille de Blandine était là. Sa sœur jumelle Dominique, Stéphane, Rodolphe et leurs enfants. La petite Clémence, la fille de Rodolphe et de sa femme Béatrice, avait dessiné le cœur. Bien qu'ils n'eussent plus eu de contacts avec leur sœur depuis plusieurs années, ils se présentèrent tous à Mehdi en se comportant comme si leur présence était tout à fait naturelle. Après avoir téléphoné en Allemagne pour informer Blandine que Mehdi était arrivé à destination, ils l'emmenèrent à Paris. Blandine fut rassurée mais se désespéra de ne pouvoir se trouver là.

Stéphane, toujours grand seigneur et soucieux de faire bonne impression, avait réservé une table dans un bon restaurant en l'honneur de Mehdi. Ainsi, entre un avion et un train, le jeune homme fit connaissance avec les Soulmana, sans se douter que cette réunion de famille était un événement exceptionnel. Plus tard, il prendrait conscience du fossé qui existait entre ces gens et sa mère.

Blandine qui avait toujours rêvé de vivre dans une famille «normale» verrait-elle enfin son rêve se réaliser avec le retour de son fils? Elle fut très touchée par le récit que Mehdi lui fit de cette réunion. Peut-être que sa vie allait prendre un nouveau virage, maintenant que Mehdi était là, que cet immense vide qu'elle trimballait depuis tant d'années était enfin rempli... Avec un peu d'ironie, elle se rappela que Stéphane avait manifesté une certaine jalousie à la naissance de Mehdi. Il était déjà marié à l'époque et aurait voulu être le premier de la famille à avoir un enfant, surtout un fils. Son fils David était né peu de temps après.

Mehdi s'était fait beau pour sa mère, s'offrant même des vêtements neufs. Mais il était crevé par cette journée mouvementée. Il s'endormit dans le train et fut réveillé en sursaut par l'entrée en gare. Il fut le dernier à sortir du wagon, laissant une Blandine anxieuse trépigner sur le quai. Celle-ci était arrivée en avance, si nerveuse qu'elle ne pouvait plus lire les panneaux des arrivées. Quand Mehdi l'aperçut, il courut vers elle et se jeta dans ses bras.

– As-tu faim? Dis-moi, qu'est-ce que tu aimerais manger? N'hésite pas, n'importe quoi qui te fasse envie, je te l'offre, ce soir c'est la fête!

Mehdi rêvait d'aller chez McDonald's! Puisque c'était comme ça, ils mangeraient des hamburgers. Blandine l'entraîna vers le McDo le plus près de chez elle et ils quittèrent le restaurant avec une incroyable quantité de nourriture, comme seul un garçon de son âge pouvait en ingurgiter. En arrivant à l'appartement de Blandine, ils s'installèrent par terre dans le salon et se goinfrèrent tout en regardant l'arbre qui attendait d'être décoré.

Ils passèrent le reste de la soirée à y accrocher des ornements, sous l'œil éberlué des voisins d'en face qui se demandaient probablement, en voyant ce gigantesque sapin à la fenêtre, pourquoi deux fous prenaient la peine de décorer un arbre de Noël le 3 janvier... Ce soir-là, ils partagèrent de nouveaux souvenirs et Mehdi continua de révéler à sa mère des petits bouts de son histoire. Il lui confia que tous les ans à Noël, il achetait deux bûches dans une pâtisserie à Tlemcen, une pour la famille, une autre qu'il dévorait tout seul. Il avait beau être musulman pratiquant, cela ne l'empêchait pas d'apprécier les pâtisseries chrétiennes! L'appartement devint un cocon dans lequel mère et fils tissèrent de nouveaux liens et partagèrent des fous rires. Pour Blandine, ce 3 janvier 1991 resterait une soirée inoubliable.

Ils vécurent une sorte de lune de miel. Blandine avait l'impression, en voyant Mehdi sourire tout le temps, qu'il se sentait délivré. Elle ignorait encore à ce moment jusqu'à quel point il avait souffert. Il n'était pas entré dans les détails de sa vie quotidienne dans le petit appartement de la cité Imama à Tlemcen, ni de ses premières années à l'usine de confitures. Mehdi n'avait pas envie de voir pleurer sa mère, ni de la voir se mettre en colère contre Hassan. Il souhaitait seulement profiter au maximum de ce répit, se remplir les yeux, le ventre, le cœur. Même s'il dormait sur un canapé, le grand appartement de Blandine, avec ses beaux tapis, son entrée de marbre rose et ses tissus colorés et exotiques, était l'endroit le plus confortable où il ait jamais vécu. Pour Mehdi, c'était le paradis. Dans la belle et grande salle de bains, il y avait deux lavabos, le hall était assez grand pour qu'il puisse y faire ses exercices de kick-boxing! Il découvrit l'abondance.

Les vacances de Mehdi s'achevaient. À la perspective de retourner à Tlemcen, dans cet appartement où l'attendaient traîtres et menteurs, Mehdi avait la mort dans l'âme. Il ne pouvait se résoudre à affronter de nouveau la violence et la hargne de son père. À trois reprises, il se rendit à Francfort pour prendre l'avion mais, chaque fois, il fit demi-tour et rentra chez Blandine. Hassan avait beau employer toutes les stratégies au téléphone, menaces, suppliques ou chantage, rien n'y faisait. Mehdi avait rêvé trop longtemps de quitter l'Algérie et avec sa mère, sa vraie mère, il était trop bien.

Bien qu'il se soit engagé à terminer ses études à Tlemcen et qu'il soit conscient qu'il lui restait à peine six mois avant le bac, le jeune homme reportait son départ en se persuadant que, désormais, sa place était auprès de sa mère. La pensée de ce qu'elle avait traversé pendant des années à le chercher et à l'attendre, alors qu'il ignorait son existence, le rendait triste et, par-dessus tout, très amer.

Quelques jours après son arrivée, Blandine avait posé sur Mehdi un regard attendri, encore ébahie de l'avoir enfin devant elle, en chair et en os. S'extasiant pour la millième fois devant les yeux vert sombre de Mehdi, devant son regard si doux, elle avait soupiré:

– Tu as l'air d'un faon...

Mehdi avait levé les yeux vers elle.

– Si je suis un faon, alors toi, tu es la biche! Tiens, La Biche, c'est joli comme nom...

Jusque-là, Mehdi n'avait pas trouvé comment l'appeler, il s'en sortait toujours par une pirouette, un peu gêné. À dix-sept ans, il était difficile de se mettre à dire «maman...» Mais Blandine, il le savait, était vraiment sa mère, autant par choix que par le sang. De ce jour, il ne l'appela plus jamais autrement que La Biche.

Cette mère qui lui était tombée du ciel, il voulait la connaître mieux et la rendre heureuse, il s'en faisait une responsabilité. Les Habbedine s'étant approprié Mehdi pendant des années, celui-ci considérait que le tour de Blandine était venu. Toutefois, il arriverait difficilement à la gâter plus qu'elle ne le gâtait déjà.

Avec l'arrivée de son fils, la vie de Blandine prit enfin un sens. Elle ne vivait que pour lui, travaillait pour le nourrir, le vêtir, le choyer, sans voir les excès dans lesquels elle tombait. Elle était affamée de sa présence et, pour lui plaire, n'en faisait jamais assez, croyant qu'à force de cajoleries et d'attentions elle arriverait peut-être à rattraper le temps perdu. Elle qui n'avait pas eu le temps d'apprendre le métier de mère se convainquit qu'on n'en faisait jamais trop pour son enfant, qu'on ne le couvrait jamais trop d'amour, d'égards, de soins.

Blandine n'achetait pas une chemise pour Mehdi, mais deux, comme elle lui faisait griller deux steaks, le soir au dîner. Elle achetait du pain en quantité industrielle et le regardait manger comme si c'était le plus beau spectacle du monde.

Peut-être aussi cuisinait-elle pour trois. Pour Mehdi, cet adolescent vigoureux et toujours affamé, pour elle-même, mais aussi pour l'autre Mehdi, le petit garçon disparu dont une part de l'histoire lui resterait à jamais inconnue.

Dans cette confusion entre le passé et le présent, Blandine était béate, aveugle à l'évidence de ses excès, sourde aux protestations discrètes de Mehdi qui, malgré le plaisir que lui procurait le sentiment d'être le centre du monde, se sentait coupable d'être aussi comblé, alors que ses sœurs avaient à peine le strict nécessaire. De temps en temps, il lui rappelait avec douceur, pour ne pas la blesser, qu'il n'avait pas été élevé dans du coton et qu'il n'était plus un enfant. Blandine continuait de le couver et, tout en sortant du four un autre de ses gargantuesques repas, répliquait en riant.

– Apprécie, au lieu de rouspéter!

Elle avait coupé les ponts avec tous ses amis, son tête-à-tête avec son fils lui suffisait amplement. Mehdi l'accompagnait à son travail, décorait avec elle des salles d'exposition, arrangeait des vitrines. Il se révélait efficace et plein d'initiative. C'était presque comme s'il avait toujours été là.

Quand Mehdi parlait à son père au téléphone, il inventait toutes sortes de raisons pour justifier son retard, mais promettait qu'il reviendrait à temps pour passer le bac. Hassan était furieux de voir son autorité défiée, mais il lui arrivait de sangloter lors de leurs échanges, conscient qu'il avait perdu la bataille. Mehdi restait froid, même s'il était mal à l'aise d'entendre son père pleurer. Toutefois, le jeune homme savait qu'il devrait tôt ou tard rentrer à Tlemcen. Autrement, il perdrait le respect de lui-même. S'il restait en Allemagne au lieu d'honorer ses engagements, il ne vaudrait pas mieux que son père et Mehdi craignait plus que tout de lui ressembler. Il avait donc la ferme volonté de tenir ses promesses.

Trois mois après la date prévue, Mehdi revint donc à Tlemcen. À l'aéroport, il acheta son billet de retour vers l'Allemagne. Personne ne pourrait l'empêcher de quitter l'Algérie. Il y resta jusqu'en juin, passa son bac pour satisfaire son père mais aussi pour clore proprement ce chapitre de sa vie. Mehdi aimait que les choses soient claires et nettes. Pendant ces quelques semaines, il resta distant avec son entourage et distrait à l'école. Les seules personnes qui lui manqueraient étaient ses petites sœurs de même que quelques copains. Il essaya de passer du temps avec ceux-ci mais, à la maison, il se sentait désormais étranger. Quand son ami Souhil mentionna qu'il aimerait partir pour l'Allemagne lui aussi, Mehdi lui proposa un coup de main. Il promit même de demander à sa mère s'ils pourraient l'héberger quelque temps. Mehdi se considérait si privilégié qu'il voulait que ses copains profitent de sa veine.

Lui et Hassan s'adressaient à peine la parole quand ils se croisaient dans l'appartement, mais Mehdi marchait la tête haute. Après avoir eu peur de son père, pendant tant d'années, il ne le voyait plus autrement que comme une statue fissurée aux pieds d'argile, dont il savait que dorénavant, il suffisait d'une petite poussée pour la voir s'effondrer. Le tyran avait révélé ses failles et Mehdi contemplait maintenant Hassan avec une sorte de condescendance apitoyée.

Avril, mai, juin... Le printemps fut ponctué par les visites de Blandine, qui ne pouvait concevoir de passer trois mois sans voir son fils. Mehdi se prépara sans enthousiasme pour le bac, la tête déjà ailleurs. Ces quelques semaines à Tlemcen furent pourtant les meilleurs moments qu'il eut jamais vécus en Algérie. Il s'y sentait de passage, comme un touriste en vacances. Rien ne l'atteignait, ni regret ni nostalgie, et il ne conservait pas le moindre doute sur son avenir. Du 12 au 15 juin, il passa le bac et, dès la fin des examens, il reprit l'avion sans regarder derrière, avec le sentiment d'avoir respecté sa part du marché. Il laisserait ensuite passer un an sans parler à son père...

Quand il arriva à l'aéroport de Francfort, Mehdi ne trimballait qu'un petit sac de voyage. Il avait laissé derrière lui presque toutes ses affaires: ordinateur, imprimante, livres, etc. Il parut ne ressentir aucun regret et Blandine en l'observant se dit qu'il avait l'air de quelqu'un qui voulait commencer une nouvelle vie.

Au début, malgré sa joie, elle se trouva préoccupée. Cette fois, son fils était là pour de bon. Finis les allers-retours, les appels téléphoniques, les rencontres à la sauvette pendant les vacances scolaires. Mehdi vivrait vraiment avec elle. Parviendrait-elle à combler tous ses besoins? Il ne connaissait personne à Düsseldorf, n'avait ni copains ni travail et ignorait la langue. Comment pourrait-il entamer d'autres études ou trouver du travail s'il ne parlait pas allemand? Elle l'inscrivit dans une école de langues où il étudia pendant un an tout en poursuivant d'autres activités. Le 17 novembre 1991, il célébra son dix-huitième anniversaire avec sa mère.

Après avoir travaillé pendant quelque temps pour la société qui employait sa mère, il obtint un boulot chez McDonald's. Le jeune homme trouva incroyable que, après avoir rêvé si longtemps d'y manger, il était parvenu à y travailler. Pendant une longue période, lui et Blandine vécurent en vase clos. Celle-ci tentait de suppléer à tout ce qui pouvait lui manquer, d'être mère en même temps qu'amie, guide et conseillère. Elle espérait faire le lien entre l'Algérie et la culture européenne à laquelle Mehdi devait s'acclimater. Sa vie dans un milieu musulman nord-africain et traditionaliste ne l'avait pas préparé pour la liberté de mœurs des Allemands. Le jeune homme était souvent choqué et se sentait perdu. L'atmosphère orientale faite de complicité et de chaleur, les effluves parfumées et la douceur de vivre africaines lui manquaient parfois douloureusement.

Heureusement, son copain Souhil vint lui changer les idées. Comme promis, Blandine et Mehdi l'accueillirent chez eux et l'aidèrent à faire connaissance avec l'Allemagne. Ils tenaient à l'aider d'autant plus que le père de Souhil s'était endetté pour permettre à son fils de partir. Pour Mehdi, ce fut un coup de chance de retrouver un ami de chez lui. Il s'ingénia à lui faire découvrir tous les bons côtés de leur nouvelle vie. Les choses se passèrent bien au début mais, malheureusement, l'attitude de Souhil changea. Il n'arrivait pas à s'adapter et se plaignait sans cesse. Mehdi se reprocha d'avoir imposé à sa mère cette présence indésirable, spécialement quand Souhil refusa le travail que Mehdi lui avait déniché. En fin de compte, le jeune homme repartit dans son pays. Le changement de langue et de culture avait eu raison de sa volonté. Mehdi fut déçu de cette désertion. Il l'avait pourtant prévenu que ce serait difficile, au début. Mais sa famille et ses amis manquaient trop à Souhil, tandis que Mehdi semblait avoir enfin trouvé sa vraie place.

Sa déception fut encore plus grande quand il apprit que Souhil, à son retour en Algérie, avait répandu des mensonges sur son compte. Pour ne pas avoir à admettre son échec, le jeune homme avait raconté autour de lui que Mehdi et sa mère lui avaient mené la vie dure et ne l'avaient même pas nourri convenablement.

Blandine n'eut aucun mal à transmettre à Mehdi son goût pour les voyages. Sans réservations, sans la moindre certitude, elle l'entraîna un jour à l'aéroport. Ils allaient s'offrir des vacances. Mehdi était surexcité. C'était la première fois qu'il partait vers un endroit inconnu où personne ne l'attendait. Cette façon de sauter à pieds joints dans l'aventure lui plut énormément. Blandine acheta des places sur un vol pour la Turquie, sans savoir sur quoi ils allaient tomber. Cela pourrait être formidable ou affreux! L'hôtel se révéla banal et Blandine désirait mieux pour ses premières vacances avec son fils. Elle réclama un hôtel au bord de la mer, confortable et joli. Chaque geste accompli renforçait sa certitude de bien remplir son nouveau rôle de mère et sa poitrine se gonflait de fierté.

Elle ne résista pas à la tentation de faire connaître à Hassan sa bonne fortune et proposa à Mehdi de téléphoner à Tlemcen, ce qu'il accepta avec enthousiasme. Au bout du fil, le garçon exprima sans détour son emballement, sans s'attarder au fait qu'il n'avait plus parlé à son père depuis longtemps.

– Je suis en vacances en Turquie avec ma mère!

Avec une certaine puérilité, Mehdi se payait une douce vengeance. Hassan n'aurait jamais pu lui offrir cette vie, même s'il l'avait voulu.

Pressé d'apprendre, Mehdi enchaîna les petits boulots. Après McDonald's, il se fit engager comme vendeur dans une boutique de jeans. Big Star était un endroit très branché, idéal pour rencontrer des jeunes. Il y fit la connaissance d'un autre vendeur, Shahram, un Iranien qui devint son meilleur ami. C'est à ce moment que Mehdi commença vraiment à apprécier la vie à Düsseldorf.

Entre-temps, il reçut un appel de son ami Ramdan. avec qui il faisait la course à la première place, à l'école de

Tlemcen. Ramdan demanda à Mehdi s'il pouvait venir lui rendre visite. Ce dernier fut ravi. Si un copain avait envie de le voir, ça voulait dire qu'il n'avait pas cru les mensonges de Souhil. Ramdan s'installa chez Blandine pendant trois mois!

Après deux semaines de vacances, le jeune homme fit part à ses hôtes de son désir de travailler. Il souhaitait gagner de l'argent pour acheter un ordinateur et le rapporter en Algérie. Mehdi proposa à Ramdan de chercher un boulot dans l'immeuble où travaillait Blandine et où étaient installées plusieurs sociétés de prêt-à-porter. Comme le jeune homme parlait peu l'allemand, on l'embaucha comme manutentionnaire.

Une impulsion malencontreuse poussa Mehdi à se couper les cheveux lui-même. Le résultat fut un tel désastre qu'il se vit obligé de se raser la tête. Son nouveau *look* n'eut pas l'heur de plaire à son patron, qui le renvoya sur-le-champ. Son ami Shahram fut si choqué par ce renvoi injustifié qu'il démissionna de Big Star. Cette solidarité scella leur amitié.

Ce congédiement permit du moins à Mehdi de marcher quelque temps sur les traces de sa mère et d'utiliser ce don pour le commerce qu'il avait développé en Algérie. Il vendit des tableaux pendant deux ou trois mois pour le compte de son oncle Rodolphe, qui venait les visiter quand son travail l'amenait en Allemagne. Malheureusement, le négoce des tableaux avait pris tant d'ampleur que, désormais, plusieurs groupes faisaient compétition à l'entreprise de Rodolphe et les profits s'en ressentaient. Toutefois, le hasard faisant bien les choses, Ramdan rentra en Algérie au même moment et Mehdi put le remplacer à la société Imotex, où une place de vendeur lui permit bientôt de révéler ses capacités.

Pour éviter à son fils trop d'affrontements avec une culture à laquelle il n'était pas habitué, Blandine avait renoncé à boire un apéro ou un verre de vin devant lui. Là d'où il venait, les femmes ne buvaient pas et l'idée de voir sa mère un verre de vin à la main lui paraissait vulgaire et choquante. Mehdi lui-même n'avait d'ailleurs aucun goût pour l'alcool. Blandine avait renoncé aussi aux amitiés masculines, de crainte que son fils les perçoive comme des trahisons. Guido n'était plus qu'un tendre souvenir.

Mais Mehdi avait dix-neuf ans et commençait à étouffer un peu sous les marques d'affection encombrantes de sa mère. Bien qu'enveloppées dans une grande douceur, ses protestations étaient de plus en plus fréquentes.

– Arrête de me câliner comme un bébé!

Blandine lui caressait les cheveux, lui frôlait la joue du bout des doigts quand elle passait à côté de lui, le prenait dans ses bras, bien qu'il soit plus grand qu'elle. Même dans la rue, elle aurait voulu lui tenir la main comme s'il avait eu six ans.

Elle continuait aussi de lui imposer une opulence qui le mettait mal à l'aise. Quand revint la période du ramadan, Blandine insista pour que Mehdi conserve ses habitudes, ses rites. Elle ne voulait pas l'empêcher de pratiquer la religion dans laquelle il avait été élevé. Elle apprit à cuisiner les plats traditionnels du ramadan et se mit à vivre au même rythme que lui, mangeant la nuit et dormant peu puisqu'elle travaillait pendant la journée. Elle cuisinait chaque jour en abondance pour qu'au coucher du soleil son fils mange à sa faim. Après, elle jetait tout ce qui restait et recommençait le lendemain, de façon que Mehdi puisse manger frais.

Quand il ne put tolérer davantage ces excès, outré par ce gaspillage, Mehdi se fâcha.

– Arrête, arrête, c'est trop!

Il ne pouvait plus apprécier, chaque repas ajoutait à ses remords. Mais Blandine ne voulait rien entendre. En lui reprochant de trop le gâter, c'était comme si Mehdi lui avait reproché de trop l'aimer. Et ça, elle n'arrivait pas à l'accepter. Ils commencèrent à se disputer un peu. Même Blandine devait admettre qu'elle étouffait dans ce huis clos. Elle s'était imposé des privations, mais sa nature épicurienne et rebelle se mit à souffrir de pareille retenue. Elle n'avait aucune envie de vivre en Algérienne, ni en musulmane, et regrettait les dîners arrosés de bons vins, l'apéritif avec des amis, la fête, quoi! Il faudrait bien que Mehdi s'y habitue.

Elle se remit à sortir un peu, présenta son fils à ses collègues de travail et à quelques amis. Jamais elle n'était aussi radieuse que quand une copine croisée dans la rue lui chuchotait en passant:

– Pas mal ton nouveau mec, Blandine! Un peu jeune peut-être, mais dis donc, il est vraiment beau!

– Ça n'est pas mon mec, c'est mon fils!

Jusqu'à l'installation définitive de ce dernier, elle avait gardé secrète l'existence de Mehdi. Aurait-elle parlé de son enfant, disparu quelque part dans le nord de l'Afrique près d'une vingtaine d'années auparavant qu'on ne l'aurait peut-être pas crue... Et, chaque fois, en parler aurait été comme rouvrir la plaie. Maintenant, elle tentait avec chaque caresse prodiguée, avec chaque petit plat préparé avec amour, de panser ses propres blessures, de mettre un baume sur les cicatrices de son âme.

Blandine était désemparée devant l'ampleur de son ignorance quant au passé de son fils. À l'occasion d'un petit accident banal qui obligea Mehdi à recevoir quelques points de suture au front, le médecin l'interrogea sur le groupe sanguin de son fils et sur les vaccins qu'il avait reçus. Blandine comprit qu'elle ne savait rien de la petite enfance de Mehdi. Elle voulut combler ces béances, reconstituer le puzzle et entama une sorte d'enquête. Elle interrogea inlassablement Mehdi sur ses maladies infantiles, sur les petits accidents dont il se souvenait, fouilla ses souvenirs pour découvrir les plats qu'il avait aimés, ses jouets préférés. Pendant l'une de ces «séances de fouille», Blandine s'interrompit quelques instants, l'air songeur, et sembla se rappeler quelque chose d'essentiel.

– Te rappelles-tu avoir déjà eu un vélo quand tu étais tout petit?

Non, Mehdi ne se rappelait pas. Ou plutôt, il se rappelait avoir eu un vélo en Algérie, mais il avait déjà douze ou treize ans. Il ne comprenait pas pourquoi sa mère accordait tant d'importance à tout cela. Le passé était le passé. Il y avait tant de choses qu'il préférait oublier. Cela ne servait à rien de remuer les mauvais souvenirs. Mais Blandine s'agrippait au moindre fait anodin. C'était plus fort qu'elle, même si les réponses lui faisaient souvent mal, il fallait qu'elle sache. Mehdi s'insurgeait contre cette curiosité qu'il jugeait morbide.

– Pourquoi me demandes-tu tout ça?

Blandine lui raconta que, depuis ses trois ans jusqu'à ce qu'elle apprît qu'il était parti avec son père, elle lui avait envoyé des cadeaux d'anniversaire chez sa grand-mère, à Beauvais. Pour ses sept ans, elle lui avait fait parvenir un vélo...

Alors que les souvenirs de ces cadeaux jetés à la poste comme des bouteilles à la mer envahissaient sa mémoire, Blandine se sentait peinée et encore une fois trahie. Mais plus que tout, elle était décontenancée par l'absence de réaction chez Mehdi. Celui-ci broncha à peine à l'écoute de son récit, comme si cette vieille histoire, pas plus que les autres, ne valait la peine d'être relevée. De même, quand il lui demanda quelles étaient ces marques sur ses bras, et qu'elle lui répondit que c'étaient des coups de couteau portés par son père, Mehdi fut avare de commentaires.

– Ah oui?

En apparence, il ne manifestait aucun intérêt particulier pour ces traces du lourd passé de sa mère. Ses cicatrices à lui étaient intérieures, et il ne voulait pas les étaler. Une heure plus tard, il vint néanmoins serrer Blandine dans ses bras, juste le temps de lui faire sentir qu'il comprenait et partageait son calvaire. Son affection, pour muette qu'elle était la plupart du temps, n'en était pas moins profonde, mais Blandine admettait mal qu'il ne fut pas plus curieux de son passé. Pourtant, Mehdi l'était, mais il préférait retenir ses questions. Si le passé de Blandine avait été moins pénible que le sien, il aurait craint d'en être un peu jaloux. Et s'il avait été pire, il en aurait eu du chagrin. Il lui suffisait d'apprendre par des bribes de conversation que sa mère était allée à New York ou au Kenya, que, sous certains aspects, elle avait eu une vie palpitante et qu'elle était un remarquable exemple de ténacité et de débrouillardise. Pour le reste, il préférait que le passé reste le passé, même si sa mère prétendait que s'il ne voulait pas savoir, c'était qu'il ne l'aimait pas assez.

Dieu savait qu'il l'aimait, même si cet amour serait parfois mis à rude épreuve...

11

Les grands moyens

Mehdi commençait à s'intégrer à la vie allemande grâce à son travail chez un grossiste en vêtements et à quelques copains, pour la plupart des immigrés comme lui. Si ses amis n'avaient pas nécessairement connu une enfance comme la sienne, ils avaient en commun d'avoir vaincu des difficultés d'adaptation et recommencé leur vie. Quant à Blandine, elle était heureuse et soulagée que son fils fut parvenu à se créer un milieu de vie en Allemagne. S'il se sentait bien, il n'aurait pas envie de repartir.

Elle passa elle aussi par une période d'adaptation. N'ayant jamais vécu avec son enfant ni bénéficié d'un bon modèle maternel, elle ne savait pas se comporter en mère. Devant ses copains, Mehdi était souvent embarrassé par ses démonstrations d'affection et sa bonne volonté trop manifeste à leur faire plaisir. Le jeune homme avait beau apprécier le fait d'avoir une mère *cool*, il voulait qu'elle soit d'abord une mère.

Quand Blandine trouva Mehdi à la maison avec quelques copains, un soir en rentrant du travail, elle voulut tous les nourrir. Il n'y avait pas grand-chose dans le frigo, alors elle leur proposa de les emmener manger une pizza. L'un des garçons, un peu gêné, offrit une excuse qui sembla trouver l'assentiment général:

– Oh non, merci madame, on n'a pas très faim!

Madame! Blandine fut vexée d'avoir été appelée «madame», elle qui voulait se montrer amicale. De plus, elle ne comprenait pas que sa proposition soit rejetée. Elle n'avait pas réalisé que, pour ces jeunes, elle était la mère de Mehdi, pas une copine avec qui on allait manger une pizza. Quand elle confia sa déconvenue à son fils, celui-ci rétorqua avec philosophie:

– Ben alors, t'es ma mère ou t'es pas ma mère?

«Eh oui, c'est ça aussi, être une mère, c'est comme pour les vergetures», finit par se dire Blandine. Elle aurait préféré que son corps ne porte pas les marques de sa grossesse, mais alors elle n'aurait pas eu de fils.

Même s'il n'osait en parler à sa mère de peur de lui faire de la peine, Mehdi rêvait du jour où il vivrait dans son propre appartement. Il avait presque vingt ans et toutes ces manifestations de tendresse de la part de Blandine commençaient à lui peser un peu. Il avait besoin de liberté. Et puis, il y avait les filles... Il n'osait pas amener une fille à la maison, il sentait que c'était encore trop tôt pour Blandine. Il lui suffisait de repenser à certains de ses commentaires.

– Je ne t'ai pas eu avec moi pendant seize ans, tu ne vas pas repartir tout de suite!

Mais il faudrait bien qu'elle accepte cette idée, un jour ou l'autre. Mehdi était patient, il ne voulait rien bousculer et, surtout, ne se permettait pas la moindre critique devant les réactions excessives de sa mère. Il avait toujours appris qu'on ne critiquait pas ses parents. N'empêche qu'il rongeait son frein. Quand il avait rendez-vous avec une fille, il prétendait aller chez un copain.

Pourtant, il ne pouvait indéfiniment continuer de faire semblant. Pendant le séjour chez eux de son ami Ramdan, une idylle avec la fille de la boulangerie d'en face allait déclencher une crise majeure.

Quand elle allait acheter du pain avec Mehdi, Blandine ne pouvait s'empêcher de remarquer les regards enamourés que la vendeuse, du nom de Melanie, jetait sur son fils. De toute évidence, la jeune fille avait le béguin. Rien que d'y penser, Blandine avait des envies de mordre! Un après-midi arriva ce qui pouvait se produire de pire à ses yeux. Mehdi annonça d'un ton tout à fait détaché qu'il avait un rendez-vous avec Melanie et partit en sifflotant, laissant derrière lui sa mère hébétée. Ramdan avait sans doute perçu le malaise de Blandine, avait peut-être même deviné les larmes dans ses yeux, car il fit remarquer d'un ton apaisant:

– Il fallait s'y attendre. Mehdi est un homme, c'est normal qu'il sorte avec une fille...

Blandine l'entendit à peine. Elle regarda son fils traverser la rue d'un pas léger vers son rendez-vous, et ce fut comme si elle recevait un coup de couteau dans le ventre. Cette petite boulangère, elle se mit à la haïr avec une violence à faire peur. Elle avait envie de l'anéantir et cherchait déjà frénétiquement une manigance pour empêcher Mehdi de la voir. Jusque-là, uniquement préoccupée du présent, elle n'avait jamais envisagé cette éventualité, ce danger. Mais soudain, elle prit conscience qu'un péril imprévu la guettait. Une autre femme pouvait bien lui prendre son fils. Elle qui croyait avoir vaincu tous les obstacles et récupéré son enfant pour de bon se trouvait plongée dans une nouvelle souffrance, cinglante et vicieuse. Comme si tout était à recommencer. Ce jour-là, Blandine eut l'impression que son univers s'effondrait encore une fois.

Incapable d'affronter la situation, les jambes molles, l'estomac noué et la gorge serrée, elle s'abattit sur son lit.

– Baisse les bras, Blandine, se dit-elle. Ça n'est plus la peine...

Elle avait envie de mourir et ressentait un froid intense à l'intérieur. Impossible de repousser la panique qui l'envahissait. Toutes ces années de lutte contre le désespoir, tout ce temps passé à se reconstruire pour offrir à son fils une mère dont il pourrait être fier, toute cette énergie dépensée à se battre pour le retrouver... Puis voir la première petite idiote venue la ramener à la case départ.

Pendant deux ou trois jours, elle perdit pied. Elle ne mangeait plus, sa gorge était serrée, sa tête prise dans un étau. Pourtant, elle fit semblant devant Mehdi, paraissant garder la tête froide mais ne pouvant résister à l'envie de lancer des remarques perfides au sujet de la jeune fille, la discréditant de toutes les manières.

– Elle n'est pas assez bien pour toi!... Tu pourrais sûrement trouver une fille mieux qu'elle!

Mais Mehdi ne voulait rien écouter. Choqué d'entendre sa mère proférer avec autant d'aisance des paroles aussi méchantes, ils se disputèrent à plusieurs reprises.

– On ne peut pas se fier aux filles, il n'y a que les mères sur qui on peut compter!

Blandine disait n'importe quoi, utilisait les arguments les plus farfelus dans l'espoir de le voir flancher. Elle savait, au fond, que sa conduite était atroce mais n'avait plus aucun contrôle sur elle-même. La seule chose qui comptait était de se débarrasser de cette rivale. Comme Mehdi ne semblait pas prêt à céder, elle se rendit à la boulangerie, seule, et apostropha la jeune fille:

– Je ne veux plus que tu sortes avec mon fils, tu n'es pas assez bien pour lui. Tu n'es qu'une vendeuse de pain!

Elle l'écrasa de son mépris, faisant taire la petite voix en elle qui tentait de lui signifier que son attitude était ignoble. Sa haine pour cette fille était plus forte que le bon sens. Quand elle rentra chez elle, elle garda le silence, attendant les résultats de son offensive. Il fallut à peine quelques minutes à Melanie pour téléphoner à Mehdi et rompre leurs relations, après lui avoir raconté l'esclandre.

Mehdi était malheureux, furieux, abasourdi par la conduite de sa mère. Quoi? Elle aussi était donc capable de telles horreurs, égoïste au point de blesser son fils pour protéger son propre confort moral? Être trahi par celle qui prétendait lui apporter la sécurité et l'amour inconditionnel, c'était pire que tout. Leur affrontement fut terrible, violent, désespéré. Mehdi s'insurgea. Comment pouvait-elle le traiter avec si peu de respect? Blandine rétorqua en jouant à fond la carte de la culpabilité. Comment pouvait-il songer à l'abandonner déjà, elle qui n'avait eu toute sa vie qu'un but, le retrouver? Mehdi baissa les bras et lança en pleurant sa dernière réplique:

– Tu ne m'aimes pas, tu es comme mon père. Tu ne veux pas mon bien, tu ne penses qu'à toi!

Comme son père... Le jeune homme désespéré eut le sentiment de replonger en enfer. Il croyait aimer cette fille, mais sa détresse allait bien au-delà d'un simple chagrin d'amour. Pour la première fois de sa vie, il avait cru pouvoir faire totalement confiance à quelqu'un mais il découvrait avec amertume que Blandine était plus préoccupée de son propre bien-être que du bonheur de son fils... Le pire était qu'elle l'accuse de trahison. Déjà, il s'était rendu compte auparavant que s'il ne montrait pas de curiosité pour son passé, elle se sentait rejetée. Mais quel avenir pouvait-il espérer si aimer une femme autre que sa mère constituait une trahison?

Devant son fils qui pleurait à chaudes larmes, triste spectacle auquel elle n'avait encore jamais assisté, Blandine se recroquevilla comme sous l'effet d'une douche glacée. Malgré sa peur viscérale de le perdre, et qui l'avait amenée à de sombres extrémités, elle eut honte de ce qu'elle venait de lui infliger. Elle devrait recoller les pots cassés, rebâtir leur relation. Qu'il la quitte par sa faute aurait été la pire des défaites. Mais en son for intérieur, elle garda l'impression rassurante que, pour l'instant, un danger était écarté puisque la fille s'était retirée.

La boulangère sortit ses griffes, elle aussi. Voir sa fille insultée avec un tel mépris, une telle hargne, la mit en furie et la poussa à interpeller Blandine. Leur échange fut orageux.

– Vous n'aimez pas votre fils, madame! Si vous l'aimiez vraiment, vous ne le brimeriez pas ainsi. Vous êtes une égoïste!

Blandine fut révoltée. Ça, c'était trop fort! Comment cette femme osait-elle dire qu'elle n'aimait pas son fils? Elle ignorait tout de leur histoire, elle ne pouvait pas comprendre. Elle n'avait aucune idée de ce que Blandine avait enduré, ne savait pas à quel point elle l'aimait plus que tout, son fils!

Enfermée dans sa mauvaise foi, Blandine se mit à injurier la femme et ses invectives devinrent plus véhémentes à mesure que l'intuition de son égarement s'insinuait en elle. En fin de compte, elle ne garderait de toute cette querelle que le souvenir d'une seule phrase:

– Vous n'aimez pas votre fils...

Ces quelques mots furent la gifle qui allait l'aider à se ressaisir.

Peu à peu, Blandine prit conscience qu'elle était allée trop loin. À force de trop d'amour, elle avait fini par blesser Mehdi. Jamais elle n'aurait cru possible d'en arriver là. Elle avait un grave problème à régler. Savoir Mehdi malheureux, se savoir responsable de ce gâchis la fit souffrir encore plus et elle décida de prendre les grands moyens. Après tout, sa vie n'avait été qu'une suite de malheurs, de bouleversements, de chocs. Tout cela avait laissé des traces, des blessures qui n'avaient jamais cicatrisé ou si mal. Puisque sa longue quête s'était achevée, il était temps qu'elle commence à panser ses plaies et à faire le ménage. «Si tu fais quelque chose pour te sortir de cette souffrance, se disait-elle, tu pourras enfin être une vraie mère.»

Blandine ne connaissait rien aux thérapies, mais savait que cela pourrait l'aider. Elle sentait le besoin urgent de trouver quelqu'un à qui parler, une personne qui l'aiderait à démêler cet écheveau de contradictions, ces nœuds de douleur qui s'étaient resserrés en elle avec le temps. Elle ouvrit le bottin téléphonique et choisit un nom au hasard, simplement parce que le cabinet était tout près de chez elle. Elle prit rendez-vous et ce simple geste la réconforta. Avec un peu d'aide, elle allait rebâtir une relation équilibrée avec Mehdi. Elle allait entrer en psychothérapie, sans se douter que ce périple en elle-même durerait plusieurs années.

Sur le point de se rendre à son premier rendez-vous, il lui vint une inquiétude imprévue. Comme elle vivait à Düsseldorf depuis de nombreuses années, elle parlait couramment allemand, mais comment exprimer avec aisance dans une langue qui lui demeurait étrangère ces subtilités du mal à l'âme qui ne trouvaient leur vérité, leur essence, que dans sa langue maternelle? Chance inouïe, le docteur Husemann comprenait le français et lui proposa un compromis. Elle lui parlerait en français et il répondrait en allemand. Pour commencer, ils se verraient une fois par semaine puis augmenteraient le rythme à deux fois par semaine.

– L'important dans cette psychothérapie, ajouta le docteur Husemann, c'est que vous l'ayez décidé vous-même.»

Après cette première rencontre, Blandine conclut qu'elle avait trouvé la solution à son problème. Son instinct ne l'avait pas trompée. Toutefois, malgré sa bonne volonté, elle pressentait que certaines vieilles douleurs seraient très difficiles à aborder et encore plus à extirper.

Elle s'avoua que, depuis le retour de Mehdi, elle se trouvait hantée par l'image de sa propre mère. Chacun de ses gestes était exécuté dans le but conscient de ne pas ressembler à Josette. Préoccupée par son apprentissage tardif du rôle maternel, elle luttait constamment contre le navrant exemple que lui avait légué une génitrice égoïste, écervelée et imbibée d'alcool. Son idéal était d'être une mère paisible, compréhensive, équilibrée, attentive, respectant son enfant et méritant le même respect. Pourtant, le souvenir de la conduite condamnable de sa mère lui revenait sans cesse comme un miroir déformant.

Les images qui remontaient à sa mémoire étaient parfois si bouleversantes qu'elle prenait mille détours pour les éviter. Avec son analyste, Blandine parla pendant plusieurs mois de choses et d'autres, racontant surtout les événements qui concernaient son fils et son ex-mari. Puis elle aborda sa relation avec son père, sa dépression, les mille affres qu'elle avait connues lors de la recherche de son enfant. Elle régla des comptes avec elle-même, avec des pans de son passé, débroussailla un peu l'amoncellement d'incertitudes et de craintes accumulées, mais gardait encore l'essentiel caché. Incapable de parler de Josette, elle aurait souhaité que le thérapeute devine ce qu'elle gardait dissimulé, pour s'épargner d'avoir à l'exprimer. Elle se révoltait parfois quand le psychothérapeute répondait à ses questions par d'autres questions. Elle attendait de lui plus qu'une écoute passive, croyant que lui seul détenait le pouvoir de lui apporter la sérénité.

Vicitime d'un phénomène fréquent en thérapie, elle tomba amoureuse de son thérapeute. Les séances devinrent dès lors des occasions de séduction pour lesquelles Blandine se préparait longuement, se maquillant avec soin, choisissant ses vêtements en fonction de leur pouvoir de provocation. Étendue sur le divan, elle cherchait à susciter le désir chez son analyste, se retournait sur le ventre, appuyée sur les coudes, dans l'espoir qu'il plongerait son regard dans son décolleté. Si elle rêvait de lui pendant la nuit précédant une rencontre, elle s'empressait de lui raconter son rêve.

– J'étais dans votre salle d'attente... Et j'avais envie de faire l'amour avec vous!

– Merci, madame Soulmana, je suis très flatté.

Il répondait poliment mais restait de marbre, augmentant encore la frustration de Blandine qui annulait parfois des rendez-vous à la dernière minute, juste pour voir s'il en serait heurté, ou pour se faire désirer. Toutes ses tentatives furent vaines. Alors elle se rebella et décréta que, dorénavant, malgré les règles établies, elle ne s'étendrait plus sur le divan mais s'assoirait face à lui, bien droite dans un fauteuil. Quand elle lui tournait le dos, étendue sur le divan, elle avait l'impression qu'il ne l'écoutait pas.

– J'ai besoin de lire dans vos yeux que vous comprenez ce que je dis!

Elle se mit à l'attaquer, lui reprochant des vétilles telles que sa manière de tourner sa montre sur le côté du poignet pour voir arriver discrètement la fin de la séance. Elle critiqua l'aspect immuable des objets qui décoraient le cabinet, la façon qu'avait le thérapeute de la laisser s'énerver sans intervenir. Le docteur Husemann l'écoutait toujours impassible et Blandine se demandait à quoi il pensait pendant qu'elle déversait sur lui un amoncellement de désolation et d'infortune.

– Vous êtes agressive, madame Soulmana, qu'est-ce qui se passe?

– Rien, vous ne me comprenez pas, c'est tout!... Que diriez-vous si je vous invitais à prendre un verre?

– Ça ne serait pas possible, madame...

– Et pourquoi donc?

Elle dut lutter contre cette attirance malsaine mais aussi contre son envie de tout laisser tomber, d'enfouir ses problèmes et de chercher l'oubli. Au prix d'efforts parfois surhumains, elle parvint à vaincre son malaise et reprit espoir. Il y aurait forcément une satisfaction au bout du chemin. Elle ne pouvait pas abandonner, sa relation avec Mehdi dépendait de son cheminement. Une nuit, elle rêva qu'elle était étendue sur le divan du psychanalyste. Elle n'était pas une femme mais un bouquet de fleurs séchées, entouré d'un gros ruban rose. Au réveil, elle analysa son rêve.

– C'est moi, ce bouquet? Oui, c'est moi. Et le ruban, c'est le cadeau, c'est ma relation avec Mehdi.

Un jour de pluie, marchant lourdement vers le cabinet du docteur Husemann, elle vomit d'angoisse en pleine rue. Elle se sentait particulièrement mal, cet après-midi-là, comme si même la pluie tentait de l'étouffer. Elle se regarda patauger dans les flaques d'eau ainsi que dans sa propre vie et, soudain, lui revinrent à l'esprit les pas décisifs qu'elle avait franchis à l'aéroport de Tlemcen, pour retrouver son fils. À ce souvenir, le plus beau, le plus important de sa vie, elle redressa les épaules.

Elle sentit que sa psychothérapie allait prendre un nouveau virage. Elle venait de comprendre que ce n'était pas à l'analyste de porter son fardeau, mais à elle. C'était sa vie qu'il fallait remettre en ordre, ses propres plaies qu'elle devait enfin panser. À elle d'extirper les mots de son ventre, aussi douloureuse soit l'opération. Le docteur Husemann ne pourrait pas les lui arracher. Elle jouait au chat et à la souris depuis deux ans et demi quand elle parvint à parler de sa mère. Elle cracha enfin sa haine, la honte qu'elle ressentait d'être née de cette femme, sa peur panique de lui ressembler. Elle rendait Josette entièrement responsable de son enfance brisée, de laquelle elle ne retenait pratiquement aucun souvenir de tendresse, à part quelques moments avec son père. Elle avoua à l'analyste que le jour où l'un de ses frères, pour la taquiner, lui avait dit qu'elle ressemblait un peu à Josette, le monde s'était écroulé autour d'elle. Lui revinrent aussi des images glacées comme des photos, de cette mère frivole, enveloppée d'une odeur étrange et repoussante que Blandine ne pouvait identifier. Il lui faudrait encore des années, longtemps après la fin de sa thérapie, pour la nommer. C'était une odeur issue d'un mélange de sperme et de métal, une odeur cruelle et tenace qui suscitait en elle haine et dégoût.

Avec Mehdi, les choses s'arrangèrent peu à peu. Depuis qu'elle avait admis son problème, il était prêt à lui donner toutes les chances. Quant à Blandine, elle était déterminée à avoir une attitude différente et à lui accorder tout l'espace dont il avait besoin. Mehdi se révéla d'une aide précieuse, les jours où la thérapie lui semblait trop lourde. Lui qui depuis sa plus tendre enfance avait eu le sentiment de devoir se battre sans relâche trouvait désormais la vie bien plus facile. Il avait l'art de dédramatiser les choses quand sa mère s'en faisait pour des riens. Blandine découvrit chez son fils une sagesse insoupçonnée.

– Tu as de quoi être heureuse maintenant, il faut essayer de voir les bons côtés de la vie!

Chaque être humain trouvant en lui-même des ressources différentes pour survivre à une enfance difficile, Mehdi avait choisi la voie de la philosophie et du bon sens. Blandine apprit beaucoup des petites phrases anodines qu'il lançait au bon moment. Son orgueil maternel vibrait quand elle rapportait ces perles de sagesse à son thérapeute, qui les reprenait pour aider Blandine dans sa progression.

– Si ça continue, votre fils devra vous demander des honoraires! Vous croyez que vous n'êtes pas heureuse, avec un fils comme ça? De qui croyez-vous qu'il vienne, ce garçon? Vous l'admirez et vous l'avez mis au monde, vous devriez être fière!

Mehdi incita sa mère à entreprendre l'écriture d'un journal, ou du moins à mettre sur papier les difficultés qu'elle avait vécues. Il prétendait que cela lui ferait du bien. Blandine y consacra beaucoup d'énergie. Pendant qu'elle déversait dans ses cahiers les chroniques de son existence chaotique, y trouvant effectivement une forme de réconfort, elle s'interrogea sur ce qui avait poussé son fils à lui souffler cette suggestion. Car Mehdi, lui, ne demandait jamais l'aide de personne ni ne se confiait.

Pour lui prouver qu'elle avait confiance en lui et qu'elle ne le traiterait plus comme un bébé, Blandine chargea Mehdi d'une tâche très importante, une responsabilité d'homme.

– J'ai 30 000 marks et je veux acheter une voiture. C'est toi qui vas l'acheter. Je te fais confiance, à toi de jouer!

Le jeune homme fut très flatté. Il prit cette responsabilité au sérieux et fit son choix avec soin. Quand ils allèrent chercher la voiture, Mehdi eut une nouvelle raison de se réjouir car sa mère l'assura que, dès qu'il aurait passé son permis, elle la lui prêterait souvent.

La rancœur de Mehdi envers sa famille paternelle s'amenuisa peu à peu. Il était en Allemagne depuis environ deux ans quand Karima, sa tante préférée, l'invita à son mariage. Il accepta l'invitation, sans mentionner son projet d'être accompagné de sa mère. La cérémonie aurait lieu à Beauvais, où Blandine n'avait pas mis les pieds depuis la mort de Rahman.

Quand son fils lui fit part de son désir qu'elle l'accompagne, celle-ci eut une hésitation. Affronter à nouveau les Habbedine sur leur territoire? Cela promettait d'être périlleux, à tout le moins. Blandine n'avait revu aucun membre de cette famille depuis le jour où elle avait tenté de reprendre son fils, il y avait si longtemps. Elle qui avait toujours été l'étrangère, l'intruse au milieu d'eux, parviendrait-elle à s'y faire accepter ou au moins respecter? Elle tergiversa longuement. Mais la perspective d'administrer une sorte de pied de nez à son ex-belle-mère, en affichant son propre statut de mère, l'emporta sur ses craintes et elle accepta de se joindre à Mehdi pour la noce.

En roulant dans les rues de la ville, les souvenirs l'assaillirent et Blandine en fut secouée. Elle enjoignit Mehdi de parler pendant qu'elle conduisait. Elle avait terriblement besoin d'entendre sa voix par-dessus les images qui la hantaient. Quand ils arrivèrent devant la HLM où habitaient les Habbedine, d'autres réminiscences plus brûlantes affluèrent à sa mémoire. Elle reconnut dans l'aire de jeu le tourniquet sur lequel Mehdi était assis, âgé de deux ans à peine, quand, malgré les protestations de l'assistante sociale, elle s'était précipitée vers lui. Son fils n'avait sans doute pas très envie qu'elle replonge dans ces évocations douloureuses, mais Blandine ne put s'empêcher de lui raconter la scène. Puis elle le regarda. Il avait plus de vingt ans, mais il avait les mêmes yeux que ce jour-là, quand elle l'avait pris dans ses bras. Ce même regard qui l'avait tant émue encore, quand ils s'étaient retrouvés, à l'aéroport de Tlemcen... C'était donc vrai, que les yeux ne grandissaient pas.

Fatna Habbedine, comme à son habitude, était à la fenêtre et les vit arriver. Elle cria quelque chose en arabe à son petit-fils, qui lui répondit dans la même langue. Blandine ne comprit pas l'échange, mais devina que son ex-belle-mère ne se réjouissait pas de sa venue. Malgré son appréhension et les souvenirs amers qu'elle gardait de cette femme, elle bomba le torse et s'accrocha fièrement au bras de Mehdi. Quelques instants plus tard, passant devant la porte de la cave où elle avait vécu quelques mois avec Hassan, elle eut un frémissement de défi. «Mon fils est avec moi, j'ai vaincu!» Elle sentait de nouvelles forces l'envahir, consciente du contraste entre ce jour et la dernière fois où elle s'était trouvée en ce lieu. Mehdi ignorait cet épisode de la vie de ses parents, mais il parut percevoir l'importance du moment.

– T'inquiète pas, je suis là, personne ne pourra te faire de mal.

Blandine éprouva la certitude qu'elle n'était plus seule. Par sa sollicitude, il lui prouvait qu'ensemble ils étaient forts.

Le jeune homme dut se battre pour faire accepter la présence de Blandine au cœur des réjouissances familiales. Sa grand-mère protesta énergiquement contre l'arrivée de cette intruse. Son mari tenta de calmer la situation mais rien n'y fit. Alors Mehdi alla voir sa grand-mère et la plaça face à un dilemme:

– Si tu n'acceptes pas la personne qui m'accompagne, c'est comme si tu ne m'acceptais pas non plus. Si c'est comme ça, tu ne me reverras jamais plus et je ferai en sorte que personne dans cette famille n'ait de mes nouvelles.

Fatna céda à la volonté de son petit-fils qu'elle aimait au moins autant que ses propres enfants. Plus tard, à la cérémonie, Blandine refusa de se plier à la tradition selon laquelle les femmes s'asseyaient d'un côté et les hommes de l'autre. Elle alla prendre place auprès de Mehdi. Son ex-belle-mère vint protester contre cet accroc à la coutume, mais Mehdi prit encore une fois la défense de Blandine:

– C'est ma mère, elle reste avec moi!

Pendant la noce, Blandine put profiter de quelques minutes d'aparté avec la mariée. Karima se montra aimable et chaleureuse. À la grande surprise de Blandine, elle lui confia que, souvent, alors que Mehdi vivait encore avec eux à Beauvais, et même plus tard quand elle allait rendre visite à la famille de Hassan à Tlemcen, elle avait eu envie de dire la vérité au garçon sur l'identité de sa vraie mère. Elle affirma même avoir fait quelques allusions.

– Plus tard, quand tu seras grand, avait-elle dit, je te confierai un secret...

Mais la jeune Karima avait dû se montrer prudente. Sa peur de la réaction de son frère aîné, qu'elle savait brutal et imprévisible, l'avait empêché d'aller plus avant.

– Je savais de quoi il était capable...

Cette confidence permit à Blandine de comprendre que tout le monde n'avait pas approuvé la conduite de Hassan. Elle perçut chez certains une sorte de malaise en sa présence, comme s'ils regrettaient ce qu'elle avait dû subir. Quand elle retournerait à Beauvais avec Mehdi quelques années plus tard, même la mère de Hassan finirait par la traiter comme un membre de la famille... Après la noce, Blandine quitta Beauvais avec un fardeau en moins sur les épaules. Les remous du passé finiraient peut-être par s'apaiser.

Mehdi avait été ravi de cette occasion de retrouver ses grands-parents, ses oncles et ses tantes qu'il n'avait pas vus depuis si longtemps. De plus, la noce lui avait permis de faire connaissance avec Fatiha, une cousine au second degré, la fille d'une jeune sœur de sa grand-mère. Entre eux, la complicité fut immédiate et ils continuèrent de communiquer par lettre et par téléphone, quand Mehdi rentra en Allemagne. Il revint en France pour lui rendre visite, peu de temps après. À Noël, en partie parce que la pensée de Fatiha ne le quittait plus mais aussi, peut-être, pour tester la nouvelle tolérance de sa mère, il invita la jeune fille à venir passer un long week-end à Düsseldorf.

Blandine se montra pleine de bonne volonté, bien que Fatiha lui soit très antipathique. Elle parvint à garder son calme quand la jeune fille se révéla une convive désagréable et irrespectueuse. À peine aimable, celle-ci s'affichait en petite tenue dans la maison et profitait sans vergogne de la générosité de Mehdi. Ce dernier fut déçu de son attitude et ne tarda pas à rompre cette relation. Ce fut une amourette sans importance mais, pendant tout le temps qu'elle dura, Blandine se montra discrète et en ressentit une grande satisfaction. Elle souhaitait ne plus être une mère étouffante, même si cela exigeait d'elle des efforts considérables.

Mehdi prit à cœur la promesse qu'il s'était faite de cajoler sa mère. S'il était dans sa nature d'aimer faire plaisir et s'il se réjouissait de voir les autres heureux, il considérait qu'il avait une responsabilité particulière envers sa mère. Comme s'il se devait de la consoler de son passé. Il espérait pouvoir un jour la couvrir de cadeaux. Lors d'une balade en ville, la mère et le fils passèrent devant un parc de voitures BMW. Lorsque Blandine mentionna que c'était la voiture de ses rêves, il la dévisagea avec sérieux.

– Dès que je pourrai, je t'en offrirai une!

Quand son poste de vendeur pour un grossiste en textiles lui donna une certaine aisance financière, Mehdi disposa des moyens nécessaires pour offrir à sa mère une BMW rouge d'occasion en excellent état. En lui tendant les clés, il lui fit promettre de toujours attacher sa ceinture. Blandine se rappela alors la sorcière en Algérie, qui avait vu dans son avenir «quelque chose de rouge».

Si Mehdi ne voulait toujours pas voir son père, ses petites sœurs par contre lui manquaient. Alors que Salima et ses filles devaient se rendre en France comme tous les ans, Hassan exigea qu'elles aillent aussi en Allemagne pour rendre visite à Mehdi. Salima n'était pas d'accord, elle aurait préféré que le jeune homme les rejoigne à Paris, alléguant que sa famille aurait aimé le revoir. Mais Hassan insista et sa femme entreprit le voyage. Pour faire plaisir à son fils et surtout lui permettre de revoir ses petites sœurs qui lui manquaient beaucoup, Blandine était disposée à les recevoir chez elle.

La cohabitation entre Blandine et Salima s'avéra difficile. La femme de Hassan voulait être traitée comme une invitée de marque. Elle téléphonait tous les jours à Paris sans se préoccuper des frais, critiquait tout et se laissait servir sans lever le petit doigt. Elle se montra très maternelle avec Mehdi, clamant qu'elle le considérait encore comme son fils, ce qui mit Blandine hors d'elle. Mehdi pouvait presque voir voler les étincelles entre les deux femmes et fut choqué par l'attitude désinvolte de Salima, qu'il croyait uniquement destinée à provoquer sa mère. Pendant les dix ans qu'il avait vécu avec la femme de Hassan, elle ne lui avait pas démontré beaucoup d'affection et depuis presque trois ans qu'il avait quitté l'Algérie, elle ne lui avait jamais manifesté d'intérêt. Pourtant, il évita de s'immiscer dans ce conflit latent, se préoccupant surtout de gâter Farah et Hassina. Heureux de leur faire partager enfin sa bonne fortune, il les couvrit de cadeaux. Quant à Blandine, elle contrôla ses émotions négatives au prix de grands efforts et finit par enterrer la hache de guerre en emmenant Salima faire des courses. Elle lui offrit même deux robes.

Quand vint le temps pour elles de rentrer à Paris, Mehdi proposa de les accompagner en voiture pour profiter encore un peu de la présence de ses sœurs. C'était aussi une bonne occasion de faire rouler la BMW. Blandine se laissa entraîner dans cette équipée de cinq cent kilomètres, sachant qu'elle serait ensuite débarrassée d'une corvée. À leur arrivée dans la famille de Salima, Mehdi fut invité à rester un moment mais on ignora complètement sa mère. Cette offense à la plus élémentaire courtoisie insulta le jeune homme au plus haut point et il refusa de la passer sous silence. Après leur avoir dit brutalement sa façon de penser, il les avisa qu'il ne remettrait plus jamais les pieds dans cette maison.

Mehdi regretta infiniment d'avoir quitté ses petites sœurs d'une manière aussi abrupte. Ces adieux écourtés sur le pas de la porte d'un appartement hostile seraient la dernière image qu'il emporterait de Hassina.

Six mois plus tard, Hassan téléphona de Tlemcen, secoué de sanglots. Sa petite Hassina était morte. Âgée d'à peine six ans, la fillette avait été emportée en quelques jours par une complication neurologique.

Blandine ne comprit pas grand-chose aux explications confuses de son ex-mari. Elle ne pensait qu'à Mehdi, absent, à qui elle devrait annoncer la nouvelle. Elle offrit des paroles de réconfort à Hassan et à Salima, les assurant que Mehdi les rappellerait à son retour. Puis elle appela son fils, chez son copain, l'enjoignant de rentrer. Déjà au téléphone, sa voix tremblait. Elle était très agitée lorsqu'il arriva.

Voyant sa mère pleurer, Mehdi devina qu'elle lui apprendrait la mort de quelqu'un: son grand-père, sa grand-mère, peut-être, un oncle ou une tante. Mais sa petite sœur de six ans? Impossible! Il se figea, incrédule. Blandine pleurait à chaudes larmes, le cœur brisé de lui avoir fait de la peine. La réaction immodérée de sa mère fit passer au second rang la détresse de Mehdi, qui se vit obligé de la réconforter. Il resta stoïque, comme s'il ne pouvait se permettre la moindre réaction.

– Elle est morte, c'est fini, on ne peut rien y faire...

Le jeune homme choisit d'anesthésier son esprit pour un temps, il fallait à tout prix que quelqu'un garde la tête hors de l'eau. Blandine ne comprit pas cette réaction et pleura de plus belle de le voir si imperturbable. Pour elle, le chagrin devait s'exprimer tout de suite, sans retenue.

Mehdi téléphona en Algérie. Les causes de la mort de Hassina restèrent nébuleuses, car Hassan ne put donner que des explications embrouillées. Mehdi parvint tout de même à saisir que Hassina avait été emportée en moins d'une semaine par une tumeur fulgurante au cerveau. En deux jours, elle ne reconnut plus son père, ni sa mère et, au bout de quatre ou cinq jours, elle avait complètement perdu la mémoire... Le jeune homme écouta son père attentivement mais n'osa pas poser les questions qui lui brûlaient les lèvres. Pourquoi n'avait-on pas pu la soigner mieux? Et si on l'avait emmenée en France? Avaient-ils vraiment fait tout ce qu'il fallait? Il craignait trop d'apprendre que l'hôpital de Tlemcen n'était pas suffisamment équipé pour affronter pareil cas.

Mehdi ne tenait pas non plus à remuer le couteau dans la plaie. Son père se posait sans doute les mêmes questions... Il s'imposa donc une réserve de circonstance et se contenta de paroles d'apaisement à son père puis à Salima. Tout le monde pleurait autour de lui, il n'avait pas le droit de se laisser aller, ils semblaient tous attendre de lui qu'il les réconforte.

Mehdi parvint à sortir de l'appartement un peu plus tard, laissant sa mère seule et perplexe. Elle n'avait jamais vu son fils souffrir et ne comprenait pas son attitude si distante. Elle souhaitait qu'il laisse enfin éclater son chagrin, chez elle ou ailleurs. Une fois dans la rue, Mehdi put enfin respirer librement. Il fila chez des copains où il espérait s'étourdir un peu mais tout le monde se rendit compte qu'il n'était pas dans son état normal. Pendant la nuit, quelqu'un lui demanda ce qu'il avait.

Son copain se montra si affecté par la nouvelle, si plein de compassion que Mehdi put enfin faire céder les vannes. Il passa le reste de la nuit à pleurer, à crier à l'injustice, à hurler son ressentiment envers son père.

– Si Hassina avait vécu en France plutôt qu'en Algérie, peut-être aurait-on pu la sauver.

Le lendemain, il tenta de rentrer au travail mais s'en sentit incapable. Son patron, mis au courant, de la situation lui accorda une semaine de congé qu'il passa chez des amis. Là, au moins, on ne parlerait pas sans cesse de la mort de Hassina, il pourrait se changer les idées. Il ne voulait pas penser à sa peine tout le temps et devinait que, chez sa mère, il ne pourrait jamais sortir du sujet. Il entendrait sans cesse:

– Ça va? Tu es sûr? Comment tu te sens?

Il alla néanmoins la voir tous les jours et, quand il rentra à la maison, il refusa d'aborder le sujet avec elle. Mehdi préférait vivre son deuil seul, les réactions excessives de sa mère le gênaient. En tant que musulman, il avait appris à ne pas craindre la mort. Des années plus tard, Blandine s'interrogerait toujours sur ce qui s'était passé dans la tête de son fils ces jours-là...

Malgré la terreur irraisonnée qu'elle ressentait parfois à l'idée de le perdre à nouveau, Blandine parvint peu à peu à desserrer les liens de sa relation symbiotique avec Mehdi. Elle comparait sa thérapie à un escalier abrupt, au nombre de marches inconnu, pénible à escalader. Mais elle savait que là-haut, tout au bout, elle trouverait ce qui lui manquait. Il lui restait encore de nombreuses marches à gravir mais elle avançait, même s'il lui était encore difficile de s'abandonner. La méfiance qu'elle avait développée, comme un bouclier contre d'éventuelles blessures, l'en empêchait, et sa relation de confiance avec l'analyste restait infiniment fragile. Chaque phrase était expulsée à grand peine, mais elle s'efforçait d'être attentive au plus infime signe de progrès dans sa vie quotidienne.

C'est ainsi qu'elle demanda à Mehdi s'il aimerait avoir son propre appartement. Profitant d'une des rares occasions où ce dernier n'avait pas invité un copain à partager leur repas, Blandine se jeta à l'eau et posa la question spontanément, sans y avoir vraiment réfléchi. Elle sentait que le moment était sans doute arrivé, pour elle autant que pour lui. L'appartement était sans cesse squatté par les amis de Mehdi, le téléphone sonnait toujours pour lui et Blandine commençait à se sentir envahie. Elle avait besoin d'espace.

À peine eut-elle énoncé sa proposition que déjà Blandine s'inquiéta car Mehdi paraissait hésitant. Se sentait-il rejeté? Pour le rassurer, elle ajouta qu'il aurait deux maisons au lieu d'une.

Mehdi finit par avouer qu'il y pensait depuis longtemps, mais craignait qu'elle se sente abandonnée. À mesure qu'il parlait, son visage s'illuminait.

– Alors, on fait ça quand?

Il était si heureux! C'était comme si Blandine avait demandé à un oiseau s'il avait envie de voler. Elle partagea son enthousiasme, rassurée de constater qu'elle avait pris la bonne décision.

Ils choisirent ensemble un appartement, signèrent le bail au nom de Medhi qui alla ensuite choisir des meubles avec ses amis. C'était un tout petit studio, qu'il meubla de bric et de broc. Seule réminiscence de sa vie passée, une immense banderole blanche collée sur un mur du salon. Mehdi y avait inscrit en graffiti le prénom de Hassina en souvenir de sa petite sœur et invitait chaque personne qui entrait à écrire quelques mots pour honorer sa mémoire. Cet hommage remplaçait la visite que Mehdi ne pourrait pas faire à la tombe de sa sœur en Algérie, où l'attendait la perspective du service militaire.

Sur la table de la cuisine de son petit studio s'empileraient les papiers gras et les emballages de hamburgers, mais, dorénavant, la vie de Mehdi serait complète, avec un boulot, un appartement, des copains et une mère formidable. Quant à Blandine, elle se rasséréna du fait qu'ils seraient très proches l'un de l'autre. Le nouvel appartement plus petit dans lequel elle emménagea à la suite du départ de son fils n'était qu'à deux rues de chez lui.

Mehdi rencontra Janna, une Allemande jolie et blonde. Elle était née du côté est du mur de Berlin, là où il n'y avait pas si longtemps se trouvait une autre Allemagne, bien différente de celle qu'avait appris à connaître Mehdi. Il fallut peu de temps à Blandine pour constater que son fils, bien que discret, manifestait tous les symptômes de l'homme amoureux. Sans qu'il ait besoin de le dire, Blandine pouvait le lire dans ses yeux. «C'est elle, c'est cette fille que je vais aimer pour de bon!» Malgré des réticences dont elle ne pouvait se débarrasser complètement, elle se laissa amadouer, surtout après que Mehdi lui eut rapporté un commentaire de sa nouvelle petite amie à son sujet. Janna semblait ne pas avoir de très bons rapports avec sa mère et enviait la complicité qui unissait Blandine et son fils.

– Elle est vraiment sympa, ta mère, tu ne voudrais pas me la prêter un peu?

Rien que pour cela, Mehdi sentait qu'il allait aimer cette fille. Peu de temps après leur rencontre, ils partirent avec quelques copains faire un tour d'Europe. Mehdi s'occupa de l'organisation du voyage. Il était responsable, méthodique, c'était le pilier du groupe. Ce départ représenta pour Blandine une sorte de test. Elle eut mal de le savoir si loin, mais pas de la même manière que d'habitude. Sa douleur était attribuable à sa croissance. Elle apprenait peu à peu à vivre en acceptant que son fils devienne indépendant, sans pour autant croire qu'il l'abandonnait. «C'est la loi de la vie», se disait-elle.

À leur retour de voyage, la relation entre les deux jeunes gens s'était approfondie. Mehdi, à la fois heureux et un peu gêné, vint apprendre à sa mère que lui et Janna avaient décidé de vivre ensemble. La nouvelle lui donna un choc, mais Blandine sut rester sereine. Elle devrait s'habituer à cette nouvelle réalité, apprendre à connaître et, si possible, à apprécier la femme qui occupait désormais la première place dans le cœur de son fils. Elle devrait prouver à Mehdi, jour après jour, qu'elle avait changé.

12

Une femme indépendante

Blandine faisait des progrès. Grâce à ses séances avec le docteur Husemann, elle commençait à trouver un certain équilibre dans sa relation avec Mehdi et devenait moins obsessionnelle. Elle s'était arrachée à ce perpétuel état d'attente qui l'avait emprisonnée comme une seconde peau, à force d'espérer leurs retrouvailles. Elle pouvait désormais se retirer quand il le fallait pour ne pas l'étouffer et maîtrisait un peu mieux ses angoisses et ses craintes d'être abandonnée par lui. Elle ne passait plus son temps à se demander si elle était une bonne mère ou à se comparer avec Josette, dont l'image avait cessé de la hanter. Quand à Hassan, même si elle considérait toujours qu'en quatre ans de vie commune il l'avait brisée, elle pouvait lui pardonner. Elle en arriva même à penser que, le voyant dans le besoin, elle aurait été capable de l'aider, par respect pour leur fils. Rejeter complètement Hassan aurait été comme rejeter une partie de son enfant.

Quand le psychothérapeute lui suggéra de retourner à Beauvais, Blandine devina qu'il lui restait encore une étape importante à franchir. Elle ne s'y était rendue qu'une fois depuis la mort de son père, à l'occasion du mariage de Karima, et la perspective de déambuler seule dans les rues de son passé lui donna froid dans le dos.

Le docteur Husemann considérait qu'il était crucial pour Blandine de revisiter les lieux de son enfance. Elle devait revoir les jalons qui avaient marqué sa vie, les baraquements, la HLM où leur mère les avait emmenés, la cave où elle avait dormi avec Hassan, l'hôtel où il l'avait violée, leur premier appartement...

– Retournez partout où vous êtes allée, n'oubliez rien!

Facile à dire... Elle était persuadée d'en être incapable. Le médecin insista néanmoins pour qu'elle entreprenne cette démarche de réconciliation qui pourrait marquer un premier pas vers la guérison véritable, après quatre ans de thérapie. Si elle désirait faire la paix avec son passé, il lui faudrait affronter ses fantômes. Blandine tergiversa longuement, l'éventualité de braver un passé qu'elle avait tant voulu oublier lui faisant horreur. Elle mit six mois pour se décider.

Lors d'un week-end à Paris, elle rendit visite à Rodolphe et Béatrice au Vésinet. Quand sa belle-sœur lui demanda si elle voulait bien la conduire chez Stéphane avec sa fille Clémence pour une fête d'enfants, Blandine accepta avec réticence. Elle voulait bien leur rendre ce service, mais elle resterait dans la voiture, le temps que Béatrice accompagne sa fille dans la maison. Blandine et Stéphane étaient en froid depuis que ce dernier avait appris que leur père avait déposé de l'argent dans un compte d'épargne et que Blandine avait récupéré la somme pour acheter une pierre tombale. Si son frère voulait la voir, il n'aurait qu'à l'inviter à entrer. Blandine attendit donc au volant, un peu impatiente, mais en même temps curieuse. Après tout, elle était devant la maison de son frère, qu'elle n'avait pas vu depuis des années. Elle attendit, attendit et attendit encore. Elle feuilleta un magazine, écouta la radio en se demandant ce que Béatrice pouvait bien faire, elle qui ne devait rester que quelques minutes.

266

Quatre heures plus tard, cette dernière ressortit de la maison un peu éméchée, avec sa fille. Appâtée par un apéritif puis un autre, et par l'odeur trop tentante d'une blanquette de veau, Béatrice avait oublié sa belle-sœur et personne ne s'en était préoccupé. Blandine était furieuse qu'on la traite avec si peu de respect mais les excuses furent plutôt légères et Béatrice semblait se demander pourquoi Blandine s'offusquait pour si peu. Un déclic se produisit dans la tête de celle-ci. Elle prit conscience du peu de place qu'elle tenait dans cette famille. Pourquoi s'était-elle toujours sentie aussi rejetée? La réponse était-elle dans son passé, à Beauvais? Un frisson glacé lui parcourut l'échine. Quelque chose la poussait en avant. «C'est maintenant ou jamais, il faut que j'aille là-bas.» Elle prit la route dès le lendemain matin, de crainte de changer d'avis.

À l'entrée de Beauvais, Blandine s'arrêta. Elle ne pouvait aller plus loin, la perspective de ce qu'elle allait affronter l'étouffait déjà. Ses dernières visites en solitaire avaient eu un but précis: tenir compagnie à son père à l'hôpital. Elle avait connu alors, en même temps qu'un grand chagrin, une sorte d'apaisement, un réconfort dans ces retrouvailles tardives avec Rahman. Mais ce pèlerinage qu'elle allait entreprendre avait pour but de faire face à des spectres terrifiants. Elle en tremblait à l'avance, autant de peur que du désir de vaincre ces chimères. Mais si elle ne parvenait pas à les confronter, la psychothérapie n'aurait jamais de fin. Alors le cœur dans les talons, la gorge et les dents serrées, elle appuya sur l'accélérateur et plongea dans les dédales de sa mémoire.

Elle se gara d'abord dans le centre de la ville et elle reconnut le magasin où travaillait sa grand-mère quand Blandine était toute petite. Puis à côté... il y avait la bijouterie où Hassan l'avait entraînée pour choisir leurs alliances. Quand elle identifia le petit commerce,

Blandine se dit: «Ça y est, je suis en plein dedans!» Au bord de la panique, elle persista à avancer, déterminée à tout voir, à tout absorber.

– Je suis là pour digérer ce que j'ai vécu, pour tout régler!

Elle se sentait en plein tourbillon et lutta pied à pied pour ne pas se noyer dans son vertige. Elle avança en direction du marché, puis vers le café où Hassan et elle mangeaient des sandwichs merguez quand ils réussissaient à réunir quelques francs. Elle retrouva dans sa bouche leur goût épicé et leur texture un peu graisseuse. Elle avait si faim en ce temps-là qu'elle les avalait goulûment. Devant la mairie, elle tenta de faire remonter à la surface un vague souvenir de son mariage, mais rien à faire. La cérémonie, la noce se terraient encore dans un coin obscur de son esprit. Elles avaient peut-être quelque chose à cacher, qu'elle aurait été incapable d'envisager. Blandine s'inquiéta de cette amnésie sélective. Pourquoi, elle qui avait accumulé assez de mauvais souvenirs pour remplir plusieurs vies, n'arrivait-elle pas à se rappeler ce qui aurait dû être un jour de réjouissances?

La ville vivait autour d'elle, agitée comme à son habitude. Blandine avait pourtant l'impression d'être en plein désert. Des gens circulaient, entraient et sortaient des établissements, flânaient dans les cafés, vaquaient à leurs affaires, mais la voyageuse ne les voyait pas. Elle était seule, assaillie par un afflux d'émotions qui se bousculaient, provoquant en elle des tiraillements intenses. Elle s'assit sur un banc de parc et pleura, pour alléger un peu le fardeau et faciliter sa respiration avant de poursuivre sa quête.

Dans le quartier des baraquements où elle avait vécu sa petite enfance, Blandine roula doucement et reconnut le bistrot que son père fréquentait, son école, près des maraîchers, une maison qui lui avait paru si belle et grande quand elle était petite, où vivaient des enfants qui n'avaient pas le droit de jouer avec les Soulmana, parce qu'ils n'étaient pas du même monde... Blandine devint spectatrice d'elle-même, de la petite fille affamée d'amour et honteuse de sa propre misère. Cette demeure qui l'avait tant fait rêver alors, elle la découvrit minuscule et délabrée. Quand on vivait dans un baraquement, il était facile de trouver toutes les autres maisons plus grandes et plus belles. Puis elle refit exactement le trajet qu'elle franchissait à trois heures du matin pour aller travailler au marché, à treize ans. Elle comprit alors, dans une sorte de délivrance, qu'elle était sortie de toute cette misère. Blandine commença à se sentir plus grande, plus solide. Une forme de libération était en train de s'installer, une victoire se dessinait, elle le sentait dans son ventre qui peu à peu se détendait.

Il y avait toujours le poste d'essence, les deux grands immeubles qui faisaient face à leur maison. Quant aux baraquements... ils avaient disparu et avaient fait place à une clinique. À sa grande surprise, Blandine eut une pointe de nostalgie; elle aurait voulu que ces masures l'attendent avant de disparaître. Elle fit malgré tout quelques pas dans cette direction et se trouva devant une grande dalle de ciment qu'elle reconnut. C'était une marche que son père avait posé devant leur maison. Elle se tenait donc exactement à l'endroit où s'était trouvé leur logis et il n'y avait plus rien. Désarçonnée, elle s'assit sur la dalle. Il lui sembla étrange que tout ait disparu mais que cette marche soit toujours là, comme si le passé avait voulu attendre son retour avant de s'évanouir complètement...

Un frisson d'inquiétude l'imprégna puis elle laissa les souvenirs affluer. Elle pensa à Rahman cultivant des tulipes, se brossant les dents avec du sable, lui apprenant à faire le couscous le dimanche. Elle se rappela Évelyne

Martin, une petite fille de son école avec qui elle jouait de temps en temps. Cette dernière aimait bien la torturer et un jour l'avait enfermée à l'intérieur d'un cagibi sans fenêtre. Dans l'obscurité totale, Blandine avait fini par se croire aveugle et subissait depuis lors une peur morbide du noir. Tout cela était si loin, si irréel. Peu à peu, ces images perdirent leur aspect fantomatique pour ne redevenir que des souvenirs.

Marchant à pas mesurés et prudents sur le trottoir, elle reprit son voyage dans le temps. En arrivant à l'hôtel où elle et Hassan avaient passé une nuit qu'elle n'oublierait jamais et qui marquerait pour toujours ses rapports avec les hommes, elle inventa un prétexte et demanda à l'employé de la réception de la laisser entrer dans une chambre. Elle inspecta, consternée, le couvre-pied défraîchi et taché, l'odeur rance qui se dégageait de la minuscule pièce pauvrement meublée, l'aspect minable de l'établissement. Elle fut une nouvelle fois frappée par la petitesse de l'endroit et son œil d'adulte redonna des proportions humaines à une réminiscence amplifiée par l'horreur. En sortant, Blandine émit un ricanement plein d'amertume.

– J'étais plus misérable que je ne le pensais pour arriver à trouver ça bien!

Plus déterminée que jamais, elle traversa la rue vers la maison où elle et son ex-mari avaient vécu. Cette fois, l'appréhension se révéla difficile à contrôler car elle gardait des souvenirs encore plus sinistres de cet endroit où elle s'était sentie prisonnière. Mais le logis lui parut si petit et si pitoyable qu'il en perdit en un instant le pouvoir de l'effrayer. Elle aurait voulu entrer, jeter un coup d'œil au meublé où il y avait peut-être encore sur un mur les traces de soupe à la tomate que Hassan avait lancée un soir de colère. Mais il n'y avait personne. Comme l'appartement se trouvait au rez-de-chaussée, elle se contenta de jeter un regard discret par la fenêtre avant de continuer son chemin.

Quand elle revit la dernière maison où elle avait vécu avec Hassan avant leur départ en Algérie, la maison où il l'avait battue à coups de barres de fer avant de la jeter dehors toute nue, la maison où il avait gardé Mehdi en otage, un fusil à la main, Blandine sentit ses forces flancher. Comment parviendrait-elle jamais à oublier? Elle se réveillait encore la nuit en sentant la douleur des coups dans le bas de son dos. Mais elle regarda en face la masure, pour pouvoir la classer ensuite dans ses souvenirs assumés.

Sur le point de terminer son périple, Blandine sentit poindre en elle un brassage d'émotions qu'elle ne reconnaissait pas. Elle était agitée par des tiraillements internes, comme si les seize premières années de sa vie se déroulaient en accéléré dans son esprit. C'était bon signe, le grand nettoyage était vraiment amorcé.

Elle ressentit un nouveau bien-être quand elle quitta la ville. Pourtant, elle n'avait pas cherché à entrer en contact avec sa mère, avec qui une confrontation aurait été à son avis parfaitement inutile. Blandine croyait que celle-ci n'aurait pas compris sa démarche, pas plus d'ailleurs, que ses frères et sœurs. Blandine acceptait le fait inéluctable qu'elle ne pouvait pas obtenir des réponses à toutes ses questions. Elle consentait à ne jamais comprendre tout ce qui s'était passé, ni à ne jamais savoir pourquoi sa mère avait été si peu une mère. Il lui faudrait vivre avec ces mystères. Maintenant, elle voulait se reposer, faire peau neuve. Elle ne ressentait plus le besoin de provoquer des confrontations stériles. Cependant, elle rêvait d'aller un jour dans le Sahara, pour tenter de retrouver les traces de la famille de son père, qu'elle n'avait jamais connue.

Blandine acquit un nouvel équilibre. La thérapie qu'elle venait enfin de terminer lui avait permis de prendre conscience de son droit d'être heureuse, de s'aimer. Elle qui avait toujours craint d'être une personne sans valeur et sans discernement pouvait enfin admettre qu'elle était une femme respectable. Le spectre de la vulgarité, qu'elle associait à sa mère et dont elle se croyait affligée, s'éloigna peu à peu. Elle put faire le point sur sa vie. Une vie pas banale ni monotone, exceptionnelle à certains égards. Déjà, sa naissance sortait de l'ordinaire; faible et chétive, elle aurait dû mourir, elle avait survécu. Plus tard, chaque fois qu'elle avait touché le fond, un ressort inespéré lui avait permis de donner une poussée pour remonter à la surface. Et chaque fois cette poussée avait augmenté ses énergies. Elle repensa à son père à l'hôpital, la veille de sa mort. Rahman avait voulu lui transmettre de la force, cela avait été son seul héritage. Avec le recul, Blandine avait maintenant la certitude qu'elle avait bien capté son message. Il était vrai qu'elle n'acceptait pas de baisser les bras, de se laisser abattre. Vrai qu'elle avait toujours les poings serrés et qu'elle n'avait jamais compté que sur elle-même.

Elle acquit aussi la conviction rassurante que si les choses s'étaient passées différemment, si elle avait obtenu la garde de Mehdi et vécu seule avec lui, elle aurait fait n'importe quoi pour lui éviter la misère. Avec le peu de moyens dont elle disposait, elle aurait fait en sorte qu'il ne manque de rien, et surtout pas d'amour.

Mehdi, quant à lui, était fier que sa mère ait eu le courage d'aller au bout de cette introspection. Cela avait été une aventure périlleuse et lui-même ne savait pas s'il aurait eu ce courage. Sa réserve et sa méfiance l'incitaient à ne chercher qu'en lui-même la solution à ses problèmes. Il n'aimait pas se confier.

Après cinq ans de rencontres assidues et parfois houleuses, Blandine avait dit au revoir au docteur Husemann.

Elle eut le sentiment de laisser derrière elle une vieille peau. Elle voulait repartir à zéro, avec de nouveaux outils, dont le plus précieux était une nouvelle confiance en elle-même, encore fragile mais ô combien inestimable! Elle était prête à relever de nouveaux défis et, quittant la stabilité d'un emploi où elle avait acquis au fil des années un statut appréciable, elle décida de créer sa propre entreprise.

S'associant à un homme d'affaires prêt à investir dans le domaine du prêt-à-porter, elle lança *Le Métier*, une société de grossiste en vêtements. En Allemagne, certaines expressions françaises faisaient très chic. Le mot «métier» était fréquemment employé pour décrire le travail d'un artisan soigné et consciencieux. Avec un nom pareil, Blandine annonçait ses couleurs. Chez elle, on offrirait de la marchandise de qualité, des modèles à la confection soignée. Mettant son expérience à contribution, elle créa même sa propre collection de vêtements.

Pour mettre toutes les chances de son côté, Blandine devait choisir ses fabricants avec soin. Elle savait que certaines des meilleures usines de confection se situaient en Afrique du Nord, particulièrement en Tunisie. Elle établit des contacts par téléphone puis partit là-bas, toute seule, pour faire des choix définitifs. En son for intérieur, elle demeurait inquiète à l'idée de retourner dans un pays du Maghreb, même si tout le monde lui affirmait que la Tunisie était très moderne. Ses souvenirs d'Algérie continuaient de la hanter et elle supportait mal les regards appuyés et inquisiteurs des hommes de là-bas. Pour surmonter ses craintes, elle se répéta souvent: «Tu n'es plus une femme mariée, tu y vas pour affaires, tu es forte!»

Blandine prit ses rendez-vous depuis Düsseldorf et grimpa dans l'avion, du pas faussement assuré de la femme d'affaires qu'elle voulait être, son attaché-case à la main. Dans le taxi qui s'enfonçait dans un quartier industriel de Tunis, elle eut un peu peur. Le chauffeur la regarda d'un drôle d'air, il n'avait peut-être pas l'habitude de conduire une femme seule. Blandine constata qu'il n'avait aucune gêne à la dévisager. Elle tenta de se donner un air froid et détaché pour masquer son malaise, particulièrement quand ils roulèrent dans un secteur presque désert où usines et entrepôts étaient dispersés sur d'immenses portions de terrain. L'endroit n'avait rien de rassurant, elle se demanda où elle pourrait trouver de l'aide si jamais il lui arrivait quelque chose.

– Qu'est-ce que vous faites là toute seule, une femme si jolie?

Elle se retint pour ne pas lui lancer quelque réplique cinglante. Ce regard veule, ce sourire en coin étaient si méprisants. Heureusement, le chauffeur la déposa bientôt à l'adresse indiquée. C'était une grande usine à la fine pointe de la technologie, mais surtout un endroit très chic qui donna à la femme d'affaires l'impression de se trouver devant un palais. Le directeur la reçut entouré de quatre collaborateurs et Blandine se sentit flattée par cet accueil. Mais elle prit vite conscience que ces hommes la toisaient sans aucune gêne des pieds à la tête, comme une marchandise dont on aurait évalué la qualité. Elle allait devoir se battre pour leur prouver ses capacités. On lui fit visiter l'usine et Blandine éprouva une satisfaction secrète à leur prouver par ses commentaires éclairés à quel point elle connaissait son métier. Elle discuta de la qualité des tissus, de coupes et de prix de revient avec une grande assurance. Quand on lui montra la salle de confection, elle eut une pensée émue pour toutes ces femmes assises derrière leur machine à coudre. Une main-d'œuvre à bon marché et si docile...

Au moment de discuter les ententes monétaires, le directeur de l'usine laissa Blandine en compagnie de ses collaborateurs dans une salle de réunion. Tout de suite après son départ, le ton changea, comme s'il suffisait que le patron sorte pour que ses employés montrent leur vrai visage. Les hommes perdirent leurs manières modernes et «européennes», et devinrent condescendants en même temps qu'ils la couvaient du regard. L'un d'eux poussa même l'audace jusqu'à l'inviter chez lui. La jeune femme ne céda pas à la panique dans cette ambiance nouvelle. Elle était venue pour traiter des affaires et remit froidement les hommes à leur place. De toute façon, il n'était pas question qu'elle signe quoi que ce soit pour l'instant. Elle avait d'autres rendez-vous et ne prendrait sa décision seulement après avoir visité toutes les usines qui l'intéressaient. Elle repartit dans les minutes qui suivirent, pour honorer ses autres engagements.

Ailleurs, la situation s'avéra pire encore. Les usines étaient moins performantes, parfois même vétustes et les hommes, encore plus méprisants. L'un des directeurs avec qui elle avait pris rendez-vous l'envoya promener parce qu'elle refusait d'aller manger avec lui avant de parler affaires. Mais Blandine resta inflexible. Si elle montrait le moindre signe de faiblesse ou se laissait prendre dans leurs petits jeux de séduction, elle perdrait.

Après avoir fait le tour des possibilités, elle choisit de traiter avec la première usine, signa des ententes et repartit satisfaite. Non seulement pourrait-elle faire fabriquer ses collections à bon prix, mais elle avait obtenu le respect. Les choses s'étaient passées selon ses propres termes.

Blandine avait de bonnes raisons de se réjouir. Sa vie professionnelle progressait et elle avait vaincu un autre malaise, celui de sa méfiance face au monde arabe. Elle savait pourtant qu'elle entretiendrait toujours une relation d'amour-haine avec ces hommes. Elle avait reçu l'amour de son père et la haine de Hassan. Et au-delà de tous, il y aurait toujours son fils, élevé dans le mépris des femmes et pourtant si merveilleusement préservé. Mehdi, si soucieux de respect, si attentif au bien-être des autres.

Dans sa nouvelle peau de femme libérée de son passé, Blandine espérait connaître une relation amoureuse stable et sereine, dans laquelle elle pourrait s'abandonner avec confiance. Car depuis Hassan, jamais elle n'avait réussi à se débarrasser totalement d'une méfiance instinctive face aux hommes. Même au plus fort de sa relation avec Guido, l'homme qui l'avait le plus aimée, jamais elle ne s'était sentie parfaitement détendue et confiante. Depuis le retour de Mehdi, elle s'était peu préoccupée de cet aspect de sa vie, pleinement absorbée par son rôle de mère. Mais il était temps de passer à une nouvelle étape, d'ouvrir ses ailes.

Pour la première fois de son existence, Blandine allait plonger dans une aventure sentimentale, simplement guidée par l'attrait de la beauté. Un jour, dans un marché arabe de Düsseldorf où elle achetait de quoi préparer un repas spécial pour le ramadan, elle rencontra Sofiane, un jeune Tunisien qui la laissa béate, tant sa beauté était à couper le souffle. Elle qui avait toujours eu autour d'elle des hommes un peu plus âgés, tomba sous le charme d'un homme de quatorze ans son cadet. Le simple fait qu'il s'intéresse à elle l'étonna. Elle avait trente-cinq ans quand elle fit sa connaissance, alors que Sofiane n'était qu'au début de la vingtaine. En même temps, elle savait l'attrait qu'une femme d'âge «mûr» pouvait exercer sur un jeune homme. Elle se laissa donc aller au plaisir d'être désirée et admirée comme une idole, par un adorateur dont elle devinait qu'il se tournerait ensuite vers d'autres déesses.

Sofiane profita des avantages qu'offrait une relation avec une femme dont la carrière était florissante. Il apprécia le confort dans lequel elle vivait et en abusa parfois. Blandine se délectait de sa bouche aux dents parfaites et de ses yeux profonds, de sa peau soyeuse. Elle n'était pas amoureuse, juste ensorcelée par sa beauté. Elle savait que Mehdi ne voyait pas cette liaison d'un très bon œil et qu'il se méfiait de Sofiane. Mais elle s'offrit avec ce jeune apollon une sorte de fugue prolongée et il gravita autour d'elle pendant quelques années, au gré de leurs fantaisies. Toutefois, cette aventure en apparence anodine provoqua en elle un bouleversement imprévu.

Depuis qu'elle avait mis au monde Mehdi, Blandine ne s'était jamais préoccupée de contraception. À seize ans, elle ignorait de quoi il s'agissait et plus tard elle avait cru instinctivement que son corps meurtri par les coups ne pourrait plus enfanter. Puis son manque de Mehdi lui avait fait décréter qu'elle ne pourrait concevoir tant qu'elle ne l'aurait pas retrouvé. À près de quarante ans, alors qu'elle se croyait stérile, Blandine tomba enceinte.

D'abord ébahie, elle ressentit un mélange de bonheur et de tristesse. Elle aimait tant les enfants! Si sa vie s'était déroulée différemment, elle en aurait sans doute eu plusieurs, qu'elle aurait enveloppés de soins et d'amour. Les choses n'arrivaient jamais au moment où elles auraient dû arriver. Mais elle aurait tant aimé tenir à nouveau un bébé dans ses bras, refaire le parcours, rattraper tous les moments perdus. Voir pointer les premières dents, assister avec ravissement aux premiers pas, l'entendre balbutier «maman» et partager sa découverte du monde...

Puis elle pensa à Mehdi et une vague de panique la balaya. S'il devenait jaloux ou malheureux, s'il avait peur de perdre sa place? S'il refusait d'accepter cet intrus et disparaissait à nouveau de sa vie? Cette éventualité suffit à Blandine pour chasser de son esprit toute envie de garder l'enfant. Elle ne pouvait se permettre le moindre risque. Pas question de blesser Mehdi ni de le perdre. Elle ne s'accorderait pas le droit d'être la maman de quelqu'un d'autre.

La décision fut pourtant extrêmement douloureuse. C'était sa dernière chance de recommencer, de se prouver une fois pour toutes qu'elle pouvait être une bonne mère. Elle était tiraillée par le doute, ne dormait plus, n'arrivait plus à travailler. À deux reprises, elle prit rendez-vous chez le médecin pour subir un avortement. Elle se rendit à la clinique mais recula devant l'échéance, ressortant de l'établissement en larmes, parlant au bébé, lui demandant pardon pour le stress qu'elle lui imposait. Mais les semaines passaient et Blandine arriverait bientôt à la limite au-delà de laquelle il ne serait plus possible de procéder à l'interruption de grossesse. Elle prit un troisième rendez-vous, précédé d'une semaine de vacances. Elle vécut ces quelques jours de répit à huis clos, désirant n'être rien d'autre qu'une maman pendant un court laps de temps.

Elle s'enferma dans son appartement et se concentra entièrement sur cette vie qu'elle devinait en elle, qu'elle aurait tant aimé voir se développer, mais qu'elle ne connaîtrait jamais. Elle passa le plus clair de son temps allongée, à caresser son ventre en pleurant et en demandant pardon, dans un flot de mots d'amour. Pour ne pas perdre celui qui ne l'avait jamais appelée «maman», elle se refusait la chance qu'un autre la gratifie enfin de ce nom.

Après son court séjour à la clinique, Blandine se morfondit dans le remords tandis que le père, apprenant la nouvelle, *a posteriori*, se montrait soulagé. Elle n'avait pas consulté Sofiane avant de prendre sa décision mais, devant la réaction de celui-ci, elle eut une autre confirmation, si besoin était, que leur histoire ne serait pas de celles qui durent. Après cet événement, leurs relations s'espacèrent.

Blandine était harcelée par les regrets et baignait dans un chagrin dont elle ne parvenait pas à s'extraire. La dépression la guettait à nouveau et elle s'interrogeait sans cesse sur l'effet qu'aurait eu l'arrivée de ce bébé sur Mehdi. Aurait-il accepté cet enfant? Deux mois après l'avortement, elle se résolut à lui poser la question:

– Qu'est-ce que tu dirais si ta mère tombait enceinte?

– Ce serait *cool* d'avoir un petit frère ou une petite sœur. Je pourrais lui apprendre les choses de la vie! Et ça serait bien pour toi.

Sa mère avec un bébé! Ce serait peut-être la meilleure chose qui puisse lui arriver. Il l'aurait peut-être vue enfin heureuse et n'aurait plus été le seul responsable de son bonheur. Blandine eut un pincement au cœur en le voyant se réjouir à cette perspective. Elle lui avoua, le visage décomposé, qu'il était passé tout près d'avoir un petit frère ou une petite sœur.

– Pourquoi t'as fait ça, toi qui adores les bébés?

– J'avais peur que tu sois jaloux...

Mehdi fut horrifié. Non pas par l'avortement lui-même, sa mère avait le droit de faire ses choix, mais par la raison qu'elle avait choisie pour renoncer à un événement qui aurait dû la rendre heureuse. Cette nouvelle confirmation que toutes les décisions de sa mère étaient liées à lui commençait à l'effrayer. Elle devait à tout prix cesser de le placer au centre de sa vie.

– Tu ne comprends pas, La Biche! Pour moi, c'est ton bonheur qui compte! Si tu es heureuse, je serai heureux...

Il n'en revenait pas qu'elle ait pu en douter. Toutefois, Mehdi n'approuvait pas la relation de sa mère avec

Sofiane qu'il percevait comme un profiteur. Si elle avait eu un enfant de cet homme, ils auraient forcément été liés l'un à l'autre pour la vie. En y réfléchissant bien, il parvint à la conclusion que, sous certains aspects, c'était peut-être une bonne chose que Blandine n'ait pas gardé ce bébé. Il était néanmoins clair qu'il devait encourager sa mère à se détacher de lui, à trouver d'autres centres d'intérêt.

Blandine resta longtemps habitée par les images de ce qu'aurait pu être cet enfant. Elle suivit la progression de la grossesse et, après la date prévue pour la naissance, continua de se raconter les étapes de la croissance du bébé. «Maintenant, il commencerait à avoir des dents...» «Il aurait un an...» «Maintenant, il marcherait...» Elle s'embourba dans une profonde neurasthénie pendant près de deux ans, jusqu'à vouloir mourir, mais parvint presque spontanément à se ressaisir quand elle prit finalement conscience qu'elle agissait de la même manière que lors de la disparition de Mehdi. Pourtant, la situation était bien différente car elle n'avait plus le droit de mourir, puisque son fils était revenu. Elle ne pouvait le faire souffrir en disparaissant pour un enfant qu'elle n'avait pas eu...

À la suite de ce triste incident, Mehdi tenta de convaincre sa mère qu'elle devait remplir elle-même sa vie, qu'il était temps de passer à une autre étape.

– Tu ne peux pas vivre ta vie par rapport à la mienne. Je suis un être différent!

L'insécurité de sa mère pesait parfois lourd sur le couple que Mehdi formait avec Janna. Il était sans cesse tiraillé entre les deux femmes, forcé de s'assurer du bien-être de Blandine pour pouvoir ensuite se consacrer à celui de son amie. Mais cela ne l'empêchait pas de se sentir responsable du bonheur de sa mère. Il était triste quand il la voyait seule, sans amis, alors que sa propre vie était riche, avec une relation amoureuse, des copains et un travail qui lui plaisait. Il cherchait sans cesse des moyens de détourner de lui l'attention de Blandine, lui proposant des activités, l'incitant à sortir, à reprendre contact avec de vieux amis et surtout à regarder vers l'avenir. Mehdi avait choisi de ne pas ressasser le passé. S'il refusait toujours de raconter à sa mère ses souvenirs d'enfance, c'est qu'il connaissait à l'avance ses réactions. Il se rappelait encore du jour où elle lui avait demandé s'il avait déjà fumé. Quand Mehdi lui avait raconté la raclée reçue de son père à cause d'une cigarette trouvée dans sa poche, Blandine était entrée dans une rage folle.

Il avait appris à vivre avec le tempérament enflammé de sa mère, pouvait deviner ses réactions et désamorcer ses crises. Mais il la trouvait souvent envahissante. Parfois, elle l'appelait à plusieurs reprises dans la même journée pour lui répéter les mêmes recommandations. Elle était constamment préoccupée par le bien-être de Mehdi, s'inquiétait pour son travail, ses affaires, le moindre des écueils de sa vie quotidienne. Il devait presque chaque jour lui rappeler de ne pas le placer au centre de sa vie. Mais en même temps il la trouvait merveilleuse. Grâce à elle, il avait appris l'amour inconditionnel, la chaleur et la tendresse. Il avait aussi découvert en Blandine une qualité rare, une sorte de douce folie. Malgré toutes les difficultés, elle choisissait encore de faire confiance à la vie. Il admirait sa nature aventurière, toujours prête à l'émerveillement.

Depuis qu'elle s'était lancée dans les affaires, Blandine assumait de lourdes responsabilités. Tandis que Nicolas, son associé, s'occupait de l'administration et de la comptabilité, c'est sur elle que reposait la responsabilité du choix des collections, de la recherche et des relations avec les clients, de l'image de leur société. Elle se donna corps et âme à l'entreprise, bourrant toutes les semaines sa voiture d'échantillons pour aller les présenter aux acheteurs des grandes chaînes de magasins avec lesquels elle transigeait. Pendant un an et demi, l'affaire tourna rondement mais les choses se détériorèrent rapidement quand Nicolas connut de graves difficultés personnelles. Sa femme venait de le quitter et il sombra dans la dépression. Trop souvent négligés, les livres de compte n'étaient plus à jour et l'avenir devint incertain. Blandine ne pouvant porter seule l'affaire à bout de bras, *Le Métier* ferma ses portes.

Heureusement, elle avait accumulé un impressionnant bagage d'expérience dans le domaine du prêt-à-porter. Aussi retrouva-t-elle du travail après quelques mois. Une chaîne française de boutiques de vêtements de luxe pour enfants lui proposa la direction d'un magasin qui allait bientôt ouvrir à Düsseldorf, dans un quartier chic. Les critères de sélection pour ce poste avaient été très stricts et Blandine se montra ravie du nouveau défi, plongeant avec délices dans l'organisation. Pour lui permettre de se faire la main, la maison mère lui demanda de venir à Paris pendant quelques semaines pour aider à la mise en place d'une autre boutique. Elle s'installa dans un petit hôtel mais vit à peine sa chambre, tant les heures de travail étaient interminables.

La fermeture de sa compagnie et l'organisation des deux boutiques pour enfants s'étaient succédé à un rythme infernal. Blandine croula sous une fatigue extrême, à tel point que Mehdi s'en inquiéta. Si elle ne prenait pas quelques jours de repos immédiatement, elle tomberait malade. Il décida d'offrir à sa mère un cadeau, elle qui raffolait des surprises et des voyages improvisés. Il lui téléphona au bureau pour lui annoncer qu'elle partait en vacances et qu'elle devait aviser ses patrons qu'elle avait droit à quelques jours de congé.

– Je t'emmène à l'aéroport, on va vérifier les offres de dernière minute!

Mehdi avait tout pris en main. Il aida sa mère à préparer ses bagages, dénicha son passeport, ferma l'appartement. Épuisée et reconnaissante, Blandine le laissa décider de tout. À l'aéroport, elle fut touchée de découvrir qu'il avait apporté suffisamment d'argent pour payer le voyage tout de suite. Le hasard des offres de dernière minute fit qu'il y avait une place disponible pour l'île Maurice, une contrée lointaine, hautement exotique, fascinante. Blandine imaginait déjà le sable chaud, le rythme apaisant des vagues. Se laisser bercer par la mer, voilà exactement ce qu'il lui fallait. Son fils était un ange! Dans l'avion, elle dormit comme un bébé.

Elle trouva, éblouie, une série de petits bungalows paisibles sur la plage, entourés de palmiers. Sa chambre à l'hôtel avait une grande terrasse qui donnait sur la mer. Ce paysage à la fois calme et exubérant par son abondance de fleurs, ces parfums sucrés lui montant aux narines contribuaient déjà à lui faire du bien. Blandine n'eut qu'une envie à son arrivée, se débarrasser de ses vêtements et se jeter à la mer. Ce voyage était une bénédiction. Une demi-heure après son installation, le téléphone sonna. Mehdi désirait vérifier qu'elle était arrivée à bon port et qu'elle allait bien. Elle fut émue et fière de lui... La vie était généreuse de lui avoir donné un fils pareil!

Le lendemain, quand la tension des dernières semaines commença doucement à tomber, Blandine sentit la fatigue physique l'alourdir. Elle pouvait enfin se laisser aller, n'avait plus à lutter contre l'épuisement pour continuer de travailler. Résolue à limiter ses efforts au maximum, elle opta pour de courtes balades, guidée par la curiosité. Elle voulait simplement savoir où elle était, faire connaissance avec un coin du monde qui lui paraissait enchanteur.

À Port-Louis, dans une petite rue animée du cœur de la ville, Blandine cheminait lentement sur le trottoir en jetant un coup d'œil aux étalages des échoppes, étourdie par l'assaut des parfums et des couleurs, par le mélange savoureux de créole et de français qu'elle entendait autour d'elle. Elle devinait qu'elle reprendrait vie dans ce décor qui lui convenait si bien. Soudain, elle perçut des voix qui chantaient en chœur. Tendant l'oreille, elle regarda autour d'elle pour tenter de situer d'où venaient ces chants. Attirée par leur sonorité à la fois joyeuse et ardente, elle marcha en direction d'un grand chapiteau jaune et s'y faufila discrètement. Le spectacle qu'elle aperçut était aussi simple que surprenant. Devant une foule recueillie, debout, était posée une estrade sur laquelle un animateur et quelques autres personnes parlaient dans une sorte d'extase. Blandine s'attarda longuement, derrière l'assemblée pieuse et fervente, à écouter des témoignages qui, à sa grande surprise, agirent sur elle comme un baume. C'était une cérémonie d'évangélisation. Les croyants défilaient tour à tour sur l'estrade et témoignaient de leur relation intime avec Dieu, du réconfort qu'on trouvait en Le priant, en mettant sa vie entre Ses mains.

Jamais Blandine n'avait reçu la moindre éducation religieuse. Elle ne s'était jamais interrogée sur sa foi et se méfiait plutôt de ce genre d'exultation collective. Pourtant, ce jour-là, une immense émotion l'envahit. Elle eut subitement l'impression d'avoir été poussée par une force inconnue à venir sous ce chapiteau, dans un but précis. Elle se mit à pleurer, consciente qu'elle était particulièrement émotive à cause de son état de fatigue. Mais plus elle versait de larmes, plus un sentiment de paix l'envahissait, plus elle sentait descendre en elle une lumière qu'elle n'avait jamais perçue auparavant. À cet instant, elle fut convaincue d'avoir été appelée là par le Seigneur, qu'elle ne connaissait pourtant pas. Oubliant sa méfiance, elle s'approcha de l'homme qui s'adressait à la foule et il posa la main sur son épaule en la regardant avec chaleur. Blandine fut ébranlée.

– C'est la première fois que je viens ici. Priez pour moi...

Elle quitta doucement le chapiteau jaune en même temps que les autres fidèles, encore secouée par cette rencontre déconcertante. De retour à l'hôtel, elle alla s'asseoir sur la plage et passa des heures à réfléchir, dressant un bilan de ce qu'avait été sa vie. Après avoir surmonté tant de difficultés, dompté tant d'obstacles, elle se retrouvait à l'aube de la quarantaine, couverte de cicatrices au corps et à l'âme, rescapée comme d'un naufrage mais encore capable de s'étonner, de pleurer de bonheur, de saisir la vie à pleines mains... Devait-elle croire que le Seigneur l'avait protégée? Mais s'Il existait vraiment, pourquoi l'avait-Il laissée souffrir si longtemps? Blandine ne s'était jamais posé toutes ces questions mais elle en vint à la conclusion que le Seigneur agirait pour elle, à partir du moment où elle Le reconnaîtrait. De ce jour, cette certitude ne la quitta plus. Elle reconnut sa foi et crut fermement que, dorénavant, elle serait accompagnée par le Seigneur.

À mesure qu'elle se remettait de sa fatigue, Blandine sentit son enthousiasme monter. Elle avait un nouvel Allié et son séjour dans l'île se para d'une aura mystique. Elle voulait tout voir, se gorger de sensations nouvelles, remplir sa mémoire de beaux souvenirs. Le lendemain de sa découverte de Dieu, elle décida de se rendre au

Domaine Les Pailles, qu'on lui avait décrit comme l'un des plus beaux endroits de l'île. C'était un parc naturel de 1500 hectares au paysage montagneux, recelant une réplique d'un vieux moulin à sucre du XVIIIe siècle, une distillerie de rhum artisanale et une case où l'on pouvait encore moudre le café à l'ancienne.

En arrivant, elle rencontra un couple de touristes allemands. Voyant qu'elle parlait couramment leur langue, ils lui demandèrent de monter avec eux dans la jeep avec laquelle ils allaient parcourir le domaine, et de leur servir d'interprète. L'excursion durait toute la journée, et un guide Mauricien appelé Luigi allait les accompagner. Les Allemands s'installèrent à l'arrière du véhicule et Blandine monta à l'avant avec le guide. Luigi s'avéra un bon compagnon de route. C'était un cicérone intelligent et passionné, mais aussi un bel homme dans la quarantaine, au physique très racé, métissé d'Indien et d'Africain. Entre lui et Blandine, le courant passa immédiatement. À la fin de la journée, ils échangèrent leurs numéros de téléphone, se promettant de se retrouver pour prendre un verre. Blandine était ravie. Décidément, ce voyage imprévu ne lui apportait que de bonnes surprises.

Le lendemain, Luigi l'appela à son hôtel et lui donna rendez-vous dans un café. Le Mauricien était chaleureux, et Blandine goûta encore plus son charme dans un contexte de détente. Ils se découvrirent un intérêt commun, quand elle lui fit part de sa rencontre toute récente avec le Christ sous un grand chapiteau jaune. Élevé dans la religion hindoue, Luigi s'était converti trois ou quatre ans auparavant au christianisme et manifestait depuis une grande ferveur. Il confia à Blandine qu'il lui arrivait de partir dans un endroit retiré à flanc de montagne et d'y passer deux jours à jeûner et à prier. Sa foi était l'une des plus grandes richesses de sa vie et il fut enchanté de trouver quelqu'un avec qui partager sa dévotion. Blandine s'émut d'apprendre qu'il élevait seul ses deux enfants depuis que leur mère était partie, quand ils étaient encore petits. Elle n'avait jamais connu d'homme capable de se consacrer ainsi, seul, à sa famille. La passion avec laquelle il parlait de ses enfants et de sa foi captiva Blandine.

Ils tissèrent des liens d'abord basés sur leur dévotion. Luigi tenait des réunions de prières chez lui et invita Blandine à y participer. Elle eut ainsi l'occasion de remarquer d'autres aspects de sa personnalité, discernant chez lui une forme de sagesse. Quand Blandine lui fit part de son désir d'être baptisée, Luigi la présenta à un pasteur qui l'interrogea sur la profondeur de sa foi. Le lendemain, tous trois entrèrent dans la mer et Blandine vêtue d'un long boubou s'immergea entièrement pendant que le pasteur récitait les prières de circonstance. Entourée des deux hommes, elle ressortit de l'océan habitée d'une grande paix.

Elle admira aussi sa façon de prier avec ses enfants tous les soirs. Leurs rapports s'approfondirent pour se transformer en une relation amoureuse et elle passa presque tout son temps avec lui, le retrouvant souvent dans la maison qu'il partageait avec ses enfants, Jimmy, âgé de quinze ans, et Nancy, onze ans, ainsi qu'avec son vieil oncle Paul. Même la maison enchantait Blandine; c'était une grande bâtisse blanche toute simple mais qu'elle trouvait si jolie, avec sa terrasse sur le toit.

Ces trois semaines de repos avaient été l'occasion d'un grand changement dans la vie de Blandine. Elle était une femme neuve et l'île Maurice devint le nid dans lequel son nouveau moi avait été fécondé. Un retour en Allemagne lui semblait impensable et, malgré la perspective de retrouver Mehdi, elle quitta l'île le cœur en lambeaux. Comment quitter Luigi, un homme aussi merveilleux? Pourquoi replonger dans la grisaille quand on venait tout juste de découvrir la lumière? Elle pensa aux responsabilités qui l'attendaient, aux fournisseurs, aux factures à payer, aux clients à satisfaire. Tout cela lui parut une bien terne réalité.

Dès son retour à Düsseldorf, elle se jeta à corps perdu dans le travail pour tenter d'apaiser son tourment et correspondit régulièrement avec Luigi pendant deux mois. Mais tout lui manquait de l'île Maurice. Pas seulement son amoureux dans sa grande maison blanche, mais aussi la douceur de vivre et une sorte de paix qu'elle n'avait ressentie que là-bas. Elle regrettait cette atmosphère enivrante qu'elle ne pouvait retrouver qu'au contact de nouveaux chrétiens comme elle, désireux de partager leur exultation.

Au bout de quelques semaines, Blandine choisit de ne plus résister à l'appel de l'île. Elle s'offrit un congé sans solde et repartit à Port-Louis.

13

Voyages initiatiques

On finissait par ne plus savoir si c'était le jour ou la nuit. Avec toutes ces planches clouées devant les fenêtres, il faisait si sombre! Blandine étouffait. Jamais sa claustrophobie n'avait été autant testée, et son envie de se précipiter dehors pour avaler un bol d'air était aussi irrépressible que si on lui avait enfoncé la tête sous l'eau. Toutefois, elle dut résister à ses impulsions car il aurait été extrêmement dangereux de sortir. Elle lutta pour ne pas céder à la panique et jeta un coup d'œil traqué autour d'elle. Tandis qu'elle se sentait si mal, comment les autres pouvaient-ils envisager la situation avec autant de légèreté?

Blandine était enfermée dans la maison depuis presque trois jours avec Luigi et sa famille: Jimmy, Nancy et l'oncle Paul. L'électricité ayant été coupée, on s'éclairait à la bougie et on avait renoncé aux repas chauds. Les enfants étaient plutôt contents car l'école étant fermée, ils profitaient d'un intermède imprévu à la saveur excitante de danger. Pour prouver leur bravoure, ils se conduisaient tous les deux comme s'il ne se passait rien de grave, comme s'ils avaient l'habitude de ce genre d'alerte. Nancy étreignait de temps en temps la main de Blandine, sans doute plus pour rassurer cette dernière que pour chercher elle-même du réconfort. Blandine se serait volontiers passé de tout ce branle-bas. Accumuler les provisions au supermarché, stocker de l'eau potable au cas où on viendrait à en manquer, barricader les fenêtres puis se terrer dans une maison en espérant qu'elle résisterait aux assauts, c'était une curieuse façon de passer ses vacances.

Mais qu'elle le veuille ou non, elle dut faire face à une réalité impitoyable. C'était la saison des cyclones et le cataclysme qui les menaçait, si joliment et perfidement prénommé Annabelle, était d'une taille respectable. Aux premiers signes, quand le ciel s'était couvert et que le vent s'était levé, toute la population s'était mise à l'abri.

Au plus fort de la tempête, Blandine, capitulant devant la puissance du cataclysme, crut que ses nerfs lâcheraient. Elle sentait les murs vibrer sous les assauts du vent qui atteignait des vitesses vertigineuses. Par moments, elle avait l'impression que la maison se comprimait sous de violentes poussées, que les murs allaient se refermer sur elle. La furie des éléments avait fini par imposer le silence aux humains, même aux enfants. Dans le salon dont le statut de refuge lui semblait précaire, on chuchotait pour rester attentif au moindre son, pour étudier l'intensité des craquements intempestifs qui faisaient sursauter. On cherchait à deviner la gravité des dégâts qu'ils impliquaient. On perçut des bruits sourds. À intervalles irréguliers, des coups étaient assénés sur les murs extérieurs par des objets volants qui les heurtaient dans leur trajectoire effrénée. Peut-être était-ce une branche, ou carrément un arbre. Une poubelle, un vélo, qui sait? On n'osait pas trop conjecturer sur tous les biens qui se seraient envolés, une fois la tempête apaisée.

Au-dessus de ce vacarme aux origines incertaines dominaient les martèlements de la pluie et les hurlements du vent sifflant et rugissant, qui s'immisçait par le moindre interstice et réclamait toujours plus de place pour s'épanouir, comme si la voix du monstre avait été trop forte, sa cage thoracique trop développée pour une si petite île...

Le monde avait chaviré, la petite île baignée de soleil et de musique disparut pour faire place au chaos. Puis, quand on ne s'y attendait plus, le monstre perdit de sa rage. Peu à peu, sa colère exprimée, il arriva enfin à bout de souffle. Le vent s'apaisa, la pluie diminua en intensité et finit par s'arrêter. Annabelle était allée se faire voir ailleurs.

La population entière était curieuse de constater l'étendue des dégâts. Pourtant, tous attendirent sagement le signal avant de sortir. Le cri strident d'un clairon retentit enfin dans les rues, pour signifier aux habitants que le monstre s'était lassé de leur cracher dessus. Après trois jours de claustration, les Mauriciens purent enfin respirer un air si pur qu'il en paraissait décapé. Mais surtout, ils allaient dresser le constat de tout ce qu'il faudrait reconstruire.

Blandine était atterrée. Ce paysage idyllique dont elle était tombée amoureuse au premier regard n'était plus que désolation. Partout, elle ne voyait que des arbres brisés, des voitures renversées, des toits arrachés. Maisons, terrains, rues, tout était recouvert de boue et de détritus plus ou moins identifiables. Elle pensa avec inquiétude à un bidonville campé tout près du quartier où était située la maison de Luigi. Là-bas, ils n'avaient que des maisons de tôle et de terre battue.

Heureusement, les dommages à la maison étaient mineurs. L'inspection terminée, la maisonnée au complet alla vérifier l'état du village de masures qui préoccupait tant Blandine. La vision que leur offrit le site était consternante. Il ne restait rien! Toutes les cabanes avaient été emportées avec les maigres biens des habitants. La somme de travail pour tout remettre en état serait lourde.

Blandine pleura de découragement devant la tâche qui attendait ces gens déjà si lourdement éprouvés par la vie. Mais elle constata avec admiration que déjà on s'affairait à récupérer ce qui pouvait l'être. Elle revint plusieurs fois sur les lieux pour constater qu'en quelques jours à peine le village avait retrouvé un semblant d'organisation. Pas question de se laisser abattre, les habitants allaient tout reconstruire.

Blandine était sur l'île depuis deux semaines quand elle fit connaissance avec la «grande menace», le risque annuel de cyclone auquel devaient faire face les Mauriciens. Elle constata, au-delà de leur joie de vivre, un acharnement et une persévérance qui pouvaient s'expliquer par leur conscience de vivre dans un paradis perpétuellement en péril.

Les églises étaient pleines et Blandine comprit que bon nombre de Mauriciens allaient chercher là une partie de leur courage. Elle qui avait vécu seule toutes ses douleurs comme ses joies découvrit les bienfaits de la ferveur collective. Prier et chanter en chœur, demander grâce en période d'affliction ou rendre grâce d'avoir survécu au péril ensemble lui apporta un réconfort insoupçonné, comme si une autre main était venue l'aider à porter ses fardeaux. Sur l'île, certaines femmes portaient des fardeaux terriblement lourds... Elle pensa à la voisine de Luigi, rencontrée par l'intermédiaire du fils de celle-ci. Le petit garçon venait chaque jour, avec la permission de Luigi, remplir des seaux d'eau au robinet du jardin pour les ramener chez eux où il n'y avait pas l'eau courante. Les seaux étaient lourds pour ce gamin frêle, malgré le courage qu'il montrait. Blandine l'accompagna à quelques reprises jusque chez lui en portant ses seaux.

Le petit Philippe vivait, avec sa mère, ses frères et sœurs, dans une misérable cabane. Quand sa mère sortit pour les accueillir, Blandine vit apparaître une femme au visage et aux mains entièrement couverts de cicatrices de brûlures. Elle la salua poliment et repartit, songeuse. Qu'avait-il bien pu arriver à cette malheureuse? Elle interrogea Luigi et apprit avec horreur la vie épouvantable de certaines femmes de l'île. Abandonnées par un mari frivole, encombrées de nombreux enfants qu'elles se savaient incapables de nourrir, elles étouffaient devant l'impasse que constituait leur avenir. Au lieu de crier leur révolte et leur tristesse, elles s'immolaient en s'arrosant d'essence, mais n'en mouraient pas toutes. Blandine reconnut cette tristesse, ce désespoir. Ces femmes étaient ses sœurs, même si elle savait qu'elle n'aurait jamais pu faire une chose pareille. Quand elle croisait dans la rue une de ces femmes brûlées, elle avait envie de la prendre dans ses bras.

Elle tenta d'apporter un peu d'aide à la mère de Philippe, lui offrant parfois des vêtements. Quand elle allait faire les courses, elle apportait souvent des friandises pour les enfants. Philippe, la voyant partir, l'attendait au bout du chemin et recevait souvent un paquet de gâteaux qu'il partageait avec ses frères et sœurs. Blandine s'émerveillait de voir le sourire perpétuel de ces enfants, malgré la misère dans laquelle ils vivaient. Pas une trace de tristesse au fond de leurs yeux, alors qu'ils s'inventaient des jouets avec des boîtes de conserve ou de vieilles roues de vélos. Quand le marchand de glace arrivait dans le quartier et appelait les enfants en jouant à tue-tête des airs de Noël, Blandine se faisait un plaisir de leur offrir des glaces; Philippe ne demandait jamais, se contentant d'attendre, les mains derrière le dos, qu'elle le remarque.

À l'église, Blandine rencontra aussi Marie-Lise, une Allemande installée sur l'île depuis quelques années. Les deux femmes sympathisèrent immédiatement, Marie-Lise étant heureuse de pouvoir parler sa langue maternelle et Blandine ravie de trouver une femme seule, capable de tout quitter pour s'établir sur une île de rêve. Elle caressait aussi le désir de quitter l'Allemagne, depuis qu'elle avait connu la joie de vivre dans ce paradis luxuriant. Luigi, très amoureux, souhaitait ardemment que Blandine vienne s'installer avec lui.

Blandine était sans doute arrivée juste au bon moment dans cette maison. La petite Nancy, entourée de trois hommes qui la négligeaient un peu, vivait en solitaire la venue d'un moment crucial de sa vie, la puberté. La fillette d'abord farouche se laissa peu à peu apprivoiser. Alors qu'elle sentait ses seins pointer et son corps se transformer, elle n'avait aucune idée de ce qui l'attendait et Blandine la mit au courant de l'apparition prochaine de ses règles. Elle lui expliqua les changements qui apparaîtraient en elle, lui fit découvrir l'usage des serviettes hygiéniques et l'emmena dans les magasins pour choisir des sous-vêtements. Blandine se rappelait à quel point elle avait été alarmée à l'arrivée de ses premières règles, dont sa mère ne l'avait pas prévenue. Elle reconnut le sentiment d'abandon que devait ressentir la fillette, qui gardait un souvenir flou mais lancinant de sa mère, partie alors qu'elle était toute petite. Nancy fut si heureuse d'avoir enfin une alliée qu'elle lui offrit un bouquet, après s'être faufilée discrètement à l'aube dans le jardin de la voisine, pour y cueillir les plus jolies fleurs. La fillette que Blandine avait connue si renfermée et sauvage exprima un tel soulagement à être prise en main qu'elle devina qu'il était temps de mettre un peu d'ordre dans cette maison.

Les vêtements de toute la maisonnée étaient entassés pêle-mêle dans une armoire et Blandine, après avoir expliqué à Nancy qu'il était important d'avoir un petit coin à soi, l'aida à libérer une étagère pour qu'elle puisse y ranger ses affaires. Elle lui apprit comment plier son linge et se coiffer, car souvent la petite fille partait pour l'école avec des vêtements tout froissés et les cheveux en bataille. Un jour où Nancy était dans la salle de bain, Blandine frappa à la porte. Après l'avoir invitée à entrer, la fillette avoua que son père, son frère et son oncle ne frappaient jamais avant d'entrer... Ils ne manifestaient ni pudeur ni respect.

Quand Blandine fit part à Luigi de ses préoccupations au sujet de sa fille, celui-ci tomba des nues; il ne s'était encore jamais inquiété de ce genre de choses. Il n'était absolument pas gêné à l'idée de trouver sa fille nue dans la salle de bain.

– Eh alors? C'est ma fille, c'est normal!

– Luigi, ton fils a quinze ans, tu ne crois pas qu'il serait temps que tes enfants cessent de dormir ensemble?

Il aimait profondément ses enfants mais ne leur apprenait pas grand-chose à part la prière et s'occupait peu de la maison. Blandine lui expliqua que sa fille était en train de devenir une femme et qu'ils devraient manifester un peu plus de retenue et changer quelques habitudes, pour le bien-être de celle-ci. Luigi dit qu'il allait y penser et en parler avec son fils et son oncle Paul.

L'oncle Paul, un sexagénaire alcoolique et désœuvré, s'occupait du ménage, des courses et de la cuisine, du moins jusqu'à ce qu'il atteigne, au milieu de l'après-midi, un état d'ébriété suffisant pour sombrer dans la mélancolie et l'abattement. Paul se complaisait depuis des années à entretenir un chagrin d'amour qu'il soignait par d'abondantes rasades de rhum. Malgré l'affection que leur portaient leur père et leur oncle, les deux adolescents grandissaient dans un environnement brouillon auquel Blandine espérait apporter un peu d'ordre, elle qui avait eu si peu de temps pour veiller au bien-être de son propre fils.

Par une soirée calme et paisible, Blandine faisait la vaisselle après le repas du soir quand elle ressentit une angoisse aussi violente que soudaine. L'assiette qu'elle était en train d'essuyer lui échappa des mains et se fracassa sur le sol.

– Il faut que j'appelle Mehdi absolument!

Sans raison apparente, Blandine était persuadée qu'il venait d'arriver quelque chose à son fils. Elle convainquit Luigi qu'elle devait de toute urgence téléphoner en Allemagne. Le service téléphonique de Luigi ne lui permettant pas les appels à l'étranger, ils se mirent à la recherche d'une cabine téléphonique. Blandine était fébrile, le temps filait et sa nervosité augmentait. Elle se jeta littéralement dans l'habitacle et composa le code pour Düsseldorf.

– Allo, Mehdi? Ça va?

Au son de sa voix, Blandine fut immédiatement alertée. Son «Oui, ça va...» n'était pas convaincant. À force d'insister, elle réussit à faire avouer à Mehdi qu'il était effectivement arrivé quelque chose. Il arrivait tout juste de l'hôpital. Descendant à toute vitesse une pente abrupte avec son vélo, il avait perdu le contrôle des freins et s'était précipité contre une barrière de métal. Il avait reçu un choc violent au torse. Le souffle coupé, il avait perdu conscience et s'était réveillé à l'hôpital.

– Ça s'est passé quand?

– Il y a environ quatre ou cinq heures...

Quand Blandine avait senti cette panique, il était sans doute déjà à l'hôpital et luttait pour reprendre une respiration normale... Blandine voulut rentrer en Allemagne mais Mehdi réussit à la convaincre que ça ne serait pas nécessaire.

– La Biche, je t'assure que ça va maintenant!

– Jure-le-moi!

– Je te jure sur toi que j'ai mal et je te jure sur toi que ça va!

Blandine le crut. Pour eux, jurer était très sérieux et jamais Mehdi ne lui aurait menti de cette manière. Elle resta donc à l'île Maurice. N'empêche qu'elle avait eu très peur. Cette sensation d'angoisse, cette certitude qu'il était arrivé malheur à son fils, elle souhaitait ne plus jamais les percevoir.

Pendant la journée, quand Luigi était au travail, les enfants à l'école et Paul tassé dans un coin à cuver son rhum, Blandine rejoignait fréquemment Marie-Lise. En plus de leurs souvenirs d'Allemagne, les deux femmes avaient en commun leur dévotion et partageaient la joie d'avoir découvert le Christ. De plus, Marie-Lise avait un grand projet qui enthousiasma Blandine. Marie-Lise rêvait de créer sur l'île un centre pour les chrétiens du monde entier, un lieu de réunion, de prière, un grand domaine dans lequel se tiendraient des conférences et des congrès. Son projet semblait sérieux et elle paraissait vouloir y investir beaucoup d'argent. Le plan emporta d'autant plus facilement l'assentiment de Blandine que Marie-Lise manifestait une grande confiance dans sa capacité à l'aider dans sa réalisation.

– Il me faudrait quelqu'un comme toi, tu as de l'expérience, tu es une fonceuse, tu as du caractère. Moi, j'ai de l'argent, et tu es exactement le genre de personne dont j'ai besoin. Dans la vie, il faut avancer!

Quand elle affirma à Blandine qu'elle pourrait lui donner du travail dans ce centre, cette dernière se réjouit. Décidément, son attachement envers le Seigneur portait ses fruits. Confiante dans l'avenir, persuadée que rien de mauvais ne pouvait naître d'une amitié éclose dans la foi en Jésus, Blandine n'hésita plus. Elle allait s'installer dans l'île Maurice.

Luigi était heureux de la présence de Blandine et fut ravi de son désir de demeurer auprès de lui. Il se montra toutefois un peu inquiet de ses nouvelles fréquentations. Il ne connaissait pas cette Marie-Lise mais prit soin de mettre Blandine en garde contre certains dangers:

– Fais attention, j'ai entendu parler d'une secte qui se serait établie sur l'île. Cette femme me paraît bizarre. C'est trop beau pour être vrai, son histoire... À ta place, je me méfierais.

Blandine balaya ses avertissements. Elle n'était pas si naïve et n'allait pas se laisser avoir comme ça. D'ailleurs, elle trouva aux recommandations de Luigi un arrière-goût un peu amer. Récemment, elle avait commencé à déceler chez lui un machisme qui l'incitait à vouloir lui dicter sa conduite. Elle l'écouta d'une oreille distraite, sachant qu'elle n'en ferait qu'à sa tête. La perspective d'avoir du travail sur l'île était extrêmement séduisante.

Marie-Lise était emballée par l'opération et affirmait avoir les fonds suffisants pour lancer l'affaire. Elles commencèrent à se côtoyer de façon plus régulière et Marie-Lise lui présenta toutes sortes de gens, principalement des femmes, qu'elles retrouvaient tous les dimanches dans une sorte de temple, un lieu de prière que les fidèles avaient fait construire en amassant des dons. Blandine appréciait la sensation rassurante et nouvelle d'être entourée, soutenue. Elle se trouvait entraînée presque malgré elle par l'énergie contagieuse de Marie-Lise. Celle-ci l'emmenait partout, se chargeait toujours de l'addition au restaurant et la présentait à ses amis avec emphase, la faisant se sentir importante.

– Nous avons de grands projets, nous avons besoin de quelqu'un comme Blandine!

Cette dernière appréciait l'attention mais conservait malgré tout une certaine réserve. Elle n'avait pas l'habitude de susciter tant d'enthousiasme, ce qui l'incitait à se méfier. N'empêche qu'elle était curieuse de voir ce que Marie-Lise avait dans le ventre. «Bah, on verra bien, se disait-elle, je n'ai rien à perdre!»

Quand Marie-Lise lui proposa de l'accompagner dans une grande réunion qui aurait lieu dans un des plus beaux hôtels de l'île, ajoutant que toutes les chambres avaient déjà été réservées et qu'elle n'aurait rien à débourser, Blandine acquiesça. Elle prépara son sac en avisant Luigi qu'elle allait assister à une réunion importante pour son travail.

À l'hôtel, elles retrouvèrent un groupe considérable de femmes. Autour de la piscine, Marie-Lise présenta Blandine à la plupart d'entre elles. Celles-ci avaient plusieurs choses en commun. Toutes dans la quarantaine ou la cinquantaine, elles portaient des vêtements de grande qualité, des paréos de soie, des bijoux luxueux. Blandine remarqua sur le plongeoir une femme qui portait au doigt un énorme diamant. Elles paraissaient toutes riches mais ce qui frappait davantage c'était leur air de tristesse.

Blandine écouta attentivement leurs conversations mais éluda leurs questions en y répondant par d'autres questions. Quand l'une des participantes lui demandait ce qu'elle faisait dans la vie et si elle gagnait beaucoup d'argent, Blandine répliquait:

– Je suis dans le textile. Vous ne seriez pas dans le textile vous aussi, par hasard?

– Non, mon ex-mari était bijoutier en Suisse...

D'autres enchaînèrent sur les emplois lucratifs de leurs ex-maris. Blandine apprit que si certaines étaient veuves, la plupart d'entre elles avaient été quittées pour une femme plus jeune et avaient obtenu beaucoup d'argent à la suite de leur divorce. Une autre ajouta que, à son premier voyage sur l'île, elle s'était sentie si déprimée et mal en point que si on ne lui avait pas présenté Audrey, elle serait sans doute morte.

– C'est pour ça que je vis maintenant dans la communauté...

Le mot «communauté» revenait souvent dans leur discussion, de même que le prénom Audrey. Blandine demanda à Marie-Lise de qui il s'agissait.

– Audrey, c'est celle qui nous gère toutes! Mon mari m'a quittée pour une plus jeune, moi aussi. Je me sentais complètement perdue mais, grâce à Audrey, j'ai découvert la voie du Seigneur. Elle m'a appris aussi que nous étions plus fortes ensemble et qu'elle ne nous abandonnerait pas!

Elle ajouta que toutes ces femmes vivaient dans un même lieu, dans des maisons appartenant à Audrey.

– Tu peux vivre là toi aussi, si tu veux. Si tu travailles, ajouta Marie-Lise, tu donnes trente à quarante pour cent de ton salaire à la communauté et tu paies ta nourriture.

«C'est bizarre, tout ça!» Blandine se méfiait de plus en plus mais sa curiosité était plus forte que sa suspicion. Elle aurait bien aimé rencontrer cette Audrey...

Le lendemain, pendant que les deux amies déjeunaient, Marie-Lise aperçut Audrey et l'appela à leur table. Elle tenait à la présenter à Blandine. Celle-ci vit venir une femme toute petite mais dont l'allure n'en était pas moins imposante. La femme s'approcha et, plutôt que de s'asseoir comme on l'invitait à le faire, se pencha vers l'avant en appuyant ses deux poings sur la table, les bras bien droits. Elle inclina la tête vers ses interlocutrices dans une attitude que Blandine trouva dominatrice. Audrey la regarda dans les yeux.

– Bonjour, c'est toi Blandine?

Celle-ci se sentit mal à l'aise devant le ton et le regard inquisiteurs mais la femme ne sembla pas s'en rendre compte et amorça une sorte d'interrogatoire.

– Est-ce que tu te sens bien parmi nous?

Blandine hocha la tête. Pour l'instant, elle n'avait aucune raison de dire non. Audrey multiplia les questions. «Où habites-tu sur l'île? Est-ce suffisamment confortable? Qu'est-ce que tu fais dans la vie? Est-ce que Marie-Lise t'a parlé un peu de nous?» Blandine répondit vaguement et lui retourna les questions.

– Et toi, tu vis où?

– Oh, moi... j'habite un peu partout...

À ses réponses vagues, Blandine sentit une prudence chez Audrey. Cette dernière demeura évasive quand elle évoqua l'intégration éventuelle de Blandine à la communauté.

– Marie-Lise te donnera plus de détails et prendra rendez-vous avec moi pour qu'on règle tout... De toute façon, on en reparlera plus tard, ajouta-t-elle avant de les quitter.

– Alors, comment trouves-tu Audrey?

Marie-Lise montra une certaine nervosité, comme si elle tenait à tout prix à faire bonne impression devant celle qui se dessinait de plus en plus dans l'esprit de Blandine comme un leader. Celle-ci préféra réserver ses commentaires, ayant surtout envie que Marie-Lise lui parle de leur projet de travail de manière plus concrète. C'était tout ce qui comptait pour elle. De plus, la date de son retour en Allemagne était prévue une semaine plus tard. Il faudrait qu'elle y retourne pour mettre ses affaires en ordre avant de revenir de manière définitive.

– Ne t'inquiète pas, la rassura Marie-Lise, on n'a qu'à faire changer la date si tu n'es pas prête à partir.

– Mais ça va me coûter de l'argent pour changer la date!

– Mais non! T'en fais pas, Audrey s'occupera de tout. Donne-moi ton passeport et ton billet, je vais les lui apporter. Elle a l'habitude et de bons contacts.

Blandine fut étonnée et hésita une seconde. Laisser son passeport entre les mains d'une inconnue était imprudent. Mais Marie-Lise lui avait promis du travail. À contrecœur, elle finit par lui confier ses documents de voyage. Après tout, il fallait bien lui faire confiance puisqu'elle devenait son amie. La femme l'assura qu'il y en avait pour très peu de temps.

– Pourquoi téléphones-tu pour prendre un rendez-vous avec Audrey? On l'a vue tout à l'heure. Il n'y a qu'à aller la voir à sa chambre!

– Non, il faut prendre un rendez-vous.

– C'est bizarre, on croirait entendre parler d'un gourou!

Marie-Lise fut tout de suite sur ses gardes.

– Mais non, qu'est-ce que tu racontes?

– C'est quand même un peu bizarre, je trouve...

L'Allemande prit rendez-vous par téléphone, à la réception de l'hôtel. Blandine l'observa de loin quand elle se présenta devant le bungalow d'Audrey. Une femme attendait devant la porte. Marie-Lise lui dit quelques mots et la femme entra dans le bungalow, ressortit pour prendre les documents et rentra pour de bon, pendant que Marie-Lise attendait dehors. Quand elle revint les mains vides, Blandine l'interrogea avec inquiétude mais celle-ci parut envisager la situation avec calme:

– Ne t'inquiète pas, tout va vite s'arranger.

Blandine récupéra ses papiers le lendemain. Audrey avait fait ouvrir la date de retour sans qu'aucun frais ne soit ajouté. Blandine fut encore plus impressionnée quand on refusa son offre de payer sa chambre d'hôtel, alléguant qu'Audrey avait des prix spéciaux grâce à ses relations avec le directeur. Cette femme avait toutes sortes de relations importantes.

En attendant de se consacrer au centre international de prières qui allait mettre un certain temps avant de se réaliser, Marie-Lise proposa à Blandine un travail dans le domaine du prêt-à-porter, pour une société qui appartenait... à Audrey. Les deux femmes devraient effectuer quelques voyages en Allemagne et tenter d'obtenir des contrats de distribution pour le compte de l'entreprise qui fabriquait des vêtements à l'île Maurice, dans des cotons achetés aux États-Unis et en Inde. Pour chaque contrat d'exportation décroché, Blandine toucherait cinquante pour cent des revenus. La proposition semblait alléchante, Blandine commença à y croire. Comme elle connaissait les acheteurs de toutes les grandes chaînes de magasins d'Allemagne, c'était presque du tout cuit. Toutefois, avant d'accepter, elle demanda à voir des échantillons de ce que les fabricants pouvaient produire. Elle se devait d'obtenir des garanties minimales de qualité et d'efficacité car les normes étaient élevées en Allemagne. Le marché y était très compétitif et plusieurs pays comme la Turquie, le Portugal, l'Inde et les pays d'Europe de l'Est s'arrachaient les contrats. L'Allemagne avait dans le domaine une réputation enviable: les acheteurs payaient toujours dans les conditions négociées et on traitait les affaires avec sérieux.

Quand Blandine arriva devant l'usine de production avec Marie-Lise et le responsable de l'usine, elle fut très impressionnée. Grand portail, gardien dans sa guérite, tout le site respirait la richesse et l'usine était très bien gardée. Trop bien même... Elle avait vu bien des usines de production dans sa vie, mais jamais surveillées avec autant de soin. Elle en fit la réflexion à voix haute, ce qui jeta un froid momentané. Blandine décida de réserver ses commentaires.

Cependant, une fois à l'intérieur, elle fut forcée d'admettre que ces gens-là étaient sérieux. L'usine avait une grande capacité de production, et les vêtements étaient d'excellente qualité, avec un style très original. L'équipe de jeunes stylistes avait du talent, Blandine pourrait faire de très bonnes affaires, d'autant plus que l'entreprise était prête, le cas échéant, à modifier certains modèles pour correspondre aux exigences du marché. Elle proposa de nommer la collection «Extravanza» et repartit la tête pleine de projets avec sous le bras les catalogues des dernières collections pour les présenter aux futurs acheteurs.

Quand elle rentra en Allemagne, Blandine donna sa démission à la société pour laquelle elle travaillait, vendit ses meubles et céda le bail de son appartement. Elle accomplit tous ces gestes avec détermination, sans se préoccuper des risques. L'important était de se prendre en main, de faire quelque chose de sa vie. Quand elle reviendrait à Düsseldorf pour affaires avec Marie-Lise, Blandine logerait à l'hôtel.

Mehdi se réjouit pour sa mère. La savoir occupée par de grands projets lui faisait plaisir, tout comme il était content de la savoir heureuse avec Luigi. Il s'inquiéta toutefois de la voir s'enflammer aussi vite. Il aurait préféré qu'elle soit plus prudente, qu'elle ne vende pas tout au risque de se retrouver dans la rue si jamais ses projets tombaient à l'eau. Mais il eut beau l'encourager à plus de circonspection, Blandine n'en fit qu'à sa tête. En affaires, il fallait savoir saisir les occasions.

Mehdi et Janna vinrent lui rendre visite à l'île Maurice et tombèrent eux aussi sous le charme du climat et de la chaleureuse hospitalité des Mauriciens. Pendant leur séjour, ils poussèrent une pointe jusqu'à l'île de la Réunion pour évaluer les possibilités de travail. Comme sa mère, Mehdi rêvait depuis longtemps d'un climat plus doux que celui de Düsseldorf. L'île de la Réunion étant un territoire français, c'était un avantage pour lui. Avec son passeport français, il pourrait peut-être s'y installer à condition d'y trouver un emploi.

Leurs recherches demeurèrent vaines mais cette incursion les encouragea à considérer les possibilités qu'offraient les autres territoires français. Ils partirent ensuite passer trois mois en Guadeloupe, où Mehdi étudia les perspectives de travail, car, plus encore que l'île de la Réunion, la Guadeloupe représentait pour lui l'endroit de rêve. De retour en Allemagne, lui et Janna ne tarirent pas de commentaires enthousiastes sur les Antilles.

Blandine effectua quelques allers-retours en Allemagne avec Marie-Lise. Cette dernière fut à même de constater que Blandine représentait une recrue de choix car ses connaissances du milieu du prêt-à-porter étaient considérables. Mais son but était d'amener Blandine à s'intégrer complètement à la communauté créée par Audrey. Son travail pour la société de confection devait permettre à Blandine de toucher cinquante pour cent de tous les contrats obtenus par elle en Allemagne, mais elle découvrit que l'entente était assortie de conditions inattendues.

– Maintenant, tu dois venir vivre dans la communauté avec nous et verser trente-cinq pour cent de tes revenus!

Blandine effectua un calcul rapide. Plus elle négocierait de gros contrats, plus les sommes versées à la communauté seraient importantes. Cette conclusion lui parut choquante. C'était une pure escroquerie! Pourquoi tenaient-elles tellement à ce qu'elle vienne habiter dans ces maisons appartenant à Audrey? Ces femmes vivaient peut-être dans un cadre luxueux, mais Blandine tenait trop à sa liberté pour se laisser embrigader dans une communauté aux règles aussi strictes. Quand elle fit part de ses découvertes à Luigi, celui-ci flaira aussi le piège.

– Je t'avais prévenue! Laisse tomber ces gens-là, ils ne te mèneront nulle part...

Cette dernière phrase prit un double sens car Blandine commençait à s'interroger sérieusement sur l'avenir de leur couple. Peu à peu, elle distinguait chez lui un côté extrêmement conservateur et comprit qu'il aurait voulu se marier et garder sa femme à la maison, dans la cuisine. De très mauvais souvenirs remontèrent à la surface et Blandine se mit à prendre du recul. Elle s'inquiétait aussi de l'attachement profond que Nancy manifestait envers elle. Un jour, la fillette lui demanda de venir la chercher à l'école car elle désirait la présenter à ses amies. Derrière la grille qui séparait la cour d'école de la rue, Blandine vit arriver une troupe de fillettes avec à sa tête une Nancy fière et souriante. Celle-ci prit la main de Blandine entre deux barreaux de la grille et annonça à ses amies:

– Je vous présente ma peut-être future maman!

Blandine craignait de faire de la peine à cette petite fille déjà abandonnée par sa mère, un peu négligée par son père, sans cesse bousculée par son grand frère. Comment lui faire comprendre que l'avenir était incertain?

Elle mena discrètement son enquête au sujet de l'organisation de la fameuse Audrey. Posant discrètement des questions ici et là, elle finit par obtenir la confirmation qu'il s'agissait bien d'une secte dont cette femme était la tête. Quant à Marie-Lise, au bout d'un interrogatoire serré, elle finit par avouer que le centre chrétien qu'elles devaient ouvrir ensemble serait en fait dirigé par Audrey. À ce moment, Blandine sut qu'elle devait se détacher au plus vite de cette organisation aux tentacules trop longues. Déterminée à contrer l'influence grandissante de Marie-Lise, elle cessa de répondre au téléphone et prit ses distances. Il ne lui fut pas facile de couper les liens car cette dernière se montra insistante.

– Blandine, je t'assure qu'on a besoin de quelqu'un comme toi avec nous!

Blandine apprit que la communauté créée par Audrey, dont Marie-Lise était une sorte de sergent recruteur, mettait le grappin sur des femmes seules et bien nanties dans le but de les déposséder de leur fortune. Nombre d'entre elles, fragiles et vulnérables, étaient venues passer quelques semaines de vacances sur l'île pour se consoler d'un veuvage ou d'un divorce difficile. Elles se laissaient tenter par l'attrait d'une prise en charge totale, dans un site paradisiaque, avec la prière pour appât.

«Vous ne serez plus jamais seules, les assurait-on. Et vous n'aurez plus jamais besoin de vous inquiéter de quoi que ce soit, le Seigneur s'occupera de tout!»

Grâce à cette manipulation habile alliant la foi dans le Christ et la vulnérabilité psychologique, Audrey avait créé une secte discrète mais solide et amassé une fortune considérable. Elle avait aussi d'autres cartes dans son jeu. À peine un an après avoir quitté l'île Maurice, Blandine allait apprendre que la femme en question venait d'être arrêtée pour trafic d'enfants. Elle vendait des enfants mauriciens de familles pauvres à des Américains désireux d'adopter. À cette nouvelle, Blandine repensa avec un frisson aux entrepôts si bien gardés qu'elle avait visités. Y avait-il là plus que des stocks de vêtements?

Elle dressa un bilan peu reluisant de ses derniers mois. En plus de s'être laissée embobiner par des manipulatrices, il était évident que sa relation avec Luigi ne lui apportait plus autant de bonheur qu'au début et la conduite de ce dernier devenait étrange. Alors qu'ils avaient partagé le même lit pendant plusieurs mois, Luigi décréta du jour au lendemain qu'il était mal de dormir ensemble alors qu'ils n'étaient pas encore mariés et qu'ils devraient dorénavant faire chambre à part.

– C'est le mariage ou rien!

– Tu aurais pu y penser avant, il me semble, c'est bizarre, ces scrupules soudains.

Blandine commença à perdre patience devant sa manière de profiter de son portefeuille. Quand ils faisaient des courses et que Blandine payait, Luigi s'arrangeait pour ajouter des choses imprévues dans le panier. Quand elle louait une voiture pour aller en promenade, elle se rendait compte que Luigi avait négocié, en créole, de manière qu'elle soit obligée de garder le véhicule pendant trois jours. C'était lui qui en profitait. Elle finit par trouver qu'il abusait et, en même temps, qu'il cherchait à la contrôler. Leurs disputes devinrent plus fréquentes. Le lendemain d'une discussion orageuse au bout de laquelle ils étaient partis chacun dans sa chambre en claquant la porte, Blandine se rendit à l'église. Elle croisa Luigi qui sortait du bureau du pasteur, la saluant à peine avant de filer. Quand elle interrogea le pasteur, il s'avéra que Luigi était allé lui demander de convaincre Blandine de l'épouser ou de partir.

La situation atteignit ce soir-là un point de non-retour. Blandine mit cartes sur table et fit comprendre à son compagnon qu'elle n'admettait pas son attitude. Plus jamais elle n'accepterait d'être traitée sans respect, plus jamais elle ne serait au service d'un homme.

– Si c'est comme ça, rétorqua-t-il, tu fais tes valises et tu t'en vas!

Il faisait déjà nuit. Blandine se dépêcha d'emporter ses affaires et alla chez la voisine pour appeler un taxi. Elle ne savait où aller, ni n'avait les moyens de s'installer à l'hôtel. Heureusement, à force de recherches auprès de quelques voisins qu'elle connaissait, elle finit par trouver quelqu'un qui, par un heureux hasard, put lui prêter une maison pour quelques jours.

Blandine dut s'avouer que cette relation n'aurait sans doute jamais existé s'il n'y avait eu pour les unir leur ferveur religieuse. Elle téléphona en Allemagne, relata à Mehdi ses mésaventures et lui annonça qu'elle rentrait à la maison. Lui et Janna accepteraient-ils de l'héberger quelques jours, le temps qu'elle retrouve un travail et un appartement?

Dans l'avion qui la ramenait à Düsseldorf, Blandine se sentait piteuse tout autant que déçue. Malgré sa méfiance instinctive, elle avait souhaité croire en Marie-Lise... Elle se rendait compte, un peu trop tard, qu'elle avait bien failli se retrouver piégée dans une secte. Sans doute ne s'était-elle pas assez méfiée. Elle ne leur avait jamais donné d'argent, avait refusé net les ententes proposées en découvrant qu'on cherchait à la priver du fruit de son travail. Mais elle avait beaucoup perdu malgré tout. Elle n'avait plus d'emploi, plus d'appartement, avait vendu tous ses meubles pour subsister en attendant d'hypothétiques rentrées d'argent. Elle avait aussi perdu beaucoup d'illusions. Blandine avait honte. Ce genre de choses n'aurait pas dû lui arriver! Elle avait trop d'expérience, trop de suspicion pour se précipiter dans une telle imposture. Et pourtant... Elle se reprocha son manque de prudence et se questionna sur ce qui l'avait poussée à plonger dans cette aventure. La tentation de vivre au soleil? La joie de partager son enthousiasme avec des croyants, elle qui venait à peine de faire connaissance avec le Seigneur? C'était peut-être, simplement, le plaisir de se savoir entourée... Ou la peur de vieillir, peut-être. À son âge, elle sentait le besoin urgent de se lancer à fond dans une aventure qui lui permettrait de changer de vie.

En tout cas, elle devrait affronter au retour le regard de Mehdi. Elle craignait que son fils soit déçu d'elle, c'était son plus grand chagrin. Quand elle l'aperçut à l'aéroport, Blandine eut l'impression d'être une petite fille prise en faute. Mehdi le sage l'avait mise en garde, mais elle n'avait pas tenu compte de ses recommandations. Elle marcha les bras ballants, l'air contrit, un peu échevelée car elle venait à peine de se réveiller. Mehdi lui ouvrit grands les bras et lui offrit son sourire le plus réconfortant.

– Allez, La Biche, la vie continue! Je suis là, moi. Ce n'est pas rien, quand même!

Pendant presque quatre mois, Blandine campa chez Mehdi et Janna. La cohabitation n'alla pas sans difficulté. Blandine, psychologiquement fragilisée par tous ses avatars, supportait mal Janna. Elle la trouvait paresseuse et infantile, et lui reprochait d'abuser de la patience et du bon tempérament de Mehdi. La jeune femme laissait la plupart des corvées à son amoureux. De retour du travail, celui-ci cuisinait, faisait le ménage et les courses sans protester. Mais la principale tâche du jeune homme semblait être de rendre heureuses ces deux femmes si opposées, qui cherchaient à s'accaparer toute son attention. Pour lui, ces quelques semaines furent infernales, d'autant que sa situation financière lui causait quelques soucis. Pendant quelque temps, il fut le seul des trois à travailler et ne gagnait plus autant que l'année précédente. Il devenait impératif que sa mère trouve un appartement au plus vite.

Blandine loua un studio qu'elle meubla chichement. Elle n'avait plus grand-chose, à part quelques objets auxquels elle tenait trop pour les vendre et qu'elle avait stockés chez Mehdi. Elle retrouva aussi du travail, mais le cœur n'y était plus. Elle était lasse d'évoluer dans le monde du prêt-à-porter, qu'elle jugeait superficiel et froid. Elle avait épuisé sa capacité à convaincre des clients que sa dernière collection était la plus belle, que ses pulls allaient s'envoler comme des petits pains chauds. Elle n'en pouvait plus de vendre, de marchander, de discuter. Elle prit le parti de quitter ce métier pour de bon mais ne savait pas dans quelle direction elle se tournerait ensuite. Son besoin de découvrir des horizons inexplorés et de s'imposer de nouveaux défis n'avait pas été assouvi avec sa déconvenue à l'île Maurice. Blandine rêvait d'autre chose, mais elle ignorait encore ce qui comblerait ses attentes. Son seul désir irréfutable et clair était celui de repartir.

L'enthousiasme avec lequel Mehdi et Janna parlaient de la Guadeloupe l'incita à aller découvrir ce coin du monde. Pour combien de temps? Elle n'en savait rien. Elle se sentait pour l'heure comme une plante sauvage, aisément arrachée mais qui reprendrait racine n'importe où si le sol était propice. Elle avait peu d'argent, mais peu de besoins. Elle se contenterait d'une chambre modeste, de quelques sandwichs sur la plage, pour pouvoir refaire le plein d'énergie.

Blandine était enroulée dans son paréo, les deux pieds enfoncés dans le sable. Six heures du matin était son moment préféré de la journée. Le ciel conservait pour quelques instants encore sa teinte rosée; sur la plage déserte, l'air presque frais offrait sur fond salin un concentré de tous les parfums des fleurs à peine écloses. C'était une heure magique de plénitude, de communion parfaite avec la nature. Tous les matins, Blandine venait s'asseoir là pour méditer, prier, admirer le lever du soleil.

Arrivée trois semaines auparavant, elle n'avait toutefois pas encore atteint, malgré cette nature si généreuse, le bien-être qu'elle espérait. Au contraire, elle avait l'impression de s'enfoncer une fois de plus dans la dépression. Toutes les pages de cahier qu'elle noircissait depuis des années pour exorciser son passé n'avaient pas l'effet apaisant qu'elle aurait souhaité. Blandine conservait une blessure non cicatrisée et un fort sentiment de solitude. Il lui arrivait, croisant des couples enlacés, de se demander pourquoi ses propres histoires d'amour ne duraient pas. Elle aurait tant aimé rencontrer quelqu'un sur qui s'appuyer. Il lui revint à l'esprit un commentaire de Mehdi à qui elle s'était plainte de son isolement.

– Tu n'as jamais pensé que tu faisais peut-être peur aux hommes?

«Je fais peur, moi? Quelle drôle d'idée!», se dit-elle.

N'empêche qu'à force de s'aguerrir, de se protéger, elle avait sans doute fini par épaissir sa carapace. Blandine s'était transformée avec les années, délaissant la jeune fille ignorante et vulnérable pour devenir une femme d'affaires sûre d'elle. Elle avait une voix forte, l'œil brillant et le regard direct, une carrure solide. Elle ne se laissait pas marcher sur les pieds et le faisait savoir très vite à ceux qui voulaient s'y risquer. Mais n'aurait-on pas dû remarquer aussi son évident besoin de tendresse, son sourire généreux, sa peau claire et soyeuse dont elle prenait grand soin? Elle avait à peine plus de quarante ans et refusait d'envisager une vieillesse solitaire, parce qu'elle croyait encore à l'amour, même s'il l'effrayait. Elle persistait à croire qu'il y avait encore quelque part quelqu'un pour elle.

– Peut-être que tu le trouveras le jour où tu décideras de t'arrêter pour de bon dans un pays, de t'installer! Ça t'arrivera quand tu t'y attendras le moins...

Mehdi lui avait probablement dit tout cela pour l'encourager, mais cette confiance qu'il lui démontrait avait le mérite de la réconforter. Si lui, au moins, croyait en elle, s'il estimait vraiment qu'elle avait «quelque chose de spécial» comme il le lui avait déjà affirmé, c'était déjà beaucoup.

A posteriori, Blandine était tout de même angoissée par ce saut dans le vide qu'elle venait d'exécuter. Elle n'était partie que pour trois mois, mais rien ne l'attendait en Guadeloupe. Ni travail ni amis. Elle avait tout quitté encore une fois, se retrouvant seule dans un pays étranger, avec l'impression d'être au début de rien du tout, avec juste assez d'argent pour tenir le coup pendant quelques semaines. Elle avait dû trouver un endroit où loger, le moins cher possible, et devrait probablement se rabattre sur un petit boulot de subsistance. Elle tentait de s'adapter à un rythme de vie différent de celui de l'île Maurice. Sa faculté d'adaptation était sans cesse sollicitée mais Blandine aimait ce genre de risques. Même s'ils lui faisaient peur, elle savait qu'elle n'aurait pas vraiment vécu si elle les avait refusés. Mais, pour l'heure, cette sensation de stagner dans un no man's land lui pesait terriblement.

Peu à peu, à force d'introspection, de repos et de prières, la curiosité et l'envie de profiter de chaque instant finirent par reprendre leurs droits. Blandine parvint à s'extraire de son carcan de grisaille et commença à savourer pleinement son séjour. Tous ces petits cafés, ces lieux de rencontre où les rires et la musique éclataient à tout propos l'incitèrent à sortir de sa réserve. Elle commença à fréquenter les petits restaurants de la plage, à Sainte-Anne, découvrant tous ces camions transformés en cantine qui vous permettaient de manger, les pieds dans l'eau, des poissons pêchés le matin même. Peu à peu, l'une de ces cantines devint son endroit préféré et elle s'y fit quelques copains comme Marius et Sylvie, les patrons d'une petite guinguette, et Françoise, la serveuse. De temps en temps, elle leur donnait un coup de main.

Le soir, tout le monde se rassemblait pour prendre l'apéritif, discuter, échanger des blagues. Parmi les habitués, il y avait Pierre, un Québécois à la retraite qu'elle avait souvent croisé sur la plage à six heures du matin. Pendant que Blandine était assise à méditer, lui faisait son jogging matinal et ils s'étaient mis à échanger des saluts. Pierre passait ses hivers en Guadeloupe et ses étés au Québec. Il parla à Blandine de son pays, l'invita à venir lui rendre visite, un de ces jours, au Québec.

– Oui, peut-être bien qu'un jour, je viendrai...

«Le Canada... Ça doit être si froid!» se dit-elle, légèrement vêtue de son paréo sur la plage de Sainte-Anne... L'idée lui parut tout à fait irréelle. Pour l'instant, elle n'avait d'autre envie que de rester là, en Guadeloupe, à se faire bronzer et à réfléchir sur le sens de sa vie, tout en lisant des livres sur la spiritualité.

Blandine flânait sur la plage avec Françoise, avec qui elle s'était liée d'amitié. Elles croisèrent un homme que cette dernière connaissait vaguement. Il était grand, avait un regard perçant et une allure mystérieuse, en partie due à la barbiche longue et noire qu'il avait tressée. C'était un autre Canadien en vacances, dont le frère possédait une villa pas très loin de là. L'homme salua les deux femmes puis regarda Blandine droit dans les yeux et lui lança une phrase qui la laissa sans voix:

– Vous avez écrit quelque chose à propos de votre vie, je vous encourage à continuer.

Blandine était soufflée. Seul Mehdi était au courant de l'existence de ses cahiers. Comment cet homme, qu'elle ne connaissait ni d'Ève ni d'Adam, pouvait-il savoir?

– Venez me voir cet après-midi au café, je pourrais peut-être vous en dire plus...

L'homme continua son chemin, énigmatique. Contrairement à Blandine, Françoise ne sembla pas étonnée. Cet homme avait la réputation d'être un peu «voyant».

– Il fait ça souvent. Il lui suffit de regarder les gens pour deviner ce qui va leur arriver!

Bien que méfiante, Blandine accepta de se rendre au rendez-vous de l'après-midi. Une fois qu'elle se fut attablée à la terrasse du bistrot, l'homme sortit un paquet de cartes et lui en fit choisir deux. Ensuite il regarda alternativement Blandine et les deux cartes, avec une attention soutenue et un air pénétré.

– Vous avez un fils?

– Oui...

– Il est avec une jeune fille en ce moment?

– Oui...

– Ça ne va pas durer bien longtemps... Ils vont se quitter, votre fils va gagner beaucoup d'argent. Quant à vous, vous ne devez pas cesser ce que vous êtes en train d'écrire.

– Vous m'encouragez à écrire?

– Non seulement je vous encourage, mais ça va être un succès!

Blandine l'écouta, bouche bée. Non seulement l'homme affirmait connaître son avenir sans lui avoir posé la moindre question mais il en rajouta.

– Il y a quelque chose d'étrange autour de vous, comme si on vous avait jeté un sort. Je pourrais peut-être vous aider, mais il faudrait que vous veniez chez moi.

«Ben voyons...» Blandine réprima un petit rire. Le chat était sorti du sac, cet homme voulait simplement la draguer ou peut-être lui tendre un piège. Elle l'écoutait à peine, pressée de repartir, mais saisit néanmoins le petit papier sur lequel il avait inscrit son adresse. Il avait parlé d'un mauvais sort, cela avait fait remonter des souvenirs...

Encore une fois, sa curiosité fut plus forte que sa méfiance et elle décida de se rendre au rendez-vous. Toutefois, avant de partir, elle transmit à Françoise l'adresse de l'homme, pour que cette dernière sache où elle était, au cas où elle aurait tardé à revenir. Elle emporta un téléphone cellulaire et se rendit à l'adresse indiquée.

C'était une petite maison toute simple, qui donnait directement sur la rue. Blandine frappa à la porte mais quand l'homme l'invita à entrer, elle cria qu'elle préférait rester dehors.

– Je ne vous connais pas, je ne sais pas ce que vous voulez me faire! Qui sait si vous n'allez pas me sauter dessus?

– Mais non, vous n'avez pas à vous inquiéter... Mais il faut entrer. Je dois faire quelque chose avec une épée et si je le fais dans la rue, tout le monde va se demander ce qui se passe.

Une épée? Blandine n'était pas rassurée. Dans quoi s'était-elle encore fourvoyée? Néanmoins, elle avait cru déceler quelque chose dans le regard de cet homme, un savoir mystérieux, qui l'incita à pénétrer dans la maison. Elle refusa toutefois de refermer la porte et attrapa une chaise qu'elle coinça entre le mur et la porte pour l'empêcher de se refermer. Elle dévisagea l'homme d'un air farouche mais celui-ci demeurait paisible.

– Avancez un peu, il faut que je tourne autour de vous.

– Vous ne me connaissez pas, comment savez-vous si quelqu'un m'a jeté un sort?

– Croyez-vous que certaines personnes naissent avec un don?

Blandine hésita d'abord à répondre. Elle y croyait effectivement, mais craignait de donner prise à des desseins douteux. L'homme attendit sa réponse avec un certain détachement, l'air de dire: «Si vous n'y croyez pas, tant pis, oublions tout ça...»

– Oui, j'avoue...

– Moi, j'ai un don. Je sens les gens et je veux vous aider.

Blandine avança encore un peu, en signe de confiance. L'homme mit alors en place une sorte de cérémonie qu'elle observa avec un mélange de curiosité et d'inquiétude. Après avoir allumé quelques bougies, il versa un liquide transparent dans une soucoupe. Cela pouvait être de l'eau mais Blandine n'en était pas certaine. Puis, il trempa ses doigts dedans et traça sur le front et les épaules de la femme le signe de la croix. Ensuite, il saisit une épée qu'il déposa doucement sur chacune des épaules de Blandine puis sur sa tête.

Quand il amorça un geste pour tourner autour d'elle, elle eut un mouvement de recul. Elle demeurait trop inquiète pour accepter toute cette mise en scène sans protester. Si l'homme tournait autour d'elle, il allait forcément se retrouver près de la porte et pourrait alors la refermer.

– Je préférerais tourner sur moi-même. Je suppose que cela reviendrait au même, non?

L'homme accéda à sa demande. Pendant que Blandine tournoyait doucement, il tint l'épée fermement dans sa direction. Après un seul tour, il baissa son arme.

– C'est terminé. Le sort va disparaître peu à peu, ça va prendre un certain temps. Maintenant, vous et votre fils êtes dans la lumière.

Perplexe, Blandine le salua et s'enfuit sans demander son reste, le cœur battant à tout rompre, avec l'impression d'avoir échappé à un grand péril. Quelle expérience étrange! Elle se rappela sa rencontre avec la sorcière en Algérie, dans ce village où Hassan et sa femme l'avaient emmenée. À l'époque déjà, on avait voulu la débarrasser d'un mauvais sort, tout comme son beau-père, le père de Hassan, avait tenté de le faire des années auparavant. Était-il possible que quelqu'un l'ait détestée au point de l'accabler d'une malédiction, qui, des années après, continuait de s'acharner sur elle? Était-ce vraiment la mère de Hassan? Et comment cet inconnu avait-il pu voir ainsi à travers elle? Blandine se demanda s'il y avait une aura particulière autour d'elle, visible seulement de quelques personnages étranges ou de gens infortunés qui auraient subi les mêmes souffrances. Elle aurait parié que cet homme mystérieux avait connu son lot de déboires.

À son retour à Düsseldorf, Blandine confia à Mehdi sa rencontre avec cet homme déconcertant et les révélations qu'il lui avait faites. Ces prédictions avaient continué d'occuper ses pensées et lui donnaient de l'espoir. Difficile de rester sceptique quand on vous avait prédit un avenir meilleur. Blandine n'avait qu'une envie, que ce devin ait visé juste! Mehdi refusa de prêter foi aux élucubrations d'un illuminé qui prétendait sans le connaître pouvoir prédire l'avenir de sa relation avec Janna.

– C'est n'importe quoi, tout ça! J'adore Janna et elle m'adore. C'est la femme de ma vie, alors on ne va pas se quitter!

Blandine haussa les épaules. Il avait peut-être raison mais elle demeurait habitée par cette petite phrase prononcée à la fin de son «désensorcellement»:

– Vous et votre fils êtes maintenant dans la lumière...»

318

14

Le retour de Hassan

Blandine raccrocha le téléphone, essoufflée et un peu tremblante. Cette voix avait encore le pouvoir de la faire tressaillir. Elle aurait voulu oublier Hassan une fois pour toutes mais il revenait encore lui rappeler son existence, comme il venait de se rappeler qu'il avait un fils...

Mehdi avait maintenu très peu de contacts avec son père. Depuis la mort de la petite Hassina, ils s'étaient rarement parlés et, quand cela leur arrivait, leurs échanges étaient tendus. Mehdi téléphonait de moins en moins souvent et parlait surtout à Farah. De son côté, Hassan semblait avoir peu à peu oublié la date de l'anniversaire de son fils, négligeant du même coup de lui envoyer ses vœux. Alors quelle mouche l'avait piqué pour qu'il appelle Blandine, simplement pour avoir des nouvelles de Mehdi? Blandine savait que Mehdi ne répondait jamais au téléphone avant d'avoir laissé à son répondeur le soin de filtrer les appels. Probablement parvenait-il ainsi à ne jamais parler à son père... Mehdi plaignait Farah de supporter stoïquement toute seule l'atmosphère accablante dans laquelle ils avaient toujours vécu. Elle devait souffrir encore plus depuis la mort de Hassina... Elle devait aussi vivre avec les promesses non tenues de leur père, qui l'avait assurée qu'après son bac, elle pourrait partir vivre en France. Mais, après avoir passé son bac, la jeune fille attendait toujours la permission de partir...

– Comment va mon fils? J'aimerais venir le voir. Est-ce qu'il parle de moi, parfois?

Blandine hésita à peine avant de répondre. Elle ne voulait pas lui mentir:

– Non, pas vraiment...

Hassan insista, la harcelant de questions. Il voulait tout savoir sur la vie que menait Mehdi, sur son caractère, sur l'homme qu'il était devenu. Puis, il réitéra son désir de venir le voir. Il se trouvait en France en ce moment et pourrait arriver à Düsseldorf dans les jours suivants.

– Ne lui dis pas que je vais venir. Je veux lui faire la surprise!

Sachant fort bien que Mehdi n'avait aucune envie de le voir, Blandine choisit cette fois le mensonge et avertit Hassan que son fils était absent pour quelques jours, à cause de son travail. Puis elle se précipita chez Mehdi pour le prévenir de l'arrivée prochaine de son père.

– Je ne veux pas le voir!

La réponse de son fils fut catégorique et Blandine devina que sa décision était irrévocable. Mehdi avait tranché; entre lui et son père, il n'y avait pas de rapprochement possible. Elle n'insista pas car elle comprenait très bien ses motivations.

Mais Hassan, lui, insista. Il rappela Blandine, annonçant son arrivée pour le lendemain.

– Mais je t'ai déjà dit que Mehdi n'était pas là pour l'instant!

– Ça ne fait rien, je l'attendrai!

De guerre lasse, Blandine obtempéra et accepta à contrecœur l'idée de revoir son ex-mari. Peut-être avait-il enfin des remords et espérait obtenir le pardon de son fils après lui avoir fait tant de mal. Il ne serait pas dit qu'elle se serait opposée à une réconciliation entre un père et son fils...

Quand son ex-mari arriva, une mauvaise surprise éclata à la figure de Blandine. Celui-ci ne voulait pas aller à l'hôtel, prétendant qu'il n'en avait pas les moyens.

– Il vaudrait mieux que je reste ici, chez toi...

Il paraissait ému à la pensée de revoir son fils et il y avait dans son attitude et son allure quelque chose de si pitoyable que Blandine eut pitié de lui. Elle accepta de l'héberger jusqu'à ce qu'il puisse voir Mehdi. Elle souhaitait seulement parvenir à convaincre ce dernier de revenir sur sa décision, car la présence de Hassan dans sa maison n'était pas faite pour la rassurer.

Mehdi appela Blandine sur son téléphone cellulaire et ils conversèrent en allemand pour que Hassan ne sache pas qui appelait.

– Je ne peux pas le voir, La Biche, je ne peux pas! Je n'y arriverai jamais!

Le jeune homme était si déterminé à éviter cette rencontre qu'il quitta la ville pendant quelques jours. Il voulait être certain que son père ne le trouverait pas chez lui s'il arrivait jusqu'à sa porte. Quand sa mère lui apprit que Hassan s'était installé chez elle, Mehdi fut outré par son impudence.

Hassan s'imposa avec un aplomb de pacha pendant une semaine entière. L'hospitalité de Blandine avait pourtant ses limites. Elle n'alla pas au-delà du strict minimum et opposa à son convive un visage froid et détaché, le laissant à lui-même quand elle partait au travail et tentant de l'ignorer le plus possible quand ils se trouvaient ensemble dans l'appartement. Mais l'homme n'était pas du genre à se laisser oublier aussi facilement. Un soir, il s'approcha d'elle d'un air troublé et lui fit un aveu qui laissa Blandine pantoise:

– Je me rends compte que je t'aime encore, tu es l'amour de ma vie! Que puis-je faire pour que tu me reviennes? Je suis prêt à tout quitter pour toi, je t'aime!

Joignant les actes à la parole, il la prit dans ses bras et chercha à l'embrasser. Aussi stupéfiée que dégoûtée, Blandine le repoussa brutalement. Elle assista alors à un spectacle navrant et inimaginable. Hassan pleurait sans retenue devant elle. Qu'était-ce donc que cette comédie? Il avait une femme et une fille qui l'attendaient en Algérie, que se passait-il dans la tête de cet homme?

– Il faut que tu partes d'ici. Ça n'est plus possible!

Quand Blandine décréta qu'elle en avait assez fait pour lui, Hassan ne chercha pas à lutter. Il comprenait qu'il n'avait plus aucune emprise sur elle. Mais dès son arrivée à Düsseldorf, une nostalgie troublante s'était emparée de lui, et il ne pouvait s'empêcher de retrouver au fond des grands yeux verts de Blandine le souvenir d'une adolescente dont il avait jadis été fou, jusqu'à vouloir la posséder corps et âme, la maîtriser sans qu'elle puisse s'en défendre. Jusqu'à ce que cet amour se transforme en tyrannie et devienne un cauchemar... Mais savait-il seulement à quel point il l'avait mal aimée?

Vaincu, Hassan rentra à Beauvais dans sa famille. Mais tous les jours, il téléphonait en Allemagne pour demander à Blandine si Mehdi était de retour à Düsseldorf. Il refusait toujours de retourner en Algérie sans avoir revu son fils. Blandine prit le parti d'intercéder auprès de Mehdi. Il fallait régler cette affaire, autrement ils ne seraient jamais tranquilles. Le jeune homme finit par se plier de mauvais gré à la requête de sa mère mais insista sur certaines restrictions.

– Il n'est pas question qu'il vienne habiter chez moi!

Blandine ne savait pas encore par quel moyen elle parviendrait à convaincre Hassan d'aller à l'hôtel, mais elle fut soulagée par la nouvelle bonne volonté de Mehdi. Les deux hommes se rencontreraient, se parleraient et peut-être régleraient-ils enfin certains conflits. Ils pourraient tous respirer plus librement quand Hassan serait reparti en Algérie.

Janna contribua elle aussi au changement d'attitude de son compagnon. Comme sa vie avait changé depuis qu'elle et sa mère se parlaient à nouveau et que Mehdi était à l'origine de leur réconciliation, la jeune fille souhaitait pouvoir faire la même chose pour son amoureux.

Janna avait grandi sans père, dans une petite ville d'Allemagne de l'Est, avant la chute du régime soviétique. La vie avait été très dure dans ce logis exigu où cinq enfants nés de deux pères différents s'entassaient avec leur mère, une femme froide et triste, usée par le travail et la misère. Janna étouffait dans ce climat aride, aussi avait-elle quitté sans regret la maison familiale à dix-huit ans, sans jamais y avoir reçu la moindre caresse, le moindre signe d'affection.

Depuis la chute du mur qui séparait l'Allemagne, la jeune fille était tout de même parfois retournée rendre visite à sa famille. À la fin de l'une de ces retrouvailles, alors que Janna s'était rendue chez sa mère en compagnie de Mehdi, ce dernier encouragea sa fiancée à accomplir un geste pour faire fondre le mur de glace entre elles.

– Va la voir, prends-la dans tes bras et dis-lui que tu l'aimes. Tu vas te sentir mieux après!

Janna hésita. C'était si difficile de se laisser aller ainsi à l'émotion, quand on ne savait rien de la réaction qui s'ensuivrait. Mais Mehdi avait touché une corde sensible, elle mourait d'envie de renouer ce lien, de sentir les bras de sa mère autour d'elle. Peut-être que si elle prenait l'initiative... La jeune fille prit une profonde respiration et se dirigea vers la pièce où se trouvait sa mère... Quelques instants plus tard, Mehdi les vit dans les bras l'une de l'autre, en larmes.

Depuis ce temps, les deux femmes avaient développé une grande complicité. Au cours de longues conversations, elles avaient «nettoyé» le passé, et Janna affirmait avoir avec sa mère une relation très saine. Elle souhaitait observer le même résultat entre Mehdi et son père. Mais le jeune homme restait sceptique.

– Tu ne comprends pas, Janna. Avec mon père, c'est différent. Jamais il n'admettra ses fautes. Même s'il avait des regrets, il ne l'avouerait jamais. Il se mentira jusqu'à se croire lui-même.

Mehdi consentit néanmoins à le rencontrer, ne serait-ce que pour accorder un peu de tranquillité d'esprit à sa mère. Il n'avait plus de rancœur ni de haine, préférant laisser tomber des sentiments qu'il considérait inutiles et encombrants. Il se disait que si son père mourait, il s'en serait voulu de l'avoir haï. Il souhaitait seulement que Hassan, même s'il ne montrait jamais de repentir, éprouve secrètement des regrets pour sa conduite envers son fils et son ex-femme.

Blandine alla chercher Hassan à la gare, résignée à lui servir de chauffeur et d'hôte. Pour éviter des discussions pénibles, elle s'était résolue à l'autoriser encore une fois à loger chez elle pour une nuit. Même si son fils consentait avec peine à voir son propre père, Blandine considérait malgré tout qu'elle aurait manqué de respect envers Mehdi en agissant autrement. Mais elle n'avait pas l'intention de subir la présence de son ex-mari plus qu'il n'était nécessaire et avait déjà pris des dispositions pour qu'une copine l'héberge jusqu'au départ de Hassan.

Ils se rendirent directement à l'appartement de Janna et de Mehdi. Blandine était un peu inquiète car, malgré la soudaine bonne volonté de ce dernier, elle devinait que ces retrouvailles seraient très difficiles pour lui. Les deux hommes ne s'étaient pas vus depuis presque dix ans, et elle pouvait imaginer le pénible retour en arrière que ce face-à-face allait infliger à son fils. Hassan, quant à lui, avait repris du poil de la bête depuis la scène pitoyable qu'il avait imposée à son ex-femme. Il était parvenu à ses fins et allait voir son fils. Tout dans son attitude laissait supposer qu'il se considérait vainqueur. Hassan n'aimait pas qu'on lui résiste. En sortant de la voiture, il bomba le torse, et Blandine retrouva en lui l'arrogance de jadis.

Quand ils pénétrèrent dans l'immeuble où vivait le jeune couple, Blandine fut saisie par la puissance de la scène qui se déroula devant ses yeux. Elle et Hassan se tenaient au pied du grand escalier menant à l'appartement. Hassan leva la tête et aperçut Mehdi. Il tendit les bras et déclara avec emphase.

– Viens dans mes bras, mon fils! Ça fait tellement d'années que j'attends ce moment!

Là-haut, le jeune homme était appuyé nonchalamment sur le mur, les mains dans les poches, l'air parfaitement détaché. Il n'eut aucun élan envers son père. Blandine repensa en le voyant ainsi à leur propre retrouvailles, bien différentes, dix ans auparavant. Curieux retour des choses...

Malgré les efforts de conversation de Hassan qui cherchait à se mettre en évidence et à reprendre son rôle de père, la réunion demeura froide. Mehdi répondit à ses questions avec désinvolture et un regard ironique. Déjà, la dernière fois qu'ils s'étaient parlé au téléphone, Mehdi ne s'était pas gêné pour remettre son père à sa place. Hassan lui avait demandé pourquoi il n'étudiait plus. Le jeune homme n'avait entendu dans cette question qu'une manifestation d'autorité. «Il cherche encore à contrôler ma vie!», s'était-il dit.

– Je gère ma vie comme je le veux; si tu essaies encore de t'en mêler, je ne téléphonerai plus! lui avait-il répondu.

Mehdi n'était pas dupe. Il connaissait les manières de son père, sa volonté de paraître à son avantage et n'arrivait pas à prendre au sérieux cet accès subit d'amour paternel. Le jeune homme eut la confirmation de ses doutes sur la bonne foi de son père peu de temps après, quand il apprit que la volonté soudaine de ce dernier de venir à Düsseldorf était née de la proposition de son beau-frère de profiter d'une balade en voiture. Si ce dernier, qui devait prendre livraison d'une voiture en Allemagne, ne lui avait pas proposé de l'emmener avec lui à sa première visite, Hassan n'aurait sans doute jamais pensé à pousser une pointe jusqu'en Allemagne. C'était Youssef, le jeune frère de Hassan, qui avait mentionné à Mehdi cette coïncidence, en même temps qu'il lui avait appris que Hassan songeait à quitter l'Algérie pour s'installer en France.

Mehdi ne le laisserait pas reprendre sa place de père. Il ne percevait maintenant en Hassan que la caricature d'un homme absorbé par lui-même, uniquement préoccupé de se faire bien voir. Même les larmes qu'il avait aperçues dans ses yeux ne l'avaient pas ému. Quand il l'avait vu tendre les bras vers lui, le jeune homme s'était fait cette simple réflexion: son père avait pris un coup de vieux...

De temps en temps, Mehdi croisait le regard de Blandine et lui faisait un clin d'œil discret pour la rassurer. Non, il ne ferait pas d'esclandre, elle n'avait pas à s'inquiéter. Mais il savait que sa mère pouvait lire dans son regard son désabusement et son détachement. Il refusait de se laisser atteindre par cet homme qui l'avait toujours traité brutalement et sans respect, et le plus souvent avec mépris. Il se rappelait ses entraînements secrets de kick-boxing, quand son père le prenait pour une mauviette. Il avait renoncé à son sport depuis quelque temps en raison de problèmes articulaires, mais la force morale et physique qu'il y avait acquise ne l'avait plus jamais quitté. La conscience aiguë de sa propre solidité lui fut d'une grande aide pendant cette visite.

Bien qu'il soit presque parvenu à oublier les coups, le jeune homme savait que les blessures psychologiques infligées par son père resteraient toujours gravées en lui. Il ne les sentait vraiment qu'en certaines occasions, par exemple quand il voyait dans un film une scène d'intimité entre un père et son fils. Dans ces moments-là seulement, il laissait des larmes d'envie et de regret monter à ses yeux.

Blandine se trouva un instant seule avec Hassan pendant que Janna et Mehdi étaient dans la cuisine. Elle put lire la défaite dans son regard et en mesura pleinement l'étendue quand Hassan baissa sa garde.

– Non seulement je t'ai fait souffrir et je t'en demande pardon, mais, en plus, j'ai perdu mon fils. Je voudrais tant qu'il m'aime autant qu'il t'aime! Dieu m'a puni...

Blandine ne dit rien. Il aurait été pourtant facile de pavoiser, et la tentation fut grande. Mais elle se contenta de savourer secrètement sa grande satisfaction devant cet aveu. Hassan réalisait enfin qu'on ne pouvait faire souffrir les gens impunément pendant si longtemps. Il y avait toujours un prix à payer...

Allait-il rentrer en Algérie vaincu? Blandine préférait n'en rien savoir. Elle avait fait son devoir en le réunissant avec son fils et souhaitait pour l'avenir ne plus rien avoir à faire avec son ex-mari. De fait, elle n'en entendit plus parler et ne sut pas si Hassan avait concrétisé son projet de revenir vivre en France.

Blandine s'en était tenue à la résolution prise avant son départ pour la Guadeloupe. Elle avait quitté le monde du prêt-à-porter et décidé de trouver un travail qui la satisferait autant moralement que financièrement. Mais le champ d'exploration était vaste. Il y avait des années qu'elle ne s'était plus posé ce genre de question: «Qu'est-ce que je sais faire, à part vendre des fringues?» Comme rien ne lui venait à l'esprit, elle commença par dresser la liste de ses aptitudes et de ses intérêts. Elle se savait responsable, déterminée, généreuse, capable d'empathie. Et elle aimait... les enfants, bien sûr! S'occuper d'un enfant, voilà qui la rendrait heureuse. Se consacrer à quelque chose d'aussi essentiel, d'aussi vital que les soins apportés à un être qui grandissait et apprenait à vivre, voilà une activité qui la comblerait. Elle sentit qu'elle avait besoin de vivre cette expérience, de combler les vides qu'il y avait encore dans sa vie.

Blandine compulsa les petites annonces des quotidiens. Une foule de gens cherchaient quelqu'un à qui confier leur enfant! Une annonce, particulièrement, lui sauta aux yeux. Un couple formé d'un ingénieur et d'une chirurgienne étaient en quête d'une femme pour s'occuper de leur fils... Blandine téléphona et obtint une rencontre avec Justus et ses parents. Elle était un peu nerveuse à l'idée qu'elle n'avait jamais pris soin d'un petit garçon de neuf ans. Et s'il ne l'aimait pas?

L'entretien fut concluant car, après avoir rencontré plusieurs candidates, les parents de Justus portèrent leur choix sur Blandine. Ils lui confièrent qu'ils l'avaient choisie pour son sens de l'humour. Cela lui parut amusant. «Le Seigneur fait bien les choses...» pensa-t-elle.

Au début, Justus fut difficile à apprivoiser. Très souvent seul à cause des emplois du temps exigeants de ses parents, il avait pris des habitudes de solitaire et ne se laissait pas facilement approcher. Il décidait de ce qu'il voulait manger, du moment où il ferait ses devoirs. Mais Blandine était patiente. Elle lui donnerait tout le temps qu'il fallait pour créer un lien de confiance entre eux, avant de lui imposer un encadrement un peu plus strict. En attendant, elle se montra attentive à ses besoins, même si elle devait mettre un peu d'ordre dans la vie du petit garçon.

Au bout de trois mois, Justus finit par déclarer:

– Tu es la meilleure nounou que j'ai jamais eue! Un peu maman, un peu copine...

Blandine était enchantée et émue. À force d'observer les réactions du garçon à son environnement elle eut un bon aperçu de ce qui se passait dans la tête d'un garçon de neuf ans. Elle pouvait imaginer, rétrospectivement, comment Mehdi avait pu être au même âge, bien que les conditions de vie du petit Mehdi et celles de Justus aient été diamétralement opposées.

Le séjour de Blandine en Guadeloupe avait porté d'autres fruits. Pierre, le copain québécois qu'elle avait connu là-bas, se rappela à son bon souvenir en lui téléphonant.

– Alors, quand viens-tu visiter le Québec?

Toujours prête pour l'aventure, contente de cette chaleureuse invitation, Blandine se laissa tenter.

– Dès que j'aurai deux semaines de vacances, je viens te voir!

C'est ainsi que Blandine fit connaissance avec le Québec, pendant un été torride. Assis au bord d'un lac, près du petit chalet de Pierre, les deux amis bavardaient. Blandine raconta à son ami la séance inoubliable où un de ses compatriotes lui avait proposé de lever le sortilège qui pesait sur elle. Elle évoqua aussi l'étonnant pouvoir qui avait permis à cet homme de deviner qu'elle était en train d'écrire sa vie.

– Il m'a conseillé de continuer à écrire mon histoire...

Pierre approuva et ajouta que Blandine devrait en faire ensuite quelque chose.

– Pourquoi ne pas l'envoyer à des éditeurs, même ici?

Elle haussa les épaules. Il n'y avait pas de quoi faire un livre. Ses cahiers totalisaient bien trois cent pages, mais ils ne comportaient que des souvenirs et des sentiments jetés en vrac sur du papier. Elle avait déjà raconté son histoire à un magazine féminin français, qui en avait fait un article de quelques pages, à la suite duquel elle avait reçu beaucoup de courrier, mais de là à en tirer un livre...

Pourtant, elle sentait que le témoignage de sa vie mouvementée pouvait peut-être apporter un peu d'espoir à une personne désespérée. Si elle avait survécu à une enfance miséreuse, à un mariage marqué par la violence, à la disparition de son enfant, à la dépression, si elle avait pu retrouver son fils après tant d'années et bâtir avec lui une relation saine et heureuse, n'était-ce pas un signe que la vie réservait toujours de bonnes surprises? Déjà, quand elle et Mehdi avaient accepté, peu de temps auparavant, de participer à une émission de «télé-réalité» en Allemagne, et de témoigner de leur histoire, elle avait obtenu de nombreuses réactions de la part d'auditeurs qui l'avaient remerciée pour son message d'espoir.

Blandine se prit au jeu. Rentrée à Düsseldorf, elle reprit tous ses brouillons et en tira un résumé de quatre-vingt pages qu'elle allait présenter aux maisons d'édition québécoises. Pourquoi ne pas tenter de convaincre des éditeurs qu'elle avait quelque chose à apporter au monde? Poussant sa réflexion, elle réalisa qu'il était tout à fait sensé de proposer son récit à un éditeur québécois. Mehdi songeait en effet à s'installer en Guadeloupe avec Janna. Si Blandine était à Montréal, il n'y aurait plus un océan entre elle et son fils!

Elle était rentrée à Düsseldorf, avec, dans ses bagages, les adresses de quelques maisons d'éditions à qui elle proposerait la vie mouvementée d'une petite fille mal aimée et maltraitée, celle d'une adolescente à qui on avait infligé la plus grande douleur qui soit en lui retirant son enfant, celle d'une femme digne et résolue à rebâtir, après un hiatus de dix-sept ans, une vie pour elle et son fils. Celle, enfin, d'une passionaria toujours prête à se réinventer pour que la vie ne soit plus jamais triste et grise.

Quand elle dit au revoir à Justus quelques mois plus tard, ce fut parce qu'un éditeur québécois avait manifesté de l'intérêt pour son histoire. Blandine allait venir s'installer au Québec. Elle était prête à se déraciner encore une fois, avec la certitude d'avoir franchi une autre étape grâce à Justus. Le petit garçon avait en quelque sorte complété son éducation de mère. Au cours de ses derniers jours en compagnie de Blandine, il lui dit:

– J'espère qu'on va trouver quelqu'un d'aussi bien que toi. Sinon, je vais lui en faire voir!

Pourtant, quand arriva le moment des adieux, le petit garçon se fit plus réservé. Blandine lui dit qu'elle avait été très heureuse de le connaître et quand elle lui demanda la permission de l'embrasser, il se laissa faire sans réagir. Elle devina qu'il préférait sans doute garder sa peine à l'intérieur... Pourtant, elle ressentit une pointe de déception. Blandine aimait que les peines comme les joies s'expriment avec emphase, elle savourait les larmes autant que les rires. Tant pis...

Elle avait craint à l'avance ses propres réactions face à cette séparation, car elle s'était attachée à cet enfant. En rentrant chez elle ce soir-là, elle pleura à chaudes larmes. Mais dès le lendemain, c'était fini, la page était tournée. Justus ne faisait déjà plus partie de sa vie alors que Mehdi en serait toujours le cœur. Qu'elle vive à Montréal, à Fort-de-France ou à Tombouctou, Mehdi serait toujours près d'elle par la pensée. Cette certitude était sa plus grande victoire.

Épilogue

Six mois après son installation dans la banlieue de Montréal, Blandine retourna passer quelques jours en Allemagne. Son fils lui manquait. Sous prétexte de laisser mère et fils un peu seuls, Janna profita de l'occasion pour partir chez sa propre mère. Elle et Mehdi étaient à quelques semaines seulement de leur départ définitif pour la Guadeloupe, où ils devaient tenir un petit café. Mais, après quelques jours d'absence, Janna annonça à Mehdi, par un simple coup de téléphone, qu'elle le quittait après sept ans de vie commune.

Blandine séjourna en Allemagne quelques jours de plus pour soutenir son fils, d'autant plus secoué qu'il n'avait pas vraiment connu de chagrin d'amour avant. Ces quelques jours d'intimité, leurs premiers depuis plusieurs années, lui apporta une richesse extraordinaire. Après l'avoir toujours vu fort, solide, imperturbable, invincible même, elle constatait que Mehdi avait aussi la capacité de se laisser aller au chagrin. Il se confia avec un abandon total et elle sonda la profondeur de sa bonté. Le jeune homme refusait la haine, la rancune; c'était pour lui des sentiments inutiles et indignes. Sa mère savait à quel point il était difficile de manifester autant de grandeur d'âme et n'en fut que plus admirative pour ce fils qui, pendant des années, n'avait dû compter que sur lui-même pour apprendre à vivre.

Pendant ces quelques jours, Blandine fut totalement disponible pour son fils. Elle lui tint la main aussi longtemps qu'il le fallait, jusqu'à ce que Mehdi lui-même crie grâce et lui rappelle qu'il n'était plus un petit garçon et qu'il était parfaitement capable de prendre soin de lui-même, que sa vie l'attendait, là, dehors. Alors, Blandine rentra au Québec, rassurée, pour retrouver René, l'homme tranquille qui l'attendait et qui préparait en souriant les bougies et le festin pour son retour. Un homme aussi paisible qu'elle était tourmentée, bien enraciné dans sa terre alors qu'elle avait toujours été comme un oiseau sur une branche. Elle l'avait rencontré au moment où elle s'y attendait le moins, dans la blancheur d'une neige abondante, et apprenait avec lui à vivre selon un autre rythme. La vie avait de ces bontés parfois... Cet homme qui la couvait avec une sorte de dévotion comme si elle était une créature rare et précieuse exerçait le métier de clown. Blandine fut émerveillée de voir briller les yeux des enfants devant qui il exécutait ses plus beaux tours de magie. Il se faisait appeler le Messager du bonheur.

Remerciements

Merci à Dieu de m'avoir divinement guidé, et de m'avoir offert le plus beau cadeau de ma vie: mon fils.

Je tiens à remercier mon fils Mehdi pour son soutien moral, ses encouragements continuels et sa tendresse sans borne.

Merci à mon petit clown pour sa présence paisible à mes côtés, sa patience, sa gentillesse et son amour.

Merci à Fannie Morin de Libre Expression, pour son aide et sa confiance.

Merci aussi à Marie-Christine pour son aide toujours présente.

Merci à Pierre pour sa joie de vivre qui m'a beaucoup apporté.

Blandine Soulmana

Achevé d'imprimer au Canada
en septembre 2003

(ED. 1/IMP. 1)